KB121512

争先果

쟁선계 20

2016년 3월 16일 초판 1쇄 인쇄
2016년 3월 21일 초판 1쇄 발행

지은이 이재일
발행인 이종주

기획 팀 이기헌 송윤성
책임 편집 백승미

발행처 (주)로크미디어
출판등록 2003년 3월 24일
주소 서울시 용산구 원효로97길 46 5층
Tel (02)3273-5135 **Fax** (02)3273-5134
홈페이지 rokmedia.com **E-mail** rokmedia@empas.com

ⓒ 이재일, 2013

값 11,000원

ISBN 979-11-255-9765-0 (20권)
ISBN 978-89-257-3094-3 04810 (세트)

餘爭先 上
-북경과 화산-

잼선계

20

| 이재일 장편소설 |

ROK
MEDIA
로크미디어

차례

《여쟁선(餘爭先)》을 붙이며   7

신뢰를 배운 자객,

    이유를 찾은 책사, 소년 국수   11

매화는 이미 졌건만

    향기는 온 산에 가득하다   263

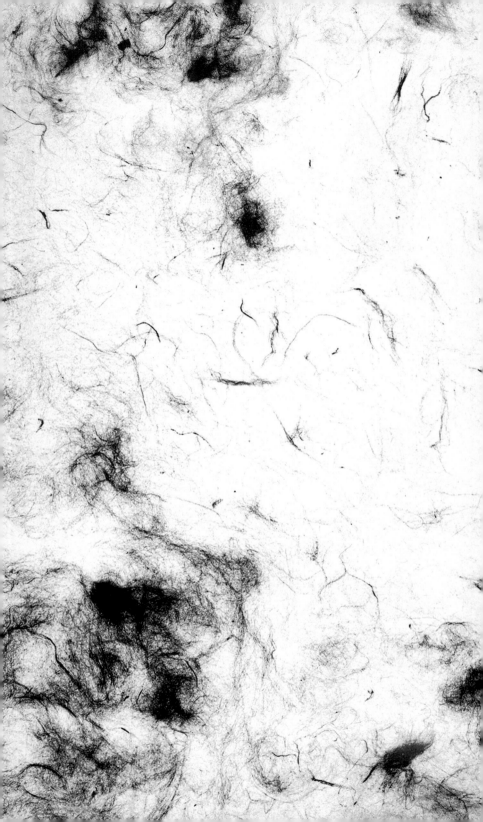

《여쟁선餘爭先》을 붙이며

《쟁선계》는 불행한 운명을 타고났지만 종래에는 스스로를 용서하고 인간으로의 삶을 되찾은 한 청년의 이야기입니다. 물론 그 안에는 여러 인물들과 그들 각자가 걷는 쟁선과 부쟁선의 일화들이 함께 담겨 있지만, 주인공인 석대원이 강호에 나왔다가 강호를 떠나기까지 1년 반 조금 더 되는 기간을 전체 이야기의 시간적 배경으로 삼았기 때문에 작가로서 감히 그렇게 규정하는 겁니다.

본격적으로 작가가 되겠노라 결심한 무렵—꽤 오래전입니다—, 작업실을 공용하며 후배들에게 도움을 주던 용대운 선배는 종종 이런 말을 했습니다.

"생명력을 얻은 등장인물은 스스로 상황을 만들어 간다. 작가는 그것을 관찰해서 글로 옮기기만 하면 된다……."

용대운 선배에게는 미안하지만, 저는 그 말이 사실임을 이미 알고 있었습니다. 운 좋게도 이전에 아마추어 작가로서 어설프게 끼적이던 이야기 중에서 그런 인물을 몇 명 만날 수 있었기 때문입니다. 그러니 오랜 시간 제 안에 담아 두어 제법 숙성된 냄새마저 풍기는 《쟁선계》 안의 몇몇 인물이 이야기의 시간적 배경이 지나치게 주인공 위주로 편성되어 있음에 불만을 품고 작가를 비난하는 사태가 벌어진다 한들 그리 이상한 일은 아니겠지요. 실제로도 그런 일이 벌어졌고, 《쟁선계》의 후일담 격인 《여쟁선》은 그렇게 구상되었습니다.

본격적인 집필에 들어가기 전 단계에서 저는 《여쟁선》의 밑그림을 잡기 위해 몇 가지 원칙을 세웠습니다.

우선 《여쟁선》에 등장할 인물들을 선별함에 있어서 특별한 검토 과정—전권을 다시 읽어 본다든지—을 거치지 않기로 마음먹었습니다. 왜냐하면 그런 과정을 통해야지만 부각될 인물이라면, 본편에서 이미 쓰임이 다한 인물이거나—연벽제처럼 최후를 맞았거나 범제처럼 원하는 바를 이루었거나— 아니면 작가에게 별다른 감흥을 남기지 못한 인물—밝히지는 않지만 중요 인물들 중에서도 꽤 됩니다. 인물의 생명력과 그 인물이 이야기 안에서 갖는 중요도는 비례하지 않는 모양입니다—이라고 여겼기 때문입니다.

다행히 그런 과정 없이도 저절로 떠오르는 인물이 없지는 않습니다. 이 더그아웃에는 운동장으로 뛰쳐나가기를 원하는 선수들이 제법 눈에 띕니다.

그다음은, 본편에서는 중요한 요소로 등장하지만 주인공인 석대원이 지나치게 일찍 쟁선의 길에서 내려간 관계로 불가피하게 빠트릴 수밖에 없는 사건들을 보여 드려야 할 의무감을 느꼈습니다. 그래서 카라코룸에서 낙타를 때려잡은 유쾌한 금의 위 부영반의 활약과 무하유에서 '부운쟁선계'를 노래한 용한 점쟁이의 예언이 어떤 관련이 있는지 알려 드려야 한다는 생각이 들었고, 한편으로는 주인공과 맞먹는 운명적인 불행을 태중에서부터 겪어야 했던 어떤 책사의 남은 삶 또한 보여 드려야 한다는 책임감도 느끼게 되었습니다. 비록 허구이지만 실제 역사의 일부를 빌려 쓴 이상 그 마무리까지 밝히는 것이 마땅하겠지요.

마지막으로는 아무래도 미래에 대한 기대 가치에 가산점을 줄 수밖에 없었습니다. 어릴 적 계몽사판 《사자와 마녀》를 읽었을 때—그 책이 C. S. 루이스의 대하 판타지 '나니아 연대기' 시리즈 1부인 《사자, 마녀 그리고 옷장》의 아동용 해적판임을 안 것은 30년 가까운 세월이 지난 뒤였습니다— 이야기 막바지에 옷장을 통해 현실 세계의 어린아이로 돌아가는 피터, 수잔, 에드워드, 루시를 보며 저는 그 책을 읽은 독자들 모두가 품었을 의문을 떠올리지 않을 수 없었습니다.

"그럼 이제 나니아는 누가 다스리는 거야?" 또, "쟤들은 그래서 어떻게 됐다는 건데?" 그래서 비슷한 의문에 대한 답변을 《여쟁선》을 통해 들려 드릴 예정입니다. 물론 일부에 불과하지만 말입니다.

《쟁선계》를 통해 별 흥미를 얻지 못한 분들과 본편 자체로 마무리가 되니 후일담 따위는 불필요하다고 여기시는 분들께서는 《여쟁선》을 읽지 않으셔도 당연히 무방합니다—무협적인 재미라는 측면에서는 이분들의 판단이 맞을지도 모른다는 걱정이 듭니다—.

다만 저로서는 뱀의 발을 그리는 것이 아닌, 연의 꼬리를 붙이는 심정으로 《여쟁선》을 써 나갈 것임을 말씀드리고 싶습니다.

자, 쟁선 뒤의 쟁선, 《여쟁선》을 지금부터 시작하겠습니다.

이재일 배상

第一餘 신뢰를 배운 자객,
이유를 찾은 책사, 소년 국수

(1)

그 눈동자는 겨울 하늘처럼 시리다.

천적을 앞둔 작은 동물처럼 그 눈동자에 깃든 차가움과 비정함에 완전히 속박당한 소년은 고개를 저으려다가, 비명을 지르려다가, 몸부림을 치려다가, 무엇 하나도 가능하지 않다는 절망적인 자각에 빠진다.

그러나 눈동자는 소년을 향하고 있지 않다. 오직 바둑판 위만을 내려다본다.

정확하게 맞춘 저울대처럼 팽팽한 균형을 이루고 있는 반상.

그 답답한 평화를 끝끝내 인내하지 못한 흑의 사나운 한 수.

딱-.

균형이 무너진다! 전쟁이다! 검은 칼이 뽑히고 흰 창이 고개를 든다!
눈동자가 말한다.

−차를.

소년은 화들짝 놀란다.
차? 맞아, 차를 내가야 해.
저 시린 눈동자는 화가 나 있다. 시키는 대로 하지 않으면 안
돼. 하지만 주방 안은 너무 깜깜하다. 어떡하지? 차를 내가야
하는데. 아무것도 안 보여. 그리고 이 냄새는…… 재 냄새에 섞
여 나오는 이 역한 비린내는 바로…….
어둠과 악취 속에서 무서운 노인이 나타난다.
무서운 노인이 말한다.

−나는 어린아이와 장난치는 것을 좋아하지 않는다. 한 번만
더 머리를 굴리면 그 머리를 잘라 네 배 속에 넣어 주마.

무서워, 무서워, 무서워.
할아버지, 도와주세요.
사부님, 살려 주세요.
사부님께서 말씀하신다…….

<hr/>

"얘! 얘!"
꿈과 현실을 가르는 불명한 경계선 위로 어떤 목소리가 생생

해지고 있었다.

"얘! 눈 떠! 눈 뜨라고!"

의식이 마침내 그 목소리를 받아들이는 데 성공했다. 과홍견은 두 눈을 번쩍 떴다.

"헉! 헉!"

벌어진 입에서 뭉쳐 나오는 돌덩이처럼 딴딴한 숨소리가 고막을 세차게 두들기고 있었다. 심장은 미친 듯이 날뛰고, 머릿속은 걸쭉한 액체처럼 어딘가로 자꾸만 흘러내리는 것 같았다. 무서운 속도로 되살아나는 전신의 감각들은 차라리 고통스러울 정도였다.

과홍견의 눈에 가장 먼저 들어온 것은 침침한 천장을 비뚜름하게 가로지르는 낡은 들보들을 배경으로 자신을 내려다보는 얼굴 하나였다. 가난의 흔적이 흉터처럼 새겨졌지만 눈빛만큼은 따뜻한 중년 여자의 얼굴. 누구더라? 아, 맞다. 장 아줌마였지, 장 아저씨의 누나라던.

"아유, 이 땀 좀 봐. 아주 흠뻑이네, 흠뻑이야. 나이도 어린 애가 무슨 잠꼬대를 그리 심하게 하니?"

장 아줌마의 수선스러운 지청구를 들으며 과홍견은 상체를 일으키려고 애를 썼다. 장 아줌마가 그의 등 밑으로 손을 넣어 그 일을 거들어 주었다. 진땀으로 푹 젖은 목덜미에 붙어 올라온 지푸라기들이 왕모래처럼 꺼끌꺼끌하게 느껴졌다.

"제가…… 소리를 질렀나요?"

목소리가 갈라져 나오고 있었다. 목이 타 붙는 것 같았다.

"얘 좀 봐, 소리를 질렀냐고? 도와주세요, 살려 주세요, 난리도 그런 난리가 없더라."

장 아줌마가 바닥에 놓여 있던 물건을 집어 과홍견의 얼굴 앞으로 내밀었다. 흐린 초점을 애써 맞춰 보니 대나무로 만든 물통이었다. 반가웠고, 고마웠다. 과홍견은 대나무 물통을 받아 벌컥벌컥 들이켰다.

과홍견이 물을 다 마시기를 기다려 장 아줌마가 물었다.

"악몽이라도 꾼 거니?"

과홍견의 진땀에 젖은 얼굴이 어두워졌다.

악몽.

장 아줌마의 말대로 그것은 악몽이었다. 그해 가을 이후 잊을 만하면 불쑥불쑥 찾아와 소년의 잠자리를 비명으로 바꾸어 놓는 고약한 악몽.

악몽은 언제나 똑같았다.

겨울 하늘처럼 시린 눈…… 바둑판…… 균형…… 균형의 붕괴…… 차를…… 자욱한 어둠과 악취에 공포의 의미를 부여하며 나타나는 무서운 노인…… 머리를 잘라 네 배 속에 넣어 주마…… 도움을 간원하는 그에게 사부님께서 해 주시는 말씀은…….

다음 순간 과홍견은 소스라치게 놀라며 주위를 두리번거렸다. 행낭 대용으로 메고 다니던 서궤가 보이지 않았다! 신무전을 떠나면서 가지고 나온, 떠돌이의 척박한 삶이나마 부지하는 데 도움을 주던 몇 가지 생필품과 짬짬이 바둑을 공부하기 위한 기구棋具와 목숨보다 소중한 두 권의 책이 들어 있는 나무 서궤가.

"뭘 찾니? 네 짐?"

장 아줌마가 물었다. 과홍견은 누워 있던 짚자리 옆을 양손으로 헤집으며 정신없이 고개를 끄덕였다.

"네 짐은 아저씨들이 가져갔으니까 안심해."

과홍견의 손길이 딱 멎었다. 그는 안심 대신 의심이 담긴 눈으로 장 아줌마를 돌아보았다.

"아저씨들이요? 왜요?"

장 아줌마가 자신의 어깨 너머로 눈짓을 보내며 대답했다.

"동생들이 심심했나 보더라. 오석五石(현대의 오목)으로 내기를 한다나."

"오석요?"

바둑이 복잡하고 고격한 유희로써 상류층의 전유물처럼 간주되어 왔다면, 돌 다섯 개를 연결함으로써 승패를 결정하는 오석은 단순한 규칙과 짧은 경기 시간 덕분에 민간 구석구석에까지 널리 보급된 지 오래였다.

과홍견은 무릎을 세워 장 아줌마의 어깨 너머를 건너다보았다. 두 사람으로부터 서너 발자국쯤 떨어진 곳에는 모닥불이 활활 지펴져 있었고, 그 주위에는 네 남자가 둘씩 짝을 지어 앉아 있었다. 모닥불의 불꽃과 네 남자가 만들어 낸 그림자가 그 모두를 둘러싼 사방의 흙벽 위에 기이한 그림자를 그려 놓고 있었다.

네 남자 중 둘은 이 빠진 사발로 강술을 마시며 시시덕거리고 있었고, 나머지 둘은 서로를 향해 이마를 맞대듯 수그리고 앉은 채 어떤 일에 골몰하고 있었다. 과홍견은 수그리고 앉은 두 남자 사이에 펼쳐진 것이 자신의 서궤 안에 있던 천 바둑판임을 금세 알아볼 수 있었다. 서궤는 두 남자로부터 조금 떨어진 곳에 뚜껑이 열린 채 놓여 있었다.

과홍견은 서궤를 향해 급히 달려갔다. 그런 다음 그 안에 있던 자신의 짐들이, 특히 두 권의 책이 온전함을 확인하고는 안도의 한숨을 내쉬었다.

강술을 마시던 두 남자 중 하나가 그런 과홍견을 향해 말했다.

"이런 이런, 우리가 소형제의 물건을 훔쳐 가기라도 한 줄 알았는가?"

과홍견은 말없이 그 남자를 바라보았다. 나이는 초로를 넘겨 짧은 턱수염이 잿빛으로 보였다. 여기저기를 기운 옷차림과 달리 오관이 단정하고 말투가 점잖아 유생 같은 분위기를 풍기고 있었다. 우연한 기회에 동행하게 된 이들 사남일녀 모두가 그러하듯 본명 대신 조노대趙老大라는 가명으로 불렸고, 실제로도 가장 어른 대접을 받는 인물이었다.

조노대는 사발에 든 술을 한 모금 마신 뒤 말을 이었다.

"우리 다섯 족제비들이 비록 남의 물건을 슬쩍해서 먹고사는 하류 인생들이긴 해도 큰 건을 앞두고서 작은 물건에 손대는 어리석은 짓은 하지 않는다네."

그 말을 받은 것은 조노대와 나란히 앉아 술잔을 나누던 말라깽이 장년 남자였다. 그는 체격과 어울리지 않는 굵은 목소리로 껄껄 웃더니 고개를 절레절레 저으며 말했다.

"아서라, 아서. 성안에서 우리를 기다리는 황금이 얼마고 보물이 얼만데 네놈의 젖내 나는 옷가지를 탐내겠느냐?"

장 아줌마의 동생인 장삼莊三이 바로 저 말라깽이였다. '삼'이라는 호칭이 알려 주듯 다섯 족제비 안에서의 서열은 셋째. 허풍기가 있어서 처음 만난 날 소림사 나한권이니 무당파 면장이니 몇 가지 권법과 장법을 기운차게 보여 주며 스스로를 '강호에 알려지지 않은 권장의 고수'라고 소개하기도 했지만, 권장의 진짜배기 고수들이 올챙이 떼처럼 우글거리는 신무전에서 일년 가까이 살아 본 경험이 있는 과홍견으로서는 그저 가소로울 따름이었다.

'아마 사저 혼자 맨손으로 나서더라도 저들 다섯을 때려잡는 데는 반각도 안 걸릴걸.'

그러고는 어깨를 으쓱거리며 뻐기겠지. 강호 제일의 여협이 어쩌고저쩌고 늘어놓으며.

사저를 생각하니 갑자기 외로움이 밀려들었다. 그날 객잔에서 커다란 눈으로 그를 똑바로 바라보며 가늘게 입술을 떨던 그녀의 얼굴이, 평소 씩씩하고 활달하던 모습과는 다르게 비 맞은 이파리처럼 처량하기만 하던 그 얼굴이 눈앞에 아른거렸다.

사저는 말했다.

─나를 위해 이곳에 남아 주면 안 되겠니?

기예를 단련시켜 줄 스승을 찾아 풍찬노숙도 마다않으며 천하를 떠돌아다닌 지도 어언 삼 년이 가까워지고 있었다. 정처 없는 고단한 삶에 치여 '신무전에 그냥 남아 있었으면 얼마나 좋을까?' 하는 약한 마음을 품은 적도 한두 번이 아니었지만, 실제로 가장 큰 유혹에 사로잡힌 것은 제남을 떠나는 날 사저로부터 그 말을 들었을 때였다.

선머슴처럼 더펄거리긴 해도 속정만큼은 비단결 같은 손위 사저가 달리 보이기 시작한 것도 아마 그 무렵부터였을 것이다. 솔직히 말하라면, 첫 만남 때부터 다섯 살 연상의 사저에게 호감을 품은 과흥견이었다. 그러던 중 제남혈사가 벌어졌고, 두 사람 모두는 가장 가까운 친인을 여의는 크나큰 슬픔을 겪어야 했다. 유아적인 호감이 불행의 공유라는 동병상련에 실려 사춘기 소년의 연정으로 이어진 것은 전혀 이상한 일이 아니었다. 그런 마당인데, 아무리 농담이라고는 해도, "다 때려치우고 나한테 장가와라."라는 엄청난 제안까지 들었으니 마음이 흔들리지 않았다면 거짓말일 터. 하지만……

'낙심한 사저가 아무렇게나 던진 말을 아직까지 마음에 두고 있다니, 나도 참.'

생각만으로도 얼굴이 화끈거렸다. 비슷한 불행을 한가지로 당했다고는 해도 이쪽은 사고무친에 혈혈단신의 고아요, 저쪽은 대대로 명문인 신주소가의 상속인이 아니던가. 사저에게 엉뚱한 마음을 품는 것은 그야말로 두꺼비가 거위 고기를 탐내는 격이라고 할 수 있었다.

'가당치 않다, 가당치 않아.'

방랑 생활을 통해 과홍견이 겪은 삶의 민낯은 결코 낭만적이지 않았다. 인간을 정작 피폐하게 만드는 것은 추위와 굶주림이 아니라 헛된 희망이라는 사실을 이미 깨달은 소년은 고개를 작게 흔들어 남에게는 알릴 수 없는 혼자만의 자괴감을 털어 버렸다.

그때, 천 바둑판을 가운데 두고 오석을 겨루던 두 남자 중 하나가 숙이고 있던 허리를 펴 올리며 욕설을 터뜨렸다.

"염병, 이게 뭐야!"

다섯 족제비 중 넷째인 오사吳四. 여자처럼 곱살한 인상과 호리호리한 체구에 걸맞지 않게 입이 걸고 성격도 급해서 동료들로부터 항상 사고뭉치 소리를 듣는 위인이었다. 장 아줌마와 짝패를 이루어 행인들의 전낭을 터는 게 전문이라는데, 손버릇도 꽤나 안 좋은 편이라서 과홍견의 뒤통수는 이미 수차례 그의 손바닥과 친해진 경험이 있었다.

"뭐긴 뭐겠소, 끝난 거지."

오사의 맞은편에 앉은 오오吳五—오사와 성은 같지만 친형제는 아니라고 했다―가 미소를 지으며 말했다. 박박 얽은 곰보 자국이 얼굴뿐 아니라 목덜미까지 이어져 있어서 보기에 무척 흉했지만, 과홍견은 지난 며칠간의 동행을 통해 오오가 다섯 오 소리 중 여자인 장 아줌마를 제외하면 가장 고운 마음씨의 소유 자라는 사실을 알게 되었다. 요상하게 구부러진 철사로 닫힌 자 물쇠를 따는 게 전문이라나. 그래서인지 손재주가 남달라서 긴 유랑 생활에 낡고 해진 과홍견의 서궤를 공짜로 손봐 주기도 했다.

과홍견은 두 명의 오가 사이에 펼쳐진 천 바둑판을 내려다보 았다. 백을 쥔 오오가 흑돌들 사이로 한쪽이 열린 네 줄과 양쪽 모두 열린 세 줄을 만들어 놓은 모습이 보였다. 동시에 두 군데 길목을 수비할 수 없으니 오사로서는 다음 순서 혹은 다음다음 순서에 상대의 오석을 막아 낼 방도가 없는 것이다. 오석 용어 로 '사삼四三'의 형국.

"다시 해, 인마!"

오사가 빽 소리치며 오른손을 신경질적으로 휘저어 천 바둑 판 위에 놓인 돌들을 흩트렸다. 그 바람에 쓸려 날아간 백돌 한 개가 모닥불 속에 떨어졌다.

"아!"

과홍견은 그 백돌을 주우려고 자신도 모르게 모닥불 속으로 손을 뻗었다가 핥듯이 휘감아 오는 불길에 놀라 팔꿈치를 오므 렸다. 곁에 있던 장 아줌마가 그의 뒷덜미를 잡아당겨 주저앉힌 뒤 등줄기를 짝 소리 나게 후려쳤다.

"미쳤니? 데면 어쩌려고 그래?"

하지만 과홍견의 눈은 주황색 불길에 휩싸인 백돌에만 고정 되어 있었다.

"돌…… 저 바둑돌을……."

정작 일을 저지른 장본인인 오사는 영문을 몰라 눈만 끔벅거리는데, 눈치 빠른 오오가 상황을 알아차리고 불쏘시개 감으로 쌓아 놓은 나뭇가지들 중 하나를 집어 모닥불 속에 떨어진 백돌을 끌어냈다.

오오는 나뭇가지에 걸려 흙바닥으로 나온 백돌을 검지 끝으로 조심스럽게 만져 본 다음 손으로 주워 과홍견에게 건네주었다.

"돌멩이가 불에 잠깐 들어갔다고 타 없어지는 것도 아닌데 뭘 그리 야단을 떠는 거냐. 옜다, 네 바둑돌."

하지만 백돌은 오석烏石을 갈아 만든 흑돌과 달리 돌멩이로 만들어진 것이 아니었다. 그것의 원재료는 남방 흰대합조개의 껍데기였고, 불에 그슬리면 색이 변하기도 하는 것이다. 아니나 다를까, 오오에게서 건네받은 백돌의 가장자리는 갈색으로 변색되어 있었다. 그 부위를 손가락으로 문질러 보고 소매 자락으로도 닦아 본 과홍견은 한숨을 쉬고 말았다. 이 정도 얼룩이면 고운 모래에다 열심히 갈아 본들 본래의 우아한 광택을 되찾지 못하리라는 것을 알아차렸기 때문이다.

팔짱을 끼고서 못마땅한 표정으로 과홍견을 노려보던 오사가 불퉁하게 투덜거렸다.

"사내새끼가 그깟 바둑돌 가지고 잔망스럽게……."

"그깟 바둑돌이 아닐지도 몰라. 내력이 있는 물건 같은데 넷째, 네가 조심했어야지."

모닥불 건너에서 날아온 조노대의 점잖은 타박에 오사가 콧방귀를 뀌었다.

"염병, 돌멩이에 내력은 무슨 얼어 죽을 내력이 있다고."

오사의 말을 못 들은 체, 조노대가 과홍견을 향해 부드러운 목소리로 물었다.

"부족한 내 눈에도 소형제가 가진 바둑돌들은 범상치 않아 보이는구먼. 어디서 얻은 물건인지 알려 줄 수 있겠는가?"

과홍견은 잠시 망설이다가 사실대로 대답해 주었다.

"선조부께서 남기신 유품입니다."

할아버지는 과홍견에게 세 가지 유품을 남기셨다. 강호에 기문병기로 명성을 떨친 무쇠 바둑판과 애기가愛棋家들에게는 명품으로 칭송받는 진귀한 바둑돌들과 과씨의 수준 높은 기예가 적힌 책자가 바로 그것들이었다. 그중 무게가 엄청나게 나가는 탓에 지금으로써는 도저히 가지고 다닐 수 없는 무쇠 바둑판을 제외한 두 가지 유품은 소년의 방랑 생활에 좋은 벗이자 스승이 되어 주었다.

"할아버지의 유품이라고? 그럼 넷째가 잘못한 거네. 그렇게 소중한 물건을 함부로 다뤘으니."

장 아줌마도 오사를 타박하고 나섰다.

"얼씨구, 이젠 누님까지 날 구박하는 거요? 염병, 일부러 그런 것도 아닌데 돌멩이 한 알 가지고 애먼 사람 죽일 놈 만드네. 내가 말을 말아야지, 염병."

그러면서 아예 돌아앉는 오사를 보며 픽 웃은 조노대가 과홍견에게 다시 말했다.

"넷째 말대로 고의로 한 일이 아니니 소형제가 이해해 주게나."

과홍견은 손바닥 위에 얹힌 백돌을 물끄러미 내려다보았다. 할아버지의 유품을 소중히 여기는 것은 손자로서 당연한 일이겠지만, 그렇다고 바둑돌의 표면이 약간 그슬린 것을 두고 앙심을 품을 만큼 꽉 막힌 못난이는 아니었다. 실제로 삼 년 가까운 방랑 생활 동안 부지불식간에 잃어버린 것도 여러 알이라서, 이번처럼 회수했다면 그런대로 만족하고 넘어갈 수 있었다.

고개를 든 과홍견이 토라진 소녀처럼 등을 돌리고 앉은 오사를 향해 말했다.

"아저씨를 탓할 마음은 없었어요. 별일도 아닌데 유난을 떨어서 미안해요."

"염병하고 자빠졌네. 탓할 일이 뭐가 있다고."

오사는 다시 한 번 불퉁한 말을 내뱉었지만, 아까와는 달리 쑥스러움을 감추려는 의도에서인 것 같았다. 하긴 입이 걸고 성격은 급해도 악기만큼은 별로 없는 위인 같았으니……. 우연히 만나 동행하게 된 좀도둑 무리가 여느 촌민들만큼이나 선량한 사람들인 점은 스스로를 보호하는 일에 능숙하지 못한 소년에게 천만다행한 일이 아닐 수 없었다. 오사의 등을 향해 빙긋 웃은 과홍견은 오석에 쓰인 흑백의 바둑돌들을 돌 주머니 안에 챙긴 뒤 천 바둑판으로 둘둘 감싸 서궤 안에 집어넣었다.

작은 소란이 일어나는 내내 아무 말도 않고 강술만 마시던 장삼이 홀쭉해진 술 주머니를 흔들어 보더니 사람들을 향해 말했다.

"다들 그만하고 눈 좀 붙입시다. 날 밝는 대로 성에 들어가려면 한숨 자 둬야지 않겠소."

조노대가 고개를 끄덕였다.

"하기야 명색이 황제 폐하께서 사시는 북경성인데 토끼 눈을 하고서 들어갈 수는 없는 노릇이지."

그렇게 자리가 파하는가 싶었는데, 어느새 마음을 풀었는지 다시 모닥불 쪽으로 돌아앉은 오사가 특유의 불퉁한 말투로 사람들의 발목을 붙잡았다.

"황제라면 대체 어느 황제를 말하는 거요?"

조노대가 눈매를 좁혔다.

"어느 황제라니?"

오사의 말은 거침이 없었다.

"염병할 고자 놈을 따라 친정親征에 올랐다가 오랑캐에게 붙잡힌 옛날 황제? 아니면 그 일로 화들짝 놀란 병부의 호랑이가 동전 찍어 내듯 찍어 낸 새로운 황제? 나라는 하난데 황제는 둘이니 나처럼 못 배운 무지렁이들은 대체 어느 황제를 받들란 말이오?"

조노대가 낯빛을 엄숙히 하고 오사를 꾸짖었다.

"이런 삼족을 멸할 역적 같으니라고!"

하지만 오사는 능글맞은 웃음을 지으며 조노대에게 다시 반문했다.

"삼족이면 우리 형제들까지 포함되는 거 아니오?"

조노대가 심각해진 얼굴로 고개를 끄덕였다.

"다섯 족제비는 한 핏줄이나 마찬가지니 당연히 포함되겠지."

장삼 또한 비슷하게 심각해진 얼굴로 혀를 차며 말했다.

"큰일이군, 큰일이야. 역적을 동생으로 둔 죄로 목이 잘리게 생겼으니."

그러더니 얼굴을 풀며 대소를 껄껄 터뜨리는데, 주변의 족제비들이 모두 따라 웃기 시작했다. 과홍견이 보기에 북경성을 지척에 둔 이 모닥불가에서 만승천자萬乘天子의 권위를 찾아보기란 불가능한 일일 것 같았다. 하지만…….

'그럴 만도 하지.'

환관이 정사를 좌지우지하던 과거에도 그리 존귀하다고는 할 수 없었던 천자의 권위는 금년 중추절을 전후하여 진창에 빠졌다고 해도 과언이 아닐 만큼 추락하고 말았다. 천자가 친정에 나선 것은 영락제 이후 처음 있는 일이라 온 나라가 떠들썩할 만큼 굉장한 출정식과 함께 시작되었지만, 그렇게 위풍당당 진군한 오십만 대군이 북변의 이름 한번 들어 보지 못한 코딱지만 한 보堡에서 오이라트의 에센이라는 부족장이 이끄는 오랑캐 강병에 괴멸당하고 말았다니, 용두사미도 이런 용두사미가 없을 터였다. 그런 마당에 천자의 권위를 어떻게 세울 수 있겠는가.

한바탕 웃음이 그친 뒤, 조노대가 볼따구니를 긁적이며 말했다.

"넷째 말을 들으니 참 공교롭다는 생각이 드는군."

오오가 물었다.

"뭐가 그렇게 공교로운가요?"

조노대는 웃음기를 뺀 진지한 얼굴로 대답했다.

"어쩌면 이 나라 백성들은 예나 지금이나 두 명의 천자를 떠받들고 살아야 하는 팔자인지도 몰라. 예전에는 환복을 입은 천자와 허수아비 천자를 떠받들어야 했다면, 지금은 포로가 된 천자와 병부에서 새로 내세운 천자를 떠받들게 생겼으니 하는 말일세."

조노대의 말에는 진한 자조감이 배 있었고, 이 나라 모든 백성들의 마음도 그와 다르지 않을 거라는 생각이 들었다.

오사가 고개를 갸웃거리다가 조노대에게 물었다.

"염병할 오랑캐 놈들은 대체 왜 그랬답니까? 이 나라 황제라면 놈들에게는 적국의 우두머리 아닙니까. 적국의 우두머리가 수중에 들어왔으면 깨끗이 죽여 버릴 일이지, 염병, 왜 포로로 붙잡아서 일을 복잡하게 만드는 겁니까?"

오사다운 지극히 단순한 식견이어서 나이 어린 과홍견이라도 저 질문에는 대답을 할 수 있을 것 같았다. 그 대답을 조노대가 대신하고 있었다.

"죽은 황제보다는 살아 있는 황제 쪽이 쓸모 있으리라고 판단했으니 살려 둔 거겠지. 아마도 오이라트의 부족장인 에센은 황제를 돌려보내는 조건으로 이 나라로부터 많은 보상을 받아낼 계획을 세웠을 걸세. 이참에 국경을 넓힐 수도 있겠고, 흠, 전쟁의 직접적인 원인이 환복천자의 고향에 세워진 마장 때문이라는 얘기도 있으니 마장을 폐쇄하고 조공 무역을 예전으로 복원하라는 요구를 할 수도 있겠지. 전쟁이란 과정도 중요하지만 마무리 또한 그에 못지않게 중요할 테니까."

장삼이 한마디를 보탰다.

"전쟁에서 진 것은 물론 통분할 일이지만, 그 와중에 고자 놈이 횡사했다니 좋은 일이 아주 없다고만은 할 수 없을 거요."

제독태감 왕진은 토목보土木堡의 패전 중에 목숨을 잃었다고 한다. 적군이 아닌 아군의 손에 살해당했다는 소문도 있는데 진위는 아직 파악되지 않은 상태였다.

장삼의 말에서도 여실히 알 수 있듯이 환복천자의 전횡을 증오한 것은 비단 나라를 걱정하는 충신열사들만이 아니었다. 민간에 널리 퍼진 왕진에 대한 소문은 지나치게 과장된 면마저 있어서, 고자가 아니라 양물이 둘 달렸다느니, 아침마다 어린아이의 생간을 먹는다느니, 사람이 아니라 무슨 악물처럼 묘사될 정도였다. 물론 과홍견은 그런 황당한 소문을 믿지 않았지만, 그렇다고 왕진에 대한 세인들의 증오심까지 그릇된 것으로 여기지는 않았다. 생전에도 온갖 악행으로 말미암아 관민 모두로부터 손가락질을 받았던 왕진은, 지금은 백골이 드러나 있을 어깨

위로 토목보의 패전에 대한 책임과 황제가 포로로 잡힌 데 대한 책임까지 짊어지게 되었다.

"셋째 형님 말씀대로 환복천자가 죽은 것은 잔치를 벌일 만큼 좋은 일이긴 하지만, 토목보에서 대승을 거둔 오이라트의 백만 대군이 진군해 오고 있다니 북경 사는 사람들로서는 하루하루가 죽을 맛일 겁니다."

오오의 말에 과홍견을 포함한 모든 이들의 표정이 어두워졌다.

"이리로 온다는 오랑캐의 군대가 정말로 백만 명이나 될까요?"

오사가 평소 때와 달리 조심스러운 말투로 물었다. 그 질문에 대답한 사람은 다섯 족제비 중 가장 경륜이 깊은 조노대였다.

"오이라트가 제아무리 강성하다 해도 백만 명의 군대를 뚝딱 만들어 내는 것은 무리겠지. 아마도 원정에 나간 아군의 오십만 대군을 손쉽게 격파했기 때문에 그런 소문이 도는 모양인데, 사실 오십만이라고 해도 두 명의 천자와 문무백관들의 수발을 드는 일꾼들이 태반이었다고 하니 처음부터 오합지졸이었을 수밖에. 그 오합지졸을 깨트리는 데는 강병 이십만이면 족했을 걸세."

조노대의 차분한 분석을 들으며 과홍견은 생각했다.

'백만이든 이십만이든 대군인 것은 마찬가지지.'

중요한 사실은 그 대군이 열흘 안에 북경성 앞에 당도한다는 점이었고, 더욱 중요한 사실은 얼마 후면 적군에 포위될 것이 분명한 북경성 안으로 다섯 족제비들과 더불어 자신도 들어가야 한다는 점이었다. 비록 목적은 다르지만 위험에 스스로 뛰어들려는 것만큼은 다르지 않았다.

"아유, 자자고 하더니 갑자기 웬 얘기꽃이람. 난 이제부터 눈

좀 붙여야겠으니 계속 떠들려거든 불 관리나 잘하라고. 주인 없는 농막農幕이라고 홀랑 태워 먹지들 말고."

장 아줌마가 펑퍼짐한 엉덩이를 들고 벽 쪽으로 자리를 옮겼다. 장삼이 따라 일어서다가 조노대를 돌아보며 말했다.

"다들 잘 거면 모닥불을 끄는 것이 좋지 않겠소? 요즘처럼 건조한 날에 불이라고 나면 곤란할 테니 말이오."

조노대가 모닥불을 바라보며 눈살을 찌푸렸다.

"그렇기는 한데…… 그래도 불을 완전히 끄면 잠자기에 조금 춥지 않을까?"

이제껏 어른들의 이야기를 듣기만 하던 과홍견이 나섰다.

"저는 방금 깨서 하나도 졸리지 않아요. 날이 밝을 때까지 제가 모닥불을 돌볼 테니 아저씨들은 마음 놓고 주무세요."

조노대가 반색을 했다.

"그래 주겠는가?"

과홍견은 불 앞으로 자리를 옮겨 앉으며 말했다.

"두 시진도 안 돼서 동이 틀 텐데, 그 정도는 충분히 견딜 수 있어요."

벽가의 어둠 속에 몸을 눕힌 장 아줌마가 손을 흔들며 말했다.

"기왕 밤새는 거, 아침거리도 준비해 줄래?"

과홍견은 그쪽을 향해 씩 웃었다.

"안 그래도 기침하실 시간에 맞춰 육포죽 끓여 놓을 생각이었어요."

돌덩이처럼 딱딱하고 군데군데 곰팡이도 핀 육포지만 불린 쌀과 함께 푹 끓이면 아침 한 끼로 부족하지 않았다. 장 아줌마가 누운 채로 까르르 웃었다.

"아유, 말도 참 예쁘게 하지. 내가 시집만 제대로 갔어도 저런 듬직한 아들을 낳았을 텐데, 빌어먹을 남편 놈이 요절하는 바람에 요 모양 요 꼴이 됐지 뭐야."

오사가 자리에서 일어서면서 과홍견의 뒤통수를 손바닥으로 탁 두들겼다.

"졸지 말고 똑바로 지켜! 알았어?"

그래도 눈매만큼은 사납지 않아서 과홍견은 아픈 뒤통수를 쓸면서도 웃을 수 있었다.

"걱정 마세요. 안 졸게요."

오오도 몸을 일으키며 말했다.

"정 졸리면 날 깨워. 교대해 줄 테니까."

각자 누울 자리를 정한 다섯 족제비는 오래지 않아 곤한 잠에 빠져들었다. 해 질 녘까지 먼 길을 걸어온 탓인지 다섯 사람 모두가 심하게 코를 곯고 있었다. 그 소리가 정겹게 들린다는 생각에 스스로 놀라면서, 과홍견은 불가에 앉아 모닥불을 돌보았다.

시월 초순에 들녘에서 맞는 밤은 오한이 들 만큼 춥겠지만 그것은 노숙을 할 때의 얘기였다. 바닥에 깔린 두툼한 짚자리와 장작이 이글거리는 작은 모닥불은 그리 넓지 않은 농막 안을 그런대로 안락한 잠자리로 만들어 주고 있었다. 열댓 평 남짓한 공간을 가둬 주는 부실한 천장과 낡은 흙벽도 그런 점에 큰 몫을 해 주고 있었다. 그러나 뜨내기 동행들의 코 고는 소리도, 자그마한 공간을 맴도는 소박한 온기도, 불안감에 젖은 소년의 마음을 근본적으로 달래 주지는 못했다.

모닥불 속으로 새로운 장작 하나를 던져 넣으며 과홍견은 생각했다.

'저 장작…… 꼭 내 모습 같아.'

불길 속으로 던져진 장작과 위험 속으로 뛰어드는 소년.

마지막 날, 사부님께서는 말씀하셨다.

─조심하라. 해결하라. 만족하라.

하지만 무엇인가를 해결하기 위해서는 조심함을 버려야 하는 경우도 있었다.

소년은 지금이 바로 그런 경우라고 믿었다.

(2)

십찰해什刹海는 바다가 아니다.

여타의 대도시와 달리 인근에 이렇다 할 강을 가지지 못한 북경은 과거 몇몇 왕조들의 도읍지 혹은 중요 도시로서 역할을 수행하는 과정에서 저수貯水의 필요성을 절실히 느꼈고, 여러 세기에 걸친 노력 끝에 몇 개의 인공 호수를 보유하게 되었다. 십교해什窖海, 즉 열 개의 구덩이라는 옛 이름을 가진 십찰해도 그런 인공 호수 중 하나였다.

인공 호수라 하여 아름답지 않은 것은 아니다. 황제가 사는 자금성에서 그리 멀리 떨어지지 않은 곳에 위치한 십찰해의 경우는 더욱 그러했다. 서호西湖의 봄과 진회秦淮의 여름과 동정洞庭의 가을을 함께 담았다고 칭송받을 만큼 수려한 풍경을 자랑하는 십찰해는, 그래서 철마다 유람객들의 발길이 끊이지 않는 북경 유수의 명소로 자리 잡게 되었다.

하나 단풍도 거의 저문 초겨울의 이 밤, 자야를 넘어 축시로 접어드는 십찰해 호반은 거대한 무덤처럼 고요하기만 했다. 으스름한 빛을 흘리던 상현달마저 구름 속으로 숨어들자 사위는 칠흑 같은 어둠에 잡아먹히고, 검은 수면 위를 달려온 눅눅한 바람만이 물가 억새밭 위로 을씨년스러운 풍성風聲을 울리고 있었다.

야경의 운치를 즐길 만한 계절이 아니기는 해도 십찰해에 이처럼 인적이 끊긴 것은 상식적으로 볼 때 무척 이상한 일이 아닐 수 없었다. 그러나 이 밤을 북경성 안에서 보내는 사람들에게만큼은 그 일이 전혀 이상하게 받아들여지지 않을 터였다. 바람이 울고 지나가는 물가 억새밭 속에 몸을 감추고 있는 청년도 그중 한 사람이었다.

청년은 특이한 옷차림을 하고 있었다. 아래위로 살갗에 딱 달라붙는 신축성 좋은 흑의를 입었고, 소매와 발목 부분에는 검은 가죽으로 만든 투수와 각반을 둘렀다. 허리는 졸인 수액을 입혀 광택을 감춘 금속 허리띠로 단단히 조이고, 얼굴에는 눈구멍 두 개만 뚫어 놓은 검은 복면을 뒤집어썼다. 거기에 검은 장갑과 검은 가죽신.

하지만 옷차림이 아무리 특이한들 청년 본인보다는 특이하다 하지 못할 것이다.

신체의 대부분을 물에 담근 채 머리 부위만 수면 위로 내놓은 그 청년은 두 시진이 넘도록 미동조차 않고 있었다. 초겨울의 호수 물은 당장 살얼음이 낀다 해도 이상하지 않을 만큼 차가운데도 그 속에 충분히 깊이, 그리고 충분히 오랫동안 잠겨 있는 청년에게서는 인간이라면 마땅히 드러내야 할 어떠한 움직임도 찾아볼 수 없었던 것이다.

그래서일 것이다.

금수장원金樹莊園에서 파견 나온 아홉 명의 호위 무사들은 청년의 존재를 전혀 알아차리지 못했다. 인근의 호변은 물론 거룻배 세 척을 동원하여 억새밭 속까지 샅샅이 헤쳐 보았지만, 수면 위로 머리만 내민 채 미동도 않는 청년을 발견하기란 쉬운 일이 아니었다. 아니, 설령 발견했다고 한들 억새 줄기에 들러붙은 새둥지쯤으로 여기고 그냥 지나쳤을지도 모른다. 청년은 생명체로서의 자신을 완벽히 감추고 있었다. 하지만 그런 중에도 청년의 감각은 칼끝처럼 예리하게 작동하고 있었다. 청년이 걸음마를 뗄 무렵부터 익혀 온 혈법육장血法六章 중 제삼 장인 응법應法이 그것을 가능케 해 주고 있었다.

　거룻배들이 억새를 헤치는 소리 너머로 어떤 이질적인 소리가 가까워지고 있었다. 청년의 신체 중 한 부위가 두 시진 만에 비로소 움직였다. 복면의 눈구멍 속, 감고 있던 눈을 뜬 것이다.

　청년은 이질적인 소리를 내는 것이 한 대의 마차임을 알아차렸다. 굳이 억새 위로 고개를 내밀고 보지 않더라도 말발굽 소리와 바퀴 구르는 소리만으로 충분히 짐작할 수 있었다. 극성의 응법을 통해 예민해진 청년의 감각은 그것 말고도 더욱 심화된 정보들을 포집해 나가고 있었다.

　'마부석에 한 사람…… 숨소리는…… 들숨과 날숨 사이가 길다…… 내가공부를 익힌 고수…… 그렇다면 호위대장이겠군…… 마차 안은…… 이게 무슨 소릴까…… 아…… 천명喘鳴(쌕쌕거림. 천식의 대표적 증상 중 하나)이었어…… 표적이 맞군…….'

　억새밭 위쪽 방죽길을 지나친 마차는 속도를 서서히 줄이더니 호변의 어느 지점에서 멈춰 섰다. 호수에 놀잇배를 띄우기 위해 마련된 계선장繫船場 앞이었다. 호위 무사들이 탄 세 척의 거룻배들이 그쪽으로 몰려가는 소리가 청년의 귓전에 생생히 들렸다. 잔교로 이루어진 그 계선장에는 예닐곱 척의 배들이 묶여 있었다. 계선장은 호위 무사들에 의해 이미 두 차례나 수색된 바 있었다. 누군가가 그곳에 몸을 감추고 있었다면 분명히 발각되었을 터. 하지만 청년은 그곳을 은신처로 삼을 만큼 풋내기가 아니었다.

마부석에 앉아 있던 자가 계선장 위로 뛰어내렸다. 툭. 사람 하나가 널빤지 위로 뛰어내린 소리치고는 지나치게 작았다. 역시 호위대장이라고 해야 할까, 만만히 볼 상대는 아니었다. 그러나 이번 일에 대한 청년의 자신감은 견고하기만 했다. 청년은 저자보다 더 강한 고수의 호위도 무력화시킨 경험이 수차례 있었다. 더구나 이곳은…… 물이었다.

"이상 없나?"

마차에서 내린 호위대장이 주위를 향해 낮고 굵은 목소리로 물었다. 한 시진 전부터 이 일대를 수색하던 아홉 명의 호위 무사들 중에서 아마도 가장 계급이 높으리라고 짐작되는 자가 공손한 목소리로 대답했다.

"수상한 기미는 발견하지 못했습니다."

잠시의 시차를 두고 호위대장의 목소리가 다시 들려왔다.

"내리시지요."

아마도 마차에 타고 있는 자에게 한 말인 듯.

그러고는 쇠로 만든 걸쇠가 풀리는 소리, 나무로 만든 마차 문이 열리는 소리가 순차적으로 들려왔다.

이윽고 마차 밖으로 나온 자는, 표적이라고 거의 확실시되는 그자는, 계선장 바닥에 두 발바닥을 붙이기도 전에 밭은기침부터 토해 내기 시작했다.

"쿨룩쿨룩. 킥킥. 끄르륵."

기침이 진정되기까지는 제법 오랜 시간이 걸렸다.

"정말로…… 후욱, 후욱, 정말로 아무도 없는 거지?"

표적이 말 사이에 숨을 몰아쉬어 가며 물었다.

"요사이 가장 인적을 찾아보기 힘든 곳이 바로 이 십찰해일 겁니다. 이런 난리통에 한가롭게 호수 구경이나 하러 나올 사람도 없거니와, 지금처럼 야심한 시각에는 더더욱 그러할 겁니다. 그들도 아마 그 점을 알고 여기서 만나자고 했을 겁니다."

호위대장의 대답이었다.

"누구도 알아선 안 돼! 확실해야 된단 말일세! 오늘 일이 조정에 알려지는 날에는…….."

안심이 되지 않는지 가래 낀 목소리로도 재우쳐 확인받으려는 표적을 호위대장이 재빨리 제지하고 나섰다.

"대인, 아랫것들이 듣고 있습니다."

표적은 침묵했다.

"한 시진 전부터 이 일대를 샅샅이 수색하라 지시해 두었습니다. 대인께서는 염려치 않으셔도 됩니다."

호위대장이 달래듯 말했다.

표적은 아무 말도 하지 않았다. 다만 천식 환자 특유의 바람 빠지는 듯한 숨소리가 조금도 가라앉지 않는 것으로 미루어, 호위대장의 듬직한 장담도 불안에 떨고 있는 표적을 안심시키지는 못한 모양이었다.

그런 다음 약간의 시간이 흘렀다.

"그들이 온 것 같습니다."

잔교 위에서 호위대장의 굵은 목소리가 울린 것과 억새밭의

짙은 그늘 아래에서 미동도 않고 있던 청년의 눈에 불빛 하나가 잡힌 것은 거의 동시에 벌어진 일이었다. 호수 한가운데에서 갑자기 켜진 그 불빛은 마치 무덤 위를 떠도는 인광처럼 으스스한 느낌을 풍기고 있었다.

"배를 준비해라."

호위대장의 지시에 호위 무사들의 움직임이 부산해졌다. 계선주에 묶여 있던 배들 중 아담한 크기의 화방畵房(놀잇배) 한 척이 그들에 의해 잔교 쪽으로 당겨졌다.

드-웅-.

화방의 현측이 잔교의 나무 기둥에 부딪치는 둔중한 소리가 찰박거리는 물소리에 섞여 들려왔다.

호위 무사들 중 하나가 물었다.

"배는 누가 몰까요?"

호위대장이 즉시 대답했다.

"내가 몰 것이다."

사공 노릇이나 하고 있을 인물이 아님에도 저렇듯 자청하고 나서는 데에는, 오늘 일이 외부로 알려지는 것을 극도로 꺼리는 표적의 의중이 크게 작용했음을 짐작할 수 있었다.

"하면 저희들은……?"

"너희들은 삼십 보 거리로 호변에 늘어서서 혹시라도 수상한 자가 접근하지는 않는지 철저히 경계한다."

"그런 자가 있다면 어찌 처리할까요?"

호위대장은 잠시 짬을 둔 뒤 짧게 말했다.

"죽여라."

"알겠습니다."

지시를 받은 호위 무사들은 화방이 계선장을 빠져나가는 데

도움을 줄 한 사람만 남겨 둔 채 호변으로 흩어졌다.

"배에 오르시지요."

호위대장이 말했다.

표적이 잔교에서 화방의 갑판으로 내려서는 소리와 그 영향으로 화방이 좌우로 출렁거리는 소리, 표적이 "어이쿠!" 당황해하는 소리와 호위대장이 "조심하십시오!"라고 낮게 주의를 주는 소리가 청년의 귀로 잇달아 흘러들어 왔다.

그다음 호위대장이 가벼운 몸놀림으로 화방에 오르는 소리가 들리고, 상앗대로 잔교를 두들겨 미는 소리가 몇 차례 울린 뒤, 두 사람이 탄 화방은 불빛이 가물거리는 호수 한가운데를 향해 천천히 나아가기 시작했다.

청년이 두 시진이 넘는 지루한 은신을 풀고 마침내 움직인 것은 그 직후였다.

수심이 얕아 줄곧 쭈그리고 있던 허리와 다리를 후방으로 길게 뻗어 내고 호수 바닥의 질퍽한 진창 속에 번갈아 찔러 넣는 양손만으로 몸을 끌어당긴 청년은 이제껏 자신을 숨기고 있던 억새 그늘에서 벗어나 깊은 호수 속으로 흐르듯이 잠겨 들어갔다.

청년의 키는 작은 편이 아니었다. 몸무게도 백이십 근이 넘게 나갔다. 그러나 그런 청년이 움직이는 데도 물소리 한 번, 물방울 하나조차 일어나지 않았다. 수달과 같은 물짐승이라도 감히 따라 하지 못할 놀라운 수중 공부라 아니할 수 없는데, 혈법육장의 제사 장인 순법順法을 극성으로 터득한, 그리고 물을 만나야 비로소 본령을 발휘한다고 알려진 수상살수水上殺手 애혈愛血에게는 전혀 어려운 일이 아니었다.

순법은 거역하지 않음을 요체로 삼는다. 물소리가 울리거나 물방울이 튀기거나 하는 것 모두가 물의 성질을 거역한 결과라고 할 수 있다. 거역하면 힘이 분산되고, 나아가 동태를 알리고 흔적을 남기게 된다. 순법을 통해 신체의 움직임을 조절하고 단련하여 거역을 불러올 수 있는 제반 요소들을 제거하면 완벽한 집중과 완벽한 잠행과 완벽한 잠적이 가능해진다.

하지만 거역은 존재의 굴레이기도 하다. 모든 생명체는 환경에 순응하는 것만이 아니라 때로는 거역함으로써 존재를 이어나갈 수 있기 때문이다. 그래서 애혈은 또래의 갓난아이들이 강보에 누워 옹알이하는 동안 전대 애혈인 사부의 손에 의해 시도 때도 없이 연못에 던져져야만 했다. 대를 이어 내려온 애혈들은 순법을 터득하기 위한 가장 적합한 공간이 물이라는 사실을 일찍부터 알고 있었기 때문이다.

덕분에 물은 지난 이십칠 년간 애혈에게 있어서 최적의 놀이터이자 생활공간이 되어 주었고, 이제는 최적의 일터로 자리 잡았다. 물살과 물살 사이의 결을 타고 소리 없이 유영해 나갈 때, 물에 잠겨 먹먹해진 고막 속으로 수많은 기포들이 터뜨리는 유쾌한 합주가 흘러들어 올 때, 애혈은 물에 대한 본능적인 두려움에 사로잡혀 살아가는 여느 인간들로서는 결코 맛볼 수 없는 거대한 고양감에 젖어 들 수 있었다.

바로 지금처럼!

수심 여덟 자 깊이를 잠영으로 나아가던 애혈이 뱀장어처럼 기묘하게 꿈틀거리던 신체의 움직임을 멈춘 것은 계선장에서 출발한 화방의 넓적한 선저 아래에 이르렀을 때였다. 야심한 시각의 호수 속은 먹물을 풀어 놓은 것처럼 깜깜했지만, 물살의 미세한 흐름만으로도 수면과 수중의 상황을 손바닥 들여다보듯 파악할 수 있는 수상살수에게는 어떠한 장애도 주지 못했다.

애혈은 화방의 선저를 향해 검은 장갑을 낀 양손을 뻗어 올렸다. 검은 장갑의 장심에는 찻종지의 변죽만 한 크기의 둥근 흡반吸盤이 부착되어 있었다.

두 개의 흡반이 화방의 선저에 밀착되었다. 애혈은 공력을 일으켰다.

그르르─.

콧구멍에서 새어 나온 몇 방울의 기포가 복면의 눈구멍을 통해 위로 올라갔지만 선저와 얼굴 사이로 흘러가는 검은 물살에 먹혀 금세 스러져 버렸다.

흡반과 화방은 선저 외면에서 미끈거리는 물이끼에도 불구하고 처음부터 한 몸으로 만들어진 것처럼 단단히 달라붙었다. 손가락이나 기타 도구를 박아 넣어 신체를 고정할 수도 있겠지만, 잠행과 잠적을 중시하는 애혈로서는 취할 바가 아니었다.

추진력을 만들어 낼 필요로부터 자유로워진 애혈은 허리와 다리를 일자로 쭉 펴고 신체의 모든 관절과 근육 들을 편안하게 이완시켰다.

모든 것이 순조로웠다. 이제 애혈은 화방과 하나가 되어 호수 한가운데를 향해 나아가고 있었다. 선저 아래에 따개비처럼 붙어 있지만 호흡은 걱정할 필요 없었다. 대를 이어 가며 수중 공부에 특화된 방향으로 발전해 온 애혈들의 호흡법은 깊은 강바닥에서도 한 시진은 거뜬히 버틸 수 있도록 해 주었다. 몇 해 전 호기심에서 시도해 본 잠수의 한계는 그보다 일각쯤 길었는데, 지금은 조금 더 늘었을 것이다.

잠시 후 화방의 후방에서 쉼 없이 물결을 일으키던 노의 움직임이 잦아들었다.

애혈은 선저에 달라붙은 채 목을 아래로 젖혔다. 화방의 전방으로부터 거리를 조금씩 좁혀 오는 시커먼 그림자 하나가 거꾸로 뒤집힌 그의 시야에 들어왔다. 실제로는 호수 위에 멈춰 있는 그 그림자를 향해 화방 쪽에서 점차 속도를 줄이면서 다가가고 있는 것이었다.

이어 화방이 천천히 방향을 틀기 시작하고…….

끼이익—.

두 척의 배는 십찰해의 호수 한가운데에서 뱃전을 마주하게 되었다.

끼이익—.

화방이 무언가에 부딪치는 진동과 함께 물에 젖은 무거운 목재끼리 마찰하는 소리가 선실의 얇은 외벽을 통해 둔중하게 들려왔다. 그 소리가 마치 어떤 중대한 운명을 결정하는 문이 열리거나 혹은 닫히는 소리처럼 느껴져 범중위范中衛는 자신도 모르게 어깨를 움츠렸고, 그 바람에 갑자기 짜부라진 그의 부실한 허파는 천식 환자 특유의 밭은기침을 여지없이 토해 놓았다.

한동안 이어지던 기침이 간신히 가라앉을 즈음, 선실 바깥으로부터 누군가의 가늘고 음산한 목소리가 들려왔다.

"굴왕신屈枉神을 만나자고 한 게 누구요?"

선실 안의 범중위가 눈물 콧물로 엉망이 된 얼굴을 소맷자락으로 황급히 닦고 있을 때, 화방의 고물에서 노를 쥐고 서 있던 금수장원의 호위대장 백적동白寂動이 그를 대신하여 대답했다.

"우리 주인님이시오."

잠깐의 시간이 흐른 뒤 가늘고 음산한 목소리가 다시 들려왔다.

"굴왕신이 비록 만신萬神의 말석을 차지한 비루한 신일망정 인간의 종복을 상대하지는 않소. 벙어리가 아니라면 주인이 직접 나서시오."

평소 때라면 가당치도 않은 소리였다. 병부의 이인자이자 북경 굴지의 부귀가로 다섯 대나 이어 온 금수장원의 장주를 향해 흑도의 무뢰배들이 직접 얼굴을 마주하자는 소리였으니.

그러나 지금은 평소 때가 아니었다. 지금은 전란을 목전에 둔 초미의 시기였고, 북경에서 권세깨나 부리던 유력자들이 요사이 저 흑도의 무뢰배들에게 줄을 대기 위해 갖은 수단을 강구하는 중이라는 사실을 범중위는 모르지 않았다. 지금 이 자리까지 오는 데에 든 돈만 해도 문은紋銀으로 천 냥이 넘는다. 본격적인 흥정은 아직 시작하기도 전인데 말이다. 칼자루를 쥔 쪽이 누구인지 아는 이상 평소 때의 위신을 고집할 수는 없는 노릇이었다.

'드센 소나기는 피해 갈 줄도 알아야 하는 법.'

범중위는 내키지 않는 마음을 억지로 다져 먹고 선실 문 대신 쳐 둔 주렴을 걷었다.

화방의 갑판으로 나온 범중위의 눈에 가장 먼저 들어온 것은 화방과 현측을 붙이고 있는 한 척의 배였다. 크기는 이쪽의 곱절쯤 되지만 이쪽이 워낙 소선이라 그리 큰 배라는 느낌은 들지 않았다. 장식물이라고는 한 쪼가리도 보이지 않는 삭막한 외양으로 미루어 놀잇배로 쓰이는 배는 아닌 듯했다.

그 배의 이물에는 '굴왕'이라는 두 글자가 붉은 주사로 큼직하게 쓰인 장명등長明燈 하나가 대나무 장대 끝에 걸린 채 을씨년스러운 빛을 뿌리고 있었다. 범중위는 아까 호변에서 보았던 인광처럼 으스스한 불빛의 실체가 바로 저 장명등임을 알아볼 수 있었다.

그리고 그 장명등 아래에는 문제의 굴왕신이 서 있었다.

직위가 비천하고 차림이 남루하여 시골 토지묘에서도 웬만해서는 모시지 않는다는, 간혹 모신다 해도 토지신 노부부에게 신발이나 신겨 주는 종복의 모습으로나 겨우 등장한다는 무덤의 신, 굴왕신이.

굴왕신의 용모는 흉특하기 그지없었다. 길게 찢어진 눈과 구멍만 뚫린 코와 턱밑까지 빼어 문 보랏빛 혓바닥……. 대나무 장대에 걸린 장명등이 물살에 밀려 흔들릴 때마다 굴왕신의 시체처럼 창백한 얼굴 위로 불길한 홍조가 어른거리고 있었다.

"흐억!"

범중위는 보이지 않는 차가운 손이 심장을 움켜쥐는 듯한 공포에 사로잡혀 주춤 물러서다가 누군가에게 부딪쳐 멈춰 섰다.

"두려워 마십시오, 장주님. 가면일 뿐입니다."

어느새 등 뒤로 다가온 호위대장 백적동이 범중위의 귓전에 대고 작게 속삭였다. 그 말에 정신을 차린 범중위가 눈에 힘을 주고 다시 보니, 과연 장명등 아래의 인물이 닥종이로 만든 듯한 가면을 착용하고 있다는 사실을 알 수 있었다. 흉측한 만큼이나 정교하게 만들어진 가면이었다.

그때 굴왕신을 자처한 자로부터 예의 가늘고 음산한 목소리가 흘러나왔다.

"귀하가 굴왕신을 찾았소?"

범중위는 잔가시라도 걸린 양 간질거리는 목젖을 애써 가다듬고 굴왕신의 질문에 대답했다.

"그, 그렇소. 굴왕신을 만나려는 사람이 바로 나요."

"굴왕신을 만나려는 이유가 무엇이오?"

회백색 가면 너머에서 곧바로 튀어나온 굴왕신의 목소리가 범중위의 귀에는 마치 죄인을 신문하는 판관의 것처럼 신랄하고 엄중하게 들렸다. 그는 마른침을 한 번 삼킨 뒤, 목소리를 잔뜩 낮춰 말했다.

"북경을 빠져나가기 위해서요."

그러자 굴왕신으로부터 낮은 웃음소리가 흘러나왔다.

"흐흐, 그렇다면 귀하는 굴왕신을 만나는 게 맞소. 북경은 이미 거대한 무덤이고, 무덤에서 빠져나가려면 왕후장상이라도 굴왕신의 도움이 없이는 불가능할 테니까."

범중위는 한숨을 쉬었다.

"그 말 그대로요. 북경은 이미 거대한 무덤이고, 그래서 나는 굴왕신을 찾을 수밖에 없었소."

굴왕신이 다시 물었다.

"언제 빠져나가려 하시오?"

"오이라트의 군대가 닷새 안에 당도할 것이니 빠르면 빠를수록 좋소."

"닷새라고?"

고개를 갸웃거린 굴왕신이 혼잣말처럼 중얼거렸다.

"너무 빠르군. 최소한 열흘은 걸릴 줄 알았는데……."

이 말에 몸인 단 범중위가 뱃전 쪽으로 한 발 다가서며 물었다.

"그래서, 어렵겠다는 말이오?"

굴왕신이 코웃음을 쳤다.

"무덤 안에서 우리 굴왕신에게 어려운 일이란 없소. 지금으로부터 정확히 사흘 뒤, 귀하는 북경성 밖에 있을 것이오."

"나 혼자만이 아니오, 아내와 세 명의 자식 그리고 호위 무사한 명까지 모두 여섯 사람이 나가야 하오."

그때 범중위는 굴왕신이 쓴 시체 가면의 눈구멍 속에 감춰진 한 쌍의 눈동자가 그의 얼굴을 떠나 뒷전의 호위대장에게 향하는 것을 놓치지 않았다.

"여섯은 너무 많소. 그리고 아녀자들을 데리고 움직이기엔 무덤을 빠져나가는 길이 너무 험하오."

굴왕신의 목소리에 담긴 난감함이 단지 흥정을 위해 꾸며 낸 얄팍한 술수의 일환처럼 들리지는 않았다. 하지만 범중위는 물러서지 않았다.

"그 여섯 명이 최소한이오. 한 명도 줄일 수 없소."

범중위가 잠시 주저하다가 사정조로 덧붙였다.

"병중이신 부친과 아끼는 첩들도 놔둔 채 떠나야만 하는 이 사람의 처지를 부디 헤아려 주시오."

"하지만 금수장원의 저 유명한 황금 나무는 놔두고 떠나지 않으시겠지."

"그, 그건……."

범중위는 말문이 막혔다.

금수장원에 대대로 물려 내려오는 가보이자 가문의 상징물과도 같은 금수金樹는 이름 그대로 황금으로 이루어진 나무였다. 예술품으로서의 교묘한 가치는 접어 두더라도 제작에 들어간 황금의 양만 물경 서른여섯 관(약 135kg)이나 되는지라 그 지귀함은 이루 말할 수 없을 정도였다. 장원의 호위대장이자 내외공에 두루 달통한 백적동을 북경을 빠져나가려는 여섯 명에 포함시킨 이유 중 하나는 무지막지하게 무거운 금수를 안전히 운반해 줄 힘센 짐꾼이 필요하기 때문이었다.

굳게 다물려 있던 범중위의 입이 열린 것은 한참이 지난 뒤였다.

"나는 앞서 북경을 벗어난 상인이며 거부의 가택이 좀도둑들로 몸살을 앓는다는 소문을 들었소. 그런 마당에 조상 대대로 내려오는 가보를 놔두고 갈 수는 없지 않겠소?"

굴왕신이 고개를 끄덕였다.

"물론 이해하오. 나라도 오늘내일하는 노인네보다는 황금으로 만들어진 나무를 택했을 테니까. 아아, 비아냥거리려는 마음은 없소. 그저 우리 굴왕신은 귀하의 지극히 현실적인 선택을 존중한다는 뜻이니까. 게다가 그 좀도둑 문제는 정말로 골치 아프지. 병부의 호랑이라는 우겸 대인에게 붙잡혀 목이 잘린 좀도둑의 수가 벌써 이백을 넘었다고 하니, 요즘처럼 바빠서야 굴왕신 노릇도 어디 해먹을 수 있겠소."

사실 굴왕신의 뒷말은 말도 안 되는 엄살에 지나지 않았다. 북경을 포함한 하북 지역 도굴꾼들의 방회인 굴왕회屈枉會가 가난한 자의 무덤에 관심을 갖는 일이란 결코 없을 것이기에.

그러나 범중위의 사고는 그런 시시콜콜한 문제에서 멀찍이 벗어나 있었다. 굴왕신의 말 중에 등장하는 이름 하나가 그의 머릿속을 온통 사로잡았기 때문이었다.

"우겸, 그 간악한 역적 놈에게 대인이라니 귀하는 대체……!"

지금 자신이 처한 난경도 잊은 채 덮어 놓고 노성부터 터뜨리는 범중위를 이번에도 호위대장이 제지해 주었다.

"장주님, 외람된 말씀이오나 여기서 시간을 오래 끌어 좋을 일은 없을 듯싶습니다."

"음?"

낮지만 힘이 담긴 목소리와 함께 한쪽 어깨를 슬며시 쥐어 오는 단단한 손길이 범중위로 하여금 현실을 자각하도록 만들어 주었다. 붙잡힌 어깨를 흠칫 떤 범중위가 고개를 끄덕였다.

　　"맞아. 자네 말이 옳으이."

　　굴왕신이 말했다.

　　"시간이 없다니 곧장 본론으로 들어갑시다. 총시塚匙, 즉 무덤의 열쇳값이 가볍지 않다는 것은 알고 오셨으리라 믿소."

　　"그렇소."

　　짧게 대답한 범중위가 고개를 돌려 백적동에게 눈짓을 주었다. 그러자 백적동이 성큼 앞으로 나서더니 상체에 엇질러 메고 있던 동물의 창자처럼 길쭉한 주머니를 풀어 굴왕신이 탄 배의 뱃전 너머로 던졌다.

　　쩔껑!

　　갑판에 떨어지는 소리가 무척이나 둔탁한 것으로 미루어 주머니 안에 든 물건의 무게가 범상치 않음을 짐작할 수 있었다.

　　"사람 한 명당 황금 한 관, 맞소?"

　　범중위가 묻자 굴왕신이 고개를 끄덕였다.

　　"정확하오."

　　범중위가 굴왕신의 발치에 떨어진 주머니를 가리키며 말했다.

　　"여섯 명분으로 여섯 관이오. 확인해 보시오."

　　"귀하의 신분과 금수장원의 명성을 감안해 확인한 것으로 치겠소. 여기, 여섯 명분의 총시요."

　　그리고 굴왕신으로부터 날아온 목패는 크기가 겨우 손바닥만 할 뿐 아니라 그나마도 반쪽짜리에 불과해 황금 여섯 관의 값어치가 있다고는 도저히 생각할 수 없었다. 하지만 범중위는 백적동이 대신 받아 건네준 그 목패를 세상 무엇보다도 소중한 보물인 양 두 손으로 조심히 감싸 들었다.

굴왕신이 이제까지와는 달리 엄숙한 어조로 말했다.

"사흘 후인 시월 초아흐레 유시 정각(하오 여섯 시), 총시의 뒷면에 적혀 있는 장소로 나오시오. 굴왕신의 셈법은 언제나 철저하오. 남자 다섯과 여자 하나. 숫자가 모자라는 것은 상관없지만, 숫자가 많거나 혹은 같더라도 성비가 달라지는 일이 벌어져서는 안 되오. 그리고 귀하는 북경의 관가에 얼굴이 널리 알려진 인사인 만큼 가급적 변장하고 나오는 것을 권하고 싶소."

범중위는 목패의 뒷면을 살펴보았다. 굴왕신이 한 말대로 뒷면의 한쪽 귀퉁이에는 북경에 거주하는 사람이라면 누구나 쉽게 찾아갈 수 있을 만큼 유명한 지명이 깨알 같은 글자로 적혀 있었다.

"잊지 마시오. 총시가 없어서도 안 되고 굴왕신의 셈법에 어긋나서도 안 되오."

한 냥도 안 나갈 나무 쪼가리를 던져 준 대가로 여섯 관이나 나가는 황금 덩어리들을 싣게 된 수완 좋은 배는 굴왕신이 남긴 이 경고를 마지막으로 화방과 맞붙여 놓았던 현측을 떼어 내더니 호수 저편으로 유유히 멀어져 갔다. 얼마 후에는 표식으로 내건 장명등마저 꺼 버린 듯, 멀찍이서 가물거리던 불빛이 홀연히 사라지자 사방은 말 그대로 코앞을 분간하기 힘든 암흑에 뒤덮였다.

불빛이 사라진 뒤에도 그 방향을 한동안 바라보던 범중위는 어느 순간 복잡한 심경이 담긴 한숨을 길게 내쉬었다.

"후우. 저런 자들을 믿는 게 과연 잘하는 일인지……."

하지만 어쩔 수 없었다. 지금으로서는 다른 방법이 없었고,

그가 올라탄 호랑이는 이미 달리기 시작했다. 이른바 기호지세.

어둠 속에서 백적동이 물었다.

"돌아갈까요?"

범중위는 묵묵히 고개만 끄덕였지만 하북에서 가장 잘나가는 무림세가 출신인 백적동의 눈에는 그 모습이 보였나 보다.

"밤바람이 차갑습니다. 선실로 들어가 계십시오."

안 그래도 기침이 다시 시작되려 하고 있었다. 긴장한 동안에는 느끼지 못하던 잔가시가 이제는 빗살처럼 불어나 목젖 안쪽을 마구 긁어 대고 있는 것 같았다.

"그러지. 쿨룩."

잠시 후 범중위는 딛고 있던 갑판이 출렁거리는 것을 느꼈다. 선실 옆 뱃전에 서 있던 백적동이 노를 젓기 위해 고물 쪽으로 이동하는 과정에서 발생한 흔들림 같았다.

한데 배가 흔들리는 정도가 조금 심했다.

아니, 너무 심했다.

"어? 어?"

잠깐 사이에 중심을 잃은 범중위는 선실 벽에 어깨를 세차게 찧은 뒤 그 반동으로 뱃전의 난간을 향해 엎어지듯 몸이 쏠렸다. 그는 급히 양손을 내밀어 난간의 윗부분을 붙잡고 고꾸라지던 상체를 버텼다. 그 바람에 두 손으로 감싸 쥐고 있던 목패를, 굴왕신으로부터 받은 여섯 명분의 총시를 놓치고 말았다. 황금 여섯 관을 주고 산 열쇠가, 아니 황금으로는 환산할 수 없는 구명의 열쇠이자 출세의 열쇠가 검은 호수로 떨어지는 것을 멀거니 바라보면서 그가 할 수 있는 일이라고는 입속말이라고밖에 표현할 수 없는 작은 소리로 이렇게 중얼거리는 것뿐이었다.

"안 돼……."

그때 놀라운 일이 벌어졌다.

검은 호수의 한 부분이 솟구쳐 오르더니 수면을 향해 떨어지는 총시를 덥석 움켜잡은 것이다!

경악으로 부릅떠진 범중위의 망막 위로 검은 수면보다 더욱 검은 복면 하나가, 그 복면 한복판에 자리 잡은 얼음처럼 차가운 한 쌍의 눈동자가 새겨진 것은 바로 다음 순간의 일이었다.

이어진 것은 목젖 위에 작렬한 섬뜩한 이물감.

츅.

인간의 목숨은 세간에 알려진 것보다 조금 더 질긴 면이 있었다. 그래서인지 병부의 좌우시랑 중 우시랑右侍郎이자 금수장원의 당대 장주인 범중위는 기도와 식도를 함께 관통당한 것으로도 모자라 목뼈가 끊어지고 뒤통수의 숨골마저 파괴당한 뒤로도 조금 더 목숨을 부지할 수 있었다.

덕분에 범중위는 자신의 목을 꿰뚫은 뾰족하고 날카로운 물체가 들어온 자리를 통해 매끄럽게 빠져나가는 광경을 보았고, 고물로 돌아갔던 호위대장이 "장주님, 무슨 일입니까!"라고 외치며 달려오는 소리를 들었고, 수면에서 상체만 솟구쳐 낸 검은 인영이 한 손에는 총시를 다른 손에는 꼬챙이를 닮은 길쭉한 물체를 쥔 채 다시 수면 아래로 잠겨드는 광경을 보았고, 바로 옆까지 다가온 호위대장이 황망과 경악에 찬 목소리로 "장주님! 장주님!" 하고 외치는 소리를 들었고…….

마지막으로 자신의 목젖에서 기침 대신 뿜어져 나온 핏줄기가 십찰해의 검은 호수를 더욱 암울한 빛깔로 물들이는 광경을 보았다.

공포의 냄새는 강렬하다.

청년이 번갯불처럼 빠른 기습을 통해 표적을 제거하려고 공을 들이는 것은 작업의 효율성을 높이기 위해서이기도 하지만 표적이 공포의 냄새를 풍기는 시간을 가급적 줄이기 위해서라는 이유가 더 컸다. 상황을 제대로 파악하기도 전에 떨어지는 단호하고도 깔끔한 죽음. 청년은 그것에 집착했고, 그래서 가끔은 불필요한 위험을 감수하기도 했다.

사부는 그런 청년을 이해하지 못했다. 공포의 냄새를 청년만큼 민감하게 맡지 못했기 때문이리라. 그러나 유별난 건 사부가 아니었다. 원한 혹은 이해관계가 연출한 음습한 무대 위에서 대가를 받고 살인을 행하는 자객들 대다수가 사부처럼 공포의 냄새를 맡지 못한다는 사실을 청년은 이미 알고 있었다. 그러므로 유별난 건 청년 쪽이라고 보는 게 옳았다. 지금으로부터 팔 년 전인 열아홉 살, 사부로부터 물려받은 이름으로 치른 최초의 단독 자객행에서 자신의 유별난 심리적 후각을 발견한 청년은 그것을 일종의 생득적인 저주로 받아들였다.

저주에서 벗어나기 위해서는 의식이 필요했다. 청년이 그간 시도한 의식은 다양했다. 코가 삐뚤어지도록 독주에 취해 보기도 하고, 유녀의 풍만한 살덩이 속에 말초를 파묻어 보기도 하고, 뒷골목 왈패들이나 벌일 법한 저급한 행패에 온몸을 내던져 보기도 했다. 하지만 지난밤의 살인을 통해 스며든 공포의 냄새는 좀처럼 가시지 않았다.

그렇게 몇 차례의 시행착오를 거치다가 청년이 마침내 찾아낸 가장 효과 좋은 의식은, 우습게도, 끽다喫茶였다. 한 모금 머금어 구강을 맴돈 맑고 담담한 차향이 비강으로 올라와 폐부 깊숙이 스며들 때만큼은, 그 안에 담긴 햇볕과 대지의 온기가 천에 번지는 염료처럼 온몸을 채워 나갈 때만큼은, 영혼에 짙게 물들어 있던 공포의 냄새가 신기하게도 지워지는 듯한 기분이 들었던 것이다. 그래서 청년은 살인을 한 다음 날이면 언제나 고급 다관에 들어가 가장 좋은 차를 마셨다.

그것이 시월 칠일 늦은 아침, 수상살수 애혈이 북경성 남문 인근에서 가장 고급 다관으로 알려진 남관다루南關茶樓의 볕 좋은 이 층 창가에 앉아 있는 이유였다.

"좋군."

빈 찻잔을 다탁에 내려놓은 애혈이 가느다란 눈을 더욱 가늘게 접으며 촌평했다.

"손님께서 좋으시다니 제 마음도 기쁘군요. 이 남관다루에는 처음이십니까?"

다탁 맞은편에 앉아 있던 다녀茶女가 구리로 만든 찻주전자를 들어 올리며 물었다. 다관에서 고용한 다녀가 손님 맞은편에 자리를 잡고 차를 따라 주는 것은 지금처럼 한가한 시간에나 가능한 일이었다. 손님이 많은 시간대에는 다탁들을 오가며 주문을 받고 차를 내가느라 그런 봉사를 할 엄두조차 내지 못한다.

애혈은 찻주전자의 긴 주둥이를 통해 가늘게 흘러나와 백자 찻잔 안의 작은 공간을 비췻빛으로 채워 나가는 액체에 눈길을 고정한 채 대답했다.

"아니오. 이 년 전 이맘때에도 한 번 와 본 적이 있소."

그는 잠시 짬을 두었다가 덧붙였다.

"당시에 마신 것은 용정이 아니라 보이였던 것으로 기억하오."

다녀에게 밝힐 수는 없지만 달라진 것은 차의 종류만이 아니었다. 그때는 살인이 수반한 공포의 냄새를 씻어 내기 위해서가 아니라 계契의 중대사를 처리하기 위해서 온 것이었고, 그래서 지금처럼 호젓한 분위기가 아니라 낯선 인사들의 틈바구니에 낀 어수선한 분위기 속에서 끽다를 할 수밖에 없었다. 하지만 차종과 목적 그리고 분위기가 아무리 바뀌었어도 한 가지만큼은 이 년 전이나 지금이나 여일했으니, 그것은 이 집의 차가 선사해 주는 깊고 풍부한 여향餘香이었다.

"그러셨군요. 사실 우리 다루가 가장 자랑하는 차는 보이랍니다. 운남 현지에서도 맛보기 힘든 최상의 품종만을 엄선하여 들여오니까요."

다녀가 말했다. 그녀의 표정과 목소리에서 일말의 우울함을 읽어 낸 애혈이 물었다.

"그런데도 가장 좋은 차를 달라는 요구에 보이가 아닌 용정을 내온 데에는 무슨 사연이 있겠구려."

"보이는 아예 구할 수도 없답니다."

다녀는 오른손에 쥐고 있는 찻주전자를 일별한 뒤 맥 풀린 미소를 지었다.

"보이만이 아니에요. 황제 폐하가 사시는 북경성이지만 요즘은 이만한 품질의 용정을 구하기도 하늘에서 별을 따는 것만큼이나 힘든 일이 되어 버렸답니다."

애혈은 그 이유를 알 수 있을 것 같았다.

"전란…… 때문이구려."

다녀는 고개를 끄덕였다.

"이곳 남문 일대에는 우리 남관다루 말고도 유명한 다루가 몇 군데 더 있는데, 주인들이 지난달 모두 피난을 가서 문을 닫은 상태입니다. 그러지 않고 정상 영업을 하는 집들도 성문이 완전히 봉쇄된 이달 초부터는 제대로 된 차를 들여놓을 수 없는 탓에 술집으로 업종을 바꿔야 했다고 합니다. 하기야 요즘처럼 뒤숭숭한 시절에는 아무래도 차보다 술이 더 잘 팔릴 테니, 그들에게 뭐라 할 수는 없겠지요."

애혈은 한 잔의 용정차를 다시 비운 뒤 왼손 엄지와 검지로 콧방울을 만지작거리며 생각했다.

'그래서였군.'

이 년 전에 마신 보이차만큼은 아니지만 지금 다녀가 따라 준 용정차에는 일품 소리를 들을 만한 자격이 충분히 있었다. 하지만 그럼에도 불구하고 지난밤부터 애혈을 불쾌하게 만드는 공포의 냄새는 좀처럼 가시지 않고 있었다.

그것이 반드시 지난밤 행한 살인의 여파라고 보기는 힘들었다. 자금성 북쪽 십찰해의 호상湖上에서 이루어진 그 살인은 그가 이전에 치른 수많은 살인들만큼이나 단호하고 깔끔하게 마무리되었다. 화방의 밑바닥에 거머리처럼 달라붙어 있던 그는 표적의 호위대장이 고물 쪽으로 돌아가는 발걸음에 박자를 맞춰 선체를 좌우로 흔들었고, 그 바람에 중심을 잃은 표적은 선실 벽에 부딪쳐 나온 몸을 난간 밖으로 내밀고 말았다. 그다음 단계는, 최소한 수상살수 애혈에게는, 식은 죽 먹기나 다름없었다. 혈법육장의 제사 장인 순법을 이용해 수면 위로 순간적으로 몸을 솟구친 그는 이미 오래전부터 뽑아 들고 있던 분혈자噴血刺로써 표적의 목에 치명적인 구멍을 뚫어 놓았고, 대경한 호위대장이 몇 걸음 떨어지지 않은 현장에 당도하기 전 칠흑 같은 물속으로 종적을 감출 수 있었다.

표적과 얼굴을 마주한 지극히 짧은 시간 동안 애혈이 표적의 눈동자를 통해 읽어 낸 감정은 공포라기보다는 경악에 가까운 것이었다. 때문에 공포의 냄새가 이처럼 오래도록 유지되는 것은, 심지어는 시간이 흐를수록 희석되기는커녕 더욱 짙어져 이제는 사방에서 풍겨 오는 듯한 기분마저 드는 것은 몹시도 이상한 일이 아닐 수 없었다.

그런데 다녀와 마주 앉아 몇 마디 이야기를 나누다 보니 이해가 되었다. 애혈은 지금 자신의 빈 찻잔에 새로운 찻물을 채워 나가는 저 다녀에게서도 공포의 냄새를 맡을 수 있었다. 그 냄새는 죽어 가는 자만의 전유물이 아니다. 죽음을 앞둔 자들도 비슷한 냄새를 풍긴다. 그런 의미로 볼 때 사방에서 공포의 냄새가 풍겨 오는 것도 능히 이해할 수 있는 일이었다. 지금은 제국의 수도인 북경성 전체가 공포에 잠겨 있는 상황이니까.

세 잔째의 용정차를 비운 애혈이 빈 찻잔을 다녀의 앞으로 밀어 보내며 물었다.

"그렇다면 이 집은 어떻게 영업을 계속하고 있는 거요? 내가 듣기로 이 집의 주인인 보운장의 왕 대인은 이미 오래전에 피난을 떠났다고 하던데."

보운장의 현 장주이자 부친인 왕고의 뒤를 이어 천하제일 거부의 입지를 다지고 있는 왕금은 짧은 시기나마 황서계의 계주 자리를 역임한 바 있었다. 황서계의 한자리를 차지하고 있는 애혈로서는 북경에 온 이상 그의 동향에 관심을 둘 수밖에 없었다.

다녀가 찻주전자를 기울이던 손길을 멈추고 미소를 지었다. 애혈은 그녀로부터 풍겨 오던 공포의 냄새가 부쩍 엷어졌음을 알아차렸다. 그 자리를 대신한 것은, 점소이나 다녀처럼 타인에게 봉사를 제공함으로써 생계를 유지하는 천한 직종에서는 좀처럼 찾아보기 힘든 뚜렷한 자긍심이었다.

"주인어른께서는 보운장 식솔들과 함께 양주楊州에 있는 별장으로 피난을 가셨지만 저희 총관님만큼은 이곳에 남으셨습니다. 총관님께서는 북경성 내에 남관다루의 차를 찾으시는 손님이 단 한 분이라도 남아 계시는 한 가게 문을 닫아서는 안 된다고 말씀하셨지요. 그분의 굳은 뜻은 주인어른께서도 꺾지 못하셨답니다."

다녀는 누군가의 얼굴을 떠올린 듯 다시 한 번 자긍심에 찬 미소를 지었다.

"신뢰의 상도常道, 그것이 총관님께서 언제나 말씀하시는 남관다루의 영업 철학입니다."

"신뢰라……."

그 신뢰가 효력을 발휘하는 대상은 비단 손님에만 국한되지 않는 것 같았다. 지금 저 다녀는 총관이라는 인물에게 무한한 신뢰를 보내고 있었고, 그러한 신뢰가 공포의 냄새를 지워 내는 데 큰 역할을 했다는 점을 애혈은 직감적으로 알 수 있었다. 이에 그는 커다란 호기심을 느꼈다. 공포의 냄새마저 지울 수 있는 신뢰란 대체 어떤 것일까? 부리는 사람에게 그런 신뢰를 안겨 주는 이 남관다루의 총관은 과연 어떤 사람일까?

다녀가 애혈의 어깨 너머로 시선을 돌리며 말했다.

"아, 마침 총관님께서 나오시는군요."

애혈은 뒤를 돌아보았다.

그런 다음 눈을 크게 떴다.

남관다루는 삼 층으로 이루어진 건물이었고, 그중 삼 층은 중요한 모임을 위한 여섯 개의 별실과 총관이 업무를 보는 집무실로 이루어져 있었다. 지금 그 삼 층과 이 층을 연결하는 계단을 밟으며 한 사람이 내려오고 있었다. 백색에 가까운 담홍색 나군으로 성장을 한 그 사람은 이 북경뿐 아니라 어디에서 보더라도 눈이 번쩍 뜨일 만한 뛰어난 미색과 늘씬한 교구를 가진 젊은 여인이었다.

"참으로 고운 분 아니십니까. 저분께서는 하루에 세 차례씩 다루 전체를 둘러보시며 손님들께 인사를 드리시는데, 지금이 그때인 모양입니다."

별로 크지도 않은 다탁 하나를 사이에 두고 마주한 다녀의 말소리가 벽 너머에서 울리는 듯 멀어지고 있었다. 애혈은 그 정도로 담홍색 나군의 여인에게 흠뻑 빠져들어 버렸다. 평소 얼음처럼 차갑고 돌처럼 무감한 그에게서는 극히 보기 드문 일이 아닐 수 없었다.

어수선한 시국 탓인지 아니면 너무 이른 시간 탓인지 다루의 이 층에 있는 손님이라고는 애혈이 유일했다. 계단 아래 서서 이 층을 한차례 둘러본 남관다루의 총관이 그가 앉은 자리를 향해 사뿐한 걸음을 옮긴 것은 그 때문일 것이다.

"차는 마음에 드십니까?"

기품 있는 울림을 담은 목소리가 귓전을 두드릴 때까지도 애혈은 총관의 얼굴에서, 특히 영롱하다는 말로는 부족한 신비한 빛을 뿌리는 눈동자로부터 시선을 떼지 못했다.

젊은 남자가 자신의 얼굴을 뚫어져라 바라보면 쑥스러움을 느낄 법도 한데 이 여인에게는 남다른 면이 있었다. 난초의 초리처럼 매끄럽게 빠진 눈썹을 살짝 찌푸린 그녀가 다시 말했다.

"마음에 드시지 않는 모양이군요."

애혈은 그때서야 자신의 실태를 깨달았다.

"아니오. 간만에 좋은 용정을 마시게 되어 기껍게 생각하던 중이었소."

총관이 미간을 펴며 생긋 웃었다. 화장기 없는 하얀 양 볼에 환상처럼 나타났다 사라지는 두 개의 볼우물이 애혈의 망막 속으로 아리게 파고들었다.

"높으신 입맛을 어지럽히지 않았다니 다행이군요. 요사이 공급이 원활치 않아 손님들께 다양한 차종을 대접해 드리지 못하는 점은 송구스럽게 생각하지만, 다탁에 올리는 차의 품질만큼은 최선을 다해 유지하도록 일꾼들에게 일러두던 참이었습니다. 부족하거나 미진한 점이 있다면 언제라도 말씀해 주십시오."

말을 마친 총관은 애혈을 향해 고개를 숙인 뒤 일 층으로 난 계단을 향해 몸을 돌렸다. 치맛자락이 마룻바닥을 스치는 소리가 사락 울리고, 살구꽃 냄새를 닮은 달콤한 향기가 애혈의 콧구멍으로 밀려들어 왔다. 애혈은 급히 입을 열었다.

"아, 잠깐만!"

총관이 막 내디디려던 걸음을 멈추고 그를 돌아보았다.

"하실 말씀이라도?"

애혈은 의지와는 다르게 목구멍 안으로 기어들어 가는 목소리에 애써 힘을 실으며 그녀를 향해 말했다.

"실례가 안 된다면 방명이 어찌 되시는지 알고 싶소이다."

총관은 고개를 살짝 옆으로 기울였다.

"실례랄 것은 아니지만, 무슨 연유로 천녀의 이름을 아시고자 하는지는 가르쳐 주셨으면 좋겠습니다."

상대를 군색하게 만들기에 충분한 반문이었지만 다행히 애혈은 군색해지지 않을 만한 이유를 떠올릴 수 있었다.

"차 시중을 들어 주시는 분께서 말씀하더이다, 이 다루의 총관께서는 신뢰의 상도라는 대단한 영업 철학을 가지고 있다고. 그래서 어떤 분인지 궁금히 여기고 있던 참이었는데, 운이 좋게도 이처럼 직접 뵙게 되었으니 이름자라도 기억하고 돌아갈까 하여 삼가 여쭙게 된 것이오."

총관은 다시 한 번 웃었다. 이번 볼우물은 앞의 것보다 곱절은 더 오래 잡혀 있었고, 그래서 애혈의 마음을 곱절은 더 흔들어 놓았다.

"그저 일꾼들의 마음가짐을 다지기 위해 한 말일 뿐, 대단하지도 않거니와 철학이라고 부를 만한 것은 더더욱 아니랍니다. 하지만 과분한 칭찬까지 들은 마당에 하찮은 이름을 가지고 내숭을 부리는 것은 도리가 아니겠지요. 천녀는 채蔡라는 성에 물이 많다는 뜻의 윤潤 자를 이름으로 쓰고 있습니다."

채윤.

기억하려 애쓰지 않아도 듣는 순간 뇌리에 굵고 깊은 글자로 새겨 버린 그 이름을 입속으로 작게 뇌까린 애혈이 다시 입을 열었다.

"한 가지 더 묻고 싶은 게 있소이다."

"하교하시지요."

애혈은 다탁 맞은편에 앉은 다녀를 흘깃 돌아보았다.

"나는 저분으로부터 채 총관에 대한 깊은 신뢰를 엿볼 수 있었소. 사람들로부터 신뢰를 받는 방법이 무엇이오?"

남관다루의 총관, 채윤의 얼굴에서 웃음기가 사라졌다. 그 빈자리를 진지함으로 채운 그녀가 애혈에게 반문했다.

"손님께서도 신뢰와 관련된 일을 하시나요?"

애혈은 고개를 끄덕였다.

"그렇다고 할 수 있소."

채윤은 말을 고르듯 잠시 짬을 둔 뒤 말했다.

"그렇다면 외람됨을 무릅쓰고 천녀의 생각을 말씀드리겠습니다. 신뢰란 받는 것이 아닙니다. 베푸는 것이지요."

"신뢰란 받는 것이 아니라 베푸는 것이다."

자신이 한 말을 작게 따라 읊는 애혈을 향해 채윤이 차분하지만 힘 있는 목소리로 덧붙였다.

"처음에는 타인에게 베푼 신뢰가 연기처럼 한번 나가면 돌아오지 않는 것으로 여기실지도 모릅니다. 하지만 그렇게 베풀어 나간 신뢰는 비탈 위에 던져 올린 눈덩이 같은 것이어서, 처음에는 작아도 금세 부풀어 올라 베푼 자에게 돌아오게 됩니다. 받으려 하지 말고 우직하게 베푼다면 언젠가는 손님께서는 원하는 신뢰를 얻으실 수 있게 될 겁니다."

음미할 가치가 있는 말이었다. 누군가로부터 신뢰를 얻기 위해 북경을 찾아온 애혈로서는 더더욱 그러했다. 하지만 그는 채윤의 말을 깊이 음미할 수 없었다. 아래층, 그러니까 주루의 일층으로부터 들려온 작은 소란 때문이었다.

소란은 나이 든 남자의 우렁우렁한 목소리로부터 시작되었다.

"글쎄, 이 집에는 그런 사람 없다니까."

이어 변성기를 다 보내지 않은 듯한 목소리가 들려오고.

"지금은 안 계셔도 예전엔 분명 계셨다니까요."

다시 나이 든 남자의 짜증이 밴 목소리.

"아, 고놈 정말 고집불통일세그려. 몇 번을 얘기해야 알아듣느냐고. 내가 여기서 일한 게 벌써 육 년째인데 네가 말하는 그런 사람은 코빼기도 본 적이 없단 말이다. 그러니 애먼 사람 귀찮게 굴지 말고…… 어? 야, 야! 거기 서지 못해!"

그러고는 계단을 달려 오르는 발소리가 쿵쾅쿵쾅 들리고, 서두르다가 뭔가에 호되게 찧은 듯 "아이쿠!" 하는 비명이 뒤따르더니, 일 층으로 난 계단을 통해 마치 물 밑에서 떠오르듯 한 사람이 모습을 드러냈다. 다루의 이 층에 있던 모든 이들—그래 봤자 애혈과 다녀와 채윤이라는 여총관 셋뿐이지만—의 눈길이 일제히 그 사람에게로 쏟아졌다.

자객이라면 모름지기 눈썰미가 좋아야 한다. 계단을 달려 올라온 사람이 머리에 쓴 털모자부터 두 발에 신은 짚신까지 순차적으로 모습을 드러내는 짧은 시간 동안, 애혈은 그 사람의 외양을 샅샅이 파악했고 그것으로부터 몇 가지 정보를 유추해 낼 수 있었다.

'소년…… 나이는 열대여섯 살 정도…… 먼 길을 왔나 보군…… 모자와 어깨 위에는 흙먼지가 가득…… 각반은 나달거리고 짚신은 다 해졌어…… 하지만 거지는 아니야…… 거지라면 저런 서궤를 짊어지고 다니지는 않지…… 거지도 아닌데 차림이 저처럼 남루하다면…… 전란을 피해 성안으로 들어온 피난민 중 하나일까……?'

현재 북경성의 모든 문들은 무장한 병사들에 의해 엄중히 통제되고 있었다. 물론 성 밖 근교에 거주하는 백성들 중에는 정처 없는 피난길에 오르는 대신 수도의 높고 단단한 성벽에 의해 보호받기를 원하는 자들도 적지 않았고, 새 황제에 의해 북경성 방어 총사령관으로 임명된 병부상서 우겸은 피난을 목적으로 입성하려는 백성들에 한해서만큼은 외성의 남문인 영정문永定門을 개방해 주었다. 애혈 본인만 해도 지난달 말 그런 피난민 틈에 섞여 북경성으로 들어오지 않았던가. 그러니 소년이 그들 중 하나라고 여기면 저 남루한 행색도 충분히 설명이 되었다.

하지만 정말로 그럴까?

"요 발칙한 놈!"

뒤따라 계단을 달려 올라온 남자에 의해 뒷덜미를 우악스럽게 틀어 잡힐 때까지 소년이 보인 행동은 피난민의 그것이라고는 보기 힘들 만큼 침착하면서도 당당한 것이었다. 의아해하는 눈길로 자신을 바라보는 이 층의 세 사람을 발견하고는, 모자와 어깨에 쌓인 흙먼지를 털고 비뚤어진 옷매무새를 가다듬고 허리와 무릎을 곧게 세운 다음 얼굴 표정을 바로 고치는 소년의 행동 하나하나는 좋은 스승 밑에서 제대로 된 교육을 받은 문사를 연상케 했던 것이다. 전란을 피해 살던 집을 버리고 피난을 온 사람에게서는, 특히 저 나이대의 어린 소년에게서는 찾아보기 힘든 면모라 아니할 수 없었다.

'거지도 아니고 피난민도 아닌데 이 난리 통에 겁도 없이 혼자서 북경으로 들어왔다?'

애혈은 저 침착하면서도 당당한 소년의 내력에 대해 작지 않은 호기심을 느끼게 되었다.

"무슨 일인가요, 손노삼孫老三?"

채윤이 기다란 눈썹을 살짝 찡그리더니, 오른손으로는 소년의 뒷덜미를 붙잡고 왼손으로는 급히 쫓아 올라오느라 어느 모서린가에 찧은 듯한 정강이를 문지르고 있는 남자를 향해 물었다. 애혈은 아까 이 다루에 들어오면서 군청색 장삼에 노란색 화모를 쓴 저 사십 대 남자가 계산대에 앉아 있는 것을 보았다. 아마도 남관다루의 회계인 듯.

"총관님, 죄송합니다. 저는 어떻게든 막으려고 했는데 요 미꾸라지 같은 놈이……."

손노삼이 고개를 연신 굽실거리며 늘어놓는 변명을 채윤이 손을 내밀어 잘랐다.

"저는 무슨 일이냐고 물었습니다. 아, 대답하시기 전에 그

손부터 놓으시는 게 좋겠군요. 손님이 힘들어하시는 것 같으니까요."

"손님이라니요? 행색을 보세요. 이 녀석은 그저 길거리에서 빌어먹고 다니는……."

"손을 놓으세요."

차분하게 흘러나온 채윤의 한마디에는 비수처럼 차가운 엄정함이 깃들어 있었다. 감히 거역하지 못한 손노삼이 소년의 뒷덜미를 잡은 손을 놓고 한 걸음 뒤로 물러났다. 소년은 제 옷깃에 조여졌다가 풀려난 목을 문지르며 작게 기침을 했다.

채윤이 손노삼을 향해 물었다.

"이제 말씀해 보세요. 무슨 일이죠?"

손노삼이 소년의 옆머리를 무섭게 흘겨본 뒤 말했다.

"이놈…… 아니, 이 손님이 다루에 들어와 다짜고짜 주인어른을 만나겠다지 뭡니까. 그래서 주인어른께서는 지난달에 가족들과 함께 양주로 내려가셨다고 대답해 주었습니다. 그랬더니 넋 나간 얼굴로 우두커니 서 있다가, 그분에겐 가족이 없을 텐데 이상하다며 주인어른의 성씨가 뭐냐고 묻더군요. 물론 그것까지도 대답해 주었습니다. 뭐, 소인도 불친절한 사람은 아니니까요. 한데 갑자기 이놈이…… 이 손님이 성이 다르다면서 모용 노야는 어디 있느냐고, 자기는 그 모용 노야라는 작자를 꼭 만나야 한다고 핏대를 세우는 게 아니겠습니까."

'모용 노야라고?'

애혈은 고개를 좌우로 꺾었다. 모용이 비록 희귀한 성은 아닐망정 그리 흔한 성이라고 할 수도 없었다. 게다가 그는 이 남관다루와 깊은 관련이 있었던 모용 노야를 한 사람 알고 있었다. 소년이 찾는 모용 노야와 그가 아는 모용 노야가 만일 동일인이라면, 이제 소년에 대한 그의 관심은 단순한 호기심의 차원을 넘어 반드시 개입해야 하는 문제일 수도 있었다.

그러는 사이에도 손노삼의 말은 계속 이어졌다.

"총관님도 아시다시피 우리 남관다루에는 모용이라는 성을 쓰는 사람이 없질 않습니까. 제가 기억하기로 지난 육 년 내에는 남녀노소를 불문하고 단 한 명도 없습지요. 그래서 그렇게 말해 주었습니다. 네놈이…… 아니, 손님이 잘못 알고 있는 것 같다고요. 그랬더니만 이렇게 생난리를 치는 겁니다, 글쎄."

채윤이 고개를 끄덕였다.

"알겠습니다. 이제 이 일은 내게 맡기고 자리로 돌아가도록 하세요."

손노삼은 정강이를 한 번 더 문지르고 소년을 한 번 더 째려본 뒤 일 층으로 내려갔다.

채윤이 소년을 향해 고개를 숙였다.

"먼저 저희 다루의 일꾼이 손님께 저지른 결례에 대해 윗사람으로서 대신 사과드리겠습니다."

놀랍도록 아름다운 여인의 지나치리만치 정중한 사과에 소년은 얼굴을 붉히며 잠시 어쩔 줄 몰라 하다가 두 손을 앞으로 모으며 마주 고개를 숙였다.

"함부로 들어온 것은 제 과실이니 사과해야 할 사람은 오히려 저입니다."

그러더니 고개를 들고 말을 이었다.

"그리고 저는 손님이 아닙니다. 솔직히 말씀드리면 이 다루에서 파는 가장 싼 차를 사 마실 돈도 없으니까요. 단지 간절히 찾는 사람이 있어 이렇게 무례를 저지른 것이니 지나친 예의는 거둬 주십시오."

애혈은 코 밑에 붙인 가짜 수염을 어루만지며 생각했다.

'저걸 예의 바르다고 해야 하나, 아니면 당돌하다고 해야 하나.'

채윤이 어느 쪽으로 받아들였는지는, 최소한 겉보기로는 짐작하기 힘들었다. 자세를 바로 한 그녀는 소년과 눈길을 맞추더니 생긋 웃음을 지었다. 애혈에게 보여 주었던 것과는 다른, 큰누이처럼 편안한 느낌을 주는 웃음이었다.

"네 쪽에서 불편해하는 것 같으니 이제부터는 편히 얘기하자꾸나. 그래도 되겠지?"

소년도 그쪽이 편한지 선선히 고개를 끄덕였다.

"예."

"그래, 하지만 우선 여기 좀 앉으렴. 이렇게 서서 얘기하기에는 네가 너무 피곤해 보이니까."

채윤은 애혈의 자리로부터 한 탁자 건너 자리로 소년을 안내한 다음 애혈의 맞은편에 앉아 있던 다녀를 돌아보며 지시했다.

"정정鄭晶, 이 소형제에게 차를 한 잔 가져다줘요."

애혈은 정정이라 불린 다녀가 일어서려는 것을 손을 내밀어 말렸다.

"소형제만 괜찮다면 내 차를 대접하고 싶소만."

그 말대로 되었다.

소년은 찻주전자를 들고 자리를 옮겨 간 다녀가 새 잔에다 따라 준 상등품의 용정차를 냉수 마시듯 석 잔이나 연거푸 들이켰다. 다도를 배우지 못한 것 같지는 않은데도 저러는 것을 보면 목이 몹시 말랐던 모양이었다.

소년이 갈증을 푸는 동안 맞은편에 앉아 말없이 기다려 준 채윤이 소년에게 말했다.

"우선 내 소개부터 할게. 나는 이 남관다루에서 총관을 맡고 있는 채윤이라고 해."

소년이 묵묵히 고개를 끄덕였다.

채윤이 물었다.

"말투를 들어 보니 북경 사람은 아닌 것 같은데…… 맞지?"

"예."

"성에는 언제 들어왔니?"

"오늘 아침에요."

채윤은 소년이 의자 옆쪽에 올려 둔 낡은 서궤를 슬쩍 돌아본 뒤 말했다.

"역시 그랬구나. 음, 성문이 칙명으로 봉쇄되었다는 것은 알고 있니? 그러니까, 들어오는 쪽 말고 나가는 쪽으로 말이야."

"알고 있어요."

소년의 덤덤한 대답에 채윤은 한숨을 쉬었다.

"설마 전쟁이 코앞에 닥쳤다는 걸 모르지는 않을 테고, 남들은 빠져나가지 못해 안달을 내는 이 북경에 스스로 들어온 걸 보니 간절하다는 네 말을 믿을 수밖에 없구나."

그 말을 들으며 애혈은 남모르게 고소를 지어야만 했다. 마치 자신의 이야기인 듯한 기분이 든 탓이었다.

채윤이 표정을 고치고 소년에게 다시 물었다.

"찾는 분이 모용이라는 성을 쓰신다고?"

"예."

"그렇다면 안타깝지만 손노삼이 한 말이 맞아. 내가 아는 한 이 남관다루에 모용이란 성을 쓰는 일꾼은 없었어."

그러자 소년이 입속말로 뭐라고 웅얼거렸다. 채윤이 상체를 다탁 위로 기울였다.

"방금 뭐라고 했니?"

"……일꾼이 아니라 주인이라고 말씀하셨어요."

"누가?"

"제 할아버지께서요."

"네 할아버지께서 뭔가 잘못 아신 건 아닐까? 북경은 이 나라에서 가장 큰 도시고 다루나 다관 간판을 내건 가게는 수도 없이 많으니까 상호를 잘못 기억하고 계실 수도 있잖아."

채윤이 차분히 설명했지만 소년은 고집스럽게 고개를 저었다.

"분명히 남문 부근에 있는 남관다루라고 하셨어요. 이곳의 보이차가 천하일품이었다는 말씀과 함께요."

"보이차?"

"예. 춥고 눈 오는 날에는 보이차 생각이 난다며 하신 말씀이라서 똑똑히 기억하고 있어요."

"이상하네. 그렇다면 이 집이 맞는데……."

채윤은 곤혹스럽다는 듯 미간을 좁히며 고개를 갸웃거렸다.

이제껏 듣기만 하던 애혈이 두 사람의 대화에 끼어든 것은 바로 그때였다.

"소형제, 혹시 그 모용 노야란 분께서 한쪽 팔이 없지는 않으신가?"

이 질문이 불러온 반응은 애혈이 기대한 것 이상이었다. 소년은 찌무룩하게 숙이고 있던 고개를 번쩍 치켜들고 휘둥그레진 눈으로 애혈을 바라보았다.

"맞아요! 그분이 외팔이인 걸 어떻게 아시죠? 그분을 아시나요? 지금 어디 계시죠?"

애혈은 연달아 날아든 소년의 질문들을 모두 무시하고 채윤을 향해 물었다.

"대화를 방해해서 미안하오만, 이 친구와 몇 마디 이야기를 나눠도 되겠소?"

채윤은 엷은 미소로 애혈의 개입을 허락했다.

애혈의 시선이 소년을 향했다.

"소형제는 왜 그분을 만나려고 하는가?"

"그, 그건······."

소년이 선뜻 입을 열지 못하자 애혈이 조금 차가워진 표정으로 말했다.

"그분을 만나려는 이유를 알기 전에는 그분에 대해 아무것도 말해 줄 수 없네."

소년은 잠시 망설이다가 입을 열었다.

"할아버지께서 말씀하셨어요. 그분은 천하에서 가장 많은 것을 아신다고요. 그분이 모르는 것은 누구도 모른다고요. 그래서 저는 그분께 이 년 전에 사라진 어떤 사람이 있는 곳을 가르쳐 달라고 할 생각이에요."

모용이라는 성, 외팔이, 그리고 천하에서 가장 많은 것을 아는 사람······. 이로써 심증은 확신이 되었다. 이 소년은 애혈이 아는 바로 그 모용 노야를 찾아온 것이었다.

애혈이 소년에게 물었다.

"이 년 전에 사라진 사람이라고? 그 사람이 누군데?"

소년은 다시 한 번 망설이다가, 그리고 무슨 이유인지 입술을 잘근잘근 씹으며 제 코끝에다 고정한 두 눈을 매섭게 빛내다가, 잔뜩 가라앉은 목소리로 말했다.

"제 사부가 될 사람이에요."

"흐음."

뭔가 사연이 있음 직한 말이었다. 애혈은 천천히 팔짱을 끼며 새삼스러운 눈으로 소년을 바라보았다.

그는 지금으로부터 이십여 년 전 북경성 남문 인근에 이 남관다루를 처음 설립한 사람이 누구인지 알고 있었다. 그가 속한 —정확히 말하면 속하고자 하는— 정보 상인들의 비밀 결사, 황서계의 계주인 모용풍이 바로 그 사람이었다. 그랬던 것이, 모용풍이 비각이라는 국가 기관에 쫓기는 신세가 된 십여 년 전 타인의 소유로 넘어갔고, 그 이듬해인가에 보운장의 전대 장주인 왕고가 인수하여 지금에 이르게 된 것이다.

그런데 저 소년은 그로부터 십 년이 넘는 세월이 지난 지금 이 남관다루에서 모용풍을 찾고 있었다. 그것은 소년에게 모용풍과 남관다루의 관계에 대해 말해 준 사람이, 즉 소년의 할아버지가 모용풍과 십 년이 훌쩍 넘는 친교를 나눈 인물임을 의미했다. 순풍이 모용풍이 비록 마당발에 오지랖 넓기로 유명하기는 하나 그처럼 내밀한 사정까지 알려 줄 만큼 가까운 지인은 여럿일 리 없었다. 과거 남관다루는 황서계 계원들의 회합이 열리는 안가로 사용된 지극히 비밀스러운 장소였고, 계와 관련된 문제만큼은 철두철미하다고 알려진 모용풍이었으니 말이다.

애혈은 그럼에도 불구하고 모용풍과 남관다루의 관계에 대해 알고 있을 만한 인물들에 대해 생각해 보았다. 지금은 몇 명이나 생존해 있는지 알 수 없지만 한 세대 전만 해도 강호에서 모르는 사람이 없을 만큼 유명세를 떨치던 기棋, 화火, 주酒, 안眼, 통通 다섯 괴인들의 명호가 그의 뇌리에 떠오른 것은 그리 오래 지나지 않아서였다. 만일 그들 중 하나가 저 소년의 할아버지라면…….

애혈은 마지막으로 소년에게 물었다.

"이름이 뭐지?"

소년은 고개를 들어 애혈을 바라보았다. 그런 다음, 흙먼지로 더러워진 얼굴과는 달리 총명해 보이는 눈을 더욱 빛내며 한 자 한 자 또박또박 대답했다.

"과홍견."

'역시.'

애혈은 고개를 작게 끄덕였다.

<center>~~~~~~~~~~</center>

수상하지 않은 것은 아니었다. 남관다루에서 우연히 만난, 이름도 밝히지 않고 모용 할아버지를 어떻게 해서 알고 있는지도 밝히지 않은 저 정체불명의 남자를 모용 할아버지와 만나게 해 주겠다는 말 한마디에 부리나케 따라나선 것은 다시 생각해도 이성적인 행동 같지는 않았다.

삼십 대 중반쯤으로 보이는 남자의 외양은 평범했다. 콧수염을 짧게 기른 얼굴도 평범했고 호리호리하지만 말랐다는 느낌은 주지 않는 몸집도 평범했으며 아래위로 색깔을 맞춰 입은 듯한 감색 비단옷이며 코 부분이 약간 닳은 검은 가죽신도 특별히 귀해 보이지는 않았다.

'게다가 다루를 나오면서 찻값을 계산하는 걸 보면 단순한 손님이 분명한데…….'

그런데도 저 남자는 어떻게 해서 모용 할아버지를 알고 있는 걸까? 모용 할아버지가 외팔이란 점을 아는 이상 거짓말을 하는 것 같지는 않은데?

두어 자 떨어진 곳에서 남자를 따라 걸으며 앞서가는 남자의 모습을 연신 흘깃거리던 과홍견은, 어느 순간 남자가 걸음을 멈추고 자신을 향해 고개를 돌리자 속마음을 들킨 것 같아 제풀에 놀라고 말았다.

"왜 안 가세요?"

남자는 고갯짓으로 앞쪽을 가리키며 말했다.

"보면 모르느냐. 길이 막혔구나."

그 말에 정신을 차리고 앞을 보니, 어느 결엔가 구름처럼 모여든 사람들에 의해 대로로 나가는 길이 막혀 있었다. 남자와 과홍견의 주위로도 앞질러 달려가는 사람들로 인해 분위기가 몹시 어수선했다. 무슨 일인가 싶어 바라보는 과홍견의 눈에, 촘촘히 늘어서 있는 사람들의 뒷모습 너머로 사오 장 거리를 두고 줄지어 지나가는 어떤 물체의 상부가 보였다. 범포로 덮고 그 위에 거적을 얹어 내용물을 확인할 수는 없지만, 느리지만 쉼 없이 나아가는 속도로 보아 무거운 무엇인가를 우마가 끄는 수레로 운반 중인 모양이었다.

"저게 뭔가요?"

과홍견이 남자에게 물었지만 사실은 불필요한 질문이었다. 앞쪽의 인파 중에서 유달리 목청이 큰 두 사람의 대화 소리가 귓전으로 흘러들어 왔기 때문이다.

"신형 화포가 또 들어왔다고?"

"그렇다니까. 이번이 마지막이라지 아마."

"어디, 어디…… 우와! 수레가 끝이 안 보이는구먼. 저게 대체 몇 문이야?"

"수문守門을 하는 동생 놈한테 들었는데, 이전까지 들어온 것이 오십 문에 이번에 오십 문이 더 들어온다고 하더라고."

"그럼 저런 화포가 백 문씩이나 된다는 얘긴가? 굉장하군, 굉장해!"

"정말로 굉장한 건 숫자가 아니라 성능이지. 저번 날 마른하늘에 천둥이 꽝꽝 울린 적 있었지? 알고 보니 그게 다 저 화포를 시험 발사하는 소리였다고 하더군."

듣자 하니 남문을 통해 북경성에 들어온 화포들을 운반하기 위해 대로를 통제한 모양이었다. 남자가 이 길로 온 것은 대로를 건너기 위함인 것 같은데, 그러려면 별수 없이 저 화포의 행렬이 지나가기를 기다려야 할 것 같았다. 과홍견이 남자를 돌아보며 어떻게 할 거냐고 물으려는데, 남자가 손가락을 코앞에 올려 조용히 하라는 신호를 보냈다. 남자 또한 앞에서 들려오는 두 사람의 대화에 귀를 기울이는 눈치였다.

"그나저나 자네 그거 아나? 저 화포, 남부 지방의 백련교도들이 신탁을 받아 재작년부터 만든 물건이라고 하는구먼. 얼마 후 북방에 큰 난리가 날 테니 성스러운 불로써 백성들을 구제하라는 명존의 신탁 말일세."

"쉿! 군병들이 쫙 깔린 데서 백련이니 명존이니 하는 소리를 입에 올리다니, 잡혀가고 싶어 환장한 겐가?"

"쯧쯧, 하여튼 세상 소식하고는 담 쌓고 사는 친구라니까. 그 백련교를 대하는 조정의 시선이 예전과는 많이 달라졌다는 걸 모르는 모양이지?"

"그건 또 무슨 소린가?"

"저 화포들의 이름이 뭔가. 화명포和明砲 아닌가, 화명포. 화! 친하다. 명! 명들끼리. 여기서 명들이란 바로 이 나라의 '명'과 명존의 '명'을 가리킨다 이 말일세. 다시 말해 저 화포들로 인해 조정과 백련교가 화해를 했다, 이 뜻이지."

"그게 정말인가?"

"작년 초 병부의 호랑이가 복건까지 직접 내려가 백련교주와 화친의 서약을 맺고 돌아왔다니까."

"허! 놀라운 일이군. 국초부터 서로 못 잡아먹어 안달인 그들이 화해를 하다니."

"암, 놀라운 일이고말고. 음, 이것도 수문을 하는 그 동생 놈한테서 들은 얘긴데, 이런 얘기까지 해도 되나 모르겠지만 우리 사이니까 특별히 말해 줌세. 자네 말마따나 국초부터 못 잡아먹어 안달이던 조정과 백련교가 화해를 하는 데에는 결정적인 역할을 사람이 하나 있었다는군."

"그게 누군데?"

"얼굴에는 흉측한 화상을 입고 신발도 신지 않은 맨발로 돌아다니는 늙은 중이라는데, 놀라지 말게나. 그 사람만큼이나 늙은 어떤 환관이 말하기를……."

목소리가 잦아들었다. 소음에 먹힌 것 같지는 않고, 아마 은밀한 이야기다 보니 스스로 말소리를 죽인 것 같았다. 남자는 그제야 과홍견을 돌아보더니 어깨를 으쓱거렸다.

"이걸 어쩐다. 이리로 갈 수는 없고 그렇다고 돌아가는 길도 모르니 꼼짝없이 발이 묶이게 생겼구나. 기다리는 동안 뭐라도 좀 먹는 건 어떠냐?"

저 말을 듣기가 무섭게 과홍견의 배 속에서 꼬르륵 바람 빠지는 소리가 새어 나왔다. 어느새 중화참을 넘긴 시각. 동도 트기 전에 불린 육포 쪼가리를 넣어 끓인 멀건 죽 한 사발을 먹은 게 전부였으니 열다섯 살 왕성한 위장이 허기를 느끼는 것도 당연했다.

그 소리를 들었는지, 남자는 과홍견의 대답을 기다리지 않고 발길을 돌려 온 길을 되돌아갔다. 그렇게 잠시 걷다가 좁은 골목으로 꺾어 들자 건물 앞에다 대나무 발을 엮은 차일을 치고

만두며 호떡 따위를 파는 노점 하나가 나왔다. 거기서 접시만큼이나 커다란 호떡 두 개를 산 남자가 그중 한 개를 과홍견에게 건넸다. 과홍견은 허리춤에 차고 있던 전낭으로 황급히 손을 내리며 말했다.

"제 것은 제가 살 수 있어요."

남자가 빙긋 웃었다.

"괜찮으니 그냥 먹어라."

"하지만……."

"너는 이미 내가 산 차를 마셨지 않느냐. 호떡이라고 굳이 사양할 이유가 있을까?"

듣고 보니 그랬다. 북경까지 오느라 간당간당해진 노자가 아쉽기도 했고. 이 년의 방랑 생활이 과홍견에게 내린 가르침 중 가장 따가웠던 것이 바로 돈의 필요성 아니던가.

"고맙습니다, 아저씨."

과홍견은 고개를 꾸벅 숙인 뒤 남자가 내미는 호떡을 받았다. 손가락 끝을 데워 오는 온기와 함께 콧속으로 고소하게 스며드는 기름 냄새가 놀랄 만큼 강렬하게 식욕을 자극하고 있었다. 입가로 가져가 조금 베어 무니 눈물이 나도록 맛있었다. 그는 참지 못하고 손에 쥔 호떡을 입속으로 아귀아귀 욱여넣었다.

과홍견이 호떡 하나를 게 눈 감추듯 해치우자 남자가 들고 있던 제 몫의 호떡을 마저 내밀었다.

"아저씨는 안 드세요?"

눈을 동그랗게 뜨고 묻는 과홍견을 향해 남자가 담담한 웃음을 지어 보였다.

"나는 하루 두 끼, 진시辰時(오전 여덟 시경)와 신시申時(오후 네 시경)에만 밥을 먹는단다. 오랫동안 몸에 밴 습관이라 다른 때 먹으면 속이 거북해지지."

결국 과홍견은 남자가 산 호떡 두 개를 모두 먹을 수밖에 없었다. 허기가 제법 진 상태였지만 크기가 워낙 커서 그런지 두 개로도 충분한 것 같았다.

먹기를 마치고 입가에 묻은 기름을 손등으로 훔치는 과홍견에게 남자가 말했다.

"그리고 아저씨라는 소리는 듣기에 좀 그렇구나. 지금은 이런 얼굴을 하고 있다만 사실 아저씨 소리를 들을 만큼 늙지는 않았거든."

과홍견이 아무 말 없이 빤히 올려다보기만 하자 남자가 어색한 듯 콧수염을 매만지다가 덧붙였다.

"그래, 다음부터는 엽葉 대형이라고 부르면 되겠구나."

지금의 얼굴이 본 얼굴이 아닌 것처럼 말하는 남자가 얼른 이해되지는 않았지만 과홍견은 그래도 고개를 끄덕였다.

"그럴게요…… 엽 대형."

남자, 엽 대형이 만족한 듯 빙긋 웃었다.

그때 열 살쯤 되어 보이는 아이 하나가 노점 쪽으로 허겁지겁 달려오더니 소리를 질렀다.

"신무전이래! 신무전의 영웅들이 오랑캐들을 몰아내기 위해 성에 들어왔대!"

본래 노점 옆에는 그 아이와 비슷한 또래로 보이는 아이 셋이 모여 서서 호떡이 튀겨지는 번철을 향해 군침을 흘리고 있었다. 그중 한 아이가 달려온 아이에게 물었다.

"후랑오준의 백호대주가 있는 그 신무전? 진짜?"

"진짜라니까!"

"와아! 구경 가자!"

아무리 기다려 봤자 결국 먹지도 못할 호떡보다는 자기 동네를 지나가는 강호 영웅의 존재가 더 매력적이었는지 아이들은 한 덩어리가 되어 골목길을 우르르 달려갔다. 과홍견의 눈길이 홀린 것처럼 아이들의 꽁무니에 달라붙었다.

　"신무전……."

　망연해 있는 과홍견의 귀에 엽 대형의 목소리가 들려왔다.

　"왜 그러느냐, 너도 구경 가고 싶어 그러느냐?"

　과홍견은 갈등했다.

　'신무전에서 왔다면 사저도 왔을지 몰라.'

　사저를 만나 그간의 회포를 나누고 싶다는 생각은 언감생심 품을 수도 없었다. 그는 분수도 모르고 거위 고기를 탐내다가 헛물만 켠 채 눈물을 흘리는 궁상맞은 두꺼비가 되고 싶지 않았다. 하지만 먼발치에서나마 바라보는 것 정도는 허용되지 않을까? 무엇보다도 지난 이 년 못 본 사이에 그녀가 얼마나 아름다운 여인으로 성장했을지가 못 견딜 만큼 궁금했다.

　"예, 저도 보고 싶어요."

　한참을 망설인 끝에 흘러나온 과홍견의 대답에 엽 대형은 어깨를 추켜올렸다.

　"보고 싶으면 보면 그만이지, 별것도 아닌 일에 뭘 그리 뜸을 들이는 거냐. 하지만 아까처럼 사람들 뒤통수만 구경하지 않으려면 준비가 필요하겠다."

　엽 대형이 노점의 주인에게 보증금을 맡기고 빌려 온 기다란 나무 의자에 올라서서 구경꾼들의 머리 너머로 바라본 그 행렬은, 정확히는 '신무전'이 아니라 '신무전과 하북 협객들의 연합군'이라고 해야 옳았다. 과홍견은 이 년 전 익히 보아 온 '북악 신무北嶽神武'라는 깃발이 지나가기 전에 '천추백가千秋白家'니 '하북오호문河北五虎門'이니 하는 하북 백도 문파들의 깃발들이 지나가는 것을 볼 수 있었다. 물론 그의 관심을 사로잡은 것은 본대처럼 가장 뒤쪽에서 행진해 오는 신무전의 인물들이었다.

'선두는 증훈 대주네. 대표로 온 모양이지?'

과홍견이 증훈을 처음 본 것은 도정 대사형이 배신자 호랑이를 처단하는 자리에서였다. 그 뒤로는 과홍견은 과홍견대로, 또 증훈은 증훈대로 각자의 일이 번다하여—돌이켜 보면 당시 신무전의 모든 구성원들이 그럴 수밖에 없었던 것 같다— 이렇다 할 대화를 나눌 기회조차 갖지 못했다. 하기야 신임 백호대주가 되며 눈코 뜰 새 없이 바빠진 증훈으로서는 끈 떨어진 연 신세가 된 아이에게 관심을 줄 이유도 없었겠지만.

각설하고, 가슴팍에 금실로 호虎 자를 수놓은 백색 무복을 입고 커다란 백마 위에 앉아 천천히 행진해 가는 증훈은 지난 이 년 사이에 놀랍도록 달라져 있었다. 우선 상징과도 같았던 홍안紅顏이 사라져 버렸다. 무슨 일을 겪었는지는 모르지만 왼쪽 볼에 날카로운 흉터가 두 줄기나 생긴 데다 칼날처럼 곧았던 콧날도 한 번 이상 부러진 듯 중간 부분이 움푹 꺼졌고 솜털이 보송하던 양쪽 귀 아래에는 시커먼 구레나룻이 북슬북슬하게 자리 잡고 있었던 것이다. 그러자 예전에는 잘 드러나지 않던 강렬한 눈빛도 뚜렷하게 살아났다. 강호 남자의 전범과도 같은 얼굴로 변해 버린 저 증훈에게 이제는 그 누구도 홍안투쾅이라 부르지는 못할 것 같았다.

불안해하는 백성들을 진정시키기 위한 목적이 크겠지만, 그래도 황제가 사는 북경성 안에서 마상 이동이 허락되었다는 것은 신무전과 백호대주의 높아진 위상을 짐작케 해 주었다.

'백호대만 온 건가?'

과홍견이 신무전을 떠날 무렵 사저는 주작대의 부대주였다. 만일 신무전에서 파견한 병력에 주작대가 포함되었다면 사저도 함께 왔을 공산이 컸다. 그런 과홍견의 바람을 들어주기라도 하듯, 앞에 서 있던 구경꾼들 중 누군가가 큰 소리로 말했다.

"주작대도 왔군. 저기 보라고. 백호대 뒤에 오는 붉은 옷을 입은 친구들이 바로 주작대라네."

이백 명에 가까운 당당한 체격의 백의 무사들로 구성된 백호대와 비교할 때 붉은 옷을 입고 뒤따라 걸어오는 주작대는 무척이나 왜소한 느낌을 주었다. 숫자도 십분의 일밖에 안 되고 기세도 웅장하지 못한 데다 무엇보다도 선두에서 그들을 이끄는 주장이 과홍견 본인보다도 훨씬 어려 보이는 조그만 남자아이였기 때문이다. 비록 총명해 보이고 귀티도 흐르며 타고 있는 적갈색 말도 준마 소리를 들을 만큼 훌륭한 놈이었지만, 그래도 아이는 아이. 구경꾼들 사이에서 얕보는 핀잔들이 먼지처럼 일어나기 시작했다.

"저 꼬마는 누군데 말을 타고 오는 거야?"

"쯧쯧, 말이 너무 커 보이는구먼."

"안장에 걸린 검은 또 어떻고. 제대로 뽑을 수나 있을지 모르겠네."

그러자 아까 알은체를 했던 목소리가 다시 나섰다.

"말조심들 하라고. 나이는 비록 어려도 검법 신동으로 이름을 날리는 소년 영웅이니까."

"검법 신동?"

"하북제일세河北第一勢이자 검법의 명가로 이름을 떨치는 천추백가의 막내 도령이라면 말 다 한 거지. 철저하기로 소문난 철인협이 신무전에 사람이 없어 다른 세가의 어린아이에게 주작대주의 중임을 맡겼을까? 다 그럴 만한 이유가 있는 거지."

과홍견은 고소를 지었다. 천추백가의 막내 도령과 사저 사이에 혼담이 오갔던 일을 떠올렸기 때문이다. 오늘에서야 직접 눈으로 보게 된 천추백가의 막내 도령은 누군가가 말한 대로 소년 영웅처럼 영준하고 늠름해 보였다. 그에 비해 세 살이나 더 먹은 자신은…….

'아니, 저 도령과 나를 비교해서는 안 돼. 명문가의 자제와 혈혈단신의 천애고아는 종자부터가 다른걸. 잘된 일이야. 저런 소년 영웅이라면 사저의 좋은 배필이 될 테지.'

그러나 이런 생각도 과홍견에게 위로를 주지는 못했다. 쓸개를 물고 있는 듯 입맛은 갈수록 씁쓸해지기만 했다.

바로 그때, 과홍견으로서는 귓바퀴가 뒤집어질 만한 소리가 들려왔다.

"그나저나 신무대종의 손녀딸은 저런 일등 신랑감을 놔두고 어디를 싸돌아다니고 있는지, 원."

과홍견은 목소리가 들려온 방향을 향해 외쳤다.

"사저…… 아니, 소 아가씨가 어떻게 했다고 하셨나요?"

온통 앞쪽으로만 향해 있던 구경꾼들의 얼굴 중 하나가 과홍견을 향해 돌아 왔다. 무엇에 눌린 것처럼 넙데데한 장년 남자의 얼굴이었다. 질문한 사람이 누군지를 찾는 듯 잠시 두리번거리던 눈길이 과홍견의 얼굴에 고정되었다.

"작년 봄인가 신무대종의 손녀딸이 야반도주했다는 얘기를 못 들었나 보지?"

점입가경이라고, 이 또한 기함할 소리가 아닐 수 없었다. 과홍견이 다시 물었다.

"신무대종의 상속자가 다른 곳도 아닌 신무전에서 왜 야반도 주를 한 거죠?"

"그 맹랑한 속을 내가 어찌 알까? 그저 야반도주한 날이 혼례를 며칠 앞둔 날이었다고 하니 어린 신랑이 싫어서 그랬나 보다 짐작할 뿐이지. 음? 너 지금 웃는 거니? 내 얘기가 웃겨?"

"아, 아닙니다."

과홍견은 두 손으로 입가를 가리며 황급히 표정을 고쳤다. 자신도 모르게 웃음이 새어 나온 모양이었다.

장년 남자는 눈썹을 찌푸리고 과홍견을 쳐다보다가 고개를 절레절레 저었다.

"하긴 웃음이 나올 만도 한 얘기지. 어린 신랑 버리고 달아난 그 망아지 같은 낭자가 강호에서는 유협 행세를 하며 비연여협 飛燕女俠이라는 삼삼한 별호까지 얻었다고 하니 말이다. 하지만 별호만 삼삼하면 뭐하나. 하고 다니는 짓을 보면 여협이 아니라 여괴女怪라 부르는 게 맞는데."

그러면서 장년 남자가 늘어놓은 이야기들에 대해, 사저가 지난 이 년간 강호에서 일으킨 크고 작은 평지풍파들에 대해 듣고 있노라니 머리가 다 어지러워질 지경이었다.

'정말이지 사람 놀라게 하는 데는 일가견이 있다니까.'

하지만 놀라움에 앞서 든 것은 걱정이었다. 과홍견이 아는 사저는 그리 영민하지도, 그렇다고 무공이 고강하지도 않았다. 아, 물론 잘하는 것도 있었다. 고집 부리기를 잘하고, 고래 심줄처럼 질긴 면도 있어서 웬만해서는 포기할 줄 모른다. 하지만 과연 그건 것들을 장점이라고 볼 수 있을까? 그런 사저가 이 년이라는 짧지 않은 시간 동안 강호의 모진 풍파에 맞설 수 있었던 데에는 강북의 패주, 신무전이라는 뒷배가 크게 작용한 것이

틀림없었다.

　북악 신무전의 위세는 신무대종의 부재에도 불구하고 지난 이 년 사이 더욱 커졌다. 남패 무양문의 위세가 호교십군들 중 일부의 이탈과 문주의 원인 모를 칩거, 그리고 강남의 신흥 강자로 혜성처럼 등장한 남황맹으로 인해 눈에 띄게 위축된 것과는 극명하게 대비되는 현상이라고 할 수 있었다. 그러니 신무대종의 상속자인 사저를—비록 본인이야 연고도 없고 정처도 없는 유협 행세를 하거나 말거나— 함부로 대할 만큼 간담이 큰 세력이나 인물이 이제까지 나오지 않았다는 것도 이해할 수 없는 일은 아니었다. 하지만 이제까지 나오지 않았다고 해서 앞으로도 나오지 않을 거라는 보장은 없었다. 강호는 무서운 곳이었다. 예측하기 힘든 곳이기에 더욱 그랬다. 비록 강호와는 거리를 두려고 노력하는 과홍견이지만 할아버지와 사부, 두 명의 친인을 여의는 과정에서 예측 불가한 강호의 무서움을 절감하게 되었다.

　'사저가 빨리 전으로 돌아가야 할 텐데…….'

　그러나 신무전으로 돌아가면 소년 영웅이 기다리고 있다. 사저는 어린아이를 싫어하지만, 소년이 사내가 되는 데에는 그리 긴 시간이 필요치 않는다는 사실을 과홍견은 누구보다도 잘 알고 있었다. 소년 영웅이 진짜 영웅이 되고 검법 신동이 어엿한 검객이 되는 날 천추백가의 막내 도령을 바라보는 사저의 시선도 바뀔지 모른다고 생각하니, 과홍견은 과연 자신이 사저의 귀가를 진심으로 바라는지 바라지 않는지 알 수 없게 되어 버렸다.

　과홍견이 갈피를 잃어버린 상념에 끼어 고민하고 있을 때, 노점에서 빌려 온 의자 위에 함께 올라서 있던 엽 대형이 말했다.

　"다 끝난 모양이구나."

그 말에 고개를 들어 보니 신무전의 행렬이 어느덧 다 지나가고 대로 양편을 가로막고 있던 장창을 든 병사들이 순차적으로 횡대 진형을 풀며 행렬의 뒤를 따르는 게 눈에 들어왔다.

"거참 장관일세그려."

"아무렴, 신형 화포에다 싸움에는 귀신이라는 신무전 백호대주까지 왔으니 그깟 오랑캐 군대쯤이야 단번에 박살 내 버리겠지. 안 그런가?"

"당연하지! 오늘은 간만에 두 다리 쭉 뻗고 잠잘 수 있겠어."

저마다 한두 마디씩 소감을 남기며 구경꾼들이 빠르게 흩어지고 있었다.

"여기서 잠시 기다리렴."

엽 대형이 의자를 노점에 돌려주러 간 사이 과홍견은 그 자리에 우두커니 서서 대로 저편으로 새끼손가락만 하게 작아진 행렬의 끄트머리를 바라보았다. 행렬 주위로 흐릿하게 피어오르는 흙먼지가 마치 이 북경성을 감싸고 있는 전운戰雲을 보는 것 같았지만, 그가 그 위에 떠올린 것은 둘만의 송별연에서 눈물을 참으려는 듯 입술을 꼭 깨물던 사저의 처연한 얼굴이었다.

엽 대형은 오래지 않아 돌아왔다. 시원하게 뚫린 대로를 둘러본 그가 과홍견을 향해 밝은 목소리로 말했다.

"가자. 이제 모용 노야를 만나야지."

(4)

세상을 살다 보면 명과 실이 서로 부합되는 경우가 그리 많지 않음을 알게 된다. 명실상부라는 말이 칭찬에 주로 쓰이는 까닭도 바로 여기에 있다. 이름을 지을 때에는 기원이나 환상이 작용하는 경우가 많고, 그래서 왕왕 실제와는 어울리지 않게 부풀려지곤 하는 것이다…….

엽 대형으로부터 금루가金樓街라는 이름을 들었을 때 과홍견의 머릿속에 떠오른 생각들은 대충 이러했다.

북경성 서쪽 성벽 아래에서도 볕이 가장 안 드는 궁벽한 위치에 마치 해안가 바위에 붙은 굴 껍데기들처럼 다닥다닥 형성된 그 지저분한 빈민촌의 입구에서 두 사람을 맞이한 것은 금빛이 번쩍거리는 패루牌樓가 아니라—애당초 금루 같은 것은 이 부근에 없었다고 한다— 높다란 기둥 두 개 사이에 들보처럼 굵은 가로대를 걸어 놓은 효수대梟首臺였다. 효수대의 가로대 위에는 못대가리가 동전만큼이나 커다란 쇠못이 십여 개 박혀 있었는데, 각각의 쇠못에는 회칠을 허옇게 한 인간의 머리들이 상투 풀린 머리카락을 끈 삼아 주렁주렁 걸려 있었다. 하지만 저 머리들 중에 설령 가족의 것이 섞여 있다고 해도 그게 누구인지 확인하기란 힘들어 보였다. 모든 머리마다 적게는 한 마리에서 많게는 네댓 마리씩 달라붙어서 날카로운 부리로 썩은 살점을 쪼아 대는 까마귀들 때문이었다.

그것은 끔찍한 광경이었고, 구역질 나는 광경이기도 했다.

까마귀 두 마리가 눈구멍에서 뽑혀 나온 눈알 하나를 두고 사납게 다투는 모습을 보고 고개를 돌려 버린 과홍견은 어느새 시큼해진 침을 억지로 삼킨 뒤 엽 대형에게 물었다.

"저들은 무슨 죄를 지었기에 저렇게 죽은 거죠? 오이라트에서 보낸 첩잔가요?"

엽 대형이 대답했다.

"첩자라면 억울하지나 않지. 저들은 좀도둑들이다."

"좀도둑?"

"쥐들은 배가 가라앉기 전에 알아서 달아난다고 하지. 북경에도 그런 쥐들이 제법 있었단다. 하지만 그 쥐들은 인간이고, 또 대부분 부자지. 성문이 통제되기 전에도 그렇거니와 성문이 통제된 뒤에도 그들은 갖가지 수단을 동원해 북경을 빠져나갔고, 그들이 버리고 간 집에는 좀도둑들이 들끓기 시작했다고 하더구나. 저 머리들의 주인이 바로 그 좀도둑들이란다."

과홍견은 효수대에 걸린 머리들을 올려다보았다. 물론 도둑질은 나쁘다. 하지만…… 그는 자신도 모르게 어깨를 부르르 떨고는 엽 대형에게 다시 물었다.

"어차피 주인이 버린 집이잖아요. 그런 집에 들어가 물건 몇 개 집어 갔다고 저런 극형을 내린단 말인가요?"

이 질문에는 지나치게 가혹한 공권력에 대한 비난의 기미가 가득 담겨 있었지만 엽 대형의 대답은 차분하기만 했다.

"대명률 중 형률에 따르면 좀도둑은 잡범으로 분류되어 뒤꿈치 근맥을 자르고 볼따구니에 자자刺字(먹으로 죄명을 문신함)를 하는 것으로 끝나겠지만, 지금은 평시가 아니라 전시다. 모든 범죄를 반란 행위로 간주하여 극형에 처하는 것이지. 더욱이 이번에 새로 북경성 총사령관이 된 병부상서 우겸은 청백리의 표상이라고 할 만큼 강직한 반면 인정이라고는 눈곱만치도 없는 냉혈한이기도 하단다. 죄질의 대소를 불문하고 주범은 재판도 없이 그날로 참수하고, 종범은 군노軍奴로 징발하여 전투 시 화살받이로 쓴다는 강경한 처분은 그래서 나온 것이지."

과홍견의 얼굴이 더욱 굳어졌다. 오늘 아침 북경성 남문에 들어온 직후 헤어진 다섯 족제비들이 떠오른 것이다.

─아서라, 아서. 성안에서 우리를 기다리는 황금이 얼마고 보

물이 얼만데 네놈의 젖내 나는 옷가지를 탐내겠느냐?

　다섯 족제비 중 셋째인 말라깽이 장삼이 호탕하게 웃으며 한 말이었다. 하지만 이곳에서 그들을 기다리는 것이 황금과 보물이 아니라 까마귀의 부리와 오랑캐의 화살이라고 생각하니 마음이 무거워질 수밖에 없었다.
　'위험한 일은 하지 말라고 알려 줘야 하는데.'
　비록 보름 남짓한 동행에 불과했지만, 그래도 끼니와 잠자리를 나누었던 사람들이 제 발로 죽음의 길로 걸어 들어가는 것을 두고 볼 수는 없는 노릇이었다. 하지만 생전 처음 와 본 이 거대하고 복잡한 도시의 어느 구석에서 그들 다섯 족제비들을 찾을 수 있단 말인가.
　과홍견이 이런 걱정에 잠겨 있을 때, 무섭지도 않은지 효수대에서 시선을 떼지 않고 있던 엽 대형이 콧수염을 매만지며 말했다.
　"전란을 앞두고 백성들의 기강을 잡는 건 나라에서 마땅히 해야 할 일이지만, 그 바람에 모용 노야는 작지 않은 곤란을 겪고 있단다."
　"모용 노야께서 왜요? 설마 그분께서도 좀도둑들과 관련이 있으신가요?"
　과홍견의 조심스러운 질문에 엽 대형이 픽 웃었다.
　"고고하신 강호의 기인이 어찌 남의 재물에 관심을 가지시겠느냐. 그분을 곤란하게 만든 장본인은 엄법嚴法을 내린 병부의 호랑이가 아니라 저 까마귀들이란다. 요즘 들어 저놈들이 등쌀을 부리는 통에 그분의 귀염둥이들이 아주 힘들어하거든."
　"귀염둥이……라고요?"

"보면 안다. 자, 들어가자꾸나."

엽 대형이 과추운의 등을 툭 두드린 뒤 멈췄던 걸음을 다시 옮기기 시작했다.

중국인들이 관상용, 혹은 애완용으로 가장 선호하는 동물은 새였다. 덕분에 사람들이 많이 사는 성시의 번화가에서는 새를 파는 가게를 심심찮게 찾아볼 수 있었고, 그 점은 북경성에서 가장 큰 빈민촌으로 알려진 금루가도 크게 다르지 않았다. 물론 자식새끼 키우기도 벅찬 빈민 처지에 날짐승까지 키우면서 산다는 얘기는 당연히 아니다. 빈민들 중에는 생계를 목적으로 새를 잡아 파는 이른바 엽조꾼들이 여럿 살고 있었고, 그들로부터 새를 구입하여 며칠 잘 먹이고 잘 꾸민 다음 왕부정王府井 같은 부촌에 있는 고급 새 가게에다 웃돈을 받고 파는 중매인들의 거점이 이곳 금루가에도 몇 군데 있다는 얘기다. 과홍견이 삼 년 만에 다시 만난 모용풍은 놀랍게도 그런 중매인들 중 한 명 행세를 하고 있었다.

'진짜 모용 할아버지다!'

'삼청조당三靑鳥堂'이라는 낡은 편액이 걸린, 금루가에서는 보기 드문 복층 건물의 이 층 중간 마루에 머리에는 푸른 두건, 몸에는 푸른 장삼을 입고 등을 돌린 채 서 있는 사람이 모용풍이라는 것은 금세 알아볼 수 있었다. 안타깝지만 장애란 그 사람의 가장 큰 특질이 되는 법. 바닥을 향해 축 늘어진 텅 빈 왼팔 소매가 그 사람이 모용풍이란 사실을 말해 주고 있었다.

모용풍이 선 창가에는 수십 개의 새장들이 겹겹이 걸려 있었다. 그중 대부분이 비었고 차 있는 것은 몇 개 되지 않았는데, 그 안에 들어 있는 새의 종류는 과홍견이 처음 보는 기이한 것이었다. 비둘기처럼 하얗고 통통한 몸을 가진 그놈들은 눈알이 붉고 정수리 부위만 새까매 마치 까마귀의 머리에 비둘기의 몸통을 붙여 놓은 것 같았다.

"돌아왔습니다."

엽 대형은 모용풍의 등을 향해 포권을 하며 말했다. 하지만 모용풍은 아무 대답도, 심지어는 이 층으로 올라온 두 사람을 향해 고개조차도 돌리지 않았다. 과홍견이 보기에 지금 모용풍은 다른 일에 정신이 팔린 것 같았다. 창가에 설치된 기다란 간짓대를 향해 선 채로 오른손에 쥔 뭔가를 읽고 있었는데, 하오의 햇살이 마룻바닥 위에 비스듬히 드리워 놓은 그림자로 미루어 무슨 쪽지인 것 같았다.

모용풍에게서 아무 반응도 나오지 않자 엽 대형이 포권을 푼 손으로 머리를 긁더니 목소리를 조금 높여서 다시 말했다.

"손님을 데려왔습니다."

모용풍은 그제야 읽고 있던 쪽지를 품에 갈무리하고는 두 사람을 향해 돌아섰다.

'하나도 안 늙으셨네. 음, 오히려 젊어지신 것 같아.'

삼 년이면 환갑을 지난 연배에서는 결코 짧은 세월이 아닐 텐데도 저 모용풍에게만큼은 그 세월이 비껴간 모양이었다. 백발이 검어지거나 주름이 없어진 것은 아니지만, 그럼에도 지금의 모용풍에게선 삼 년 전에는 찾아보기 힘들었던 활력이 넘쳐나는 것 같았다. 눈빛에는 정광이 어렸고 안색도 불그레하니 건강해 보였다. 두건과 장삼의 싱싱한 푸른빛이 잘 어울리는 모습이라고 할까. 과홍견이 북경성에 들어와서 본 대부분의 성민들이 죽을 날을 받아 놓은 노인네처럼 잔뜩 위축된 눈빛과 허옇게 질린 안색을 하고 있는 것과는 사뭇 대조적이라고 할 터였다.

이유가 무엇이든 노인이 활기에 차 있다는 것은 좋은 일이었고, 그래서 과홍견은 기뻤다.

"모용 할아버지, 저 견아예……."

"창밖으로 두 사람이 들어오는 걸 봤다. 설마 했는데 정말 너로구나."

모용풍이 말했다. 그 말에 담긴 쌀쌀맞음이 반가운 마음을 전하려던 과홍견의 말문을 틀어막았다.

모용풍의 시선이 엽 대형을 향했다.

"그 얼굴은 낯이 익군. 자네 사부가 한두 번 그 얼굴을 하고 나타난 적이 있었지."

"알뜰하다는 칭찬으로 받아들이지요."

엽 대형의 유들유들한 대꾸에 가볍게 코웃음을 친 모용풍이 다시 물었다.

"일은 어찌 되었나?"

엽 대형은 어깨를 으쓱거렸다.

"이거야 원, 반가운 손님을 데려온 사람한테 일 얘기부터 꺼내시는 겁니까?"

"반가운 손님이라…… 그 점에 대해서도 이야기를 나눠야 할 필요가 있겠군."

눈을 가늘게 접고 중얼거린 모용풍이 과홍견을 향해 말했다.

"이 친구와 할 이야기가 있으니 너는 여기서 기다리고 있거라."

그러고는 대답도 듣지 않고 엽 대형과 함께 다른 방으로 들어가 버리니, 넓은 마루에 갑자기 혼자 남겨진 과홍견으로서는 맥이 탁 풀릴 만한 일이 아닐 수 없었다.

비밀스러운 분위기를 풍기는 방이었다. 창문인지 환기구인지 분간이 안 될 만큼 작은 구멍 하나에서 흘러들어 온 침침한 빛이 그런 분위기를 더해 주는 그 작은 방에서, 애혈은 방 주인이 권하지도 않았는데 중앙에 있는 탁자 쪽으로 뚜벅뚜벅 걸어가 의자 하나를 택해 앉은 다음 문가에 서 있는 모용풍을 돌아보며 말했다.

"차는 필요 없습니다. 남관다루에서 오는 길이니까요."

"남관다루?"

고개를 갸웃거린 모용풍이 탁자 쪽으로 다가와 애혈의 맞은편에 자리를 잡고 앉았다.

"주인인 왕금은 양주로 피난을 떠난 지 오래인데 다루의 영업을 계속하고 있다니 신기한 일이로군."

"그게 다 총관의 영업 철학 덕분이라더군요."

"총관이라……."

모용풍은 잠시 뜸을 들은 뒤 덧붙였다.

"한마디로 대단한 여장부지. 장차 중원 상계의 판도를 바꾼다고 해도 이상하지 않을 만큼."

이 말로 미루어 모용풍은 남관다루의 여총관 채윤에 대해 남들이 모르는 점을 알고 있는 모양이었다. 더구나 인재를 알아보는 안목에 관해서는 천하제일이라고 해도 과언이 아닌 사람이 바로 모용풍이 아니던가. 그가 원수들의 눈을 피해 숨어 살던 시절에 발표한 신오대고수의 대부분은 당금 강호의 주역으로 자리 잡았으며, 이 년 전 추가로 발표한 후랑오준 또한 그렇게 되리라는 점을 의심하는 사람은 없었다. 이에 관심이 동한 애혈은 의자 등받이에 기댔던 상체를 슬그머니 떼어 내며 모용풍에 게 물었다.

"그 정도입니까?"

모용풍은 당연하다는 듯 고개를 끄덕였다.

"게다가 대단한 염문의 주인공이 될 예정이기도 하고."

애혈은 눈썹을 찌푸렸다.

"염문이라고요?"

"모르는 모양이군, 조화일맥의 후예가 그녀에게 눈독을 들이 고 있다는 사실을."

"조화일맥의 후예라면…… 이 년 전 거경 제초온으로부터 원소탕을 받아 내고 이 차 곤륜지회에 참가했다는 조화수造化手 고 월을 말씀하시는 겁니까?"

"그렇다네."

"고월이 후랑오준의 일원으로 지난 이 년간 대단한 명성을 쌓았다는 점은 인정하지만, 그가 주로 활동하는 무대인 서남부 와 이 북경은 너무 멀지 않습니까. 그런 그가 어떻게 그녀에게 눈독을 들인다는 말씀인지?"

모용풍은 뭔가를 살피는 듯한 눈길로 애혈의 얼굴을 바라 보다가 반문했다.

"이 차 곤륜지회에서 처음 손속을 나눈 이후 양의문의 고월 과 신무전의 증훈이 매년 한 번씩 만나 무공을 겨룬다는 얘기는 들어 보았겠지?"

"그렇습니다."

쌍준지쟁雙俊之爭, 혹은 원소지쟁原宵之爭이라 불리는 그 유명 한 행사에 관해 들어 보지 못한 사람은 강호에서 드물 터였다. 우스운 일은, 증훈 쪽에서는 그리 달가워하지 않는데도 고월 쪽에서 늘 '올해도 형님이 한 수 가르쳐 주지.'라며 쫓아다닌다는 점이었다. 물론 싸움 미치광이라는 별호를 가진 신무전의 젊은 백호대주가 청해 오는 싸움을 피할 리는 없었다. 그리하여 원소절 밤마다 벌어지게 된 비무가 올해로 벌써 삼 회째 이어지게 되었는데, 결과는 흥미롭게도 늘 난형난제요, 불승불패였다. 두 사람 모두 죽지 않을 만큼의 부상을 몸뚱이에 새긴 채 내년의 승리를 기약하며 헤어지게 되었으니, 고월의 튼튼한 어금니가 부러진 것과 증훈의 잘 빠진 콧대가 주저앉은 것 모두가 그 후유라나.

"올 원소절에 열린 쌍준지쟁의 무대가 바로 이 북경성이었다네. 증훈이 신무전주의 명으로 병부상서를 만나기 위해 정초를 북경에서 보냈기 때문이지. 그래서 고월 또한 북경을 방문하게 되었는데, 원소절이 오기를 기다리던 중 우연히 남관다루에 들렀다가 그 채씨 성을 가진 여총관을 보고 한눈에 반해 버린 것이지."

모용풍의 말이 끝나자 애혈이 작게 투덜거렸다.

"십만대산의 촌놈이 여자 보는 눈은 높은 모양이군요."

애혈을 향한 모용풍의 눈이 더욱 가늘어졌다.

"여자 보는 눈이 높은 것은 십만대산의 촌놈만이 아닌 모양인데?"

"저 말입니까?"

"아닌가?"

"노야답지 않군요. 재미도 없는 농담을 그렇게 정색을 하고 하시다니."

애써 얼버무리긴 했지만 지금 애혈은 그답지 않게 얼굴이 달아오르는 것을 느끼고 있었다. 사부로부터 물려받은 정교한 인

피면구를 쓰고 있지 않았다면 아마도 붉어진 얼굴을 들켰을 것이다.

애혈의 입장에서는 다행스럽게도, 모용풍은 채윤에 대한 이야기를 길게 이어 가지 않았다.

"그나저나 남관다루에서 오는 길이라니, 어젯밤 범중위를 죽인 모양이군."

애혈은 고개를 끄덕였다. 그러자 모용풍의 표정이 조금 심각해졌다.

"그 청부에 조건에 달려 있다는 것은 알고 있겠지?"

"물론입니다."

"하면 범중위가 역심을 품은 것을 확인했단 말인가?"

"그 조건 때문에 고생 좀 했죠."

애혈은 품에서 물건 하나를 꺼내 탁자 위에 던졌다. 툭 하는 소리와 함께 탁자에 떨어진 것은 크기가 어른 손바닥만 한 목패였다. 그 목패를 앞뒤로 뒤집으며 살펴보던 모용풍이 눈을 빛내며 말했다.

"굴왕회의 총시로군."

"그렇습니다."

"굴왕회와 접촉했다는 것은 이 성을 빠져나갈 마음이 있다는 뜻이겠지."

당시 애혈은 화방의 밑바닥에 붙어 있었지만 혈법육장의 응법을 통해 수면 위에서 오간 대화를 낱낱이 엿들을 수 있었다.

"말씀하신 대로입니다. 범중위는 자신을 포함한 직계 가족 다섯과 호위 하나까지 총 여섯 사람분의 통행료를 지불하더군요. 그게 자그마치 황금 여섯 관이니, 원……. 솔직히 자객 일 때려치우고 삽이나 곡괭이를 들고 싶다는 생각까지 들었습니다."

모용풍은 애혈의 농담에 아무런 반응도 보이지 않았다. 그는 목패를 탁자 위에 내려놓고 작게 한숨을 쉬었다.

"어처구니없는 일이 아닐 수 없군. 병부의 이인자 격인 좌우 시랑 중 하나가 전쟁을 목전에 두고 역심을 품다니. 이 일을 우겸 대인이 알면 얼마나 실망할까."

애혈이 어깨를 으쓱거렸다.

"재미있군요. 범중위는 오히려 우 대인을 가리켜 간악한 역적 놈이라고 욕하던데."

모용풍은 한층 더 어두워진 표정이 되었다.

"황제가 하루아침에 둘이 되어 버렸으니 역적과 충신이 뒤죽박죽이 되어 버릴 수밖에. 이 황제에게 충신은 저 황제에게 역적일 테니까. 그래, 맞아. 범중위는 선황을 지지했을 걸세. 토목보에서 죽은 환복천자가 일찍이 병부에 심어 놓은 측근이 아닐까 하는 의심도 받고 있지. 그런 범중위의 눈에, 오랑캐에게 포로로 잡힌 선황 대신 새로운 황제를 재빨리 옹립한 우 대인이 천하에 다시없는 역적으로 비친 것은 당연한 일 아니겠나. 나라의 근본이 흔들리니 이런 일이 일어나는 게야."

이 말로 미루어 모용풍은 나라의 근본이 황제라고 여기는 모양이었다. 과연 그럴까 의심하면서, 애혈은 이번 청부를 받은 순간부터 의아하게 생각하던 것을 모용풍에게 물었다.

"선황을 지지하던 대신들 중 이미 많은 자들이 북경을 버리고 달아났습니다. 그중에서 유독 범중위 하나만을, 그것도 딴마음을 품은 것이 확실해진 연후에야 죽이라고 하신 까닭이 궁금해지는군요."

애혈을 바라보는 모용풍의 눈빛이 약간 매서워졌다.

"자네의 사부라면 결코 그런 것을 궁금해하지 않았을 걸세. 청부의 내막을 묻지 않는 게 자객의 원칙이니까. 자네의 이런 행동이 자네를 평가하는 데 좋지 않은 영향을 끼칠 수도 있다는 점을 알기 바라네."

모용풍의 말에는 신랄한 부분이 있었지만 애혈은 개의치 않았다. 그는 왼손 중지에 끼고 있는 붉은 반지, 혈적환血積環을 모용풍이 보란 듯 가볍게 돌리면서 말했다.

"사부님은 사부님이고 저는 접니다. 이름을 물려받았다고 해서 성격까지 물려받는 것은 아니겠지요. 그리고 방금 말씀하신 평가에 관해서라면……."

애혈은 턱짓으로 탁자에 놓인 목패를 가리킨 뒤 덧붙였다.

"이만하면 합격 아닙니까?"

모용풍은 못마땅한 듯 미간을 찌푸렸다.

"경박하군. 아직 젊어서 그런 건지, 아니면 자네가 유별나서 그런 건지……."

애혈은 히죽 웃었다.

"둘 다라고 해 두죠."

경박한 젊은이를 대하는 노인이 주로 그러하듯 모용풍은 고개를 절레절레 흔들더니 찌푸린 미간을 펴며 말했다.

"그렇게 궁금해하니 이번만큼은 특별히 가르쳐 주지. 앞서도 말했다시피 범중위는 선황파의 대표로 의심되는 자였네. 하지만 같은 선황파로 의심되는 자들이 속속 종적을 감추는 와중에도 그자는 이상하리만치 별다른 움직임을 보이지 않았지. 이유가 뭘까 생각하다 보니 그자가 병부의 요직에 있다는 점이 떠오르더군. 병부에서는 현재 밤낮을 가리지 않고 북경성 방어 전략을 세우기 위해 고심 중이라네. 그리고 병부의 우시랑이면 모든 전략 회의에 참석할 수 있지. 자네도 아는지 모르지만, 오늘 중화참에 화명포의 잔여 분량이 입성했다고 하네. 아마 오늘이 가기 전에 병력과 화포의 배치를 포함한 방어 전략의 골격이 세워질 걸세. 자, 이제 감이 오지 않는가? 그자가 피난을 미룬 이유가 바로 그 전략을 파악하기 위해서라는 감 말일세."

애혈은 고개를 갸웃거렸다.

"저는 아직 잘 모르겠군요. 그자가 이 성의 방어 전략을 파악해 어디에 쓴단 말입니까?"

모용풍은 말을 고르듯 잠시 뜸을 들이다가 말했다.

"이것은 대내를 담당하는 위 소야로부터 입수한 극비 중에서도 극비의 정보인데, 오이라트군 내부에는 금의위에서 오래전에 파견한 밀정이 활약하고 있다고 하더군. 얼마 전 그 밀정이 병부의 우 대인에게 놀라운 소식 하나를 보내왔다네. 조만간 조정의 대신 하나가 북경성 방어 전략을 들고 에센을 찾아오기로 했다는 소식이지. 조건은 전쟁이 끝난 뒤 오이라트에 포로로 잡혀 있는 전 황제를 복위시키는 것이라네. 하지만 그 조건이 성사되려면 이 북경성은 잿더미가 되어야 할 테고, 수많은 백성들이 오랑캐의 창칼 아래 목숨을 잃어야 하겠지. 그래서는 아니 될 것이기에 자네를 움직인 걸세. 굳이 역심을 확인하라 요구한 것은, 조정의 대신을 함부로 죽이는 일은 피하고 싶었기 때문이네."

좀처럼 놀라지 않는 애혈도 이 말 앞에서는 대꾸할 말을 잃어버렸다. 그는 이제껏 많은 표적을 저격한 바 있었고, 모든 청부에는 나름의 대가가 따랐다. 하지만 어젯밤에 행한 청부보다 무거운 대가가 걸린 것은 이제껏 없었다. 만일 범중위가 죽지 않고 북경성을 무사히 빠져나갔다면 우겸이 준비한 방어 전략은 무위로 돌아갈 공산이 컸고, 이는 곧 제국의 수도인 북경성이 함락당한다는 것을 의미했다. 한데 그가 범중위를 죽임으로써 그 일을 막은 것이니, 약간 과장해 말하자면 자객의 칼끝에서 국운이 움직인 셈이라고 할까.

'거창해도 너무 거창하잖아.'

애혈을 새삼스러운 마음으로 탁자 반대편에 앉은 모용풍을 바라보았다. 그의 눈에 비친 모용풍은 나라의 운명과 백성의 안위를 걱정하는 진정한 우국지사처럼 보였다. 그러나 그는 전혀 아니었다. 자신의 혈관 속에 우국지사의 피가 흐른다는 생각은 단 한 번도 해 본 적이 없는 그이지만, 자신도 알지 못하는 사이 나라와 백성을 위해 큰일을 했다고 생각하니 야릇한 감정에 휩싸일 수밖에 없었다.

그런 애혈에게 모용풍이 무거운 목소리로 말했다.

"자네 말대로 이번 시험은 합격일세. 하지만 자네가 정식 계원이 되기 위해서는 아직 두 번의 시험이 더 남아 있다는 점을 잊지 말게나."

애혈은 씁쓸히 웃었다.

"어떻게 잊을 수 있겠습니까."

바로 그것이 애혈이 전란을 무릅쓰고 이 북경에 와 있는 이유였다.

정보 상인들의 비밀 결사인 황서계의 각 구성원들 간 자격 승계는 주로 부자 관계나 사승 관계를 통해 이어진다. 하지만 부친이나 사부가 계원이었다고 해서 아들이나 제자까지 자연히 계원의 자격이 생기는 것은 아니다. 황서계의 계원이 되고자 하는 사람은 그가 누구든 간에 황서계주 앞에서 세 가지 시험을 치러야 하고, 그것들을 통해 세 번의 인정을 받아야 하는 것이다. 시험 종목은 시험을 치르는 사람이 누구냐에 따라 다르다. 일례로 자객인 애혈에게는 세 가지 청부가 주어지는 식으로 말이다.

애혈은 어젯밤 범중위를 죽임으로써 황서계주의 세 가지 시험 중 첫 번째 시험을 통과했다. 앞으로 남은 두 번의 시험은 무엇일까?

"일 얘기는 이쯤 해 두고……."

탁자 위로 숙인 상체를 펴고 들어온 문 쪽을 슬쩍 돌아본 모용풍이 이제까지와는 다르게 걱정이 담긴 목소리로 말을 이었다.

"이제부터 자네가 데려온 '반가운 손님'에 대해 이야기를 나눠 보기로 하지."

반가운 손님이 될 줄 알았는데 혼자만의 착각이었던 모양이다. 할아버지의 지인과 자신의 지인을 은연중에 동일시한 데서 비롯된 촌극이 아닌가 하는 반성도 들었다. 그런 생각들이 삼청조당의 이 층, 새장 가득한 중간 마루에 앉지도 못하고 우두커니 선 채로 모용풍을 기다리는 과홍견을 의기소침하게 만들었다.

'하기야 나라도 싫겠다. 아무짝에도 쓸모없는 어린놈이 아는 사람 손자라며 찾아와 징징대면.'

징징댈 생각은 없었다. 이 년 전 신무전을 떠날 무렵에는 모용 할아버지를 찾아간다는 생각 자체가 과홍견의 머릿속에는 들어 있지 않았다. 모용풍 대협에게 연락해 데려가 달라고 하는 건 어떻겠느냐고 권하는 사저에게도 염치없는 짓은 하지 않겠노라 큰소리치지 않았던가. 하지만…….

'결국 이렇게 찾아올 수밖에 없었지.'

천하가 넓다 해도 바둑을 가르쳐 줄 만한 고수는 그리 많지 않았다.

호북성 제일 고수라는 무한武漢의 곽대장郭大壯은 오로지 싸움밖에 모르는 힘 바둑 일색이었다. 바둑과 거문고에 능해 기금쌍절棋琴雙絶이라고 칭송받는 성도盛都 팔보원八寶園의 육화陸華는 아부꾼들에 둘러싸인 화초 바둑에 지나지 않았다. 그래도 그들은 나았다. 초라한 행색의 소년 기객을 내치지 않고 바둑판 앞에 마주 앉아 주기라도 했으니까.

바둑으로 명성을 얻은 고수들 대부분은 사례비 조로 일정한 금액을 바치지 않으면 얼굴조차 보기 힘들었다. 하지만 근동의 기객들에게 구걸하다시피 입수한 기보를 통해 들여다본 그들의 기예는 할아버지인 과추운, 스승인 운소유의 것과는 비교할 수도 없을 만큼 천박했다. 하나같이 빛 좋은 개살구들. 바둑 자체가 아니라 그것으로부터 굴러떨어지는 부산물—푼돈과 하찮은 인맥과 더 하찮은 명예—의 노예가 된 자들.

그러다가, 실망 속에서 고민을 거듭하다가, 마침내 떠올린 인물이 바로 그 문사였다. 겨울 하늘처럼 시린 눈동자로 부쟁선의 이치를 논파하던 문사. 반상을 내려다보는 사부님의 이마에 알알이 맺혀 있던 땀방울. 그리고…….

악몽의 주인!

과홍견은 부르르 진저리를 쳤다.

무서웠다. 그 문사가 무서웠고, 그 문사와 함께 있던 회색 눈의 노인이 무서웠고, 그럼에도 그 문사를 찾아야만 하는 자신의 운명이 무서웠다. 그 문사는 스승의 원수였다. 군사부일체라는

데, 스승의 원수를 찾아가 또 다른 스승으로 삼으려는 것이 과연 가당키나 한 일일까? 바둑을 단련한다는 명목하에 해서는 안 될 패륜을 저지르는 것은 아닐까?

그러나 긴 유랑에 지칠 대로 지쳐 버린 과홍견으로서는 그 문사를 찾는 것 외에는 다른 방도를 떠올릴 수 없었다.

다행히 과홍견은 그 문사의 이름을 알고 있었다. 그 이름을 가르쳐 준 사람은 스승님의 유골을 수습하러 신무전을 방문한, 혼자 힘으로는 제대로 걷지도 못하는지 고약장수 영감님이 밀어 주는 바퀴 의자에 쪼그라든 모습으로 앉아 있던 나이가 아주 많아 보이는 노인이었다. 스승의 부친이라던 그 노인은 아들의 최후에 관해 더욱 많은 것을 알고 싶어 했고, 신무전에서 그 일에 관해 설명해 줄 수 있는 사람은 오직 과홍견뿐이었다.

과홍견은 노인의 앞에서 그날 밤 그 방 안에서 벌어진 모든 일에 관해 소상히 설명한 다음 물었다.

―선사의 원수가 누군지 아십니까?

노인은 선선히 대답해 주었다.

―문강이라는 자다.
―그자는 지금 어디 있습니까?
―산서성 태원에 있다. 그곳에 그자가 사는 집이 있으니까. 하지만…… 그 집에서 오래 살지는 못할 것이다.

그때 과홍견은 노인의 짓무른 눈까풀 밑에 딴딴하게 자리 잡은 어떤 결심을 보았다.

토목보의 변고가 일어나기 달포 전인 올여름, 문강이라는 문사를 찾아 산서로 넘어간 과홍견은 노인의 말대로 그자가 태원에서 사라졌다는 사실을 알아낼 수 있었다. 붉은 늑대들이 울부짖고, 몰아치는 눈보라를 뚫고 시허연 벼락 줄기가 땅으로부터 거꾸로 솟구쳐 올랐다는 그 신괴한 밤 이후 그자의 모습을 두 번 다시 볼 수 없었다고 말해 준 사람은 과홍견이 수소문 끝에 만난, 과거 그자와 한 장원에서 살았다는 고씨 성을 가진 대장장이 노인이었다.

　─혹시 붉은 늑대들에게 죽은 건 아닐까요?

　다급히 묻는 과홍견에게, 그러나 늙은 대장장이는 고개를 저었다.

　─그랬을 것 같지는 않구나. 직접 보지 않았으니 장담할 수는 없지만, 내가 오랫동안 봐 온 바로 그렇게 쉽게 죽을 사람은 아니었으니까.

　그 말이 아니더라도, 그자의 죽음을 확인하지 못한 이상 그자를 찾는 노력을 포기할 수는 없었다. 하지만 살았는지 죽었는지도 모르는 그자를 어디서 어떻게 찾을 수 있단 말인가?
　바로 그때 떠오른 사람이 모용풍, 모용 할아버지였다.
　돌아가신 할아버지께서는 이렇게 말씀하신 적이 있었다. 모용 할아버지가 알지 못하는 사람은 세상 누구도 알지 못하고, 모용 할아버지가 찾지 못하는 사람은 세상 누구도 찾지 못한다고.
　그래서 모용 할아버지가 운영하시는 다루가 있다는 북경으로 불원천리 찾아온 것이다. 모용 할아버지를 만나 문강이라는 자가 있는 곳을 알려 달라고 하기 위해.

생각이 여기에 이르자 과홍견은 비록 희미하기는 하지만 참으로 오랜만에 웃음을 지을 수 있었다.

'그래도 내 운이 아주 나쁘진 않은 모양이야. 만일 남관다루에서 엽 대형을 만나지 못했다면 이 넓은 북경에서 모용 할아버지를 어떻게 찾을 수 있었겠어?'

하지만 바로 다음 순간 맨 처음에 했던 생각으로, 천신만고 끝에 찾아낸 모용풍이 자신을 별로 달가워하지 않는 것 같다는 생각으로 되돌아간 과홍견은 웃음을 잃고 다시 의기소침해질 수밖에 없었다.

'모용 할아버지가 거절하면 어떻게 하지?'

그렇게 된다면…… 뒷일은 생각하고 싶지도 않았다.

끼이익.

그때 모용풍과 엽 대형이 들어간 방 쪽에서 문 열리는 소리가 작게 들렸다. 과홍견은 벽에 기대어 섰던 자세를 바로 하고 그쪽을 돌아보다가 고개를 갸웃거렸다. 방에서 나온 두 사람의 표정이 방으로 들어갈 때와는 정반대로 바뀌어 있었기 때문이었다. 굳은 얼굴이었던 모용풍은 골치 아픈 문제를 해결한 사람처럼 편안해진 얼굴을 하고 있었고, 반대로 유들유들 싱글거리던 엽 대형은 미간을 잔뜩 찌푸리고 있었다. 저 방 안에서 무슨 대화가 오갔는지 알지 못하는 과홍견으로서는 그저 의아할 따름이었다.

"여태 거기 서 있었던 게냐?"

모용풍이 과홍견을 향해 물었다.

"예."

"미련한 녀석 같으니라고."

모용풍이 혀를 찼다. 하지만 어딘지 모르게 부드러워진 그 눈길이며 목소리를 대하자 과홍견은 가슴속에서 가느다란 줄기가 꿈틀거리는 것을 느꼈다. 어쩌면 내치시지 않을지도 몰라……. 희망의 실오라기가 맥동하고 있었다.

"이 친구에게서 들었다. 나를 찾아 남관다루에 갔었다고?"

"……예."

"하기야 내가 자리를 비운 사이 못된 지배인 놈이 다루를 팔아먹었다는 사실을 과 형님께서 아셨을 리 없지. 까딱했으면 헛걸음을 할 뻔했구나. 여기 서서 이럴 게 아니라 우선 앉자꾸나. 자네도 이리 와 앉게."

모용풍은 마루 한쪽에 놓여 있는 커다란 사각 탁자로 다가가 벽을 등진 의자에 앉았다. 중앙에 지필묵이 마련되어 있는 것으로 보아 업무를 보는 탁자인 것 같았다. 여전히 미간을 찌푸리고 있는 엽 대형이 탁자 우측에 자리를 잡고, 마루에 놓아둔 서궤를 든 과홍견이 주저주저하며 모용풍의 맞은편에 앉았다.

모용풍이 말했다.

"지금은 내가 좀 바쁘니 회포는 저녁에 풀기로 하고 본론으로 곧바로 들어가자꾸나. 사부를 찾는다고?"

과홍견은 고개를 끄덕였다.

"물론 바둑을 가르쳐 줄 사부겠지?"

다시 끄덕.

"이 친구가 그러더라. 사부를 찾는다고 말할 때 네 기색이 심상치 않았다고."

그렇게 보였나 보다. 아니, 분명 그랬을 것이다. 그자를 머리에 떠올리기만 해도 딱 꼬집어 표현하기 힘든 이상한 감정에 사로잡히곤 하니까.

과홍견이 눈을 내리깔고 말없이 앉아 있기만 하자 모용풍이 다시 말했다.

"그 얘기와, 바둑 사부를 찾는 데 바둑 쪽과는 무관한 나를 만나려 하는 것으로 미루어 네가 찾는다는 사부가 누구인지 짐작할 수 있을 것 같구나."

'그러셨을 거야. 모용 할아버지는 지혜로운 분이니까.'

모용풍은 작게 한숨을 내쉬고는 착 가라앉은 목소리로 물었다.

"꼭 그래야겠느냐?"

과홍견은 눈을 들어 모용풍의 얼굴을 바라보았다. 그 눈을 물끄러미 마주 보던 모용풍이 다시 한 번 한숨을 내쉬었다.

"함께 지낸 시기가 그리 길지는 않지만 네 성정이 얼마나 온순한지는 내 잘 안다. 그렇게 온순한 네가 그런 극단적인 선택을 한 것을 보면, 다른 길은 없었나 보구나."

"죄송……해요."

"네 운명이 기구한 것이지, 네가 죄송해할 일은 아니다."

모용풍은 잠시 뜸을 들이다가 물었다.

"고운선생에 관해서는 너도 들어 보았으리라고 믿는다. 이 북경에 그 고운선생께서 운영하는 학숙學宿이 있다는 걸 아느냐?"

"예, 알고 있습니다."

바둑을 제법 둔다는 사람치고 북경의 대국수大國手, 고운선생과 그 쟁쟁한 문하들에 대해 들어 보지 못한 사람은 없을 것이다. 과홍견은 제남혈사가 벌어진 그 비극적인 밤, 스승인 운소유와 문강이라는 문사가 대국에 앞서 상대의 실력을 칭찬하고 평가하는 잣대로써 고운선생의 이름을 언급하였다는 사실을 똑똑히 기억하고 있었다.

모용풍이 말했다.

"그분의 학숙은 이 난리 통에도 문을 닫지 않았단다. 네가 원한다면, 음, 나로서는 그러기를 바란다만, 그곳으로 데려다줄 수도 있다."

그 생각을 해 보지 않은 것은 아니었다. 하지만 실천에 옮길 수 없는 이유가 있었다.

"고운선생께서는 사승 관계에 무척 엄격하시다고 들었습니다. 그분께 바둑을 배우려면 이전에 어떤 사부를 모셨든, 어떤 바둑을 추구하든, 모든 것을 버리고 오직 그분의 기예에만 매진해야 한다고 합니다. 하지만 저는……."

과홍견은 의자 옆에 내려놓은 서궤를 힐끔 내려다본 뒤 말을 이었다.

"제게는 할아버지의 기예와 스승님의 기예를 융합하고 완성해야 할 의무가 있습니다. 그것이 제가 고운일문孤雲一門에 들어가지 못하는 이유입니다."

모용풍은 깊은 눈빛으로 과홍견을 바라보다가 고개를 천천히 끄덕였다.

"네 뜻이 어떠한지 알겠다."

과홍견은 잠시 망설이다가 허리를 똑바로 세우고 모용풍에게 물었다.

"문강이라는 자는 지금 살아 있습니까?"

모용풍은 대답 대신 하나뿐인 손으로 탁자에 놓인 지필묵을 앞쪽으로 끌어당겼다. 그런 다음 고개를 숙이고 손바닥만 한 종이 위에 몇 글자를 쓰는데, 세필로 워낙 작게 써 내려가는 탓에 맞은편에 앉은 과홍견의 눈에는 잘 보이지 않았다.

쓰기를 마친 모용풍은 세필을 붓통에 꽂고 종이에 입바람을 후후 불어 말린 뒤 시선을 다시 과홍견에게 맞추었다.

"이 년 전까지만 해도 어둠 속에 숨어 강호의 대세를 주재하던 자였다. 그런 자가 하루아침에 생사불명으로 사라졌다 하니 내 어찌 그 종적을 알아보지 않을 수 있겠느냐."

과홍견은 다시 물었다.

"그자는 살아 있습니까?"

모용풍이 고개를 끄덕였다.

"그렇다."

이 대답을 들었을 때, 과홍견은 두 가지 상반된 감정이 가슴속에서 끓어오르는 것을 느꼈다. 스승님의 원수가 살아 있다는 데 대한 분노와 자신의 고된 탐문이 헛수고가 아니었다는 데 대한 안도. 양쪽 다 너무 강렬하여 어느 쪽이 본심인지는 과홍견 본인조차도 알 수 없었다.

"이 쪽지에 지금 그자가 있는 곳을 적어 놓았다."

과홍견은 상체를 탁자 위로 기울여 모용풍의 앞에 놓인 종이를 들여다보려고 했다. 그런데 모용풍이 손바닥으로 그것을 슬며시 덮는 것이었다.

"왜……?"

의아해하는 과홍견에게 모용풍이 말했다.

"하지만 이걸 네게 주지는 않을 것이다."

과홍견은 눈을 깜빡였다. 모용풍의 말을 얼른 이해하기 힘들었다. 주지도 않을 것을 왜 썼단 말인가?

아마도 눈빛과 표정에 그러한 의문이 그대로 묻어 나왔나 보다. 묻지도 않았건만 모용풍은 과홍견의 의문을 곧바로 풀어 주었다.

"위험하기 때문이다."

"위험하다고요? 뭐가요?"

"그자의 행방에 관심을 가진 자들이 많기 때문이다. 일례로 북악 신무전에서는, 음, 너도 그 일원으로 제남혈사를 겪었으니 알고 있겠지만, 신무전의 도 전주는 그자를 제남혈사의 장본인으로 지목하고 그자의 목에 만 냥의 현상금을 걸었단다. 지난 이 년간 나를 가장 귀찮게 만든 것이 바로 그자의 행방을 알려 달라는 강호인들의 등쌀이었지. 울며불며 사정하는 놈, 돈 보따리를 들고 와 정보를 사겠다는 놈, 심지어 어떤 놈은 야밤에 난입해서 칼을 들이대고 협박하기까지 하더구나. 뭐, 씨알도 안 먹힌다는 걸 곧바로 배우게 되었겠지만 말이다. 어쨌거나, 그런 마당인데 네가 그자의 행방을 알고 있다는 사실이 강호에 퍼지기라도 한다면…….."

모용풍은 잠시 짬을 둔 뒤 말을 이었다.

"비밀이란 호랑이 같은 면이 있단다. 다룰 능력이 없으면 잡아먹히고 말지."

"누구에게도 알리지 않으면 되잖아요!"

과홍견이 바로 반박했지만 모용풍은 꿈쩍도 하지 않았다.

"내가 위험하다고 한 건 그 때문만이 아니란다. 그자는 지금 이 순간에도 어떤 자들에 의해 보호받고 있는 중이다. 아니, 감시받는다고 해야 정확할지도 모르겠구나. 그자를 감시하는 자들은 근래 들어 강호에서 가장 빠른 속도로 세력을 키워 나가고 있는 집단이란다. 아마도 그 집단에서는 그자가 누군가와 접촉하는 것을 결코 달가워하지 않을 것 같구나. 네가 과연 그 집단의 감시를 뚫고 그자와 만날 수 있을까?"

과홍견은 말문이 턱 막혔다. 강호인들이 어떤 능력을 가지고 있는지는 신무전에서 경험한 일 년간의 눈동냥을 통해 잘 안다. 하지만 그에게는 그런 능력이 없었다. 할아버지께서는 손자가 강호의 은원에 속박되는 것을 바라지 않으셨고, 스승님께서도 그 점을 받아들여 제자에게는 단 한 초식의 무공도 가르쳐 주지 않으셨다. 특별히 약하다는 생각은 해 보지 않았지만, 무공을 익힌 강호인들의 감시를 뚫고 무슨 일을 벌인다는 것은 언감생심 바라기 힘든 일이었다.

'내가 천추백가의 그 소년 영웅이라면…… 직접 하지는 못하더라도 도와줄 사람 정도는 구할 수 있을 텐데.'

과홍견은 고개를 푹 숙이고 주먹을 그러쥐었다. 탁자 모서리를 붙잡은 두 손이 하얗게 변하도록. 하지만 그는 소년 영웅과는 거리가 먼 한낱 방랑 고아에 불과했고, 그를 위해 나서 줄 사람은 세상천지 어디에도 없었다. 막막했고, 외로웠다. 눈물이 날 것 같았다.

그때 모용풍의 목소리가 다시 들려왔다.

"그래서 나는 이걸 이 친구에게 주려고 한다."

과홍견은 고개를 번쩍 치켜들었다.

"엽 대형에게요?"

"엽 대형?"

그 호칭이 이상하게 들렸는지 눈썹을 한 번 움찔거린 모용풍이 엽 대형에게 말했다.

"그렇게 부르라고 한 걸 보니 이 아이가 꽤나 마음에 든 모양이군."

엽 대형은 아무 말 없이 어깨를 으쓱거렸다. 모용풍의 시선이 다시 과홍견에게로 옮겨 왔다.

"네 엽 대형은 나를 위해 세 가지 일을 해 주기로 약속했었단다. 어젯밤에 그중 한 가지를 처리했으니 이제 두 가지가 남은 셈이지. 나는 그 두 가지를 너를 위해 쓸 생각이다."

"하지만……."

과홍견은 말을 멈추고 엽 대형을 돌아보았다. 화가 난 것일까? 엽 대형의 찌푸린 미간은 방에서 나온 뒤로 한 번도 펴지지 않은 것 같았다.

"하지만 정말로 그래도 될까요?"

"안 될 건 또 뭐냐? 엽 대형에게 그럴 만한 능력이 없을 것 같아서 그러느냐?"

"그게 아니라, 그 일들은 어디까지나 두 분 사이의 문제잖아요. 반면에 저는 두 분과 아무 상관도 없는……."

점점 기어들어 가는 목소리로 웅얼거리는 과홍견을 바라보던 모용풍의 표정이 별안간 엄숙해졌다.

"고얀 놈! 내가 너와 왜 아무 상관도 없단 말이냐?"

그 호통에 놀란 듯 새장 안에 들어 있는 새들이 일제히 날갯짓을 하기 시작했다. 푸드득푸드득, 구웃구웃, 날짐승들이 내는 소리가 요란히 울려 퍼지는 가운데 과홍견은 자신도 모르게 목과 어깨를 움츠렸다.

모용풍이 노기가 실린 목소리로 말했다.

"아까 너를 보았을 때 차갑게 대한 것은 네가 싫어서가 아니라 이런 위급한 시기에 네가 북경에 와 있다는 사실이 화가 났기 때문이다. 네 할아버지와 나는 피를 나눈 형제 이상으로 가까운 사이였다. 그래서 나는 당신의 무덤 앞에서 맹세했다. 당신의 유언을 받들어 네가 한 사람의 당당한 기객으로 자라는 데 모든 도움을 아끼지 않겠노라고. 그런데 뭐? 아무 상관도 없어? 너는 이 모용풍이 지금 시간이 남아돌아 너 같은 어린아이와 마주 앉아 이런 얘기를 나누고 있다고 생각하느냐?"

엽 대형이 빈정거리듯 말했다.

"모용 노야께서는 위난에 빠진 나라와 백성을 구하기 위해 불철주야로 노심초사하시느라 요즘 무척 바쁘시지."

모용풍은 매서운 눈씨로 엽 대형을 노려보며 천천히 말했다.

"엽 대형에게 네 문제를 맡기는 것은 나와 엽 대형 사이의 문제를 해결하는 바이기도 하니, 너는 우리 두 사람에 대해 부담을 가질 필요 없다."

엽 대형이 다시 한 번 빈정거렸다.

"그렇다고 하시는구나."

모용풍이 끙, 소리를 내더니 엽 대형에게 말했다.

"자네는 내 결정에 대해 불만이 많은 모양이군."

엽 대형은 두 손바닥으로 이마에 흘러내린 머리카락을 뒤로 쓸어 넘기며 말했다.

"불만이라기보다는 생소해서 그러는 겁니다. 제 직업이 뭔지 이 자리에서 밝혀야 할까요?"

그러면서 왼손 엄지손가락으로 자신의 목을 두 번 긋는 시늉을 해 보였다.

모용풍은 엽 대형을 잠시 더 노려보다가 매서워진 눈매를 풀고 달래는 듯한 목소리로 말했다.

"이번 결정에 사감이 개입되지 않았다고는 말하지 않겠네. 아까 받은 전서에 따르면 에센이 이끄는 오이라트의 대군은 이미 성 경계를 넘어 이곳에서 이틀 거리까지 진군해 왔다고 하네. 시국이 이러하지만 않았다면 내가 직접 나서서 이 아이를 돕는 게 마땅하겠지만, 자네도 알다시피 나는 당분간 북경성을 비울 수 없는 몸. 부득불 자네를 끌어들일 수밖에 없는 점을 이해해 주게나. 그리고 자네 입장에서도 전쟁이 일어나기 전에 성을 빠져나가는 쪽이 낫지 않은가."

"전쟁이라…… 냄새가 더 지독해지겠군요."

"냄새라니?"

"그런 게 있습니다."

손가락으로 콧방울을 어루만지며 생각에 잠겼던 엽 대형이 이윽고 자리에서 일어서서 모용풍을 향해 포권을 올렸다.

"제가 해야 할 일이 무엇입니까?"

모용풍이 얼른 말했다.

"하나는 오이라트의 공격이 시작되기 전에 이 아이를 북경성 밖으로 데리고 나가는 것, 또 하나는 이 쪽지에 적혀 있는 곳까지 이 아이를 호위하여 이 아이가 찾는 자와 만나게 해 주는 것."

그러면서 오른손에 쥔 종이를 엽 대형에게 내밀었다. 엽 대형은 그 종이를 받는 대신 물었다.

"그 두 가지면 됩니까?"

"그렇다네."

"만일 저 아이가 다른 것을 바란다면?"

이 질문이 예상 밖인 듯 모용풍은 이마를 찌푸렸다. 과홍견도 마찬가지였다.

'내가 다른 것을 바란다고?'

과홍견은 생각해 보았다. 성문이 통제된 북경성을 빠져나간다. 그리고 문강이란 자에게 데려다준다. 그 두 가지 일만 이루어지면 지금 자신이 봉착한 문제는 모두 해결될 것 같았다. 스승님께서도 말씀하시지 않았던가. 문제가 생기면 해결하라고.

'엽 대형이 나를 위해 그 일들을 해 준다면 세상에 그보다 좋

은 행운이 어디 있겠어. 그런 행운을 외면하고 다른 것을 바란다면 정말로 바보 멍청이겠지.'

과홍견이 그런 생각에 잠겨 있을 때, 모용풍이 엽 대형에게 말했다.

"철저한 점 하나만큼은 자네 사부를 그대로 빼닮았군. 이 아이가 다른 것을 바랄 리는 없다고 생각하지만, 만일 그런다고 해도 자네가 이 아이를 위해 두 가지 일만 해 주면 이번 시험에 통과한 것으로 여기겠네. 이제 되었는가?"

"되었습니다."

엽 대형은 그제야 모용풍이 내민 종이를 받아 들고는 과홍견에게로 시선을 돌렸다. 과홍견은 그의 얇은 입술 위로 특유의 유들유들한 웃음기가 번지는 것을 보았다.

엽 대형이 말했다.

"앞으로 잘 부탁하네, 소형제."

─◆◆◆─

시월 팔일.

잠에서 깨어난 과홍견은 처음에는 두통 때문에, 다음에는 이 낯선 방이 어딘지 생각해 내기 위해 이마를 찡그렸다.

'맞아, 모용 할아버지의 방이었지.'

어제 해가 떨어질 무렵 삼청조당 후원에 있는 모용풍의 방에서 과홍견과 모용풍 그리고 엽 대형은 조촐한 술자리를 가졌다. 명목상으로는 멀리서 온 과홍견을 위한 환영연이었다. 하지만 모용풍은 아침 일찍 할 일이 있다며 술잔을 입에 대는 둥 마는 둥 했고, 엽 대형도 임무를 앞두고 술을 마시는 것은 수칙에 어굿난다며 찻잔만 홀짝거렸다. 결국 술을 마신 사람은 가장 어린 과홍견 혼자였는데, 긴장이 풀린 탓인지 아니면 풍찬노숙으로 언 몸이 녹은 탓인지 겨우 몇 잔에 대취하여 금세 곯아떨어지고 말았다.

'모용 할아버지는 벌써 나가신 건가? 아, 내 짐!'

모용풍의 모습이 보이지 않았다. 비단 보이지 않을뿐더러 이 방에서 잔 흔적도 남아 있지 않았다. 하지만 소중한 바둑 책이 들어 있는 서궤는 침대 발치에 고이 놓여 있었다. 서궤 위에는 보라색 비단으로 지은 주머니 하나가 놓여 있었다. 과홍견은 주머니를 집어 주둥이를 묶은 끈을 풀었다. 그 안에는 한 냥짜리 금두金豆 열 알과 편지 한 장이 들어 있었다.

> 정세가 화급하여 네가 출발하기 전까지 돌아오지 못할지도 모른다. 엽 대형은 계산에 철저한 사람이니 내가 말한 두 가지 일 외에는 어떤 것도 해 달라고 해서는 안 된다. 모용.

편지의 내용은 무뚝뚝했지만 그것이 본심이 아님은 금세 알 수 있었다. 서궤 옆 등받이 없는 의자에 놓인 옷과 신발이 그 증거였다. 남이 입거나 신던 것이 아닌, 아마도 과홍견이 잠든 뒤 모용풍이 직접 나가서 구해 왔으리라고 짐작되는 새 옷과 새 신발이었다. 안감으로 두껍게 댄 솜은 폭신폭신했고, 따뜻했다. 그 솜을 손가락으로 눌러 보던 과홍견은 자꾸만 흐려지려는 두 눈에 애써 힘을 주었다.

'울면 안 돼. 넌 어린애가 아니야.'

숙명의 짐을 진 사람은 아무리 어려도 어린애일 수 없었다. 그리고 그 짐은 매일 아침마다 과홍견을 모질게 채찍질했다. 지금도 그랬다.

과홍견은 의자에 놓인 새 옷을 입고 새 신발을 신었다. 그런 다음 서궤를 열고 천 바둑판과 바둑돌이 담긴 주머니를 꺼냈다. 이른바 독학자습獨學自習. 긴 유랑 생활 속에서도 단 하루도 빠트리지 않고 시행해 온 일과를 시작할 때였다.

천 바둑판이 바닥에 펼쳐지고, 그 위에 흑돌과 백돌이 놓이기 시작했다. 딱. 딱. 딱. 딱. 딱.

바로 그 바둑. 딱. 딱. 딱. 딱.

과홍견이 아는 한 가장 수준 높은 기보. 딱. 딱. 딱.

수백 수천 번을 복기하여 이제는 눈을 감고서도 놓을 수 있는 수순이 이어지고 있었다. 딱. 딱.

혼란을 부르는 검은 창. 딱.

균형을 잡으려는 하얀 방패. 딱.

바둑판을 무대로 펼쳐지는 쟁선과 부쟁선의 첨예한 대치…….

…….

똑똑.

무슨 소리가 들렸다. 돌 소리는 아니었다. 과홍견은 바둑판에 파묻다시피 하고 있던 얼굴을 부스스 쳐들었다. 어느 틈엔가 열린 방문 앞에는 처음 보는 남자가 팔짱을 끼고 서서 나무로 된 문짝 위에 구부린 손가락 마디를 붙이고 있었다. 스물다섯에서 서른 사이의 나이로 보이는데, 양 볼은 물론 이마와 턱에도 여드름이 덮여 있고 머리에 쓴 원통형의 털모자에는 눈가루 같은 것이 조금 붙어 있었다.

'누구지? 이 가게에서 일하는 일꾼인가?'

그러자 이 방이 본래는 자신의 것이 아니라 모용 할아버지 것이며, 그래서 주인이 없는 방을 빨리 비워 줘야 하는지도 모른다는 생각이 들었다. 하지만 문가에 선 청년이 묘하게 비틀고 있던 얇은 입술을 떼었을 때, 과홍견은 얼빠진 사람처럼 입을 헤벌리고 말았다.

"방해했다면 미안하다. 하지만 여기 서서 일각이 넘도록 지켜보고 있어도 눈길 한번 주지 않으니……. 별수 없이 기척을 낼 수밖에 없었다."

여드름투성이 얼굴과는 어울리지 않게 차분한 저 목소리는 분명히 아는 사람의 것이었다.

"엽 대형?"

무슨 조화를 부렸는지는 몰라도 하룻밤 사이 콧수염이 멋들어진 장년인에서 여드름쟁이 청년으로 변해 버린 엽 대형이 방 안으로 유유히 들어서며 말했다.

"내가 뭐랬느냐. 아저씨 소리 들을 만큼 늙지는 않았다고 그랬지?"

과홍견은 벌린 입을 쉽사리 다물지 못하다가 더듬거리며 물었다.

"그게…… 어…… 그 얼굴이 엽 대형의 진짜 얼굴인가요?"

"그럴 리가 있겠느냐. 하지만 이 얼굴보다 늙은 얼굴은 아니니 염려 마라."

저것도 진짜가 아니라니 과홍견으로서는 기가 막힐 일이 아닐 수 없었다. 어제 보았던 장년인의 얼굴도 그랬거니와 오늘 하고 있는 저 청년의 얼굴 또한 너무나도 자연스러워서 가짜 얼굴이라고는 믿기 힘들었다. 대체 입술 아래 저 여드름 자국은 어떻게 만든 것일까? 마치 오늘 아침 함부로 뜯는 바람에 잔뜩 성이 난 것처럼 보이는 저 불긋불긋한 자국은?

과홍견이 아무 말 없이 빤히 바라보기만 하자 엽 대형이 어깨를 으쓱거렸다.

"내게는 몇 개의 얼굴이 있지. 음, 직업상 필요하기 때문이라고 생각하면 된다. 진짜 나인지 확인하고 싶다면 이 반지를 끼고 있는지 살펴보도록 해라."

그러면서 왼손을 들어 중지에 끼워진 반지를 보여 주었다. 엄지손톱만 한 붉은 보석이 달린 반지였다.

"얼굴은 바꿔도 반지는 바뀌지 않을 테니까."

"그렇다면 누구든 그 반지를 끼고 있는 사람이 엽 대형이라는 말씀인가요?"

엽 대형이 씩 웃었다.

"그렇다."

과홍견은 엽 대형의 반지를 뚫어져라 바라보았다.

'무슨 보석일까? 홍옥처럼 보이진 않는데. 파도…… 아니, 회오리 무늬가 들어 있네. 네모나 보이지만 실제로는 귀퉁이들이 조금 잘린 팔각형이고.'

엽 대형이 왼손을 슬쩍 뒤집어 손바닥 쪽을 내보이며 말했다.

"그러다 사팔뜨기 되겠다. 그만 보고, 어디 일어나 봐라."

과홍견은 그 말에 순순히 따랐다. 자리에서 일어선 그를 위아래로 훑어보던 엽 대형이 고개를 끄덕였다.

"그렇게 차려입으니 완전히 딴사람 같구나. 얼굴이 트지만 않았다면 대갓집 도련님이라고 해도 믿겠다."

과홍견은 삭풍에 거칠어진 얼굴을 멋쩍게 문지르다가 문득 떠오르는 생각이 있어 물어보았다.

"혹시 엽 대형께서 이 옷을 사 오신 건가요?"

엽 대형은 고개를 저었다.

"나는 맡은 일은 반드시 하지만 맡은 일이 아니면 절대로 하지 않는 사람이다. 모용 노야는 존경할 만한 분이지만, 아무 대가 없이 내게 일을 시키시지는 못한다."

차분한 목소리로 하는 말이지만 그 안에 담긴 뜻은 천둥처럼 뚜렷했다. 과홍견은 고개를 작게 주억거리며 생각했다.

'그래, 모용 할아버지도 엽 대형은 계산에 철저한 사람이라고 하셨지.'

하지만, 정말로 그렇다면, 어제 하루 과홍견에게 베푼 호의는 어떻게 설명할 수 있단 말인가. 남관다루에서 차를 대접해 준 것과 길거리에서 호떡을 사 준 것, 그리고 이곳까지 데려와 모용 할아버지를 만나게 해 준 것 모두가 아무 대가 없이 베푼 호의 같은데?

'단순한 적선이었을까? 길 가다 만난 거지에게 동전을 던져 주는 식의?'

자존심이 조금 상했지만 드러낼 수는 없었다. 어쨌거나 그 적선 덕분에 큰 도움을 받은 것이 사실이니까.

"그나저나 이 침침한 데서 용케도 바둑 공부를 하고 있었구나."

엽 대형은 창가로 성큼성큼 걸어가 창문을 활짝 열었다.

"눈이 온 줄은 알고 있니? 밤부터 제법 장하게 내리다가 조금 전에야 그쳤단다. 눈이 쌓이니까 이 거리도 그런대로 봐줄 만하더구나. 냄새도 좀 가신 것 같고 말이야."

창밖으로 얼굴을 내밀고 숨을 크게 들이켠 엽 대형이 과홍견을 돌아보았다.

"명색이 이 나라의 수도란 곳에 왔는데 방구석에만 틀어박혀 있다가 가는 것은 재미없는 일이겠지. 나가자, 구경이나 하러."

이렇게 말하며 싱글거리는 엽 대형은 꼭 한 동네에 사는 형처럼 친근해 보였다.

(5)

자연은 빈부귀천을 가리지 않는다. 봄날의 바람과 여름의 비, 가을의 서리와 겨울의 눈 모두가 그렇다. 그래서인지 어제 삼청조당으로 들어가는 길에 보았을 때는 발을 딛기도 싫을 만큼 구질구질해 보이던 골목길이 지금은 밤새 내린 함박눈에 덮여 흰 돌을 깔아 놓은 궁궐 길처럼 눈부셔 보였다. 더러운 판자 지붕들은 두껍고 하얀 새 기와를 얹은 듯했고, 못난 나무들에도 눈꽃이 피었다. 상오의 햇살이 그 모든 백색 위에서 더욱 찬란한 백광으로 부서지고 있었다.

백채와 버섯이 들어간 야채죽으로 늦은 아침을 해결한 뒤— 하루 두 번 진시와 신시에만 식사를 한다는 엽 대형은 곁에서 지켜보기만 했다—, 새로 신은 신발로 새하얀 눈밭 위에 깊은 발자국을 남기며 걸어가던 과홍견은 오랜만에 열다섯 살 소년다운 활기찬 목소리로 조금 앞쪽에서 걸어가는 엽 대형에게 물었다.

"어디로 구경 가실 건데요?"

엽 대형은 두껍게 깔린 눈길임에도 불구하고 기계적이라고 할 만큼 안정된 걸음을 옮겨 놓으며 대답했다.

"글쎄다, 북경은 나도 이번이 처음이라서 어디가 좋은지 잘 모르겠구나. 하지만 어디를 가든 일단 이 금루가는 벗어나야 하지 않겠느냐."

그 말마따나 이런 빈민가에 구경거리가 될 만한 명소 같은 게 있을 리 없었다. 그래서 두 사람은 어제 온 길을 되짚어 갔다.

꼬불꼬불한 골목 몇 개를 돌자 금루가의 입구, 좀도둑들의 머리를 걸어 놓은 효수대가 보였다. 눈 쌓인 가로대 위에 가지런히 앉아 있는 새까만 까마귀들이 먼발치서 바라보는 과홍견의 눈에는 마치 백진 안에서 음험한 수단을 모색하는 흑돌들처럼 보였다.

"어째 오늘은 얌전하네요. 추워서 그런가?"

"그런 것 같지는 않구나."

조금 더 다가가자 엽 대형의 말이 옳았음을 알 수 있었다. 어제는 그토록 소란스럽던 까마귀들이 오늘은 저리 얌전히 앉아 있는 까닭은, 소란을 부리는 자들이 따로 있기 때문이었다.

"죽여! 죽여 버려!"

"아이코! 이게 사람을 무네!"

"생긴 것 같지 않게 아주 독종일세그려."

효수대가 빤히 올려다보이는 곳에서는 지금 난장판이 벌어지고 있었다. 장정 몇이서 무리를 지어 한 사람을 몰매 놓고 있었던 것이다. 맞는 쪽에서는 몸을 잔뜩 웅크린 채 땅바닥에 개처럼 엎드려 있는데, 때리는 쪽에서 간간이 비명이 울려 나오는 것을 보면 몰매를 당하는 와중에도 악착같이 반항하고 있는 모양이었다.

과홍견이 걸음을 멈추고 그 방향을 바라보자 엽 대형이 조금 차가운 목소리로 말했다.

"이런 동네에선 흔한 일이다. 신경 쓰지 마라."

맞는 말이었다. 빈민가에서 왈패들의 주먹다짐은 부촌의 차 모임만큼이나 흔한 일일 테니까.

과홍견은 고개를 끄덕인 뒤 몸을 돌렸다. 그런데 그 난장판의 밑바닥에서 울려 나온 누군가의 발악 같은 외침이 다시 옮겨 놓으려던 발길을 멈추게 만들었다.

"염병! 죽여 봐, 이 새끼들아! 죽여 보라니까, 이 염병할 새끼들아!"

귀에 익은 목소리였다. 그 목소리가 어제 아침에 헤어진 다섯 족제비들 중 한 사람의 것 같다는 생각이 든 순간, 과홍견은 저도 모르게 난장판을 향해 다가가기 시작했다.

띄엄띄엄 서 있는 구경꾼들 사이를 헤치고 앞으로 나가자 몰매를 놓던 장정들 가운데 가장 뒤쪽에 있던 청년이 인상을 쓰며 앞길을 가로막았다.

"넌 뭐냐?"

"비켜요!"

청년이 "하!" 하고 크게 코웃음을 치더니 손바닥을 펼친 오른손을 번쩍 치켜들었다.

"요 쥐방울만 한 자식이 죽고 싶어서 환……."

하지만 청년의 으름장은 중도에 툭 잘리고 말았다. 어느새 옆에 나타난 엽 대형에게 오른 손목을 붙잡혔기 때문이다.

엽 대형은 왼손으로 청년의 오른 손목을 잡은 채 차분한 목소리로 말했다.

"내 동생의 무례를 대신 사과하겠소."

청년이 부릅뜬 눈으로 엽 대형을 노려보았다.

"이 새끼는 또 뭐…… 아구구구!"

"내 동생의 무례를 대신 사과하겠소."

같은 말을 반복했을 뿐인데도 반응은 사뭇 달랐다. 청년은 보랏빛으로 달아오른 얼굴이 되어 입술을 부들부들 떨고 있었다. 엽 대형이 나직하게 물었다.

"사과를 받아 주겠소?"

"아, 알았으니까…… 제발 이 손 좀…….."

엽 대형은 청년의 손목을 놓아주었다. 청년은 왼손으로 오른
손목을 감싸 쥐며 비칠비칠 게걸음질을 쳤다. 그 얼굴에는 겁먹
은 기색이 역력했다.

엽 대형의 눈이 과홍견을 향했다. 이제까지 본 적이 없는 엄
한 눈이었다.

"무슨 일이냐, 소형제?"

하지만 과홍견에게는 엽 대형의 질문에 대답할 겨를이 없
었다. 과홍견은 청년이 비켜서며 활짝 드러난 난장판을 향해 비
명 같은 고함을 질렀다.

"오사 아저씨, 안 돼요!"

뒷전에서 동료가 비명을 지르는 바람에 몰매를 놓던 손길이
잠시 멎었었나 보다. 바닥에 엎드려 맞기만 하던 사람이 그 틈
을 놓치지 않고 재빨리 일어서서 자신을 때리던 남자들 중 하나
의 머리를 내리찍으려 하고 있었다. 어깨 위로 번쩍 올라간 그
사람의 오른손에는 어느새 집어 들었는지 눈가루가 허옇게 들
러붙은 돌멩이 하나가 들려 있었다.

"쯧."

작게 혀 차는 소리와 함께 엽 대형이 손가락을 튕겼다.

쭈앗-.

차가운 공기 속으로 천 찢어지는 듯한 소리가 날카롭게 울리
더니 그 사람의 오른손에서 돌멩이가 떨어졌다. 그것으로 남자
의 머리를 내리찍으려다 갑자기 비어 버린 자신의 오른손을 어
리둥절 돌아보는 그 사람은, 비록 엉망으로 얻어터진 데다 코피
까지 흘리고 있기는 해도 분명히 다섯 족제비들 중 넷째인 오사

였다.

"아저씨!"

과홍견은 날쌔게 달려가 오사의 앞을 가로막았다.

소란은 어느새 멈춰 있었다. 몰매를 놓던 남자들은 손가락을 한 번 튕겨 여러 걸음 떨어진 오사의 손에서 돌멩이를 날려 버린 강호의 고수를 두려운 눈으로 쳐다보며 주춤주춤 물러서고 있었다. 하지만 엽 대형은 그들에게는 신경 쓰지 않고 오직 과홍견 하나만을 못마땅한 표정으로 바라볼 뿐이었다.

핏발이 돋은 눈으로 자신을 때린 자들을 사납게 둘러보던 오사가 두 팔을 벌리고 앞을 가로막고 선 과홍견에게 눈길을 준 것은 그 무렵의 일이었다.

"어어…… 너구나."

"예, 저예요!"

몰매를 당한 몸뚱이가 그제야 쑤시는지 오사는 "끙!" 하는 신음을 흘리며 그 자리에 털썩 주저앉았다.

다급했던 순간이 지나가자 과홍견은 궁금증이 일어났다. 다섯 족제비들 간의 우애는 친동기 이상이었다. 그들은 입버릇처럼 그렇게 말했었고, 보름간 동행을 하며 그들과 숙식을 함께한 과홍견은 그 말에 과장이 끼어 있지 않다는 점을 확인할 수 있었다. 그런데 다른 네 사람은 어디 가고 오사 혼자만이 이 금루가에서 몰매를 당하고 있는 것일까? 그것도 초면일 것이 뻔한 사람들에게.

그때 구경꾼 틈에서 허리가 구부정하고 앞머리가 벗겨진 노인 하나가 지팡이를 짚고 앞으로 나섰다.

"그만하고 이리들 오게."

노인이 말하자 오사를 때리던 남자들이 노인의 뒷전으로 하나둘 자리를 옮겼다. 노인은 지팡이를 들어 과홍견과 오사를 가리킨 뒤, 엽 대형에게 물었다.

"일행인가?"

엽 대형은 차분한 목소리로 대답했다.

"저 소년을 말씀하시는 거라면, 맞습니다. 하지만 당신들이 몰매를 놓던 사람을 말씀하시는 거라면, 아닙니다."

노인이 말했다.

"소년은 상관없네. 하지만 저자는 이곳 주민들에게 해가 될 수 있는 짓을 했지. 그래서 징계를 내린 거라네."

과홍견은 등 뒤에 주저앉아 있는 오사를 힐끔 돌아본 뒤 노인에게 물었다.

"오사 아저씨가 무슨 짓을 했는데요?"

노인은 지팡이로 효수대를 가리켰다.

"나라에서 효수한 머리를 훼손하려고 돌팔매질을 했지. 만일 군병들이 안다면 범인을 잡는답시고 이 금루가를 발칵 뒤집어놓을 것이다."

과홍견은 노인의 말을 믿기 어려웠다. 오사가 미치지 않고서야 효수된 머리를 왜 다시 훼손한단 말인가.

"아저씨가 정말 그랬어요?"

과홍견이 묻자 질척한 바닥에 주저앉아 있던 오사가 부어오른 입으로 뭐라뭐라 우물거렸다.

"……라고."

"예?"

"난 그저 까마귀들을 쫓으려 했을 뿐이라고."

"왜요?"

"그놈들이…… 그 염병할 새끼들이……."

오사의 눈동자가 초점을 잃고 부옇게 흐려졌다. 눈구멍 아래쪽에서 차오른 물기가 금세 굵은 방울로 맺혀 멍든 눈두덩 밑으로 주르륵 흘러내렸다.

　"대형의 눈알을…… 파먹으려고 하잖…… 어허헝!"

　뒷말은 통곡에 삼켜져 제대로 들리지 않았다. 하지만 과홍견을 소스라치게 만들기에는 충분했다.

　과홍견은 벌떡 일어나 효수대를 올려다보았다. 그 위에서는 인간들의 소동을 구경하는 데 지루해진 까마귀들이 다시 그들만의 만찬을 시작하고 있었다. 까마귀들의 반들반들한 부리 아래에서 쪼이고 파이는 머리들 중에는 오늘 아침나절에 새로 내건 듯한 신참의 것도 몇 개 섞여 있었다.

　바로 그중에 있었다. 다섯 족제비들의 대형, 조노대의 머리가.

　과홍견은 그 자리에 얼어붙었다.

　─북경이라고? 허허, 그 먼 길을 혼자서 가다니 보기보다는 심지가 굳은 소형제로군. 우리는 어디로 가느냐고? 마침 우리도 북경에 가는 길이라네. 이보게, 형제들! 목적지도 같은 마당에 이 심지 굳은 소형제와 길동무가 되어 보는 것은 어떻겠나?

　어제 저 머리들을 처음 보았을 때에는 가족이라도 알아보기 힘들겠다고 생각했지만, 실제로 아는 사람의 것이 섞여 있으니 놀랍도록 확연히 알아볼 수 있었다. 조그만 얼굴에 약간 매부리진 콧대 그리고 짧은 턱수염은 조노대의 것이 분명했다.

　젊은 시절 여자들에게 인기가 많았다는 조노대는 죽어서 까마귀들에게도 인기가 많은 것 같았다. 다른 이유 때문은 아니고, 놈들이 특히 좋아하는 눈알 두 개가 멀쩡히 남아 있어서 그런 모양이었다.

놈들 중 하나가 조노대의 왼쪽 눈구멍에 부리를 탐욕스럽게 꽂아 넣는 것을 목격한 순간, 과홍견은 고개를 홱 돌리고 손바닥으로 입을 틀어막았다. 배 속이 울렁거리고 눈앞에서는 하얀 광점들이 명멸하고 있었다. 만일 가까이에 오사가 없었다면 견디지 못하고 토했을지도 모른다. 하지만 넋을 완전히 놓은 듯 이제는 곡소리조차 제대로 내지 못하고 꺽꺽대기만 하는 오사를 앞에 두고는 그럴 수 없었다.

이를 악물고 가까스로 배 속을 진정시킨 과홍견이 오사에게 물었다.

"장 아줌마와 다른 아저씨들은 지금 어디 계세요?"

오사는 대답하지 않았다. 아니, 과홍견의 말을 알아듣지도 못하는 눈치였다. 그저 저 높은 곳에서 까마귀들에게 유린당하는 조노대의 머리를 초점 풀린 눈으로 올려다보기만 할 뿐. 이 자리에 있는 한 언제까지고 저러고 있을 것 같았다.

'여기 더 두었다간 무슨 일 나겠어.'

과홍견은 쪼그려 앉았던 몸을 세우고 주위를 둘러보았다. 소란이 얼추 끝났다고 여긴 듯, 구경꾼들은 이미 절반 이하로 줄어든 상태였다. 노인과 아까 오사를 몰매 놓던 남자들은 자리를 지키고 있었지만, 따지고 보면 그들도 그리 나쁜 사람들은 아닌 듯했다. 사람을 때리는 데 그 흔한 작대기 하나 손에 들지 않은 것만 봐도 충분히 짐작이 갔다. 그리고 그런 그들을 더욱 양순하게 만들어 놓은 엽 대형은……

엽 대형은 그들로부터 몇 발짝 떨어진 곳에 대나무처럼 꼿꼿한 자세로 서서, 마찬가지로 몇 발짝 떨어진 곳에 서 있는 과홍견을 바라보고 있었다. 과홍견은 엽 대형의 미간에 촘촘하게 새겨진 잔주름들을 보았다.

노인이 엽 대형에게 말했다.

"우리도 누구를 핍박할 생각은 없네. 자네 동생에게 똑똑히 말해 주게나. 저자로 인해 우리가 곤란해지는 일이 두 번 다시 없도록 하라고. 그러면 더 이상 저자를 건드리지 않겠네."

엽 대형이 뭐라 대답하기 전에 과홍견이 얼른 소리를 질렀다.

"다시는 안 그러실 거예요! 제가 약속드릴게요!"

노인이 뒷전에 모여 선 남자들에게 말했다.

"돌아들 가세."

사람들이 모두 흩어졌다.

과홍견은 엽 대형에게 다가갔다.

"미안해요, 엽 대형."

엽 대형이 팔짱을 끼며 말했다.

"흠, 소형제에게 동행이 있다는 사실이 이제야 기억난 모양이군."

입이 열 개라도 할 말이 없었다. 과홍견은 고개를 푹 숙였다. 뒤통수 위로 엽 대형의 목소리가 실려 왔다. 평소처럼 차분하긴 해도 왠지 차갑게 느껴지는 목소리였다.

"나는 하지 않아도 되는 일을 하는 것을 싫어할뿐더러, 남들에게 주목받는 것도 무척 싫어한단다. 우리가 헤어지는 날까지 부디 그 점을 잊지 말아 주기 바란다."

"……알겠습니다."

후우, 하는 작은 숨소리가 들려왔다. 과홍견은 고개를 들지도 못하고 눈만 올려 떠서 엽 대형의 안색을 살폈다. 주름이 잔

뚝 잡혀 있던 엽 대형의 미간이 그사이 펴져 있었다. 다행히 화가 풀린 것 같았다.

엽 대형이 턱짓으로 오사 아저씨 쪽을 가리키며 물었다.

"누구냐?"

과홍견은 고개를 끄덕였다.

"이곳으로 오는 길에 동행했던 사람들 중 한 분이에요. 넷째 아저씨라서 이름이 오사고, 음, 제게 많은 도움을 주셨죠."

사실과는 달랐다. 장 아줌마나 오오 아저씨라면 모를까, 불량기 많고 퉁명스러운 오사 아저씨에게서는 딱히 도움을 받은 것이 없었으니까. 하지만 다음 말을 하기 위해서는 오사 아저씨를 좋은 사람이라고 말해 둘 필요가 있었다.

"엽 대형, 오사 아저씨가 지금 몸이 안 좋으셔서 이대로 놔둬서는 안 될 것 같아요. 그래서 드리는 말씀인데, 아무래도 저는 오늘 북경 구경을 갈 수 없을 것 같아요."

"흐음."

엽 대형으로부터 묘한 콧소리가 흘러나왔다. 여드름투성이 얼굴에는 표정이라 부를 만한 것이 전혀 드러나지 않아 무슨 생각을 하는지 짐작할 수 없었다.

과홍견이 조심스럽게 덧붙였다.

"그리고…… 오사 아저씨를 삼청조당으로 모셔 가도 될까요?"

엽 대형은 그제야 입을 열었다.

"내 가게도 아닌데 굳이 내게 허락을 구할 필요가 있을까? 다만 모용 노야께서는 좀도둑이 자기 가게에 들어오는 것을 그리 좋아하시지 않을 것 같구나."

과홍견은 목을 움츠렸다.

'오사 아저씨가 좀도둑이란 걸 어떻게 알았을까?'

하지만 생각이란 걸 조금만 해 보면 알 수 있는 일이었다. 저 효수대에 머리가 걸리는 것은 대부분 좀도둑들이었고, 그것들 중 하나를 보고 저토록 슬퍼하는 것을 보면 가족이나 동패라는 것을 쉽게 짐작할 수 있을 터였다.

"잠깐이면 돼요. 정신만 추스르시면 곧장 다른 데로 모실게요."

엽 대형은 대답 대신 어깨만 으쓱거렸다.

"고맙습니다."

그것을 허락의 의미로 받아들인 과홍견은 엽 대형에게 머리를 깊이 숙인 뒤, 효수대 밑에 여전히 주저앉아 있는 오사에게로 돌아갔다.

"아저씨, 가요."

효수대를 올려다보던 오사의 고개가 천천히 돌아왔다.

애혈은 앞서 가는 과홍견의 뒷모습을 바라보았다. 지금 과홍견은 자기보다 머리통 하나는 큰 오사라는 남자의 겨드랑이에 어깨를 받친 채 발목까지 박히는 눈밭 위에서 힘겨운 걸음걸이를 비틀비틀 내딛고 있었다. 하지만 아무리 힘에 부쳐도 저 부축을 그만둘 것 같지는 않았다. 이미 짊어진 짐만으로도 벅찬데 더욱 짊어지려 하는 소년…….

'재미있어지는군, 점점.'

애혈의 입가에 기묘한 미소가 맺혔다.

(6)

　수도 구경이나 하자는 제안에는 다른 의도도 숨어 있었다. 애혈은 탈출로로 점찍어 둔 곳의 상황이 어떤지 궁금했고, 그 부근의 지리에 대해 동행할 과홍견에게도 숙지시킬 필요가 있었던 것이다. 하지만 오사를 데리고 삼청조당에 돌아온 과홍견은 얼마 후 쉴 자리를 잡아 주겠다며 오사와 함께 나갔고, 결국 그날의 구경 겸 탐문은 애혈 혼자서 진행할 수밖에 없었다.

　애혈이 과홍견의 얼굴을 다시 본 것은 그날 해 질 녘 삼청조당을 다시 방문했을 때였다.

　"엽 대형."

　검액신구黔額神鳩의 새장들이 줄줄이 걸린 가게 이 층에서 차를 마시고 있던 애혈은 계단 마루에 올라서서 자신을 부르는 과홍견에게 미소를 보냈다.

　"이번에는 용케 알아보았구나."

　애혈은 이번에도 얼굴을 바꾼 상태였다. 아까 효수대 부근에서 무공을 드러낸 탓에 이 금루가에서는 더 이상 여드름 청년의 얼굴로 돌아다니지 않을 작정이었다. 지금의 그는 혈색이 안 좋은 사십 대 중년인의 얼굴을 하고 있었다.

　과홍견은 찻잔을 쥔 애혈의 손을 가리켰다.

　"그 반지……."

　손가락에 끼워진 혈적환을 알아본 모양이었다. 애혈은 탁자 맞은편 자리를 가리켰다.

　"앉아라. 안 그래도 할 얘기가 있어 방으로 찾아가려던 참이었다."

　과홍견이 자리에 앉으며 애혈에게 말했다.

"저도 드릴 말씀이 있어서 올라온 거예요."

애혈은 찻잔을 놓고 팔짱을 끼었다.

"그럼 네 얘기부터 들어 볼까?"

과홍견은 입술을 옹송그리고 잠시 주저하다가 말을 꺼냈다.

"모용 할아버지께서는 엽 대형이 저를 위해 두 가지 일을 해 줄 거라고 말씀하셨지요. 하나는 북경성을 빠져나가는 것, 또 하나는 그 사람을 만나게 해 주는 것, 맞지요?"

"맞다."

"그 두 가지 중 하나를 다른 것으로 바꿀 수도 있나요?"

어려워하는 기미가 역력한 질문이었다. 애혈은 허리를 곧게 세우고 과홍견을 똑바로 바라보았다. 그의 시선이 부담스러운 듯 과홍견이 눈을 내리깔았다.

"모용 노야께서는 네가 그러는 것을 바라시지 않을 게다. 그 점을 알고 있느냐?"

"……알고 있어요."

"아는데도 그런 얘기를 하는 걸 보니 반드시 해야 할 일이 생겼나 보구나."

과홍견은 침묵했다. 긍정의 의미였다. 애혈은 생각을 정리한 뒤 부드러운 목소리로 말했다.

"소형제, 그 두 가지는 너를 위해 꼭 필요한 일이란다. 나는 소형제가 가급적 노야의 뜻에 따르기를 권하고 싶구나."

과홍견은 이번에도 침묵했다. 그러나 아까처럼 긍정의 의미가 담긴 침묵은 아니라는 느낌이 왔다. 애혈은 미간을 좁히며 고개를 옆으로 살짝 기울였다.

"도무지 모르겠구나. 그 두 가지가 이루어지면 네가 북경에 온 목적은 달성되는 것 아니냐. 내가 잘못 알고 있는 건가?"

그제야 대답이 나왔다.

"맞아요."

"그런데 왜 그중 하나를 바꾸겠다는 거지?"

과홍견이 고개를 들고 애혈과 눈을 맞추었다.

"엽 대형이 말씀하신 대로 반드시 해야 할 일이 생겼기 때문이에요."

애혈은 과홍견의 눈을 들여다보았다. 오랫동안 고심했을 갈등의 기미가 채 가시지 않은 눈빛, 그러나 결정은 이미 내린 눈빛이었다. 그는 작게 한숨을 쉬었다.

"본래 나는 소형제에게 내일 동이 트기 전에 성을 빠져나갈 계획이니 채비를 갖추고 일찌감치 눈을 붙이라는 얘기를 하기 위해 왔단다. 동쪽 성곽에서 군병들의 감시가 소홀한 구역을 봐 두었고, 내게는 소형제 하나쯤 얼마든지 업고서 성벽을 넘어갈 자신이 있었거든. 하지만 그 계획은 이제 쓸모가 없어진 것 같구나."

"……미안해요."

애혈은 짐짓 냉정하게 말했다.

"미안해할 것 없다. 너는 내게 두 가지 일을 요구할 수 있고 나는 그것들을 들어주기만 하면 되니까. 단, 이것만은 분명히 해 두자꾸나. 아침에도 말했다시피 나는 맡은 일은 반드시 하지만 맡은 일이 아니면 절대로 하지 않는다. 두 가지 일을 맡은 이상 한 가지 일만 하거나 세 가지 일을 하지는 않는다는 뜻이지. 만일 내게 다른 일 한 가지를 시키려면 처음의 두 가지 일 중 하나는 포기해야 한다. 정말로 그리하겠느냐?"

"예."

대답하는 소리는 작았지만 애혈은 과홍견의 눈 속에 남아 있던 갈등의 기미가 지금은 완전히 사라졌음을 알 수 있었다.

"모용 노야께는 한 소리 들을 게 뻔하지만, 좋다, 네 결정을 존중해 주기로 하마."

"고맙습니다, 엽 대형."

애혈은 탁자에 이마가 닿도록 고개를 깊이 숙이는 과홍견을 잠시 바라보다가 넌지시 물어보았다.

"네가 포기하겠다는 일은 아마도 두 번째 것이겠지?"

성을 빠져나가는 것과 그자를 만나게 해 주는 것은 순차적으로 진행해야 하는 임무였다. 뒤의 것은 앞의 것을 전제로 하기 때문에, 앞의 것을 포기한 상태에서는 이루어질 수 없는 것이다. 만일 앞의 것을 포기하겠다면서도 뒤의 것을 해 달라고 억지를 부린다면…….

'아마도 이 아이에게 무척 실망하겠지.'

다행히 과홍견은 애혈을 실망시키지 않았다.

"맞아요. 그자가 있는 곳을 가르쳐 주시면 저 혼자서 어떻게든 찾아가 보겠어요."

그자가 있는 곳에 가는 것은 그리 어려운 일이 아니었다. 거리는 멀어도 길 자체가 험한 것은 아니니까. 문제는 그곳에 도착한 다음이었다. 강호 고수들의 감시를 뚫고 그자와 만나는 것은 과홍견 같은 평범한 소년에게는 불가능한 일이나 다름없었다. 하지만 애혈은 이 말을 굳이 꺼내지 않았다. 과홍견이 그 사실을 모를 리 없기 때문이었다. 갈등한 이유도 분명 그래서일 텐데, 그럼에도 저리 나오는 것을 보면 그에게 요구할 새로운 일이란 게 그 정도로 간절하다는 뜻이리라.

그리고 애혈은 그 일에 대해서도 짐작 가는 바가 있었다.

'아마도 오사라는 남자 때문이겠지.'

오사를 데리고 방으로 들어가 한동안 얘기를 나눈 뒤, 근처 객관을 잡아 준다며 삼청조당을 다시 나서는 과홍견의 얼굴에서는 이미 갈등의 기미가 엿보이고 있었던 것이다.

과홍견이 간절히 바라는 일, 그러면서도 오사와 관련된 일, 그 일은 대체 무엇일까?

"내가 무엇을 해 주면 되는지 자세히 얘기해 보려무나."

애혈은 꼿꼿하게 세우고 있던 허리에서 힘을 빼며 말했다.

애혈이 황서계의 비선秘線을 통해 위 소야를 만난 것은 그날 밤 자정 무렵이었다.

"반갑긴 한데 무척 안 좋은 때 왔군. 오이라트 대군이 마침내 성 밖에 당도하여 지금 조정 전체에 특급 비상령이 내려졌다네. 빠져나오느라고 고생 좀 했어."

위 소야, 황서계의 대내 담당 계원인 위심고는 이 년 사이 어마감 감승에서 어마태감으로 승진해 있었다. 계제를 무시한 그런 고속 승진이 이루어진 것은 토목보의 변이 발생한 직후라고 하니 정확히는 이 년이 아니라 두 달 사이에 벌어진 일이라고 해야 옳을 것이다.

"이십사아문 내에 우글거리던 왕진의 수족들이 하루아침에 목 없는 귀신으로 바뀐 덕분이지, 뭐."

축하 인사를 건네는 애혈에게 위 소야가 심드렁하게 대꾸한 말이었다.

사실 애혈과 위 소야는 인사를 건넬 만큼 가까운 사이가 아니었다. 얼굴을 본 것도 딱 한 번, 이 년 전 보운장의 왕금이 신임 황서계주로서 동북 방면의 계원들을 소집했을 때였다. 그러니 이번이 두 번째 대면인데, 이 년 전에는 잘 먹인 암소처럼 피둥

피둥하던 환관이 지금은 눈가가 퀭하고 양 볼이 수척한 말라깽이로 바뀌어 있었다.

"전 황제의 친정親征에 동원된 말이 몇 마리인 줄 아는가? 북경과 울주의 마장을 뻔질나게 오가며 그 물량을 대느라고 등골이 빠지는 줄 알았다네. 그랬더니만 그 생때같은 놈들을 오이라트에게 죄다 뺏겨 버리고, 이제는 북경 방어전에 쓸 전마들을 다시 마련해 내라고 난리이지 뭔가. 우리 어마감 환관들이 무슨 씨암말이라도 되는 줄 아는지, 원."

본론에 앞서 어제 아침 사라진 모용풍의 행방에 대해서도 슬쩍 물어보았다. 모용풍이 자리를 비우지 않았다면 이 야심한 시각에 잘 알지도 못하는 위 소야를 굳이 찾아올 필요도 없었을 것이기 때문이다.

"그 어른 하시는 일을 나라고 알겠는가. 저번에 뵈었을 때 북경성 내에 있는 백도와 흑도를 모아 무슨 일인가를 꾀하신다는 얘기를 얼핏 들었는데, 그 이상은 알지 못하니 자네에게 팔 만한 정보는 못 되겠지."

하지만 그다음에 문의한 정보에는 팔 만한 가치가 있었던 모양이었다. 위 소야는 안색을 신중하게 고치고 은근한 목소리로 대답했다.

"현재 황궁을 포함한 북경성 전체는 병부가 완전히 장악하고 있다고 봐도 무방하네. 형옥刑獄과 관련된 사안이라면 더더욱 그렇고. 자네가 말한 자들이 어느 옥에 수감되었는지 알아내려면 병부를 쑤셔 봐야 하는데, 요즘 같아서는 그게 간단한 일이 아니란 말이지."

하지만 말과는 달리 눈동자가 반질거리는 것으로 보아 불가능한 일은 아님을 짐작할 수 있었다. 그래서 언제까지 필요한지도 말해 주었다. 예상대로 위 소야는 펄쩍 뛰었다.

"이 밤 안에? 아니, 이 사람아, 밀밭에서 국수를 찾아도 유분수지 내게도 뭘 좀 조사해 볼 시간은 있어야 하지 않겠는가."

저 호들갑이 엄살인 줄은 알지만 칼자루를 쥔 사람에게는 엄살을 부릴 권리가 있었다. 그래서 이쪽에서도 칼자루 하나를 쥐기로 마음먹었다.

거래를 하자, 이 밤 안에 원하는 것들을 구해 주는 대가로 목숨 하나를 끊어 주마, 아, 물론이다, 이미 죽은 자만 아니라면 누구라도 좋다…….

이는 수상살수 애혈이 동원할 수 있는 가장 간편하고 효율적인 지불 방식이기도 했다.

사실 잡범들의 형옥에 대한 사안이라면 그리 고급한 정보라고는 할 수 없었다. 걱정스러웠던 것은 오히려 부속으로 요구한 물건들이었는데, 환복천자가 지난 십수 년간 조정 구석구석에 뻗어 놓은 환관의 영향력은 애혈이 예상했던 것보다 다대한 모양이었다. 신패와 문서를 위조하는 일이라는 데도 별로 난색을 드러내지 않는 것을 보면 말이다.

"마침 인수감印綬監의 소감少監에게 받을 빚이 있네. 밤잠이 많은 친구라서 짜증은 좀 부리겠지만, 그래도 내 청을 거절하지는 않을 걸세."

대가를 올해 안에 지불하는 것은 힘들다고 하자 위 소야가 못마땅한 듯 얼굴을 찌푸렸다. 하지만 전쟁이 시작되기 전에 북경을 빠져나가야 하기 때문이라는 설명을 듣고는 납득한 표정을 지었다.

거래가 모두 끝난 뒤 위 소야가 말했다.

"두 시진 뒤 북마장北馬場 세 번째 표문 아래에서 기다리게.

자네가 원하는 것들을 가지고 가겠네."

시월 구일.

애혈은 커다란 보따리 하나를 어깨에 메고 금루가를 향해 걸어가고 있었다. 진시(오전 여덟 시 전후)가 되어 가는데도 날은 여전히 어둑하기만 했다. 어제에 이어 눈이 또 내리려는지 하늘에는 우중충한 먹구름이 낮게 끼어 있었다. 그리 나쁘지 않은 날씨라는 생각이 들었다. 그가 오늘 하루 처리해야 할 몇 가지 일들은 화창한 날씨와는 하나같이 어울리지 않기 때문이었다.

금루가로 들어가는 길에 들른 국숫집에는 다른 날과 달리 해장을 하기 위해 나온 아침 손님이 한 명도 눈에 띄지 않았다. 이를 이상하게 여겨 주인 노파에게 물었더니 지난밤 서쪽 외성 너머 평원에 오이라트의 대군이 당도해 진영을 세우기 시작했다는 소문이 쫙 퍼졌고, 때문에 이 일대에 사는 주민 대부분이 조금이라도 안전한 성 동쪽으로 옮겨 갔다는 대답이 돌아왔다. 그러면서, 지난밤에 끓여 놓은 육수가 아까워 남아 있기는 하지만 아무래도 얼른 가게 문을 닫고 그들의 뒤를 따라가야겠다고 덧붙였다.

'사람이 없어서 그런가? 냄새가 별로 나지 않는군.'

북경에 들어온 이래 줄곧 자신을 괴롭혀 온 공포의 냄새가 오늘따라 부쩍 엷어졌음에 반가워하며, 애혈은 노파가 가져다준 국수를 맛있게 먹었다.

금루가 입구에는 지난 며칠간 애혈이 숙소로 삼았던 객관이 자리 잡고 있었다. 객관의 주인도 피난 행렬에 합류했는지 정문이 단단히 잠겨 있었지만, 애혈에게는 별문제가 되지 않았다.

창문을 통해 이 층에 있는 자신의 객방으로 들어간 애혈은 침대 아래 숨겨 놓은 작은 봇짐을 꺼낸 다음, 그 안에 있던 몇 가지 도구들을 이용해 얼굴 모양을 바꾸기 시작했다. 그의 역용 솜씨는 갈수록 숙련되고 있어서 이번에 소요된 시간은 일 각도 채 걸리지 않았다. 휴대용 동경에 비친 얼굴은 지난밤에 하고 다니던 혈색 나쁜 중년인의 것보다 조금 더 활기 있어 보였고 조금 더 위엄스러워 보였다.

"괜찮은걸."

손가락으로 콧수염 끝을 몇 차례 매만지던 동경 속의 중년인이 흡족한 웃음을 지었다.

역용보다 더 시간을 잡아먹은 것은 변복이었다. 애혈은 이번 일을 처리하는 데 필요한 몇 가지 물건들을 위 소야로부터 제공받았는데 그중에는 세간에서는 구하기 힘든 특이한 옷 세 벌이 포함되어 있었다. 그가 택한 것은 세 벌 중 가장 고급스러운 것이었다. 그 옷을 입는 데에는 귀찮을 만큼 복잡한 법도가 필요했지만, 그는 과거 비슷한 옷을 입어 본 기억에 의지하며 차근차근 복식을 갖춰 나갔다.

역용과 변복을 끝낸 애혈은 방 안에 자신이 머문 흔적이 남아 있지 않는지를 꼼꼼히 점검한 뒤 봇짐을 집어넣은 보따리를 둘러메고 창문 쪽으로 걸어갔다. 창문을 열고 아래로 뛰어내리려던 그는 문득 움직임을 멈췄다. 금루가 입구에 흉물스럽게 서 있는 어떤 구조물이 그의 눈길을 사로잡고 있었다.

"쯧."

작게 혀를 찬 애혈은 창턱에 올려놓은 왼발을 내리고 방 안으로 돌아갔다. 그러고는 침대에 깔린 이불에서 이불보를 뜯어낸

다음 둘둘 말아 허리에 묶었다.

'그 녀석 때문에 별일을 다 하게 되는군.'

맡지 않은 일은 하지 않는 게 원칙이지만, 이상하게도 과홍견에 대해서만큼은 그 원칙이 자꾸 흔들리는 것 같았다. 이유가 뭘까 생각해 봐도 지금으로썬 딱히 떠오르는 게 없었다.

객방을 빠져나온 애혈은 효수대를 향해 곧장 다가갔다. 사실 일 자체는 별로 어렵지 않았다. 적군이 코앞에 닥쳐온 판국에 한가하게 효수대를 지키는 군병이 있을 리 없었고, 거리에는 개 한 마리 지나다니지 않았다. 문제라면 효수대에 줄지어 걸린 머리 중에서 한 사람의 것을 구별해 내야 한다는 점인데, 어제 이 자리에서 과홍견과 오사가 하는 양을 눈여겨 봐 둔 덕분에 오래지 않아 찾아낼 수 있었다.

기둥을 타고 가로대 위에 올라가기 무섭게 효수대의 터줏대감들이 깍깍거리며 난리를 치기 시작했다. 하지만 애혈이 휘두른 손칼에 얻어맞은 한 놈이 바닥으로 떨어지자 상대가 아님을 알아본 듯 모두 날아가 버렸다.

애혈은 가로대에 박힌 대못에서 목표로 삼은 머리를 떼어 냈다.

'조노대라고 했던가?'

이곳에 계속 걸려 있다면 전쟁의 승자가 누구든 시체 더미에 끼어 불살라질 머리였다. 과홍견은 분명 그것을 바라지 않을 테고, 그래서 이 일을 하는 것이었다. 애혈은 허리에 두르고 있던 이불보를 펼쳐 조노대의 머리를 단단히 감싼 다음 효수대에서 훌쩍 뛰어내렸다.

과홍견은 오사라는 남자와 함께 삼청조당 이 층에서 대기 중이었다. 애혈이 어젯밤 일러둔 대로 두 사람은 곧바로 길을 떠날 채비를 갖춘 상태였다. 과홍견은 가져온 낡은 서궤 대신 납작한 광목 보따리 하나를 왼쪽 어깨에서 오른쪽 겨드랑이에 둘러서 묶고 있었고, 오사는 어디서 구했는지 가죽으로 된 복대 하나를 배에 두르고 있었다. 행장을 가급적 간편히 하라는 당부가 제대로 전달된 것 같았다.

"누구세…… 아, 엽 대형!"

이 층으로 올라온 애혈을 발견하고 의자에서 엉거주춤 일어서던 과홍견이 눈을 크게 뜨며 반색을 했다.

"눈썰미가 좋구나. 이번에는 못 알아볼 줄 알았는데."

"반지를 보지 못했다면 진짜 못 알아볼 뻔했어요."

물론 혈적환을 살펴보라고 일러 주기는 했었다. 하지만 갑자기 나타난 관복 차림의 중년 남자에게서 손가락에 끼고 있는 작은 반지 하나를 짚어 낸다는 것은 보통 관찰력으로 하기 힘든 일이었다.

'바둑밖에 모르는 녀석인 줄 알았는데 제법이군.'

그때 곱살한 얼굴 가득 경계의 빛을 떠올리고 있던 오사가 목소리를 낮춰 과홍견에게 물었다.

"저 사람이 정말 어제 그 사람이라고?"

"예, 엽 대형은 변장을 아주 잘하세요."

"저건 변장이라고 할 수준이 아닌걸. 사람이 완전히 달라졌잖아. 혹시 진짜 관리는 아니고?"

관복을 입고서 진짜 관리를 죽여 본 적은 있지만 그런 이야기까지 해 줄 필요는 없었다. 애혈은 작게 헛기침을 하여 두 사람의 주의를 환기시킨 뒤 오른손에 쥐고 있던 꾸러미를 탁자에 올려놓았다.

"오는 길에 효수대에서 가져왔다."

"효수대에서요?"

과홍견의 눈이 휘둥그레졌다. 오사가 주춤 다가서며 떨리는 목소리로 물었다.

"그렇다면 혹시……?"

애혈은 고개를 끄덕였다.

"그렇소. 지인 분의 머리요."

"이, 이게 대형의…… 우리 대형의……."

오사가 입술을 부들부들 떨더니 두 팔을 와락 내밀어 탁자의 꾸러미를 부둥켜안았다. 그 모습을 슬며시 외면한 애혈은 과홍견에게 말했다.

"하지만 북경에서 가지고 나갈 수는 없을 것 같구나. 오늘 우리는 많은 일을 해야 하고, 이런 물건을 들고 다닌다면 반드시 문제가 생길 것이기 때문이다. 그래서 나는 이 가게의 안뜰에다 묻을 작정이란다."

그러고는 오사를 슬쩍 돌아보며 덧붙였다.

"위치를 잘 봐 두었다가 전란이 다 지나간 뒤에 찾아가도록 하시오."

오사가 눈물이 그렁그렁한 눈으로 애혈을 올려다보았다.

"고맙소! 정말 고맙소! 알지도 못하는 우리 형제들에게 이런 은혜를……."

애혈은 냉정한 목소리로 오사의 말을 잘랐다.

"사례는 받지 않겠소. 두 사람이 이 머리를 수습하러 가겠다고 시간을 낭비할 게 뻔해서 한발 앞서 손을 쓴 것뿐이니까. 다시 말하거니와 우리는 오늘 많은 일을 해야 하오. 낭비할 시간 같은 것은 없소."

그러나 단지 그 이유뿐이었을까?

조노대의 머리를 가져온 것은 객방 창가에서 효수대를 본 순간 떠올린 충동을 실행에 옮긴 데 지나지 않았다. 방금 오사에게 한 말은 이 얄궂은 상황을 스스로에게 납득시키기 위해 꾸며 낸 자기합리화의 일환임을 애혈은 잘 알고 있었다.

"엽 대형……."

과홍견이 꿀쩍거리는 목소리로 애혈을 불렀다. 애혈은 목덜미 위로 소름이 돋는 것을 느꼈다. 지금 과홍견의 얼굴을 쥐어짜면 감사와 존경과 감동이 한 항아리는 나올 것 같았다. 이제껏 저런 얼굴로 자신을 바라본 사람은 아무도 없었다.

'이상한 기분이군.'

그 기분을 떨어 버리듯, 애혈은 어깨에 메고 있던 보따리를 조금 과장된 동작으로 탁자에 올려놓았다.

"자, 이제 병정놀이나 해 볼까?"

───❧───

과홍견의 머릿속에 새겨진 가장 두려웠던 순간은 제남혈사 당시 문강에게 차를 올리라는 스승님의 명을 좇아 칙칙한 동공을 가진 노인과 함께 찻물을 끓일 풍로를 가지러 부엌에 갔을 때였다. 열린 부엌문 안쪽 동굴처럼 깜깜한 공간에서 흘러나온 재 냄새 섞인 피비린내는 이 년이 지난 오늘날까지도 가장 끔찍한 악몽의 한 자락으로 남아 있었다…….

시궁창 바닥에서 풍기는 듯한 퀴퀴한 악취와 살갗에 소름을 돋게 만드는 오싹한 한기 그리고 단단한 돌바닥을 저벅저벅 울리는 음산한 발소리들에 완강히 둘러싸인 채, 과홍견은 그리 길지 않은 인생에 있어 최악의 순간을 되새김으로써 현재 자신이 처한 상황을 위로하려 애썼다.

'그때에 비하면 지금은 아무것도 아니야. 게다가 지금은 엽 대형이 함께 있잖아.'

미시未時(오후 두 시 전후)가 안 된 시각임에도 옥사獄舍의 통로는 벽에 띄엄띄엄 걸린 횃불들이 아니면 걸음을 내딛기 곤란할 정도로 어둠침침했다. 벽면 까마득하게 높은 곳에 난 작은 창문 겸 환기구를 제외하면 빛이 흘러들어 올 구멍이 없는 데다 바깥은 진눈깨비까지 날리는 궂은 날씨였으니 그럴 만도 했다.

옥사 안은 바깥보다 오히려 추운 것 같았다. 그래서인지 맨 앞에서 등불을 들고 걸어가는 늙은 옥졸은 어깨를 잔뜩 웅크리고 있었다. 하지만 과홍견의 몸이 자꾸만 떨리는 것은 추위 때문만이 아니었다.

과홍견은 지금 열다섯 살 소년의 본모습 대신 전혀 다른 인물로—그것도 관모를 쓰고 환도까지 찬 무관으로!— 변장한 상태였다. 변장의 명수인 엽 대형의 솜씨를 못 믿는 것은 아니지만 이런 종류의 속임수를 한 번도 시도해 본 적이 없는 그로서는 간이 오그라들 수밖에 없는 일. 만일 가짜인 게 탄로 나는 날에는 통로 한쪽에 길게 늘어선 저 옥방들 중 한 곳이 향후 자신의 거처가 될 게 뻔했다.

'아니면 그냥 목을 잘라 버리려나? 요즘 같은 시국에는 웬만한 죄는 모조리 사형이라던데.'

효수대에 줄줄이 걸린 머리들과 그것들을 신나게 파먹는 까마귀들이 떠올라 과홍견은 어깨를 부르르 떨고 말았다.

다행히도 과홍견은 혼자가 아니었다. 그의 옆에는 역시 무관으로 변장한 오사가—왼쪽 눈 밑에 붙인 사마귀 하나로 인상이 저렇게 달라 보인다는 것은 놀라운 일이었다— 우측으로 휙휙 지나쳐 가는 옥방들 안을 티 나지 않게 살피며 걷고 있었고, 두 사람보다 서너 걸음 앞에는 그들을 거느리고 온 상급 무관—근엄한 눈매, 잘 다듬어진 콧수염—으로 변장한 엽 대형이 기름기 많은 곱슬머리에 항아리처럼 불룩한 배를 가진 푸른 관복 차림의 남자와 태연스레 이야기를 주고받으며 걷고 있었다.

"수하를 시켜도 될 일인데 옥사장께서 이렇게 직접 안내해 주시니 본관이 오히려 부담스럽소이다그려."

"그 무슨 황송한 말씀이옵니까. 병부의 낭중께서 몸소 왕림하셨는데 마땅히 소관이 나서야지 어찌 아랫것들을 시킬 수 있겠습니까."

모용 할아버지의 새 가게에서 변장을 하는 동안 엽 대형이 두 사람에게 일러 준 조정의 직제에 따르면, 정오품 관직인 각사낭중各司郎中은 육부 아래 실무를 담당하는 경력사經歷司의 수장으로서 현재 권력의 핵심이 된 병부에서는 자그마치 열두 명이나 두고 있다고 했다. "그러니 그 얼굴들이 어찌 다 알려졌겠어?" 하면서 이 가짜 낭중께서는 오사에게는 정육품의 주사主事 벼슬을, 과홍견에게는 종구품인 사무事務 벼슬을 즉석에서 척척 하사해 주셨다.

"이야기는 이미 들었소만 본관이 오늘 직접 살펴보니 과연 옥사 전체가 잡범들로 들끓고 있구려. 옥사장의 노고가 작지 않은 점, 윗분들께 반드시 말씀 올리리다."

"아이고, 오랑캐의 침략을 받아 만조백관이 불철주야 고생하는 이때에 잡범들 뒤치다꺼리 조금 하는 일을 무에 노고라고 할 수 있겠습니까. 말씀이라도 감사하옵니다."

"이런, 겸손하시기까지? 허허허."

엽 대형의 언행은 병부의 고급 관리라면 저럴 거야라는 생각이 절로 들게 할 만큼 위엄 있었고 자연스러웠다. 게다가 어떻게 마련했는지 몰라도 붉은 직인이 여러 개 찍힌 공문까지 제시한 덕에 옥사에서 근무하는 이들 중 누구 하나도 그가 진짜 낭중임을 의심하지 않았다.

'무엇보다 명분이 기가 막혔지.'

조만간 벌어질 오이라트와의 초전初戰에서 화살받이로 쓸 죄인들을 징발하러 왔다는 말에 옥사장은 두말하지 않고 옥사를 개방했던 것이다. 엽 대형이 말하지 않았던가. 요사이 잡힌 잡범들 중 주범은 반역죄로 효수하지만 종범은 옥에 가둬 두었다가 전투가 벌어졌을 때 화살받이로 쓴다고. 효수대에 내걸린 족제비가 조노대 한 사람뿐인 것도 그 때문일 터였다.

옥사의 통로를 따라 나아가던 일행이 걸음을 멈춘 것은 쇠살문 위쪽의 상인방에 '십육'이라는 숫자가 적힌 옥방 앞에 당도했을 때였다.

"흠, 이자들은 눈빛이 살아 있는 게 힘 좀 쓰게 생겼군."

엽 대형이 쇠살문 안쪽을 들여다보며 혼잣말처럼 중얼거리자 옥사장이 얼른 맞장구를 쳤다.

"들어온 지 이틀밖에 안 된 자들이라서 아직 기력이 생생한가 봅니다."

엽 대형이 눈썹을 찌푸렸다.

"이틀이라고요? 허, 참으로 고얀 자들이구려. 적군이 코앞까지 닥쳐온 판국에 반란 행위를 저지르다니."

이 말을 들은 듯, 쇠살문 안쪽에서 울음 섞인 고함이 터져 나왔다.

"나리, 반란 행위라니요! 소인들은 그저 빈집이 있기에 잠자리나 구할까 하여 들어간 것뿐입니다! 소인들은 억울합니다!"

하지만 저 말이 새빨간 거짓임을 과홍견은 곧바로 알아차릴 수 있었다. 왜냐하면 그 항변을 한 사람이 다섯 족제비들의 막내인 오오였기 때문이다. 오오는 헤어질 때 입고 있던 차림 그대로였고, 왼쪽 눈두덩 아래 거무죽죽한 멍 하나가 달렸을 뿐 얼굴도 대체로 멀쩡해 이곳에 잡혀 온 뒤 따로 문초를 당한 것 같지는 않았다.

왈칵 일어난 반가움을 억지로 눌러 참은 과홍견은 옆에 서 있는 오사의 옆구리를 쿡 찌른 뒤 쇠살문 쪽에서 자신의 얼굴을 알아보지 못하도록 비스듬히 돌아섰다. 어두운 데다 복장도 달라졌고 코밑에는 있지도 않은 수염까지 붙였지만, 혹시라도 오오가 얼굴을 알아보는 날에는 곤란한 일이 벌어질 것이기 때문이었다.

오사도 과홍견의 뜻을 알아차리고 얼른 몸을 돌려 세웠다.

그러는 사이 엽 대형은 병부의 고급 관리다운 엄숙한 목소리로 오오를 꾸짖고 있었다.

"국법은 지엄하다. 나라가 위난에 빠진 시기에 국법을 어기고 반란 행위를 저지른 이상 그 죗값을 반드시 치러야 하느니라."

"아닙니다, 나리! 소인은 반란 행위를 저지르지……."

오오의 절절한 항변을 자른 것은 옥방 깊숙한 구석에서 흘러나온 낮고 굵은 목소리였다.

"그만둬라, 막내야. 대형도 가신 마당에 구차한 목숨 붙여 놔서 무엇 하겠느냐. 너와 나의 운은 오늘로 끝나려는 모양이니 그만 포기하고 남자답게 받아들이자꾸나."

'다행히 함께 계셨구나!'

과홍견은 저 목소리의 주인이 누군지 알고 있었다. 말라깽이인 주제에도 어떤 뚱보보다 낮고 굵은 목소리를 내는 장삼 아저씨가 바로 그 사람이었다. 다만 걱정스러운 것은 목소리에 짙게 밴 자포자기의 냄새였다. 과홍견이 알기로 쉽사리 자포자기에 빠질 사람은 아니건만, 조노대가 족제비들의 대표로 효수되었다는 사실이 그를 낙백하게 만든 것 같았다.

엽 대형이 옥사장을 돌아보며 물었다.

"공문에도 적혀 있지만 이번 회차에 귀 옥사에서는 스무 명의 죄수를 징발하기로 결정이 내려졌소. 이 옥방이…… 어디 보자, 십육 번이구려. 이 십육 번 옥방에는 몇 명이나 수감되어 있소?"

"십육 번이라, 십육 번……."

옥사장이 손에 들고 있던 얇고 나달나달한 장부를 휙휙 넘기기 시작했다.

"본래 정원은 열 명이지만 시국이 시국인지라 현재는 열일곱 명이 수감되어 있습니다."

"열일곱이면 셋이 부족하군. 음……."

엽 대형은 잠시 고민하는 시늉을 하다가 뭔가 묘안이라도 떠올린 듯 눈을 빛내며 다시 물었다.

"혹시 이곳에 여죄수도 있소?"

"여죄수요?"

뜻밖의 질문이라고 여겼는지 반문만 하고 대답은 하지 않는 옥사장에게 엽 대형이 차분한 목소리로 덧붙였다.

"부족한 셋을 여죄수로 채우는 건 어떨까 해서 드리는 말씀이오. 야만적인 오랑캐 놈들에게 우리 중화인들이 가진 결사항전의 의지를 보여 주려면 여자가 몇 명 섞여 있는 것이 더 좋지 않겠소?"

옥사장이 손바닥으로 허벅지를 짝 내리치며 말했다.

"대인의 고견에 탄복했습니다! 그렇지요, 계집들까지 나서서 우리는 오랑캐의 창칼을 두려워하지 않는다는 용기를 보여 주면 아군의 사기도 오르고 백성들의 각오도 단단해질 겁니다. 여죄수요? 물론 있습니다. 옥방 두 곳에 바글바글하지요. 말씀만 하시면 당장 안내해 드리겠습니다."

그리 고견이랄 것도 아닌데 아부에 저리 열을 올리는 걸 보면 요즘 병부의 위세가 하늘을 찌른다는 말이 사실인 것 같았다.

엽 대형은 흡족한 표정으로 고개를 끄덕였다.

"우선 수하들에게 명을 내려 이 방에 있는 죄수들을 옥사 마당에 모아 놔 주시오."

"분부대로 거행하겠습니다."

옥사장의 명이 떨어지자 주변에 있던 옥졸들의 움직임이 분주해졌다. 두꺼운 널빤지에 구멍 세 개가 나란히 뚫린 항쇄項鎖(죄인의 목에 씌우는 형틀)들이 운반되어 왔고, 십육 번 옥방에 수감되어 있던 열일곱 명의 죄수들은 두 손이 앞으로 묶인 채 삼 인 일 조로 항쇄를 목에 걸고서 옥방 밖으로 끌려 나왔다.

"잠시 실례 좀 하겠소. 오늘 일정에 대해 수하들과 상의할 게 있어서……."

옥사장의 양해를 구한 엽 대형이 과홍견에게로 다가왔다.

"두 사람이 나온 걸 확인했느냐?"

목소리를 낮춰 묻는 엽 대형에게, 과홍견은 높은 상관을 대하는 수하의 안색을 꾸미며 대답했다.

"예."

"좋다, 그럼 이제 한 명 남았구나."

씩 웃은 엽 대형은 옥사장이 들을 수 있도록 목소리를 조금 키워 말했다.

"허! 서둘러야겠구나. 오늘 중에 들러야 할 옥사가 세 군데나 남았으니."

아직도 심장이 콩닥거리는 과홍견으로서는 형리와 옥졸 들이 득실거리는 옥사 안에서도 전혀 두려워하지 않고 노련한 배우처럼 연기하는 엽 대형이 신기할 따름이었다.

옥사장에게 돌아간 엽 대형이 친근한 미소를 지으며 말했다.

"자, 이제 여죄수들이 있는 옥방으로 안내해 주시오."

여죄수들을 수감해 놓은 두 개의 옥방은 통로의 막다른 곳에 자리 잡고 있었다.

앞서 십육 번 옥방에서와는 달리 그곳에서는 과홍견에게 따로 주어진 임무가 있었다. 도합 삼십 명이 넘는 여죄수들 가운데 장 아줌마를 찾아내는 것이 바로 그 임무였다. 당연한 얘기지만 엽 대형은 장 아줌마의 얼굴을 모른다. 오사 대신 과홍견이 나서기로 정한 것은, 오사가 임기응변에 둔하고 감정을 다스리는 데 미숙하다고 여긴 엽 대형의 판단에 따른 것이었다.

장 아줌마는 두 번째 옥방 안에 갇혀 있었다. 통로를 따라 들려오는 소음에 궁금증을 느꼈는지 여죄수들 몇 명이 쇠살문에 얼굴을 바짝 붙이고 바깥쪽 동정을 살피고 있었는데, 그중 하나가 바로 장 아줌마의 것이었다.

장 아줌마의 눈길이 옥방 안쪽을 살피기 위해 조금 앞으로 나서 있던 과홍견의 얼굴에 머물렀다. 뭔가 이상한 듯 고개를 한번 갸웃거린 장 아줌마가 다음 순간 눈을 휘둥그레 떴다. 입술이 부들부들 떨리더니 동그랗게 벌어지고 있었다.

"너……."

그 입에서 무슨 말이 나오기 전에 과홍견은 재빨리 호통을 질렀다.

"고얀 년! 어느 안전이라고 감히 눈알을 부릅뜨는 거냐!"

장 아줌마가 흠칫 놀라며 눈을 끔뻑거렸다. 분명히 아는 얼굴인데 행색이며 하는 짓이 딴판인지라 자신이 뭘 잘못 보았나 여기는 눈치였다. 과홍견은 오른발을 힘껏 구르며 다시 한 번 호통을 질렀다.

"어허! 당장 눈을 내리깔지 못할까!"

그러면서 열심히 한쪽 눈을 깜빡거렸다. 장 아줌마가 이 행동의 의미를 알아주기를 기원하면서.

맞아요, 나예요, 그러니까 제발 조용히 있어요…….

그 기원이 통한 것 같았다. 장 아줌마는, 여전히 영문을 모르겠다는 표정이었지만, 그래도 눈을 내리깔고 입을 꾹 다물어 주었다.

호통은 장 아줌마의 말문을 틀어막기 위함인 동시에 엽 대형과 사전에 정한 신호이기도 했다. 그 신호에 따라 누가 장 아줌마인지를 곧바로 알아본 엽 대형이 과홍견의 옆으로 나섰다.

"국법을 어긴 계집이 국법을 봉행하는 관리에게 눈을 부라린다고? 그냥 둬서는 안 되겠군."

곁에서 잘 보일 기회만 엿보던 옥사장이 재빨리 끼어들었다.

"저 계집을 끌어낼까요?"

엽 대형은 고개를 무겁게 끄덕였다.

"그럽시다. 다른 둘은 신체 건강한 계집으로 옥사장께서 적당히 골라 주시고."

"알겠습니다."

옥졸이 쇠살문에 걸린 커다란 자물쇠를 여는 사이, 과홍견은 공연히 켕기는 마음에 주위를 두리번거리다가 자신을 지그시 바라보고 있는 옥사장과 눈이 마주쳤다. 무슨 눈치라도 챈 건가 싶어 마음이 바싹 오그라드는데, 옥사장이 크고 누런 앞니를 드러내며 징그러운 미소를 짓는 것이었다.

"젊은 친구의 기백이 참으로 대단하군. 나중에 높은 자리에 올라가거들랑 이 사람을 잘 봐주시게나."

아부를 함에 있어 지위 고하를 가리지 않으니, 요즘 병부의 끗발이 이 정도였다.

"과분한 말씀이십니다."

과홍견은 내심 안도하며 대답했다.

실로 대범한 탈옥 계옥을 세운 가짜 관리들이 바깥세상으로 다시 나온 것은 남쪽에 설치한 네 번째 감옥이라는 의미로 '남로제사옥南廊第四獄'이라 이름 붙은 옥사에 가짜 신패와 가짜 공문을 앞세워 당당히 걸어 들어간 지 반 시진 만의 일이었다.

진눈깨비가 부옇게 날리는 옥사 앞마당에는 앞서 식육 번 옥방에서 끌려 나온 열일곱 명의 죄수들이 항쇄 한 개에 세 명씩 목을 꿰고서 대기하고 있었다. 셈이 딱 나누어떨어지지 않은 관계로 항쇄들 중 하나에는 두 명만 묶일 수밖에 없었는데, 공교롭게도 그 두 명이 장삼과 오오였다. 가운데 있는 구멍을 비워 둔 채 좌우의 구멍으로 머리를 내밀고 있던 그들은 옥사 문이 열리고 여죄수 셋이 모습을 드러내자—본래 여죄수에게는 항쇄를 채우지 않는다고 했다— 상반된 반응을 보였다.

"누님까지…… 이건 말도 안 돼!"

오오가 비탄의 절규를 터뜨린 반면,

"차라리 잘된 일이야. 어차피 가야 할 길, 다 같이 가면 그게 좋은 거지."

장삼은 오히려 편안해진 얼굴로 고개를 주억거렸다.

여죄수들 뒷전에 숨어 그 모습을 지켜본 과홍견은 두 주먹을 꼭 말아 쥐었다.

'거의 다 됐으니 조금만 기다리세요.'

눈썹 위에 손차양을 만들어 진눈깨비를 막던 엽 대형이 옥사장을 돌아보며 물었다.

"수령증을 여기서 끊어 드리는 게 낫겠소, 아니면 죄수들을 군영으로 이감한 뒤에 끊어 드리는 게 낫겠소?"

옥사장이 병부의 각사낭중을 상대로 처음으로 신중한 기색을 내비친 것은 바로 이때였다.

"규정대로 목적지에 도착한 뒤 수령증을 받는 게 좋을 듯합니다. 가시는 길에 몇 사람을 붙여 드리겠습니다."

저 말인즉, 죄수들을 호송하는 일에 자기들도 관여하겠다는 뜻이었다. 이쪽 입장에서는 과히 좋지 않은 전개임에 분명한데도 엽 대형은 아무렇지도 않게 받아넘겼다.

"형부의 규정은 우리 병부의 것과 조금 다른 모양이구려. 뭐, 그렇게 합시다. 어차피 우리 셋이서 스물을 데려가기도 벅찬 일이니."

옥사장이 붙여 준 인원은 모두 다섯이었다. 그들 중 넷은 포승과 곤봉으로 무장한 하급 형리들이고, 인솔자로 나선 장년인은 끄트머리에 쇠 징이 박힌 동모곤銅帽棍을 허리에 찬 포두였다.

옥사장이 장년인을 자랑하듯 소개했다.

"이곳의 부옥사장인 양 추관推官이라고, 아주 유능한 사람입니다. 사실 이곳에 갇힌 죄수들 중 절반 이상이 이 친구에게 잡혀 온 것이나 다름없지요."

양 추관이란 자가 엽 대형 앞으로 걸어 나와 절도 있게 읍례를 올렸다.

"양백이 낭중 대인께 인사 올립니다."

우렁우렁한 목소리. 그리 큰 체구는 아니지만 목 근육이 우람하고 어깨가 딱 벌어져 한눈에 보기에도 여간내기가 아닌 듯했다.

과홍견은 슬그머니 걱정이 들었다. 저 양백이란 자도 껄끄럽거니와, 이쪽은 셋뿐인데 따라오는 인원이 다섯이면 벅찬 감이 있었다. 흘깃 돌아본 오사의 얼굴에도 비슷한 걱정의 기색이 내비치고 있었다.

'엽 대형은 몰라도 오사 아저씨와 내가 과연 해낼 수 있을까?'

그런 마음을 아는지 모르는지, 엽 대형은 태연한 미소를 지으며 양백이란 자를 격려하고 있었다.

"보기만 해도 든든해지는구려. 잘 부탁드리겠소."

과홍견이 걱정하던 상황과 맞닥뜨린 것은 남로제사옥을 출발한 호송 행렬이 형부의 통제 영역을 지나 대로로 접어든 다음에도 한 식경가량 더 이동한 뒤의 일이었다.

죄수들을 호송하는 행렬의 구성 방식은 보편적이라고 할 수 있었다.

맨 앞에서 한 명의 형리가 '죄인압송罪人押送'이란 네 글자가 적힌 광목 깃발을 든 채 길을 열고, 그 뒤로 양쪽 부서의 상급자인 엽 대형과 양백이 따르며, 그 뒤를 또 다른 형리가 호위 격으로 따른다. 행렬 중간에는 항쇄를 찬 스무 명의 죄수들이 무거운 걸음을 터벅터벅 내딛고, 그 바로 뒤에는 남은 두 명의 형리가 바짝 붙어 따라오면서 곤봉을 손바닥에 딱딱 두드려 길을 재촉한다. 끝으로 행렬의 맨 뒤는 오사와 과홍견이 지킨다. 선두와 후미 사이의 거리는 서른 걸음에서 마흔 걸음 정도.

비록 날씨가 안 좋긴 해도—날씨보다는 성벽 밖에 진군해 있는 오이라트 대군이 더 큰 걱정거리겠지만— 항쇄를 찬 죄수들이 스무 명이나 도보로 이동하는 모습은 나름 볼만한 구경거리가 아닐 수 없었다. 자연히 구경꾼들이 대로 양옆으로 길게 늘어서게 되었고, 그렇게 모인 구경꾼들의 수가 가장 많은 장소에서, 그러니까 소위 번화가에서…….

엽 대형은 전격적으로 행동을 개시했다!

호송 행렬의 맨 뒤를 따르던 과홍견은 선두에서 무슨 일이 벌어졌는지 알지 못했다. 다만, 사람이 가장 많이 모인 곳에서 일을 벌인다는 계획—이런 종류의 일은 원래 남의 이목이 없는 곳에서 벌이는 게 상식 아닌가?—을 사전에 들은 덕분에 사람이 많은 대로로 접어들면서부터 마음을 단단히 먹고 있었기는 했다.

일이 벌어졌다는 기미는 길 양쪽에서 들리는 소음으로부터 감지되었다.

"저 사람 왜 저래?"

"사람이 쓰러졌다! 어? 또 쓰러지네?"

앞쪽에 있는 구경꾼들에게서 시작된 웅성거림이 삽시간에 길을 따라 달려와 과홍견이 있는 곳에 이르렀다.

"조심해!"

바로 앞에서 가던 두 명의 형리가 걸음을 멈추더니 소음이 가까워지는 전방을 경계하며 자세를 낮추었다. 불의의 상황이 벌어졌음에도 당황하여 경거망동하지 않는 것을 보면 평소 훈련이 잘되어 있는 자들임을 알 수 있었다. 다만 그들의 입장에서 아쉬운 점은, 그들이 정작 경계해야 할 적은 전방이 아니라 후방에 있었다는 사실이었다.

칵!

오사가 날쌔게 달려 나가 내리찍은 환도가 두 형리 중 왼쪽에 있던 자의 목덜미와 어깨 사이에 깊숙이 틀어박혔다. 얼핏 보기에도 치명적이라 할 만한 살벌한 일격이었다.

"무슨 짓이냐!"

챙!

동료의 피습에 대경한 오른쪽 형리가 곤봉을 휘둘러 오사를 때렸고, 왼쪽 형리의 몸에서 뒤늦게 환도를 뽑아낸 오사가 그 곤봉을 어렵사리 막아 내며 과홍견을 향해 소리쳤다.

"뭐 해, 인마!"

뭐 하냐고?

오사가 환도를 뽑아 달려 나가는 모습을 못 본 것은 아니었다. 자신 또한 움직여야 한다는 것도 알고 있었다. 하지만 눈앞에서 사람이 칼에 맞아 피를 흘리며 고꾸라지는 광경을 목격하자 머릿속이 하얗게 변해 아무 생각도 떠오르지 않았다. 열다섯 살이면 반은 어른이라고 봐도 좋을 나이지만, 남과 다퉈 본 적이라고는 한 번도 없는 온순한 소년에게는 칼날이 번뜩이고 핏물이 튀어 오르는 이곳은 공포를 넘어 마비를 불러올 만큼 이질적일 수밖에 없었다.

"죽어, 이 새끼야!"

비록 악바리라고는 해도 오사는 뒷골목에서 굴러먹던 하류배에 지나지 않았다. 그러니 힘만 믿고 휘두르는 마구잡이 칼질외에 달리 기술이란 게 있을 리 없었다. 반면에 그를 상대하는 형리는 곤봉을 다루는 기술을 전문적으로 수련한 포쾌였다. 힘이나 기세보다는 기술의 유무가 두 사람 간의 우열을 단번에 갈라놓았다.

"으윽!"

크게 휘두른 환도가 빗나간 직후, 오른쪽 겨드랑이 뒷부분에 매서운 한 방을 얻어맞은 오사가 환도를 떨어트리며 그 자리에 무릎을 꿇었다.

기회를 잡은 형리는 쓰러진 동료의 복수를 하려는 듯 수중의 곤봉을 번쩍 치켜 올렸다. 과홍견은 그때까지도 허리의 칼자루를 움켜쥔 채 석상처럼 굳어 있기만 했다.

"안 돼!"

비명 같은 외침을 터뜨리며 형리에게 몸을 던진 사람은 죄수들 중 맨 뒤쪽에 있던 장 아줌마였다.

장 아줌마는 살집이 좋고 덩치도 커서 만일 이 육탄 공격이 마음먹은 대로 행해지기만 했다면 형리에게 제법 큰 타격을 입혔을지도 모른다. 하지만 장 아줌마는 항쇄를 차지 않은 대신 다른 두 명의 여죄수들과 올가미 지어진 포승에 의해 손목이 묶여 있었고, 올가미와 올가미 사이의 길이는 다섯 자에 지나지 않았다. 때문에 그 거리를 넘긴 뒤에는 한데 묶인 여죄수 둘을 질질 끌다시피 갈 수밖에 없었으니, 그런 상태로 행해진 육탄 공격에 무슨 대단한 힘이 실리겠는가.

푹.

형리의 등을 밀어붙인 것이 아니라 형리의 등에 안긴 꼴이 되어 버린 장 아줌마는 뒤돌아선 형리가 내지른 발길질에 "에구구!" 비명을 지르며 엉덩방아를 찧고 말았다.

"이년이 미쳤나. 오냐, 죽는 게 그렇게 소원이라면 네년부터 죽여 주마.”

형리가 부릅뜬 눈알 가득 살기를 희번덕거리며 장 아줌마에게로 다가갔다.

곤봉이 다시 위로 치켜 올라갔고, 장 아줌마가 결박된 두 손을 들어 머리를 가렸고, 무릎 꿇고 있던 오사가 뭐라고 고함을 지르며 몸을 일으켰고, 그리고 과홍견이 찔러 낸 환도의 칼끝이 형리의 등줄기에 깊숙이 박혀 들었다.

형리가 고개를 천천히 돌렸다.

찌른 자와 찔린 자가 서로의 눈을 빤히 바라보았다.

“너…….”

그러나 뒷말 대신 형리의 입에서 흘러나온 것은 선홍빛 핏물이었다.

과홍견은 손가락이 으스러져라 그러쥐고 있던 환도의 칼자루를 놓고 주춤주춤 물러났다.

“어어…….”

찌르려고 찌른 것이 아니었다. 뭐라도 하지 않으면 장 아줌마가 죽을 것 같았기에, 그래서 의식하지도 못하는 가운데 몸이 제멋대로 움직여 버린 것이었다.

등판에 환도를 꽂은 채 피를 흘리고 있는 형리를 바라보며, 과홍견은 고통에 가까운 의문에 사로잡혔다. 저 사람은 죽는 걸까? 내가 사람을 죽인 걸까? 칙칙한 동공을 가진 무서운 노인이 떠올랐다. 동굴처럼 깜깜한 부엌. 텁텁한 재 냄새. 역한 피비린내……. 내가 그런 살인자라고?

형리의 등에서 환도가 뽑혔다. 형리가 무너지듯 바닥에 쓰러졌다. 환도를 뽑은 사람은 처음 보는 중년인이었다. 관복을 입은 것으로 보아 관리인 것 같은데……. 아, 맞다, 엽 대형이었지. 그제야 알아볼 수 있었다. 행렬의 앞쪽에 있던 엽 대형이 마침내 후미로 온 것이다.

웅성웅성…….

단단히 움츠러든 의식의 외피 위로 속절없이 미끄러지기만 하던 소리들이 어느 순간부터 되살아나기 시작했다. 주위의 구경꾼들이 장마철 악머구리처럼 시끄럽게 떠들어 대고 있었다. 그중에서도 "살인이다!"라는 외침이 송곳처럼 과홍견의 고막을 찔렀다.

"괜찮니?"

엽 대형이 말을 붙여 왔다. 과홍견은 엽 대형에게 묻고 싶었다. 저 사람 죽는 건가요? 제가 사람을 죽인 건가요? 그러나 크게 벌어진 입술 사이로 튀어나온 것은 과홍견 본인도 깜짝 놀랄 만큼 커다란 비명 소리였다.

"으아아ー!"

짝!

뺨이 아팠다. 엽 대형이 손바닥을 펼쳐 든 채로 냉정하게 말하고 있었다.

"어리광 부리고 있을 시간 없다."

엽 대형이 취한 이 조치는 놀랍도록 효과가 좋았다. 과홍견은 화끈거리는 뺨을 손바닥으로 문지르며 눈을 몇 번 깜빡이다가 벌어진 입을 다물고 주위를 둘러보았다. 이리저리 달려가는 구경꾼들, 우두커니 선 채 그들을 돌아보고 있는 죄수들, 오사는 장 아줌마를 부축해 일으키고 있었다.

"빨리 이것 좀 풀어 봐!"

"가만 좀 있어 보쇼. 아그그, 갈비뼈가 나간 것 같네, 염병."

엽 대형은 제정신으로 돌아온 과홍견의 어깨를 툭 두드린 뒤

죄수들에게 다가갔다.

죄수들이 찬 항쇄는 두께가 반 뼘이나 나가는 송판으로 만든 것이었고, 붉은 봉인지가 붙은 자물쇠까지 걸려 있었다. 하지만 열쇠를 찾을 필요는 없었다.

드득!

엽 대형이 맞물리는 부위를 붙잡고 힘을 주자 항쇄가 불 위에 오른 조개처럼 맥없이 입을 벌렸다.

엽 대형의 움직임은 정말 빨랐다. 여섯 개의 항쇄를 전부 여는 데 걸린 시간은 숨 두어 번 쉴 정도밖에 되지 않았다. 그보다 훨씬 더 시간을 잡아먹은 것은 손목의 포박을 풀어 주는 일이었다. 오사와 장 아줌마, 그리고 뒤늦게 합류한 과홍견이 그 일에 매달렸다.

포쾌들은 그들만의 독특한 포박법으로써 사람을 묶는다. 그 매듭을 푸는 것이 간단하지 않아 부득불 환도를 사용할 수밖에 없었다. 양 손목 사이에 칼날을 끼워 넣고 앞뒤로 비벼서 끊는 것은 시간이 제법 걸릴뿐더러 집중을 요하는 일이기도 했다. 바둑을 공부하는 과정에서 집중력이라면 누구 못지않게 계발된 과홍견이지만 지금은 그 집중력을 좀처럼 발휘할 수 없었다.

'그 사람은 어떻게 됐을까? 난 힘이 별로 세지 않으니 지금이라도 의원에게 보이면 살아날 수 있지 않을까?'

생각이 온통 자신에게 찔린 형리에게 가 있는데 칼놀림이 제대로 될 리 없었다. 머리 위에서 울린 "아!" 하는 소리에 정신을 차려 보니 포승을 잘라 주던 죄수의 손목에서 피가 흘러내리고 있었다.

"미, 미안합니다!"

원망스러운 눈으로 자신을 내려다보는 죄수에게 급히 사과한 과홍견은 칼질에 더욱 조심하며 그 형리에 관한 일을 머릿속에서 지우기 위해 노력했다.

'어쩔 수 없었어. 안 그랬으면 장 아줌마와 오사 아저씨가 죽었을 거야.'

포승이 모두 끊어졌다.

신체를 속박하던 형구들로부터 완전히 자유로워졌음에도 죄수들은 그 자리에 우두커니 서서 좀처럼 움직이려 하지 않았다. 창졸간에 벌어진 이 놀라운 변고가 그들의 판단력을 마비시킨 모양이었다. 장삼과 오오 또한 말을 잊은 채 동료를 죽이고 죄수들을 풀어 준 수상한 관리들을 바라보고 있을 뿐이었다.

엽 대형이 한 발 앞으로 나서서 말했다.

"뭐 하고 있소? 군영으로 끌려가 화살받이가 되고 싶지 않거든 어서 달아나시오!"

그 말이 기폭제가 되었다. 죄수들은 추수 낫질에 놀란 메뚜기들처럼 사방으로 흩어져 달리기 시작했다. 장 아줌마의 양손에 손목이 잡힌 장삼과 오오만 제외하고는.

"누님, 이게 대체 어떻게 된 일입니까?"

장삼의 질문에 대답한 사람은 오사였다.

"셋째 형, 접니다! 오사예요!"

장삼은 눈을 끔벅거렸다.

"당신이…… 오사라고?"

"염병, 눈깔은 장식으로 달고 다니나. 자! 이래도 못 알아보겠소?"

오사가 손가락으로 눈 밑의 사마귀를 뜯어내자 그제야 장삼의 눈이 휘둥그레졌다.

"정말 너구나!"

"그리고 애는…… 거 누구냐, 아우, 그 꼬맹이 있잖소!"

동행하는 동안에도 이름보다는 '이 자식'이라든지 '인마'로 부르던 오사였다. 이름을 얼른 기억해 내지 못해 공연히 성질만 부리는 그를 대신해 장 아줌마가 말해 주었다.

"홍견이야, 홍견이! 이 아이가 우릴 구해 주러 온 거라고!"

오오가 다가서서 과홍견의 얼굴을 들여다보았다.

"홍견이? 바둑 두던 그 홍견이 말입니까?"

과홍견은 코밑에 붙인 가짜 수염을 떼어 내며 어색한 웃음을 지었다.

"맞아요. 저예요, 오오 아저씨."

오오가 펄쩍펄쩍 뛰며 소리를 질렀다.

"진짜네! 진짜 홍견이야!"

그 모습을 보자 잘한 일이라는 생각이 들었다. 토할 것처럼 울렁거리던 속도 그제야 조금 가라앉는 기분이었다.

그러는 사이 주위 상황은 더욱 소란스러워져 있었다. 산발한 죄수들 십여 명이 사람들 속으로 뛰어든 뒤부터 그 일대는 문자그대로 아수라장이 되었다.

소란은 그 자리에 있던 사람을 달아나게 만드는 반면, 다른 자리에 있던 사람을 끌어모으는 역할도 한다. 살인과 탈옥의 현장에서 멀어지려는 사람들과 무슨 일인가 궁금해서 다가오는 사람들이 한데 얽히니 넘어지고 짓밟히고 신음과 비명, 고함과 욕설이 난무하는 것은 당연한 일이었다. 신고를 받고 출동한 관병들이 당도하더라도 당분간은 현장을 정리하는 일에 허덕일 터였다.

그것이 바로 엽 대형이 노렸던 바요, 세 명을 탈옥시키기 위해 스무 명이나 되는 죄수들을 데리고 나온 이유였다.

엽 대형은 몸에 걸치고 있던 관복을 벗었다. 관복 아래에서 나온 것은 어제와 그제 입고 다니던 것과 유사한 경장이었다. 과홍견과 오사도 엽 대형을 따라 관복을 벗어 던졌다. 그럼으로써 각각 봇짐과 복대를 찬 간편한 차림이 된 두 사람은 엽 대형을 돌아보았다.

품에서 꺼낸 모래시계를 잠시 들여다보던 엽 대형이 사람들을 돌아보더니 짧게 말했다.

"갑시다."

처음의 세 명에서 이제는 여섯 명으로 늘어난 일행은 인파 속으로 숨어들어 갔다.

백주 대낮에 시도된 대범한 탈옥 계획은 이렇게 성공했다.

(7)

명 제국의 수도를 남경에서 북경으로 이전한 뒤, 당시 황제인 영락제는 각지에서 영험하다고 소문이 난 도사, 승려, 지관을 각각 한 명씩 궁으로 초빙하여 북경 인근에 황릉으로 적당한 명당자리를 찾아 달라고 청했다. 삼 년에 걸쳐 직례—북경 관할지— 구석구석을 살피고 다닌 세 사람이 이구동성으로 지목한 천하 명당자리는 당시 건설 중이던 자금성에서 서북쪽으로 팔십 리가량 떨어진 천수산天壽山의 남쪽 자락이었다. 그래서 영락제는 그곳에 자신과 후대 황제들을 위한 대규모 장지를 조성했으니, 그곳이 바로 대삼릉大三陵(이후 황제 열 사람의 능묘가 더해져 현재는 明十三陵이라 불림)이었다.

영락제의 장릉長陵과 홍희제의 헌릉獻陵과 선덕제의 경릉景陵

이 자리 잡은 그곳에 애혈 일행이 도착한 것은 유시 정각(오후 여섯 시)을 한 식경쯤 앞둔 시각이었다.

낮 동안 내린 진눈깨비는 그 무렵에 이르러 그쳤지만 두꺼운 눈구름은 여전히 낮게 끼어 있었다. 그게 아니어도 원체 짧은 게 초겨울 낮의 길이라서 주위에는 어둑한 저녁 기운이 때 이르게 깔려 있었다. 앙상한 버들가지들을 후려치고 지나가는 매서운 삭풍은 춥고 긴 겨울밤을 예고하고 있었다.

"산 놈도 집 한 채 없어 길바닥 잠을 자는 마당에 죽은 놈 무덤이 뭐가 이리 으리으리해?"

'소궁문小宮門'이라는 편액이 높이 걸린 대삼릉의 문루를 올려다보며 오사가 투덜거렸다. 옆에서 앞섶을 당겨 여미던 장 아줌마가 오사의 등짝을 후려쳐 갔다.

"말 좀 골라 하지 못해? 천자님보고 놈이라니!"

그 손길을 슬쩍 피한 오사가 코웃음을 쳤다.

"누님은 참 속도 좋소. 화살 꼬치 되기 직전에 살아나 놓고서도 천자님 소리가 그리 쉽게 나오쇼? 나한테는 이제부터 천자 놈이오, 천자 놈. 그것도 아주 염병할 놈이지."

그때 선두에 있던 애혈이 왼손을 번쩍 들어 올렸다. 사람들의 시선이 그에게 집중되었다.

"왜 그러……?"

"쉿."

애혈은 이유를 묻는 오사의 입을 다물게 만든 뒤 의식을 집중하여 혈법육장 중 제삼 장인 응법의 영역을 확장시켰다. 방금 얼핏 감지한, 후방 멀리서 누군가 다가오는 기척이 점차 뚜렷해지고 있었다.

소궁문은 대삼릉의 후문이었다. 정문인 대궁문과 달리 평소에도 인적이 그리 많은 편이 아니었고, 해 질 녘인 이맘때에는 더더욱 그러했다. 하물며 지금은 오이라트와의 전쟁을 코앞에 둔 시기가 아니던가. 그런 이유들이 하나로 모여, 지금 다가오는 자가 평범한 유람객이나 참배객일 리 없음을 말해 주고 있었다.

지그시 내리감은 애혈의 눈까풀이 가늘게 떨렸다.

'한 사람, 아니 두 사람이군…… 한쪽의 발소리가 작아서 한 사람으로 착각한 거야…… 그건 한쪽만 무공을 익혔다는 뜻인데…… 목소리…… 여자다…… 천천히 좀 가자고 칭얼거리는군…… 그리고 남자…… 음? 어디서 들어 본 목소린데……?'

다음 순간 목소리의 주인이 누군지 기억났다. 애혈은 일행을 돌아보며 급히 말했다.

"몸을 숨겨야겠소."

과홍견도 그렇거니와, 어제 오늘 사이 기묘한 인연으로 일행이 된 네 명의 좀도둑들에게도 눈치는 있는 모양이었다. 궁금한 점이야 물론 많겠지만, 그들은 아무 말도 하지 않고 애혈의 지시에 따라 자리를 피했다.

애혈과 다섯 사람이 소궁문 앞쪽에 조성된 버드나무 숲 속으로 몸을 감추고 약간의 시간이 지난 뒤, '신도神道'라고 불리는 벽돌 길을 따라 두 사람이 모습을 드러냈다. 체격이 건장한 남자 하나와 그 남자에게 손목이 붙들려 끌려오다시피 하는 미목이 빼어난 여자 하나였다.

사십 대 중후반으로 보이는 남자는 저녁 으스름과 잘 어울리는 회흑색 무복 위에 곰 가죽으로 만든 회색 털조끼를 걸쳤고, 그보다 열 살쯤 어려 보이는 여자는 황금색 나뭇가지 무늬가 들어간 연보라색 경장 위에 여우 털로 만든 새하얀 목도리를 둘렀다. 특히 남자 쪽에서는 두 가지 물건을 등에 메고 있는데 하나는 목제 검갑에 '천추千秋'라는 두 글자가 자금색으로 음각된 삼 척 장검이었고 다른 하나는 그 장검보다 한 뼘쯤 더 길쭉한 광목 꾸러미였다. 웬만큼 자란 잣나무 묘목을 포장하면 저런 형태가 나오지 않을까 싶었다. 축 늘어진 멜빵의 모양새로 보아 예사 무게가 아님을 알 수 있었다.

여자가 종알거렸다.

"여기는 능지기들이 밤낮으로 지키고 있단 말이에요. 조심해도 모자랄 판국에 들키면 어쩌려고 이렇게 서둘러 가는 거예요?"

남자가 부지런히 옮기던 걸음을 멈추지 않은 채로 대답했다.

"시간이 없으니 서두르는 거지. 그리고 그깟 능지기들, 눈에 띄는 대로 모조리 죽여 버리면 그만인데 무슨 걱정이야. 당신은 나만 믿으면 돼."

"그래도…… 나는 무서워요."

"뭐가 무서워?"

"굴왕신은 무덤 귀신이잖아요. 무덤에서 무덤 귀신을 만나는 게 어떻게 안 무서워요? 게다가 우리는 보물까지 가지고 있다고요. 무덤 귀신은 보물을 무척 좋아한다던데."

남자가 코웃음을 쳤다.

"귀신은 무슨! 도굴꾼들의 허풍 따위에 겁을 먹다니, 금수장원 둘째 마님답지 않아."

"이 양반이, 자꾸 그렇게 부르기예요?"

"그래그래, 그렇게 눈에 힘을 주니 훨씬 낫잖아. 그리고 거기가서는 보물 얘기 입도 뻥긋하지 말라고. 놈들이 눈치채는 날에는 일이 복잡해질 테니까."

뒷말들이 남녀와 함께 멀어졌다. 그들의 뒷모습이 시야에서 완전히 사라지는 것을 확인한 애혈은 버드나무 뒤에서 나와 과홍견에게 손짓을 했다. 과홍견이 잰걸음으로 달려왔다.

"부르셨어요, 엽 대형?"

애혈은 품에서 모래시계를 꺼내어 지금 시각을 가늠해 보았다. 유시 정각에 다 떨어지도록 맞춰 놓은 모래시계에는 일각 반가량 분의 모래가 남아 있었다.

'준비하는 데 일 각, 처리하는 데 반 각…… 빡빡하군.'

빡빡해도 계획을 세울 수 있다는 건 긍정적인 일이었다. 문제가 생기면 계획을 세우고 그 계획에 따라 차근차근 처리하는 게 애혈의 방식이었다. 그는 모래시계를 품에 갈무리한 뒤 과홍견에게 지시를 내렸다.

"소형제는 여기서 천까지 숫자를 센 다음 아줌마 아저씨들과 함께 따라오너라."

"엽 대형은요?"

"나는 먼저 가서 할 일이 있다."

과홍견은 긴말이 필요치 않은 영민한 아이였다. 할 일이 있다는 말에 더 이상 질문을 던지지 않고 곧바로 숫자를 세어 나가기 시작하는 것만 봐도 알 수 있었다.

"하나, 둘, 셋……."

"조금 천천히."

"하나…… 둘…… 셋……."

"좋아."

애혈은 혈법육장의 제육 장 주법走法을 사용하여 남녀가 사라진 방향으로 몸을 날렸다.

황제도 결국 인간인 탓에 죽으면 무덤에 들어가야 했고, 무덤은 망자의 존비귀천尊卑貴賤을 불문하고 굴왕신의 영역이었다. 그래서 자그마치 세 황제의 능이 있는 대삼릉에도—감히 정문인 대궁문 안쪽에는 들어서지 못했지만— 후문인 소궁문 안쪽으로는 굴왕신을 모시는 굴왕묘屈枉廟가 세워져 있었다.

굴왕신은 아무리 좋게 말해도 잡신이다. 천하에 산재한 오만 가지 사당 중 가장 누추한 것이 바로 굴왕묘인데, 그래도 이곳의 굴왕묘는 황릉 경계 안에 있어서 그런지 웬만한 성현들을 모시는 사당만큼이나 번듯해 보였다. 난리 통에도 능지기들은 본분을 잊지 않아서 벽돌이 깔린 사당 주변은 낙엽 한 장 찾아볼 수 없을 만큼 깨끗이 정돈되어 있었다. 그리고 사당 문 앞에는 장명등 하나가 대나무 장대 위에 높이 걸린 채 저녁 으스름 속으로 을씨년스러운 불빛을 흘리고 있었다. '굴왕'이라는 두 글자가 적힌, 금수장원의 호위대장인 백적동이 사흘 전 십찰해 호수 위에서 보았던 바로 그 등불이었다.

끼이익.

굴왕묘의 문이 열렸다. 침침한 사당 안으로부터 세 남자가 걸어 나와 장명등의 노란 불빛 아래에서 걸음을 멈췄다. 백적동의 눈길이 그중 맨 앞에 나선 남자의 얼굴에 고정되었다. 찢어진 눈과 구멍만 뚫린 코, 그리고 입술 아래로 빼어 문 혓바닥이 몹시도 흉측스러워 보였다.

"애고머니나!"

옆에 매미처럼 붙어 서 있던 여자가 비명을 지르며 백적동의 팔죽지를 끌어안았다. 이 여자의 이름은 유혜劉蕙, 사흘 전에 죽은 금수장원의 장주 범중위의 젊은 소실로서, 남편이 고용한 호위대장에게 저리 끈끈하게 달라붙어서는 안 되는 신분이었다. 하지만 범중위가 정체 모를 자객에게 목숨을 잃기 반년 전부터 그녀와 간통하고 있던 백적동은 마치 지아비라도 되는 양 듬직한 손길로 그녀의 어깨를 토닥여 주었다.

"괜찮아. 가면일 뿐이니까."

"저게…… 가면이라고요?"

"그렇다니까. 잘 보라고."

자리처럼 움츠린 고개를 들고 장명등 아래의 남자를 다시 살펴보는 유혜에게, 백적동이 얼굴을 바짝 들이밀며 음충스러운 목소리로 속삭였다.

"당신 남편도 저 가면을 보고 기겁을 하더니 당신도 똑같군. 부부라서 그런가?"

"이 양반이, 죽은 사람 얘기는 왜 자꾸 꺼내는 거예요?"

유혜가 샐쭉한 눈초리로 백적동의 옆구리를 꼬집었다. 두툼한 털조끼까지 입었으니 아플 리 없건만, 백적동은 허리를 비틀며 "아야야!" 엄살을 부렸다. 그는 전혀 긴장한 것처럼 보이지 않았고, 또 실제로도 그랬다. 굴왕회의 이름값이 근래 들어 천정부지로 치솟았다고는 하지만 그에게는 하북에서 제일 잘나가는 천추백가의 검법과 누대에 걸쳐 부귀가로 이름을 떨쳐 온 금수장원의 황금이 있었다. 위축될 이유가 전혀 없는 것이다.

굴왕신의 가면을 쓴 남자로부터 가늘고 음산한 목소리가 흘러나왔다.

"금수장원에서 오신 분들이오?"

사흘 전 호수 위에서 들었던 바로 그 목소리였다. 백적동이 한 걸음 나서며 당당히 대답했다.

"그렇소."

굴왕신의 가면을 쓴 남자가 다시 물었다.

"여섯이 온다고 해 놓고 왜 둘만 온 것이오?"

백적동은 당황하지 않고 태연히 반문했다.

"여섯을 넘기면 안 돼도 여섯에서 모자라면 상관없다고 하지 않았소?"

굴왕신의 가면을 쓴 남자가 잠시 침묵하다가 대답했다.

"상관없기는 하오. 남자 다섯과 여자 하나가 오기로 했는데 남자 하나와 여자 하나가 왔으니, 과연 모자라는 부분만 있지 넘는 부분은 없구려."

백적동은 거만하게 고개를 끄덕였다.

"흠, 말이 통하는 것 같아 다행이오."

굴왕신의 가면을 쓴 남자가 소매에서 목패 하나를 꺼내 들더니 다른 쪽 빈 손바닥을 백적동에게 내밀었다.

"총시를 보여 주시오."

"그게……."

백적동은 이곳에 온 이후 처음으로 긴장했다. 그는 저 남자가 말한 총시, 즉 무덤 열쇠를 본 적이 있었다. 사흘 전 배에서 배로 건네진 총시를 받아 범중위에게 건넨 사람이 바로 그이기 때문이었다. 하지만 화방이 별안간 뒤집어질 것처럼 요동을 치고, 범중위의 어어 하는 경호성이 들려온 다음, 다급히 달려간 뱃전에는 목에 구멍이 뚫린 채 쓰러진 범중위의 시체만 있을 뿐 총시는 흔적도 없이 사라진 뒤였다. 호수에 떨어졌거나, 혹은 범중위를 죽인 자가 가져갔거나. 둘 중 어느 쪽이든 지금 그의 수중에 총시가 없다는 점은 똑같았다.

"……총시는 잃어버렸소."

백적동이 무거운 목소리로 말했다.

굴왕신의 가면을 쓴 남자는 아무 말도 하지 않았다. 가면 속의 표정을 읽을 수 없는 백적동으로서는 상대가 무슨 생각을 하고 있는지 알아낼 방도가 없었다. 백적동은 아랫배에 힘을 준 뒤 사흘 전에 벌어진 사건을 설명하려고 했다.

"그날 당신과 헤어진 직후에 사고가 벌어졌소. 무슨 사고냐 하면……."

굴왕신의 가면을 쓴 남자는 빈 손바닥을 들어 올려 백적동의 말을 끊었다.

"우리가 필요로 하는 건 굴왕신의 무덤에 들어갈 열쇠지 귀하의 말이 아니오."

백적동은 입술을 꾹 깨문 뒤 말했다.

"통행료를 한 번 더 지불할 용의가 있소. 두 사람 분으로 황금 두 관. 이미 여섯 관이나 챙긴 당신들이지만, 황금이란 게 원래 다다익선 아니겠소?"

그러나 상대는 호락호락하지 않았다.

"황금은 물론 많을수록 좋소. 하지만 황금에 눈이 멀어 원칙을 저버린다면 우리 굴왕신들이 삼십 년이란 긴 세월 동안 어떻게 장사를 이어 올 수 있었겠소."

'이놈이?'

백적동은 허리를 곧게 세우고 목소리 가득 강맹한 기세를 담아 물었다.

"그래서 된다는 말이오, 안 된다는 말이오?"

무덤 귀신들에게는 불행한 일이겠지만, 금수장원의 황금으로 부족하다면 천추백가의 검법까지 동원할 용의가 얼마든지 있는 백적동이었다. 천추백가의 당금 가주인 북관비봉 백적견의 육

촌 아우뻘 되는 그는 방계에게 허락되는 가장 고강한 검법인 답파낙안검법踏波落雁劍法의 달인이었고, 그런 재주에 힘입어 수도에서도 유서 깊은 금수장원의 호위대장이 될 수 있었다. 하북의 동도들이 붙여 준 북진노호검北鎭怒虎劍이라는 별호는 결코 허명이 아니었던 것이다.

이쪽에서 본격적으로 기세를 드러내자 저쪽도 반응을 보였다. 굴왕신의 가면을 쓴 남자의 뒤쪽에서 대기하고 있던 두 남자가 허리에 차고 있던 비수를 뽑아 들었다. 비수의 날이 장명등의 불빛을 받아 섬뜩하게 빛나고 있었다. 하지만 백적동의 눈에는 아녀자들의 수바늘처럼 작고 가냘프게 보일 따름이었다.

그때 굴왕신의 가면을 쓴 남자가 손을 들어 올렸다. 앞쪽으로 나서려던 두 남자가 동작을 멈췄다.

굴왕신의 가면을 쓴 남자가 백적동에게 말했다.

"총시를 가져와야 굴왕신의 무덤에 들어갈 수 있다는 원칙은 전적으로 총시를 구입한 자를 위해 만들어진 것이오."

백적동은 눈을 빛냈다.

"무슨 뜻이오?"

"드물지만 총시를 구입한 자가 총시를 잃어버리는 경우가 아주 없지는 않았다는 뜻이오. 그 경우, 약정한 시간 안에 총시를 가진 자가 나타나지만 않으면 우리는 총시를 잃어버린 자에게 절반의 통행료만 추가로 받고 무덤을 열어 주는 것으로 해 왔소."

"절반이라면 한 관……."

반색을 하는 백적동에게 굴왕신의 가면을 쓴 남자가 재빨리 덧붙였다.

"처음 낸 것의 절반, 즉 황금 세 관이오."

'이런 날강도 같은 놈들!'이라는 욕이 목구멍까지 치밀어 올랐다. 사람이 둘로 줄었는데 어찌 여섯 명 분을 기준으로 계산한단 말인가! 말은 번드르르하니 마치 이쪽의 편의를 봐주는 것 같지만, 결국은 황금 한 관을 추가로 받아 내기 위한 수작에 지나지 않았던 것이다.

생각 같아서는 세 놈을 모두 무릎 꿇린 다음 혓바닥을 하나하나 잘라 버리고 싶었지만, 백적동은 결국 참을 수밖에 없었다. 사실 무력으로 핍박하여 저들을 움직이게 만드는 것은 커다란 위험 부담을 떠안아야 하는 일이었다. 굴왕신의 무덤 통로는 황야의 개미굴처럼 백혈천공百穴千孔으로 어지럽다지 않던가. 답파낙안검법의 위세가 통하는 것도 어디까지나 바깥세상에서의 얘기지, 일단 그곳에 들어간 뒤 저들이 작심하고 술수를 부린다면 금수장원의 호위대장과 둘째 마님은 진짜 무덤 귀신으로 전락할 터였다.

"좋소, 황금 세 관을 내겠소."

억울한 마음을 억누르며 백적동이 말했다. 그러자 굴왕신의 가면을 쓴 남자가 음산한 웃음을 흘렸다.

"흐흐, 뭘 그리 아까워하시오. 지금의 귀하에게는 푼돈이나 다름없는 액수일 텐데."

이 말에 백적동은 흠칫 놀랄 수밖에 없었다. 그는 등에 멘 광목 꾸러미의 하단을 왼손으로 지그시 붙잡으며 남자를 노려보았다.

'혹시 이 물건의 정체를 알고 있는 건 아닐까? 만일 그렇다면 너희들은 이 북진노호검 백적동이 얼마나 잔인한 사람인지 똑똑히 알게 될 것이다.'

백적동의 속내를 아는지 모르는지, 굴왕신의 가면을 쓴 남자는 그사이 더욱 어두워진 하늘을 올려다본 뒤 말했다.

"유시 정각이 거의 되어 가는데도 총시를 가진 자는 나타나지 않는구려. 귀하에게는 다행한 일 아니오?"

저 말이 옳다는 생각이 들었다. 생각지도 않은 황금 한 관을 추가로 지불하게 된 것은 아깝기 그지없었지만, 어쨌거나 여기에 온 소기의 목적을 달성하게 되었으니 그로서는 다행한 일이었다. 그래서 백적동은 푸근해진 마음으로 그의 내연녀를 돌아볼 수 있었다. 유혜의 예쁜 얼굴에는 근심의 기색이 가득 어려 있었다. 그는 여전히 불안에 잠긴 듯한 그녀를 안심시키기 위해 짐짓 밝은 얼굴로 입을 열었다.

"다 됐으니 그만 얼굴 펴라고. 우리는 내일 아침 해를 북경성 밖에서 맞이하…….."

그러나 백적동의 뒷말은 이어지지 못했다. 뒷전에서 들려온 어떤 남자의 차분한 목소리 때문이었다.

"총시의 주인이 왔소."

백적동은 고개를 천천히 돌렸다.

대삼릉의 후문인 소궁문에서부터 굴왕묘로 이어지는, 그러니까 일각쯤 전에 백적동 본인과 유혜가 지나온 그 벽돌 길 위에 한 남자가 저녁 으스름을 머리에 이고 서 있었다. 나이는 사십 대 중반쯤 되었을까. 길손처럼 보이는 저 수수한 경장 대신 관복을 입혀 놓으면 관리의 전형처럼 보일 것 같은 근엄한 눈매와 단정한 콧수염을 가진 중년인이었다. 그러나 백적동은 곧바로 알아차렸다. 저자는 결코 관리가 아니라는 것을.

범중위를 다년간 호위하는 과정에서 부지기수로 접해 본 관리들에게는 독특한 체취가 배어 있었다. 붓과 도장, 장부에서 풍기는 고리타분한 냄새와도 비슷하달까. 하지만 저 중년인에게선 그런 체취가 전혀 풍기지 않았다. 저자에게서 풍기는 것은 그것보다 훨씬 모호하면서도 훨씬 위험한, 비유하자면 시퍼렇게 벼린 날을 칼집에 감추고 있는 날붙이의 냄새 같았다. 바로 강호인의 체취, 그것도 흑도인의 체취였다.

"총시는 여기 있소."

중년인이 왼손을 앞으로 내밀었다. 그 손에 들린 손바닥만 한 목패를 목격한 순간, 백적동은 두 눈을 부릅뜰 수밖에 없었다. 사흘 전 호수 위에서 사라진 바로 그 반쪽짜리 총시였다. 목패 전면에 백색의 물감으로 적힌, 세로로 반쪽이 난 저 글자는 그의 기억에 찍혀 있는 것과 정확히 일치했다. 그리고 그 사실이 중년인의 정체를 밝혀 주는 가장 뚜렷한 증거가 되었다.

'놈이다!'

십찰해에서 범중위를 죽인 바로 그 자객!

자신의 향한 백적동의 경악한 눈빛에는 아랑곳없이, 중년인이 굴왕신의 가면을 쓴 남자에게 말했다.

"나는 사흘 전 당신이 한 말을 기억하오. 당신은 사흘 후인 시월 초아흐레 유시 정각, 이 총시의 뒷면에 적혀 있는 장소로 나오라고 했소. 굴왕신의 셈법은 언제나 철저하니 남자 다섯과 여자 하나여야 하고, 숫자가 모자라는 것은 상관없지만 숫자가 많거나 혹은 같더라도 성비가 달라지는 일이 벌어져서는 안 된다고 했소. 그리고 가급적 변장을 하고 오라고 했소."

중년인의 차분한 말을 듣는 동안, 백적동은 화방 위에서 엿들은 대화들이 하나하나 떠올랐다. 중년인은 당시 굴왕신의 가면을 쓴 남자가 배 위에서 한 말을 단어 하나하나에 실린 미묘한 어감까지 그대로 재현해 내고 있었다. 저 또한 중년인의 정체를 밝혀 주는 확실한 증거가 아니겠는가!

굴왕신의 가면을 쓴 남자가 중년인의 말에 동의했다.

"분명히 그렇게 말했었소."

중년인이 차분하게 말했다.

"나는 당신이 한 말을 그대로 지켰소."

굴왕신의 가면을 쓴 남자가 고개를 갸웃거렸다.

"이상하게도 지금 내 눈에는 귀한 사람밖에 보이지 않는 구려."

중년인은 콧수염 아래로 담담한 미소를 지으며 물었다.

"유시 정각까지는 아직 반 각가량이 남았고, 그 안에는 모두 도착할 거요. 그러면 된 것 아니오?"

굴왕신의 가면을 쓴 남자는 잠시 생각하다가 대답했다.

"그러면 되오."

놀라움에서 벗어나자 백적동은 심장 박동이 조금씩 빨라지는 것을 느꼈다. 당혹감. 예상치 못한 방해꾼이 등장했다. 조바심. 이후의 상황이 어떻게 돌아갈지 모른다. 그리고…… 무엇보다도, 분노. 저자가 내 발목을 잡으려고 한다! 피가 부글부글 끓는 것 같았다. 백적동은 더 이상 참지 못하고 굴왕신의 가면을 쓴 남자를 향해 소리쳤다.

"저놈은 자객이오! 게다가 총시를 훔쳐 간 도둑이기도 하오!"

이 준열한 고발도 굴왕신의 가면을 쓴 남자에게는 하품하는 소리만큼이나 따분하게 들린 것 같았다.

"굴왕신의 법도는 사람을 가리지 않소. 자객이든 도둑이든, 심지어는 간남간부姦男姦婦라도 총시만 가졌다면 굴왕신의 무덤에 들어갈 수 있소."

간남간부라는 말에 뒷전에 있던 유혜가 백적동의 팔죽지를 힘껏 움켜쥐었다. 백적동의 눈빛이 스산해졌다.

"사람을 가리지 않는다니, 살인자라도 상관없겠구려."

"그렇소."

굴왕신의 가면을 쓴 남자는 백적동이 이제부터 하려는 일이 무엇인지 알고 있는 눈치였다.

'하지만 전부를 알지는 못할걸.'

백적동은 이제부터 저 자객을 죽이고 총시를 빼앗을 것이다. 그리고 북경성을 무사히 빠져나간 뒤에는 굴왕회의 시건방진 도굴꾼들도 남김없이 죽여 버릴 작정이었다.

'그때가 되면 저 밥맛없는 가면 뒤에서 울부짖는 진짜 얼굴을 볼 수 있겠지.'

그 가련한 얼굴에 침을 뱉는 스스로의 모습을 상상하면서, 백적동은 등에 짊어지고 있던 광목 꾸러미를 바닥에 내려놓았다.

"금방 돌아올 테니 잘 지키고 있으라고."

유혜에게 당부한 백적동은 잠시 후 살인자가 되려는 사람답게 만면에 살기를 피워 올리며 중년인을 향해 몸을 돌려 세웠다.

자객과는 어울리지 않는 얼굴을 가진 그 중년인은 백적동으로부터 열 걸음쯤 떨어진 곳에 서 있었다. 잠시 후 자신에게 닥칠 비극에 대해서는 전혀 모르는 듯 태연하기 그지없는 자세였다.

백적동은 등에 메고 있던 검을 뽑아 그 검봉으로 중년인을 똑바로 가리켰다.

"네놈을 죽여 장주님의 원수를 갚겠다!"

북진노호검 백적동은 스스로를 백도인이라 믿었고, 백도인의 살인에는 항시 명분이 필요했다. 그래서 꺼낸 말인데, 돌아온 대꾸가 아주 고약했다.

"그 장주의 첩과 사통하고 집안의 가보까지 훔쳐 달아난 사람에게 들을 말은 아닌 것 같소만."

백적동의 눈까풀이 파르르 떨렸다.

지조라고는 눈곱만치도 찾아볼 수 없는 계집과 사통한 것은 대수롭지 않은 일이었다. 그런 유의 계집이란 마음이 동하면 데리고 다니다가도 싫증나면 곧바로 버릴 수 있는 소모품에 불과하니까. 하지만 금수장원의 가보라면 얘기가 달랐다. 일찍이 환복천자도 탐을 냈다는 그 황금 나무에는 백적동이 이제껏 쌓아 올린 명예를 송두리째 걸 만한 가치가 있었다. 범중위를 살해한 일과는 무관하게, 지금 그에게 황금 나무가 있다는 사실을 눈치챘다는 점 하나만으로도 저자는 반드시 죽어야 했다.

당위가 이렇듯 선명한데 더 이상의 명분이 무슨 필요겠는가!

"차앗!"

답파낙안검법에서 '답파'란 검법의 밑바탕이 되는 보법을 뜻한다. 백적동은 파도의 물마루를 찍어 밟는 듯한 표홀한 발놀림으로 중년인을 향해 쇄도해 갔다. 두 사람 사이에 존재하던 열 걸음이 다섯 걸음, 세 걸음으로 줄어든 것은 순식간이었다.

그다음은 '낙안', 즉 하늘의 기러기를 찔러 떨어뜨리는 매서운 검법이 뒤따를 차례인데…….

중년인은 그 자리에 가만히 서서 호락호락 당해 주지 않았다. 백적동의 눈에 비친 중년인의 몸놀림은, 뭐랄까, 그가 이제껏 겨뤄 본 일반적인 강호인의 것과는 조금 달라 보였다. 최소한의 동작으로 최대한의 동선을 얻는 면에서는 높이 평가할 만했지만, 각 체부의 움직임을 통해 내공의 운용을 원활히 하는

면에서는 저래도 되나 싶을 만큼 간결했던 것이다.

각설하고, 중년인은 그런 이질적이고 간결한 몸놀림을 통해 길 옆쪽에 조성한 버드나무들 사이로 파고들더니 한 뼘 길이로 다듬어진 풀밭 위로 빠르게 몸을 피했다. 이쪽은 일찌감치 발검하여 살기를 흉흉히 드러내고 있는 데 반해 중년인은 여전히 빈손인 상태였다. 이에 백적동은 궁금함을 느꼈다. 저자의 병기는 대체 무엇일까? 허리에는 아무것도 걸린 게 없고 등에 멘 것도 작고 납작한 봇짐 하나에 불과했으니 그것들로부터 뭔가가 튀어나올 것 같지는 않았다.

'그렇다면 맨손?'

물론 천하에는 단지 적수공권만으로 어떤 병기에 못지않은 위력을 발휘할 수 있는 훌륭한 권법가가 다수 있었다. 그러나 중년인의 정체는 자객이었고, 자객이 맨손으로 사람을 죽인다는 얘기는 들어 본 적이 없었다. 다시 말해 신체 어딘가에 병기를 감춰 두고 있다는 뜻이었다.

'조심해야 해.'

답파보법의 진로를 측방으로 꺾어 풀밭으로 돌진해 가는 백적동은, 그러나 찰나지간에 떠오른 그 생각과 달리 별로 조심하지 않았다. 자객이 가진 가장 무서운 장점은 보이지 않는 곳에서 날아드는 일격필살의 암수였다. 그 장점을 포기한 이상 자객은 자객일 수 없었고, 이제는 무인 대 무인으로, 본신에 익힌 무공만으로 승부에 임해야 하는 것이다. 당연한 얘기지만, 북진노호검 백적동은 돈을 받고 사람을 죽이는 천한 자객보다 천추백가의 검법을 익힌 자신이 뒤떨어진다는 생각을 단 한 번도 해 본 적이 없었다. 그는 검자루를 쥔 손에 공력을 배가하며 속으로 외쳤다. 그깟 고양이 발톱 같은 병기, 있으면 얼마든지 꺼내

보라지!

얼음을 지치는 듯한 뒷걸음질로 죽죽 달아나는 중년인과 고원의 건강한 산양처럼 도약하며 겅중겅중 추격하는 백적동.

"이엽!"

거리가 적당해졌다 판단한 순간, 백적동은 다시 한 번 허공으로 몸을 띄우며 우렁찬 기합을 터뜨렸다. 낙안검법의 절초인 적하삼락赤霞三落의 세 줄기 검기가 중년인의 상체에 있는 요혈 세 군데를 매섭게 찔러 갔다.

쉬쉬쉭!

이 날카로운 공세에 대해 중년인이 취한 동작은 이제까지와는 달리 크고 두드러진 것이었다. 중년인은 두 발을 하나로 모으더니 마치 기예단의 곡예사처럼 땅재주를 펄쩍펄쩍 넘으며 몸을 뒤로 물렸다. 그 속도가 제법 빨라 백적동이 회심으로 전개한 적하삼락의 검초는 빛을 잃을 수밖에 없었다. 하지만 앞으로 치달리는 백적동의 속도와 비교하면 손색이 있을 수밖에 없었고, 그래서 백적동은 다음 번 도약 때 상대의 몸뚱이에 반드시 검봉을 꽂아 넣을 수 있으리라 믿어 의심치 않았다.

……다음 번 도약이 가능하다면 말이다.

푹.

착지와 동시에 도약을 이어 가려던 백적동은 왼쪽 발바닥을 파고드는 섬뜩한 이물감에 입을 딱 벌리고 말았다. 나뭇가지가 박힌 건가? 하지만 그는 오늘 밑창이 두꺼운 질 좋은 가죽신을 신고 있었고, 춥고 건조한 겨울 날씨에 말라붙은 나뭇가지는 그것을 꿰뚫을 수 있을 만큼 단단하지 않을 터였다. 그럼 뭐가 박힌 거지?

"으으……."

전방을 향해 내뻗고 있던 검을 풀밭 속에 꽂아 넣음으로써 앞으로 고꾸라지려는 몸을 가까스로 멈춰 세운 백적동은 왼발을 들어 발바닥을 살펴보았다. 네 개의 쇠 가시가 일정한 간격과 각도를 이루며 돋아 있어 어떻게 던져 놔도 그중 한 개의 가시가 위로 향하도록 만들어진 철릉자鐵菱子 한 알이 가죽신 밑바닥에 깊숙이 박혀 있었다. 가시의 길이는 엄지손가락 정도. 그렇다면 발바닥뼈는 물론 발등까지 거의 관통되었다고 봐야 했다. 백적동의 눈두덩 살이 파들파들 떨렸다.

'이런 게 왜 여기에……?'

능지기들이 사시사철 관리하는 황릉의 권역 안에 이처럼 위험한 물건이 함부로 떨어져 있을 리 없었다. 그렇다면?

'놈이 술수를 부렸구나!'

상대의 비겁함에 분노가 치민 것도 잠시, 당장 시급한 일은 암기를 뽑는 것이었다. 이런 물건을 발바닥에 박은 상태로는 제대로 서 있기도 힘들 테니까.

백적동은 왼손을 내려 발바닥에 박힌 철릉자를 뽑으려 했다. 그런데 그 손길이 중풍 환자의 것처럼 덜덜 떨리고 있었다. 그저 허리를 구부리고 왼손을 발바닥으로 손을 내리는 일에 불과한데도 너무나도 힘이 들었다. 조그만 쇠붙이 한 알을 뽑는 데 이렇게 큰 노력이 필요하다는 사실이 그를 의혹에 빠트리고, 경악에 빠트리고, 종래에는 공포에 빠트렸다.

뿍.

박힐 때는 지독히도 아팠는데 뽑힐 때는 아무 느낌도 없었다. 발바닥의 상처를 통해 피가 흘러나오고 있는지도 확인할 수 없었다. 신체의 모든 감각이 급속도로 모호해지고 있었다. 손가락이 마른 가지처럼 뻣뻣해지면서, 그 사이로 빠져나간 철릉자가 풀밭에 툭 떨어졌다. 그러고 보니 오른손에 쥐고 있던 장검은 이미 떨어트린 뒤였다.

'독?'

그것도 즉효성의 신경독이 아니고서야 발바닥 한 군데 뚫린 일로 이토록 빠르게 몸 전체가 마비될 리 없었다.

백적동은 부들부들 떨리기 시작한 얼굴을 힘겹게 들어 올려 전방을 바라보았다. 싸움이 시작된 이래 줄곧 달아나기만 하던 중년인이 그를 향해 천천히 걸어오고 있었다. 그러면서 간간이 걸음을 멈추고 풀밭에 떨어진 어떤 물건들을 줍는데, 그는 중년인이 아까와는 달리 검은 장갑을 양손에 끼고 있음을 발견했다. 그리고 그 장갑 낀 손에 의해 거둬지는 물건들이 그의 발바닥에 박혔던 것과 동일한 철릉자들이라는 사실도.

'미리 설치해 두었던 거야.'

만취한 것처럼 출렁거리는 머릿속으로, 굴왕묘 앞에 모습을 나타내기 전 풀밭 여기저기에 철릉자들을 설치하고 다니는 중년인의 모습이 떠올랐다. 설치를 다 마친 뒤 그 위치를 일일이 숙지한 중년인은 자신이 뿌려 놓은 강철의 종묘種苗들로부터 거둬들일 풍성한 수확을 기대하며 미소를 지었을 것이다.

바로 지금처럼!

"비, 비, 비겁한……."

백적동은 뻣뻣해진 입술을 힘겹게 떼어 뭐라 말하려 했다. 하지만 그에게는 그 말을 마칠 여유가 주어지지 않았다. 자객의 덕목 중 하나는 살인을 행함에 있어 명분에 목맨 백도인들처럼 긴말을 늘어놓지 않는다는 점이었다. 중년인은 그 덕목을 실천에 옮겼다.

쿡!

중년인의 오른손으로부터 뻗어 나온 뾰족한 쇠붙이에 목젖 바로 밑을 꿰뚫린 순간, 백적동은 아까 궁금히 여기던 점—저 자객은 병기를 어디에 감추고 있는가?—에 대한 답을 비로소 얻을 수 있었다. 오른손 팔뚝에 채워진 검은 가죽 투수가 중년인이 뻗어 낸 짤막한 꼬챙이의 칼집이었던 것이다.

북진노호검 백적동의 목에서 분혈자를 뽑아낸 애혈은 미간을 좁히며 코를 실룩거렸다.

'이상하군.'

표적의 몸뚱이에서 분혈자를 뽑아내는 순간마다 저주처럼 따라붙었던 공포의 냄새가 이번에는 그리 심하지 않았던 것이다. 의식하지 않았다면 맡지 못했을 정도랄까. 이 정도라면 굳이 냄새를 씻어 내기 위해 질 좋은 차를 찾지 않아도 될 것 같았다.

'죽어 마땅한 자이기에 그런 걸까?'

금수장원의 호위대장은 확실히 위선자요, 악당이었다. 범중위는 이자를 무척 신임했지만, 이자는 고용주의 첩과 가보를 훔쳐 냄으로써 그 신임을 배신했다. 만일 이자가 범중위의 유지를 받들어 금수장원의 큰마님과 세 도령을 데리고 이 자리에 나타났다면, 애혈은 이자를 처리함에 있어 다른 방도를 강구했을지도 모른다.

하지만, 돌이켜 생각해 보면, 애혈이 이제껏 죽인 자들 가운데는 이자보다 더한 위선자, 더한 악당도 얼마든지 있었다. 그런 자들을 죽였을 때 공포의 냄새가 희석되었던가? 애혈이 기억하기로는 아니었다. 그 냄새는 표적의 진위선악眞僞善惡과 무관하게 언제나 그를 괴롭혀 왔던 것이다.

그렇다면 이 상황을 설명해 줄 수 있는 답은 하나. 지금 애혈의 내부에서는 무엇인가가 변화하고 있었다.

그게 뭘까?

애혈이 그런 의문을 안고 굴왕묘 앞으로 다시 돌아왔을 때, 그 자리는 제법 북적거린다고 할 만큼 인원이 불어나 있었다. 이전에 있던 굴왕회의 세 사람과 금수장원의 둘째 마님, 그리고 유시 정각에 때맞춰 당도한 과홍견과 네 마리 족제비들까지.

굴왕신의 가면을 쓴 남자는 불어난 사람 수에 그리 신경 쓰지 않는 눈치였다. 그사이 짙어진 어둠으로 인해 한층 또렷해진 장명등 불빛을 받으며 서 있던 그가 굴왕묘 앞으로 다가오는 애혈을 향해 물었다.

"이제 총시는 누구에게 있소?"

애혈은 대답 대신 왼손에 쥐고 있던 목패를 보여 주었다.

"총시를 확인하겠소."

굴왕신의 가면을 쓴 남자가 품에서 목패를 다시 꺼내며 말했다. 애혈은 자신의 목패를 남자에게 던져 주었다.

굴왕신의 가면을 쓴 남자는 애혈에게서 받은 목패를 자신이 쥐고 있던 목패에 대고 맞춰 보았다. 각각의 목패에 적힌 반쪽짜리 하얀 글자가 하나로 맞춰져 '육六'이라는 온전한 글자를 이루었다. 이로써 여섯 명에 해당하는 출입증이 완성된 것이다.

"총시를 확인했소."

엄숙하게 말한 남자가 금수장원의 둘째 마님을 돌아보았다.

"이제 저 여자는 이 자리에 있을 자격을 잃었구려. 우리 뜻대로 처리해도 되겠소?"

여자는 어떻게 처리하든 상관없지만 호위대장이 가져온 광목 보따리는 그럴 수 없었다. 애혈이 한 걸음 나서며 말했다.

"하지만 저 물건은 당신들 뜻대로 처리해서는 안 되오."

그럼으로써 물건의 주인을 죽인 자신에게 물건의 권리가 이전되었음을 분명히 밝혔다.

"흠."

굴왕신의 가면을 쓴 남자가 나직한 콧소리를 내며 팔짱을 끼었다. 나무 가면의 눈구멍 속에 감춰진 눈동자가 바닥의 광목 꾸러미와 애혈의 얼굴 사이를 신중히 오가고 있었다. 애혈은 그 눈빛으로부터 하나의 정보를 얻을 수 있었다.

'물건의 정체를 알고 있군.'

밤이 길면 꿈이 많은 법. 생각을 오래하도록 내버려 두면 분수에 맞지 않는 욕심이 생겨날지도 모른다. 애혈은 그렇게 되는 것을 바라지 않았다. 그는 저들에게 도움을 받기 위해 온 것이지 저들과 싸우기 위해 온 것이 아니었다.

"악!"

"엇!"

금수장원의 둘째 마님과 굴왕신의 가면을 쓴 남자로부터 동시에 짤막한 경호성이 튀어나왔다. 애혈이 혈법육장의 제사 장순법을 발휘해 물이 흐르는 듯한 보법으로써 광목 꾸러미의 앞자리를 점한 직후의 일이었다.

애혈의 움직임에는 거침이 없었다. 그는 오른팔 투수에서 발출한 쇠꼬챙이, 분혈자로 광목 꾸러미의 가운데 부분 두 곳을 힘차게 내리찍었다.

팍! 팍!

광목은 질긴 천이고 분혈자는 옆 날이 없다. 때문에 꾸러미가 잘리는 일은 벌어지지 않았지만, 비뚤배뚤 꺾인 모양새로 미루어 그 안의 내용물이 세 토막 났음은 누구라도 알 수 있었다.

"금수…… 우리 금수가……."

금수장원의 둘째 마님이 자식의 시체를 대한 어미처럼 온몸을 덜덜 떨면서 광목 꾸러미로 다가갔다. 굴왕신의 가면을 쓴 남자가 손짓을 하자, 동행한 두 남자 중 하나가 달려 나와 여자를 답삭 낚아챘다.

"꺄악!"

짝!

놀라 비명을 지르는 여자의 뺨에 무지막지한 따귀가 작렬했다. 여자의 고개가 팩 돌아가고, 목에 두른 새하얀 털목도리 위로 빨간 핏방울들이 후드득 뿌려졌다.

굴왕신의 가면을 쓴 남자가 지시를 내렸다.

"삼일상도 끝나기 전에 지아비를 배신한 년이다. 데리고 들어가 알아서 처리해라."

금수장원의 둘째 마님이 따귀를 때린 남자에 의해 굴왕묘 안으로 끌려 들어갔다. 여자의 절망에 찬 비명 소리가 물속에 가라앉듯 멀어지고 있었다.

"살려 주세요……. 살려 주세요……."

간부姦婦의 운명을 삼킨 채 굴왕묘의 문이 무정하게 닫혔다. 굴왕신의 가면을 쓴 남자가 애혈에게로 고개를 돌렸다.

"아시오? 귀하는 방금 그 두 번의 몽둥이질로 거대한 장원 열 채 값을 날려 버렸소."

금수장원의 황금 나무에 담긴 진정한 가치는 만드는 데 들어간 황금의 무게가 아니라 세공의 드높은 예술성에 있었다. 그런 보물이 세 토막의 평범한 황금 덩어리로 바뀌었으니 그 아까움이야 이루 말할 수 없을 터.

그러나 애혈은 개의치 않았다. 그는 어깨를 으쓱거린 뒤 말했다.

"분배를 위해서는 어쩔 수 없었소."

"흠."

굴왕신의 가면을 쓴 남자가 다시 한 번 낮은 콧소리를 냈다. 애혈은 못 들은 척 말을 이어 갔다.

"지나치게 값진 보물은 화를 부르는 법이오. 귀 회의 능력을 폄하할 생각은 없지만, 온전한 금수를 가지고도 무사할 수 있을 만큼 강하다고 믿지는 않소."

굴왕신의 가면을 쓴 남자가 잠시 생각하더니 고개를 끄덕였다.

"내 생각이 짧았구려. 금수장원의 황금 나무는 확실히 우리 도굴꾼들이 소유하기에 과분한 물건이었소. 그러나 그것의 파편이라면 얘기가 달라지겠지."

말이 통하는 자라서 다행이었다. 아니면 무척이나 번거로워졌을 테니까. 애혈은 들고 있던 분혈자를 투수에 갈무리한 뒤, 광목 꾸러미의 주둥이를 풀었다.

"세 덩어리 중 가장 큰 것은 귀 회에 넘기겠소."

애혈의 말에 굴왕신의 가면을 쓴 남자가 고개를 삐딱하게 기울였다.

"고마운 일이긴 한데, 그렇게 분배하는 이유는?"

"자객이든 도둑이든 가리지 않는 불편부당하신 굴왕신께 바치는 감사의 공물이라고 칩시다."

꾸러미에서 가장 큰 황금 덩어리를 꺼내어 굴왕신의 가면을 쓴 남자 앞에 내려놓은 애혈은, 이어 크기가 비슷비슷한 두 덩어리 중 하나를 꺼내어 뒷전에 우두커니 서 있던 장삼에게 내밀었다.

"이건 당신들 몫이오. 나머지는 내가 갖겠소."

애혈이 내민 싯누런 황금 덩어리를 엉겁결에 받아 안은 장삼이 그 엄청난 무게에 상체를 휘청거리면서도 급히 물었다.

"이, 이걸 왜 우리에게……?"

"조노대의 목숨 값은 벌어 가야 하지 않겠소?"

조노대의 얘기가 나오자 네 마리 족제비들의 얼굴이 약속이나 한 듯 벌겋게 상기되었다.

"이 황금을 본다면 우리 대형이 얼마나 좋아했을까. 염병……."

오사가 눈가를 훔치며 투덜거렸다. 그 모습을 못 본 체 외면한 애혈이 옆에 서 있는 과홍견에게 물었다.

"소형제, 너는 어떠냐? 너도 네 몫이 필요하냐?"

예상대로 과홍견은 고개를 싹싹하게 저었다.

"저는 필요 없어요."

장 아줌마라는 여자가 펄쩍 뛰며 말했다.

"필요 없기는! 홍견이 몫은 우리들 것에서 나눠 주면 돼요. 얘가 아니었으면 우리는……."

과홍견이 장 아줌마의 손을 슬며시 잡으며 말했다.

"아줌마, 저는 정말 됐어요. 모용 할아버지께 받은 노자만 해도 차고 넘쳐요."

"그, 그래도……."

"저 줄 게 있다면 그 돈으로 나중에 조노대 아저씨 무덤에다 비석이나 하나 좋은 걸로 세워 주세요. 저는 그걸로 돼요."

장 아줌마는 혀를 내두르며 눈물을 그렁거렸다.

"아유, 앤 대체 어떻게 된 애가 이렇게 착해. 아이고, 예쁜 놈. 아이고, 이 기특한 놈."

그 수다를 귓전으로 흘려들으며, 애혈은 내용물의 삼분의 이 이상이 사라져 헐렁해진 광목 꾸러미를 단단히 묶은 다음 등에 짊어졌다.

"자, 총시도 맞췄고 사람 수도 맞췄고, 분배까지도 다 마쳤소. 이제는 당신들이 우리를 위해 일해 줘야 할 차례요."

애혈이 굴왕신의 가면을 쓴 남자에게 말했다.

굴왕신의 무덤 통로의 입구는 놀랍게도 세 황제의 능 중 가장 먼저 지어지고 가장 규모도 큰 장릉 내부에 있었다. 철혈군주라고도 불리던 영락제가 잠들어 있는 관실棺室로 이어진 지하 복도에는 패검이며 장신구, 도자기 같은 각종 순장품들을 진열해 놓은 벽감이 낮게 늘어서 있었는데, 그중 커다란 자기 항아리 하나를 받치고 있는 두꺼운 나무틀이 바로 그 무덤 통로로 들어가는 입구였다.

나무틀 아래로 드러난 검은 동혈을 내려다보며 오사가 궁금해 죽겠다는 표정으로 물었다.

"셋째 형, 황제의 무덤 안에 이런 수상한 장치가 있다는 걸 황실 능지기들은 왜 모르는 걸까요?"

이 질문에 대답하는 대신, 옆에서 화섭자를 들고 서 있는 굴왕신의 가면을 쓴 남자를 흘깃 쳐다보는 것으로 미루어 저 장삼이란 자에게는 통찰력이 제법 있는 모양이었다. 하기야 관리도 탈옥범이 되는 세상인데, 능지기가 도굴꾼이 되지 말란 법이 어디 있단 말인가. 굴왕신의 가면을 쓴 저 남자가 대삼릉 능지기들의 우두머리쯤 되는 인물임을 애혈은 일찌감치 눈치채고 있었다. 능지기와 도굴꾼 중 어느 쪽이 본업인지는 알 수 없지만.

"아니, 당신이 직접 안내해 주시오."

안내인으로 수하 하나를 붙여 주려는 그 남자에게 애혈이 이렇게 요구한 까닭도 그래서였다.

"굳이 내 안내를 받아야 할 이유라도 있소?"

굴왕신의 가면을 쓴 남자가 물었다. 하지만 그 전에 잠깐 머뭇거림으로써 의표를 찔린 기색은 이미 드러낸 뒤였다.

애혈은 차가운 눈빛으로 남자를 응시하며 천천히 대답했다.

"당신이라면 귀 회에서도 버리는 패로 사용할 것 같지 않기 때문이오."

무가지보로써의 가치는 사라진 뒤라지만 그래도 애혈 일행에게는 스무 관에 가까운 황금이 있었다. 금 부스러기 한 톨에도 오락가락하는 게 사람 목숨인 바에야 최소한의 안전장치는 걸어 둘 필요가 있었던 것이다.

"철저하구려."

굴왕신의 가면을 쓴 남자가 체념한 듯한 목소리로 말했다.

수많은 도굴꾼들에 의해 수십 년 세월에 걸쳐 만들어진 굴왕신의 무덤 통로는 '난마亂麻'라는 두 글자로 표현할 수 있을 것이다. 길고, 꼬불꼬불했으며, 수많은 갈림길을 품었고, 개펄처럼 질척한 진창과 엎드려 기지 않으면 도저히 지날 수 없는 협소한 바위굴도 곳곳에 도사리고 있었다. 때문에 유시 정각을 조금 넘긴 시각에 들어간 그곳에서 애혈은 시월 구일 밤과 시월 십일 새벽을 꼬박 보내야만 했다. 혈법육장 중 인법을 수련하는 과정에서 쌓은 혹독한 경험이 없었다면, 그는 다른 일행처럼 육체적으로나 정신적으로 금세 녹초가 되어 버리고 말았을 것이다. 용케 견뎌 내기는 했지만 두 번 다시 되새기고 싶지 않은 지독한 시간이었다는 점은 확실했다.

품속의 모래시계를 꺼내 확인한 바 자정에 조금 못 미친 시각이 되어서야 굴왕신의 무덤에 들어온 일곱 사람은 처음으로 휴식다운 휴식을 가질 수 있었다. 안내인으로 따라온 남자가 지친 숨을 몰아쉬며 굴왕신의 가면을 벗은 것도 바로 그때였다. 그리하여 드러난 놀랍도록 청수한 인상을 가진 오십 대 초로인이 어색한 웃음을 지으며 말했다.

"나이가 들어서인지 이제는 이 가면조차 무겁게 느껴지는구려."

그러더니 주위의 바위틈에서 앞으로 사용할 것으로 보이는 화섭자 한 무더기와 자그마한 보따리 하나를 꺼내 오는 것이었다. 지금껏 지나온 길 중에서 가장 넓고 편편한 이 휴식 공간은 이런 종류의 행사를 원활히 치를 목적으로 굴왕회가 무덤 통로 안에 마련해 둔 중간 보급기지인 듯했다.

"쉬는 김에 요기나 합시다."

일인당 황금 한 관이라는 어마어마한 통행료 안에는 식대도 포함된 모양이었다. 초로인은 보따리에서 꺼낸 육포며 말린 과일 따위의 건량을 고객들에게 나눠 주었다.

"나는 먹지 않겠소."

애혈은 당연히 거절했다. 가지고 있는 황금이 그사이 어디론가 사라져 버린 것은 아니기 때문이었다. 게다가 그는 진시와 미시가 아니면 음식을 먹지 않았다. 원기를 회복하는 데는 봇짐 속에 챙겨 온 작은 물통 하나면 충분했다.

초로인이 혀를 차며 말했다.

"나이도 그리 많지 않은 분이 의심은 무척이나 많구려."

그러나 지금의 애혈은 초로인과 그리 나이 차가 나 보이지 않는 중년인의 얼굴을 하고 있었다. 애혈이 의아해하며 물었다.

"내가 나이가 많지 않다는 건 어떻게 아셨소?"

"밝은 데서 얼굴을 대하고 얘기할 때는 몰랐는데, 굴속으로 들어오니 목소리에서 젊은 울림이 느껴지더이다."

목소리의 세세한 울림까지는 미처 생각해 보지 못한 애혈이었다. 다음번에 변장을 할 때는 참고해야겠다는 생각이 들었다.

요기를 마친 뒤 끔찍할 만큼 지루하고 힘겨운 행진이 재개되었다. 앞으로 가야 할 길이 이미 지나온 길만큼이나 남았다는 초로인의 설명에 애혈을 제외한 일행 모두는 절망에 가까운 실망을 온몸으로 드러냈다. 그러나 애혈은 달랐다. 길이 아무리 험해도 목적지가 존재하는 이상 절망할 일은 결코 아니라는 것이 그의 지론이었다. 가고 또 가다 보면 언젠가는 목적지에 다다르게 되는 것이다.

그래서 애혈은 가고 또 갔다.

그렇게 세 시진가량을 더 나아가자 한 사람 지나기도 빡빡하던 통로가 조금씩 넓어지기 시작했다. 빨라진 공기 흐름 탓에 춤을 추듯 뒤쪽으로 기울어진 화섭자의 불꽃을 보며, 애혈은 출구가 멀지 않음을 직감했다. 아니나 다를까, 선두에서 걷던 초로인이 일행을 돌아보며 말했다.

"조금만 더 가면 되오. 그리고 솔직히 감탄했소. 근래 우리 굴왕신들의 도움으로 북경을 빠져나간 무리 중에서 귀하들보다 빠른 이들은 없었소. 특히 저 어린 친구는……."

초로인이 일행의 맨 끝에 있는 과홍견을 향해 엄지손가락을 치켜 올리며 덧붙였다.

"어떤 소년 영웅 못지않구려."

과홍견은 무덤 통로에 들어온 이래 지금까지 행렬의 후미를 맡아 오고 있었다. 불빛과 가장 멀리 떨어진 위치에서 뒤따라오며 낙오를 방지하고 전진을 독려해야 하는 후미의 역할은 두말할 필요도 없을 만큼 중요했고, 원칙대로라면 애혈이 맡는 게 합당하다고 할 터였다. 하지만 애혈에게는 굴왕회의 안내인이 다른 수작을 부리지 못하게끔 감시해야 하는 임무가 있었다. 그래서 가장 믿을 만한 과홍견에게 후미를 맡긴 것인데, 과홍견은 그 역할을 기대 이상으로 수행해 주었다.

"제가 뭘 했다고요. 다 아줌마 아저씨들이 힘내 주신 덕분이죠."

과홍견은 순박한 소년답게 몹시 쑥스러워하면서 공로를 남에게 돌렸지만, 애혈은 초로인의 평가에 십분 공감하고 있었다. 지금 이 순간에도 소금에 절인 배추처럼 축 늘어진 장 아줌마를 부축해 오느라 구슬땀을 흘리고 있는 게 바로 과홍견이기 때문이었다—그 일로 세 마리 남자 족제비들을 탓할 수는 없었다. 열 관에 가까운 황금 덩어리를 번갈아 안고 오느라 자정도 되기 전부터 녹초가 되어 버린 그들이었으니까—.

무덤 통로가 끝났다.

애혈 일행이 지옥 같은 중음重陰을 벗어나 파란 하늘을 다시 보게 된 것은 시월 십일 북경의 높은 성곽 위로 눈부신 아침 해가 얼굴을 비칠 무렵이었다. 그러나 북경성이 멀리 보이는 이름 모를 언덕의 바위굴을 통해 바깥세상으로 나온 그들에게는 파란 하늘과 눈부신 아침 해가 선사하는 감동을 맛볼 여유가 주어지지 않았다.

함성과 비명.

와아아—!

포성과 폭음.

쾅! 쿠아앙! 콰광!

대자연의 존엄이 인간의 가장 추악한 행위에 의해 훼손당하고 있었다.

전쟁이 마침내 시작된 것이다.

현실이 더욱 비현실적이라는 것은 역설인 동시에 비극이었다.

과홍견의 눈에 비친, 바둑판 위에서가 아니라 실제 세상에서 벌어지는 전쟁은 믿을 수 없을 만큼 비현실적이었다. 파란 하늘 아래 눈부신 아침 햇살을 받으며 북경성의 높은 성벽을 향해 새까맣게 몰려가는 오랑캐 군병들의 모습은 마치 개미 떼처럼 보였다. 개미만큼이나 작고 맹목적이고 무가치해 보이는 저 하나하나가 살아 있는 인간이라는 게 실감나지 않았고, 그 하나하나가 다른 인간의 목숨을 앗아 갈 수도 있다는 것은 더더욱 실감나지 않았다. 벌판에 메아리치는 함성은 환청 같았고, 발바닥을 떨리게 하는 진동은 환각 같았다. 유리된 현실감. 잔인한 농담. 비극적인 역설……. 그 모든 것이 지독히도 이질적이었다.

그러는 가운데도 전투는 쉼 없이 진행되고 있었다.

펑― 펑―.

묵직한 포성과 함께 성벽 위 어딘가에서 포연이 피어오르면 성벽 아래 벌판 어딘가가 마치 호응이라도 하듯 폭음을 울리며 뒤집어진다. 인간과 말이 한 덩어리가 되어 하늘로 날아오르고, 잠시 자욱한 흙먼지에 뒤덮인 그 자리로 다시 다음 제물들이 들어찬다. 이 일이 끝없이, 기계적으로, 심지어 곳곳에서 중첩을 이루며 반복되고 있었다.

지난밤 과홍견의 일행을 안내해 준 초로인이 말했다.

"서로 간만 보고 있구려."

과홍견은 이해할 수 없었다. 저 말을 하는 동안에도 죽어 나간 목숨이 얼마인데 간만 보는 거라니?

하지만 엽 대형은 초로인의 견해에 동의하는 것 같았다.

"첫 전투인 만큼 상대의 전력을 탐색하려는 거겠지요."

진짜로 그런가? 저 비현실적일 만큼 압도적이고 참혹한 광경이 그저 탐색전에 불과하단 말인가?

그때 성벽의 상부를 따라 새하얀 화약 연기의 띠가 둘러졌다. 다음 순간······.

투타타타타─탕!

콩 볶는 듯한 포성이 연속해 울리더니, 오랑캐 군대가 구축한 전열 한가운데 흙먼지로 이루어진 긴 줄이 그어졌다. 그러고는 다시 한 번.

투타타타타─탕!

또 하나의 긴 줄이 혼란에 빠진 인간들을 무심히 가르고 지나갔다.

성벽 위로부터 떨어진 두 차례 일제사격의 효과는 곧바로 드러났다. 오랑캐의 본진에서 화포 소리만큼이나 커다란 징소리가 과웅, 과웅, 과웅, 울리고, 성벽을 향해 몰려가던 오랑캐 군병들이 진격을 멈추고 후방으로 물러나기 시작한 것이다.

그 직후 성문이 열렸다.

급조한 것으로 보이는 해자─물을 채워 넣을 여유는 없었는지 마른 해자였다─ 위로 긴 널빤지들이 가로놓이고, 한 무리의 군병들이 성 밖으로 줄지어 나왔다. 거리가 너무 먼 탓에 정확히 알아보기는 힘들지만, 앞서서 나오는 것이 보병이고 뒤따라 나오는 것이 기병인 것 같았다.

'이상하네.'

과홍견은 고개를 갸웃거렸다. 병법은 따로 공부한 적이 없지만, 그래도 적진을 돌파하는 데 특화된 기병이 앞장서고 그 뒤를 보병이 따르는 게 일반적인 전투대형 아닌가?

"화살받이야."

장삼이 음울한 목소리로 중얼거렸다. 무슨 뜻인지 얼른 알아듣지 못한 과홍견이 그를 돌아보았다.

"예?"

"우리 같은 잡범들에게 창과 방패를 쥐여 주고 앞세우는 거라고. 봐, 뒤에 있는 기병들이 채찍질을 하고 있잖아."

오사가 이를 갈았다.

"염병 맞아 뒈질 놈들, 그깟 빈집털이가 무슨 죽을죄라고 오랑캐 화살받이로 내세운담."

"누가 아니래. 동족끼리 너무들 하네, 정말."

장 아줌마는 안타깝고 불쌍한지 발을 동동 굴렀다.

둥–둥–둥–둥–둥–.

성벽 위에서 북소리가 울리기 시작했다. 징 소리가 후퇴를 알리는 신호라면 북소리는 진격의 신호였다. 성벽 위에 있던 수비병들이 독전의 함성을 내지르고, 보병들의 뒤로는 기병들의 채찍질이 분주해졌다.

그것들에 떠밀린 듯, 어느 순간 보병들이 앞으로 달리기 시작했다. 그 뒤를 기병들이, 마치 양 떼를 모는 목동들처럼, 유유히 말을 움직여 쫓아가고 있었다. 심지어는 뒤처진 보병의 등판을 향해 장창을 찌르거나 화살을 날리는 자도 있었다.

본진을 향해 후퇴하던 오랑캐의 선봉 부대가 몸을 돌려 전열을 재정비했다. 잠시 후 그들로부터 까만 빗살 같은 것들이 무더기로 솟구쳐 오르고, 보병들이 돌격을 멈추고 방패를 들어 올리고, 허공으로부터 내리꽂힌 죽음의 세례가 한차례 지나가고, 앞세운 보병들이 죽었건 살았건 그대로 짓밟으며 기병들이 질주를 시작하고, 오랑캐 기병들이 마주 달려 나오고…….

저곳에서 인간의 목숨이란 정말로 '아무것'도 아니었다.

'너무해! 너무해!'

과홍견은 손가락이 하얗게 변하도록 주먹을 말아 쥔 채 온몸을 부들부들 떨었다.

그때 앞쪽에 서 있던 엽 대형이 전장을 등지고 돌아섰다. 해를 등진 탓일까. 엽 대형의 눈가에는 짙은 그늘이 드리워 있었다.

엽 대형이 사람들에게 물었다.

"더 보고 싶은 사람 있소?"

사람들의 시선이 엽 대형에게 모였다. 그러나 하나같이 핼쑥하게 질린 얼굴로 침묵하기만 할 뿐, 질문에 대답하는 사람은 없었다. 엽 대형이 다시 물었다.

"더 보고 싶은 사람 있소?"

과홍견이 비명을 지르듯 외쳤다.

"더 보고 싶지 않아요!"

오사도 그제야 입을 열었다.

"구경 중에 제일가는 게 불구경과 싸움 구경이라는데…… 염병, 저건 도저히 눈 뜨고 볼 수가 없네."

엽 대형이 고개를 끄덕였다.

"나도 같은 생각이오. 이곳은 오이라트의 본진과 그리 멀지 않소. 우리가 이곳에 있다는 사실이 발각되면 골치 아파질 테니 이만 움직이기로 합시다."

아무리 보지 않으려고 해도 저절로 눈길이 가는 전장을 애써 외면하면서, 사람들은 이동할 채비를 갖추기 시작했다. 의복과 살갗을 가리지 않고 덕지덕지 들러붙은 진흙을 대충 긁어내고, 바닥에 내려놓았던 각자의 짐을 챙겨 들었다. 시간은 별로 걸리지 않았다. 짐이라고 해 봤자 과홍견의 자그마한 봇짐과 오사의 복대 그리고 오사의 겉옷으로 둘둘 감싼 장삼이 들고 온 황금 덩어리가 전부였으니까.

그사이 과홍견은 봇짐 안에 들어 있던 물건이 온전히 있는지 살펴보았다.

'다행이다.'

무덤 통로를 지나오는 동안 진창도 여러 군데 만났지만 사전에 기름종이로 꼼꼼히 포장해 놓은 덕에 바둑 책 두 권과 바둑 용구는 모두 깨끗했다.

일행이 이동할 채비를 하는 동안 옆에서 팔짱을 끼고 지켜보던 초로인이 엽 대형에게 말했다.

"일이 끝났으니 나는 여기서 돌아가겠소."

엽 대형이 초로인에게 물었다.

"전쟁이 벌어졌는데도 저곳으로 돌아가겠다는 말이오?"

"전쟁이 벌어지면 사람이 죽고, 사람이 죽으면 무덤이 생기오. 우리 굴왕신들로서는 반가운 일 아니겠소?"

초로인은 품에 넣어 두었던 흉측한 나무 가면을 꺼내어 얼굴에 뒤집어쓴 다음, 맨 얼굴일 때와는 달리 음산하고 가느다란 목소리로 덧붙였다.

"노파심에서 하는 말이지만, 우리는 만난 적이 없는 거요."

엽 대형은 묵묵히 고개를 끄덕였다.

초로인이 바위굴로 모습을 감춘 뒤, 엽 대형은 일행을 인도하여 전장과 반대 방향의 능선을 타고 언덕을 내려왔다. 죽음의 권세가 지배하는 전장으로부터 점점 멀어진다는 것은 기뻐할 일임에 분명하지만, 방금 목격한 광경이 워낙 강렬한 탓에 사람들의 분위기는 침중하기만 했다.

언덕을 내려온 일행은 언제 나타날지 모르는 오랑캐 정찰병을 경계하며 반 시진가량을 더 남쪽으로 이동, 추수가 끝난 밀밭으로 둘러싸인 자그마한 네거리에 이르렀다.

그때까지 별말 없이 걷기만 하던 엽 대형이 걸음을 멈추고 사람들을 향해 돌아섰다. 과홍견은 엽 대형의 눈길이 자신의 얼굴에 향한 것을 알아차리고는 자세를 바로 세웠다.

엽 대형이 과홍견에게 말했다.

"소형제가 내게 요구한 일은 두 가지였다. 한 가지는 저 사람들을 탈옥시키는 일이었고, 다른 한 가지는 소형제를 성 밖으로 데리고 나오는 일이었다. 나는 그 두 가지 일을 모두 마쳤다. 인정하느냐?"

과홍견은 엽 대형의 얼굴을 멍하니 쳐다보았다. 인정한다는 한마디로 어찌 지금의 마음을 표현할 수 있을까?

아줌마와 아저씨들까지 성 밖으로 데리고 나오는 것은 엽 대형이 말한 두 가지 일에 포함되지도 않았다. 어디 그뿐인가. 엽 대형은 효수대에 걸린 조노대의 머리를 수습해 주었고, 저들 몫으로 엄청난 액수의 황금까지 분배해 주었다. 혜택은 다섯 족제비들에게 돌아갔지만 따지고 보면 다 과홍견을 위해 한 일들이었다. 본명도 모르고 본얼굴도 모르는 저 신비한 인물에게서 받

은 어마어마한 은혜들을 어떻게 갚아야 할지, 소년은 감히 상상
조차 할 수 없었다.

과홍견으로부터 얼른 대답이 나오지 않자 엽 대형이 다시 물
었다.

"인정하느냐?"

과홍견이 먹먹한 마음을 가라앉히기 위해 애써 큰 소리로 대
답했다.

"인정합니다!"

"좋아."

엽 대형은 고개를 끄덕인 뒤, 품에서 종이 두 장을 꺼냈다.
접힌 것을 펴 보니 한 장은 손바닥만 했고 다른 한 장은 그보다
곱절쯤 컸다. 두 장 중에서 엽 대형이 먼저 내민 것은 큰 쪽이
었다.

"나중에 모용 노야께 보여 드릴 확인서다. 읽어 보고 수결을
해 다오."

확인서에는 엽 대형이 과홍견으로부터 받은 두 가지 임무를
완수하였다는 문구가 엽 대형의 성격만큼이나 차분한 필체로
적혀 있었다. 과홍견은 자신도 모르게 풋 웃고 말았다.

'이런 문서는 대체 언제 준비했을까? 하여튼 철저한 분이라
니까.'

과홍견은 허리에서 소도를 꺼냈다. 신무전을 떠날 때 가지고
나온 소도인데 요사이 갈아 주기를 게을리해서 칼끝이 무뎠다.
그걸로 손가락을 따려니 꽤나 힘을 주어야 했다.

'아야.'

과홍견은 핏방울이 맺힌 왼손 엄지손가락을 확인서 아래 빈
곳에 대고 꾹 눌렀다.

확인서를 돌려받은 엽 대형은 과홍견의 지장이 찍힌 곳에 입바람을 후후 불어 말린 다음 네 절로 접어 품에 갈무리했다.

"이건 소형제가 찾는 사람이 있는 곳이다."

과홍견은 엽 대형의 손가락 사이에 끼워진 작은 종이를 바라보았다. 전날 삼청조당 이 층에서 모용 할아버지께서 써 주신 바로 그 쪽이었다. 탁자에 둘러앉은 세 사람, 상관없다는 말에 화를 벌컥 내는 모용 할아버지, 그 옆에 얼굴을 찌푸리고 앉아 있는 엽 대형, 잔뜩 주눅이 든 나, 두 가지 시험, 두 가지 임무…….하루하고 반일밖에 지나지 않았는데도 아주 오래전 일처럼 여겨졌다.

엽 대형이 말했다.

"그날 약속한 대로라면 나는 이 길로 소형제와 함께 이 종이에 적힌 곳으로 가서 그 사람을 만나게 해 줘야겠지만, 이제는 그럴 필요가 없어졌구나."

옆에서 듣기만 하던 네 족제비들 중 장 아줌마가 두 사람의 대화에 조심스럽게 끼어들었다.

"저…… 왜 그럴 필요가 없어진 건데요? 기왕 도와주신 것, 홍견이를 거기까지 데려가서……. 아야! 사람이 얘기하고 있는데 옆구리는 왜 자꾸 찌르는 거야, 성가시게시리!"

장 아줌마의 옆구리를 쿡쿡 찌른 사람은 오사였다. 장 아줌마가 역정을 내자 오사가 인상을 우그러뜨리며 장 아줌마에게 빠른 말투로 속삭였다.

"우리 때문에 그런 거잖소, 우리 때문에."

"우리? 우리가 왜?"

속정은 많지만 더펄거리는 장 아줌마와 달리 장삼은 생각이 깊었다.

"그렇게 된 거였군. 우리는 대체 이 아이에게 몇 번이나 은혜를 입은 건지……."

장삼의 눈가가 불그죽죽해지는 걸 본 과홍견은 얼른 엽 대형에게 말했다.

"엽 대형께서는 저를 위해 너무 많은 일들을 해 주셨어요. 그 은혜도 모르고 더 이상 뭔가를 바란다면 저는 천벌을 받을 겁니다."

엽 대형이 쪽지를 끼운 손가락을 과홍견에게 내밀며 말했다.

"하지만 이건 바라겠지."

과홍견은 멋쩍게 웃으며 쪽지를 받았다.

엽 대형이 조금 홀가분해진 표정으로 말했다.

"임무가 끝났고, 확인도 끝났다. 이제 난 간다."

잘 가라느니 무운을 빈다느니 따위의 말도 없었다. 이 또한 엽 대형다웠다.

몸을 돌리려는 엽 대형에게 과홍견이 급히 물었다.

"엽 대형, 우리가 다시 만날 수 있을까요?"

엽 대형은 과홍견을 잠시 동안 내려다보더니 차분한 목소리로 대답했다.

"소형제는 햇볕 아래로 나가야 하는 운명이고 나는 어둠 속으로 들어가야 하는 운명이다. 그러므로 우리가 두 번 다시 만나는 일은 없을 것 같구나. 하지만 혹시라도 소형제가 나를 다시 보는 일이 생긴다면, 그때는 모르는 척해 주었으면 좋겠다."

양지와 음지의 얘기도 그렇거니와 특히 마지막 얘기에 대해서는 도저히 고개를 끄덕일 수 없었다. 엽 대형을 다시 보고 어떻게 모르는 척할 수 있단 말인가.

대답이 없는 과홍견을 향해 엽 대형은 마치 때가 되면 자연히 알게 될 것이라는 듯 싱긋 미소를 짓고는 몸을 돌렸다.

엽 대형은 그렇게 떠났다.

남관다루에서 처음 만난 뒤부터 지금까지 줄곧, 엽 대형은 과홍견을 이끌어 준 인도인이었고 위험으로부터 지켜 준 보호자였고 어려운 일을 처리해 준 해결사였다. 그런 사람이 갑자기, 변변한 작별 인사도 없이, 떠나 버린 것이다.

문득, 삶이란 문제의 연속이니 문제를 만나면 중심을 잡아 해결하라는 사부님의 마지막 가르침이 떠올랐다. 돌이켜 보면 그 가르침을 행동으로써 보여 준 사람이 바로 엽 대형인 것 같았다. 그는 어느 때건 당황하거나 막막해하는 법이 없었고, 당면한 문제에만 전념하여 차근차근 해결해 나갔다.

엽 대형이 사라진 길 쪽을 바라보며 한동안 우두커니 서 있던 과홍견은 어느 순간 퍼뜩 정신을 차리고 손에 들린 쪽지를 펴 보았다. 그 위에는 한 군데의 지명과 한 사람의 이름—그곳에서 통하는 별명일까?—이 적혀 있었다.

'꽤 머네. 음, 운하를 타야 하나?'

지난 두 해 동안의 유랑 생활을 통해 과홍견은 대륙의 지리를 어느 정도 익히게 되었고, 덕분에 이곳에서 쪽지에 적힌 지명까지 가는 여정이 그리 만만하지 않다는 점을 알 수 있었다.

그러나 위치를 안다는 것은 첫 번째 목표가 보인다는 뜻이고, 지금으로서는 그것으로 충분했다. 첫 번째 목표를 달성하면 두 번째 목표가 보일 것이다. 그러면 다시 그것에 전념하면 된다. 사부님께서 말씀하신 대로, 또 엽 대형이 보여 준 대로.

과홍견은 쪽지를 품에 소중히 갈무리하고 고개를 들었다. 네 마리 족제비들은 몇 발짝 떨어진 곳에서 저희들끼리 머리를 맞대고 뭔가를 의논하고 있었다. 과홍견이 그들을 향해 말했다.

"저도 이제 가 봐야 해요."

네 마리 족제비들이 고개를 돌리더니 과홍견에게 다가왔다. 장삼이 그들을 대표하여 물었다.

"아까 엽 대형이란 분이 말한 그 사람을 찾아가려는 거냐?"

"예."

"그 사람이 있는 곳이 어딘데?"

과홍견은 선뜻 대답할 수 없었다. 모용 할아버지께서 말씀하시지 않았던가. 그자가 있는 곳은 강호의 일대 비밀이라서 외부에 알려지면 위험한 일이 생길 수도 있다고. 하지만 아줌마와 아저씨들은 강호의 대세와 무관한 좀도둑들에 불과했고, 무엇보다도 과홍견이 찾는 사람이 누구인지에 대해 전혀 알지 못했다. 그러니 알려 줘도 별문제 없을 것 같았다.

"어? 내 고향이 거기 근천데."

과홍견이 지명을 말해 주자 눈을 동그랗게 뜨며 놀란 사람은 오사였다. 장 아줌마가 그를 돌아보며 고개를 주억거렸다.

"맞다, 맞아! 넷째가 그래서 물질을 잘하는 거잖아. 잘됐네, 잘됐어!"

장 아줌마의 말이 조금 이상하게 들렸다. 오사 아저씨의 고향이 거기 근처인 게 뭐가 잘됐다는 걸까?

장삼이 말했다.

"네게 입은 은혜를 생각하면 우리 네 사람 모두가 따라가서 너를 도와주는 것이 마땅하겠지만, 우리는 우리대로 해야 할 일이 있단다. 음, 네게는 변명처럼 들릴지도 모르겠다만……."

자기보다 훨씬 나이 많은 어른에게서 이런 소리를 듣는 것은 민망한 일이었다. 과홍견은 서둘러 손을 내저었다.

"아니에요. 저 혼자서도 충분히 갈 수 있으니 아줌마 아저씨 들은 하시려는 일을 그냥 하셔도 돼요."

장삼이 진지한 표정으로 고개를 저었다.

"아니, 이 얘기를 네게 해 주지 않으면 우리 마음이 편치 않 아서 그러는 거니까 그냥 들어 주려무나. 본래 조노대 형님께는 너하고 비슷한 나이의 딸이 하나 있는데, 올 초 그 아이가 병에 걸렸단다. 아주 비싼 약을 아주 오래 써야 겨우 낫는 아주 몹쓸 병이지. 그래서 우리에게는 큰돈이 필요했고, 그 돈을 마련하기 위해 어쩔 수 없이 북경에 오게 된 거란다. 이제 그 돈이 생겼 으니 우리는 그 아이를 치료해 주러 갈 작정이다."

'그런 일이 있었구나!'

과홍견은 진심으로 기뻤다. 엽 대형의 호의가 담긴 황금이 정말로 필요한 곳에 쓰이게 되었음을 알았기 때문이다.

"잘됐네요. 조노대 아저씨도 무척 기뻐하실 거예요."

"그래, 그 아이가 다시 건강해지면 지하에 계신 형님도 비로 소 편히 눈을 감으실 수 있겠지."

과홍견은 갑자기 조급해졌다. 아픈 사람이 있다면 서둘러야 하는 거 아닌가?

"그렇다면 빨리 가셔야죠."

그러자 장삼이 또 한 번 고개를 저었다.

"우리에겐 그 아이도 중요하지만 너도 중요하다. 너는 어떻 게 생각할지 모르지만, 우리는 이미 너를 가족처럼 여기고 있으 니까. 그리고 그 아이를 치료하는 데 필요한 건 약값이지 사람 이 아니다. 그래서……."

장삼은 말을 멈추고 오사에게 눈짓을 보냈다. 오사가 뻐기듯 이 턱을 내밀더니 엄지손가락을 척 올려서 제 얼굴을 가리켰다.

"나 한 사람쯤은 꼬맹이, 너를 따라가서 도와줘도 된다 이 말씀이지."

과홍견은 깜짝 놀랐다.

"오사 아저씨가요?"

"그래, 바로 내가…… 응? 표정이 왜 그래? 내가 따라가는 게 싫으냐?"

"아니, 싫은 게 아니라……."

솔직히 말해 좋지는 않았다. 먼 길에 동행이 생긴다는 건 나쁘지 않은 일이지만, 그 동행이 말본새가 험하고 성질이 급해 늘 사고를 몰고 다니는 오사라면 사양하고 싶었다.

그 마음을 헤아린다는 듯 장삼이 말했다.

"넷째는 네가 아는 것보다 괜찮은 사람이란다. 의리가 두텁기로 말하면 우리 족제비들 중 으뜸이라고 할 수 있지. 고향도 그 근처라니 아마 도움이 될 게다."

"네가 아는 것보다……? 너 대체 날 어떻게 보고 있었던 거야? 응, 인마?"

멱살이라도 잡을 것처럼 눈을 부라리며 나서는 오사를 장 아줌마가 등짝을 찰싹찰싹 때려 가면서 말렸다.

"그렇게 불량스럽게 구는데 어떤 애가 널 좋아하겠어?"

장삼도 오사를 나무라는 데 동참했다.

"놀러 가는 게 아니다. 홍견이를 돕는 데 몸과 마음을 다 바쳐야 한다는 걸 잊으면 안 돼."

"형이 못 하겠으면 내가 할게요. 내가 따라간다면 홍견이도 좋아할 거야. 그렇지, 홍견아?"

오오까지 한마디 거들자 오사가 곱살한 얼굴을 있는 대로 우그러뜨리며 소리를 질렀다.

"못 하긴 누가 못 한다고 그래! 내가 한다니까, 내가! 꼬맹이를 거기 데려다주고 그 작자를 만나게 해 주면 끝나는 거잖소? 그깟 일을 왜 못 해?"

그것으로 결정되었다.

장삼으로부터 약간의 금 부스러기를 나눠 받은 오사는 웃지도 울지도 못하는 괴상한 얼굴이 되어 버린 과홍견의 손목을 우악스럽게 움켜쥐더니 남쪽으로 난 길로 기세 좋게 걸음을 내디뎠다.

———◦◦◦———

멀리 떨어진 숲 그늘에서 그 모습을 바라보던 애혈은 코를 문질렀다. 아까부터 그의 머릿속에는 몇 개의 단어가 맴돌고 있었다.

냄새, 임무 그리고 신뢰…….

"신뢰란 받는 것이 아니라 베푸는 것이다."

얼마 전 누군가로부터 들은 말을 작게 뇌까린 애혈은, 그 말이 마치 실뱀처럼 살갗을 파고드는 듯한 느낌에 자신도 모르게 어깨를 떨고 말았다.

(8)

그곳은 물의 나라였다.

북쪽으로부터는 황하가, 서쪽으로부터는 회하가, 남쪽으로부터는 장강이 자연과 인간이 만들어 낸 지류와 수로로써 얽히고설키는 곳. 대륙의 양대 젖줄인 황하와 장강이 가장 가까이 지나는 곳. 지하수가 풍부하고 강수량이 많아 우기가 한 번 지날 때마가 크고 작은 습지들이 연꽃처럼 피어나는 곳.

그래서 그곳에는 호수가 유난히 많았다. 고우호高郵湖, 백마호白馬湖, 사양호射陽湖, 소백호邵伯湖……. 그중에서도 가장 크고 가장 유명한 것은 대륙의 중부에서 발원하여 하남과 안휘 땅을 쉼 없이 흘러온 회하의 물이 처음으로 지친 몸을 누이는 홍택호洪澤湖였다.

겨울 하늘처럼 시린 눈빛을 가진 문사는 바로 홍택호에 있었다. 그래서 과홍견은 홍택호로 가야만 했다.

북경에서 홍택호로 가는 여정은 조금 복잡했다.

평시라면 북경에서 그리 멀지 않은 통주通州까지만 가면 운하를 이용할 수 있겠지만, 지금은 전시여서 직례를 포함한 하북 전역의 운하 사용이 금지된 상태였다. 별수 없이 도보를 통해, 뒤늦게 피난 행렬에 오른 백성들에 섞여 하북을 벗어나야 했다. 춥고 고달픈 길이었다.

하북의 경계를 넘어 산동에 이르자 비로소 운하 사용이 가능해졌다. 나라와 나라 간의 전면전이라고는 해도 그 양상은 국지전에 가까웠고, 그래서인지 성省 하나를 넘어왔을 뿐인데도 전쟁의 암울한 그림자는 부쩍 옅어져 있었다. 운하 사용이 가능해졌다는 것은 배를 통해 이동할 수 있음을 의미했고, 과홍견과 오사에게는 그럴 만한 돈이 있었다.

"하, 이렇게 편한 것을 염병할 놈의 전쟁 때문에 애꿎은 몸뚱이만 고생시켰네."

오사는 장삼으로부터 받아 온 노자를 아낌없이 풀어 선실이 둘이나 있는 제법 괜찮은 배를 전세 냈고, 덕분에 과홍견은 산동의 덕주德州에서부터 강소의 회안淮安에 이르는 긴 물길을 편안하게 내려올 수 있었다. 소설小雪 한파로 수면이 얼어 이틀간 발목이 잡혔던 것, 그리고 지나는 나루마다 배를 멈추고 검문을 받아야 했다는 점만 빼면 말이다. 잦은 검문에 투덜거리는 오사에게 늙수그레한 사공이 달래듯 말했다.

"새옹지마라는 말 들어 봤는가? 이곳 산동 서남부 물길은 수호전에 나오는 양산박梁山泊의 무대라네. 예부터 수적들의 출몰이 잦아 수월히 지나기가 쉽지 않았지. 하지만 전쟁 때문에 관과 수영의 감시가 심해진 요즘에는 놈들도 몸을 사리느라 수채에 틀어박혀 움직이지 않는다더구먼."

불평하지 말고 감사히 여기라는 뜻이었다. 오사는 사공이 들리지 않게 욕을 했다.

"새옹지마는 염병……."

그렇게 회안에 도착한 것이 시월 스무아흐레이니, 굴왕신의 무덤 통로를 통해 북경성을 빠져나온 지 정확히 이십 일 만이었다.

"여기가 바로 내 고향이란 말씀이지. 후으읍— 푸우!"

배에서 내리기가 무섭게 기지개를 켜며 크게 심호흡을 하는 오사에게 과홍견이 물었다.

"고향에 왔으니 반가워할 사람들도 많겠죠?"

"반가워할 놈들도 있기야 있지. 하지만 날 아는 대부분은 산채로 포를 뜨려고 덤빌걸."

그 말이 농담이 아니라는 것을, 오사는 나루터 안쪽 길가에 늘어선 노점에서 커다란 죽립 하나를 사 얼굴을 가림으로써 보여 주었다. 그것으로 미루어 고향을 등진 이유가 과히 아름답지는 않은 모양이었다.

해는 아직 남아 있지만 회안에서 하루를 묵기로 정한 뒤라 숙소를 잡았다. 과홍견이 모용풍에게서 받은 금두로 숙박비를 지불하려고 하자 오사가 화를 냈다.

"대가리 피도 안 마른 새끼가 어른을 뭐로 알고…… 네 돈은 아껴 뒀다가 나중에 나랑 헤어진 다음에 쓰란 말이다!"

이번 여행을 통해 과홍견은 오사라는 인물을 다시 보게 되었다. 살갑게 구는 것을 천성적으로 못 견뎌 할 뿐이지, 오사는 다른 아줌마 아저씨들만큼이나 좋은 사람이었다. 의리가 두텁고 심지가 굳셌다. 그렇게 좋은 사람이 남의 재물이나 훔치는 범죄자가 될 수밖에 없었다니 이상하다는 생각도 들었다. 하지만 이제는 제법 큰 밑천이 생긴 만큼 손을 씻고 양민으로 살아갈 수도 있지 않을까?

호화롭지는 않지만 그래도 넓고 깨끗한 객방에다 얼마 안 되는 행장을 푼 다음, 그래도 고향에 온 기분이 나쁘지는 않은지 오사가 거리 구경을 나가자고 제안했다.

"남쪽 방죽을 따라 야시장이 열리는데 꽤 볼만하다고. 나랑 형님 아우님 하고 지냈던 인간들이 관리하는 구역이기도 하고 말이야. 맛난 것도 진짜 많아. 너 구신적狗腎炙 못 먹어 봤지? 매운 양념을 바른 개새끼 거시기를 꼬치에 꿰어서 숯불에다 구운 건데 황주랑 먹으면 아주 죽여준다니까."

고향 친구들을 소개시켜 주고 고향 별미도 먹여 주려는 마음은 알겠지만, 그 친구가 뒷골목 왈패들이고 그 별미가 개새끼 거시기라면 좀 그랬다. 과홍견은 웃으며 사양했다.

"저녁 잘 먹어서 배가 불러요. 저는 방에서 쉬고 있을게요."

그자가 있다는 홍택호는 이곳 회안에서 뱃길로 이틀 거리가 채 안 된다고 했다. 홍택호 특산의 몇몇 어종들은 회안의 성시에서 꽤나 인기 좋은 요리 재료로 판매되었고, 덕분에 그것들을 실어 나르기 위한 배편이 많다는 얘기도 들었다. 그중 첫 배를 타고 내일 아침 일찍 출발하면 늦어도 모레 중화참에는 도착할 텐데, 그자를 만나기 전에 마지막으로 준비할 것이 있었다.

오사는 자정이 다 되어서야 벌게진 얼굴로 돌아왔다. 한 손에는 술병을, 다른 손에는 손가락만 한 길이의 적갈색 꼬치 하나를 들고 있었다. 저녁 시간 내내 천 바둑판을 앞두고 집중하느라 얼굴이 핼쑥해진 과홍견에게 꼬치—이게 개새끼 거시기?—를 다짜고짜 쥐여 준 그가 말했다.

"전쟁이 끝났다더라."

과홍견은 깜짝 놀랐다.

"벌써요?"

"벌써가 뭐냐. 우리가 산동에서 배 탈 즈음에 끝났다고 하던데. 여기까지 소문이 쫙 퍼진 것을, 한가하게 뱃놀이하고 오느라 우리만 까맣게 모르고 있었지 뭐냐."

"누가 이겼대요?"

"당연히 우리가 이겼지, 오랑캐가 이겼으면 이렇게 조용하겠냐? 이 동네도 피난이네 뭐네 정신이 없겠지."

두서없이 이어진 오사의 말을 종합해 보면, 승리의 일등 공신은 바로 화포였다. 남부의 백련교에서 화해의 선물로 조정에 바친 일백 문의 화명포가 승패의 분수령을 갈랐다고 했다. 화명포의 성능은 화포의 기존 개념을 뒤바꿔 놓을 만큼 뛰어나서, 토목보에서 대승을 거두어 사기가 오를 대로 오른 오이라트의 강병들도 그 굉장한 화력 앞에는 무릎을 꿇을 수밖에 없었다나.

"웃기는 게, 에센인가 하는 오랑캐 족장 놈이 잡아간 황제 놈을 돌려주는 대가로 땅뙈기라도 조금 얻어 볼까 수작을 부렸는데, 병부의 호랑이가 단칼에 거절했다고 하더라."

자금성 보좌에 이미 자신이 옹립한 새 황제가 앉아 있는 이상, 병부상서 우겸이 전 황제의 반환 협상에 응하지 않은 것은 당연한 일이었다.

　　"그래서 어떻게 됐대요? 오이라트군이 옛날 황제를 데리고 돌아갔대요?"

　　"먹지도 못할 놈을 데려가서 어디다 쓰게? 그냥 버리고 갔다더라."

　　"버려요?"

　　"응. 진짜로 버렸대."

　　과홍견은 어처구니가 없었다. 황제라는 게 그런 식으로 버려질 수 있는 존재였던가?

　　"그래서 어떻게 됐대요?"

　　"오랑캐도 안 데려가지, 이쪽에서도 별 관심 없지, 황제란 놈은 오랑캐군이 퇴각한 벌판에서 환관 한 놈이랑 밤새도록 떨다가 날이 밝은 다음에야 북경성 아래로 가서 문 좀 열어 달라고 애걸복걸했다더라. 염병할 놈 잘코사니다 싶었지."

　　진짜로 그랬을지에 대해서는 의심의 여지가 있었다. 환복천자의 꼭두각시가 되어 국정을 파탄 낸 것도 모자라 급기야는 오랑캐에게 포로로 잡혀 자의든 타의든 나라의 안위를 위협하는 앞잡이 노릇까지 했으니, 전 황제에 대한 백성들의 증오심이 어떠할지는 굳이 묻지 않아도 짐작이 갔다. 만일 저 소문에 그런 증오심이 반영되었다면, 어느 정도 과장이 섞였다 한들 이상한 일은 아니었다.

　　오사의 이야기는 계속 이어졌다.

　　"이번 전쟁으로 병부의 호랑이는 아주 나라를 구한 영웅이 됐더라. 방어 전략을 세운 것도, 백련교에서 받은 화포를 배치

하기로 결정한 것도 모두 그 인간이 한 일이라니 말 다 했지. 그 정도면 모가지가 부러져라 빼기고 다닐 만도 한데 승전의 공로는 모두 다른 사람들에게 모두 돌렸다나. 염병, 대형이 그렇게 죽은 일만 아니면 나라도 그 인간 무지하게 칭찬하고 다녔을 거다."

조노대가 좀도둑질을 하다가 붙잡혀 죽은 것은 자업자득인 면도 있지만, 우겸이 북경성 전역에 내린 엄법 탓인 면도 있었다. 과홍견은 북경성을 빠져나온 날 아침에 보았던, 기병들의 채찍에 맞아 가면서 오이라트의 진영을 향해 달려가다가 화살 세례에 맞고 쓰러지던 잡범들의 비참한 모습을 떠올렸다. 피 흘리지 않는 전공이란 없는 법. 한 사람의 전쟁 영웅이 탄생하기 위해 얼마나 많은 사람들이 희생되어야 하는 것일까. 대국적大局的이라는 말 뒤에 감춰진 잔인한 속성이라니.

어두운 얼굴로 꼬치를 뜯어 먹던 과홍견은 문득 생각난 것이 있어 오사에게 물었다.

"혹시 신무전의 소년 영웅 얘기는 못 들으셨어요?"

"누구?"

"백씨 성을 가진 소년 영웅요. 신무전에서 북경성 방어를 위해 보냈는데, 검법 신동으로 유명하대요."

"몰라. 신동이고 천치고 애새끼 얘기는 한마디도 없었으니까."

심드렁하게 대답하며 귓구멍을 후비던 오사가 갑자기 눈을 크게 뜨며 말했다.

"아! 늙은이 얘기는 들었다. 한쪽 팔이 없는 늙은이라는데, 창의문彰儀門하고 덕승문德勝門에서 아군이 대승을 거둔 데는 그 늙은이의 활약이 컸다고 하더라. 지원군으로 온 무슨 연맹인가 하는 작자들과 북경에 사는 강호인들을 한데 모아서 오랑캐의 주력 기마부대를 화포의 사정권 안으로 유인한 것도 그 늙은이였다지, 아마. 에센이란 놈한테는 싸움을 기가 막히게 잘하는 여동생이 하나 있는데, 그년도 거기서 화포에 맞아 죽었다더라.”

“그 한쪽 팔이 없는…… 노인분은 무사하시대요?”

“무사하겠지. 하지만 나라에서 상을 준다고 하자 쥐도 새도 모르게 사라져 버렸다나. 이상한 일도 아니지, 뭐. 강호 기인이란 게 원래 다들 조금씩은 괴짜들 아니냐.”

여자가 죽었다는 말에는 마음이 조금 이상해졌지만 그래도 모용 할아버지가 무사하시다니 기뻤다. 하지만 오사는 오히려 찌무룩해졌다.

“전쟁 이기면 뭐 하냐, 대형도 없는데. 염병, 염병, 염병, 아! 대형 보고 싶다.”

돌아올 때부터 이미 불쾌한 상태였던 오사는 이야기를 나누던 중에 홀짝거린 몇 잔 황주에 금세 뻗어 버렸다. 눈도 제대로 뜨지 못하는 오사를 끌어다 침대에 눕힌 뒤, 과홍견은 천 바둑판 앞에 앉아 중단했던 수읽기를 이어 나갔다.

사부님께서 정립하신 부쟁선의 묘리, 이른바 ‘형경衡境의 수’는 지고지상한 기예였다. 지난 이 년간 부단히 공부해 왔건만 요체를 깨우치기는커녕 겉핥기조차 제대로 못 했다는 자괴감이 반상에 놓이는 돌 하나하나마다에 맺히는 것 같았다. 그래도 이 한 판의 기보만큼은 최선을 다해 준비해 두어야 했다. 이 년의 수행이 이 판으로써 평가받게 될 것이기에.

소년이 바둑 용구를 정리하고 잠자리에 든 것은 동녘 하늘이 희끄무레 밝아 오고 구름 사이에 실처럼 걸린 그믐달이 박명 속으로 이울 무렵이었다.

━━◆━━

그는 이 년 전부터 허리 아래를 쓰지 못한다.

원인은 모른다. 뼈도 멀쩡하고 근육도 멀쩡한데 희한하게 두 다리로 신경이 이어지지 않는다는 게 그를 진찰한 의원들의 공통된 소견이니까.

하루아침에 불구자가 되었지만 그는 개의치 않는다. 이 년 전 그날 이후 그는 무엇도 개의치 않는다. 그 무엇에는 자신의 생사도 포함되어 있다.

왜냐고?

여기 한 사람이 있다.

한 갑자에 가까운 세월 동안 자신의 뿌리도 알지 못한 채, 가장 증오해야 할 대상을 따르고 가장 사랑해야 할 대상을 적대하며 살아온 한 사람이 있다.

그렇게 쌓아 올린 거짓된 탑이 파멸적인 진실에 부딪쳐 모래처럼 무너져 버린 이후, 살아야 하는 이유를 알지 못하고 죽어야 할 이유를 찾지 못하여 어쩔 수 없이 살아 있는 한 사람이 있다.

그 자신의 생사라 하여 어찌 개의하겠는가.

무엇도 개의치 않는 그 사람은 심지어 허리 아래를 쓰지 못하는 불구자이기도 하다. 상식적으로 생각하면 초라하고 궁핍한 일상에 짓눌려 사는 것이 당연하리라. 하지만, 놀랍게도, 그의 일상은 결코 초라하거나 궁핍하지 않다. 그는 정원이 세 개나 딸린 넓고 호화로운 장원에 머문다. 인근 백 리 안에서 가장 솜씨 좋은 숙수가 만든 진미로 식사를 한다. 왕부에 데려다 놔도 손색이 없을 만큼 아름다운 미녀 둘이 그를 시중들고, 한 자루 철필로써 남방에서 명성을 떨친 고수 하나가 세 명의 수하들과 함께 그를 호위한다.

향락은 언제나 그의 곁에 있다. 그가 바라기만 하면 장원은 더 넓고 호화로워질 것이다. 음식은 더 맛나고 사치스러워질 것이다. 미녀들은 그의 잠자리를 기꺼이 덥혀 줄 것이고, 호위들은 그가 지목한 사람을 두말없이 죽여 줄 것이다. 그가 바라기만 하면 말이다.

그는 무엇도 바라지 않는다.

그는 자신을 둘러싼 모든 편의가 감시의 또 다른 형태임을 알고 있다. 그를 아비처럼, 스승처럼, 그리고 경쟁자처럼 여기는 누군가가 그를 사랑하여, 존경하여, 그리고 두려워하여 설치한 상냥하지만 빈틈없는 감시. 하나 그가 설령 그 사실을 알지 못한다 해도 달라지는 점은 없을 것이다. 그는 즐기지도 않지만 고통 받지도 않기 때문이다. 자유롭지도 않지만 답답해하지도 않기 때문이다.

의미 없는 평화와 가치 없는 안락 속에서 흘러가는 일상이지만, 그에게도 소박한 도락은 있다. 오늘처럼 볕 좋고 바람 순한 날이면 그는 안식처이자 요양지이자 감옥인 장원을 벗어나 홍택호 호반의 풍광 좋은 나루터로 산책을 나선다. 그럴 때면 미녀들은 그림자처럼 바짝 붙어서 그를 시중들고, 호위들은 드러나지 않는 먼발치에서 그를 배종한다.

작지만 운치 있는 노자산老子山의 산그늘이 짙푸른 호수 물 위에서 어른거리고, 낯선 사람들을 실은 나룻배 한 척이 그 아련한 그림을 더욱 아련하게 흩어트리고 지나가면, 그는 장원 안에서는 좀처럼 보여 주지 않는 담담한 미소를 머금곤 한다. 하지만, 다시 말하거니와, 그는 허리 아래를 움직이지 못한다. 그래서 그의 이 소박한 도락에는 언제나 특수한 의자가 동원된다.

물욕으로부터 완전히 벗어난 그에게도 특별한 물건이 아주 없는 것은 아니다. 양쪽에 커다란 바퀴가 달려 있는 낡은 나무 의자가 바로 그런 물건이다. 그는 이 바퀴 의자를 소중히, 아주 소중히 여긴다. 그래서 바퀴 의자를 번갈아 미는 두 미녀, 빙빙氷氷과 방방芳芳의 손길은 갓난아기를 다루듯 조심스러울 수밖에 없다. 그는 이제껏 단 한 번도 그녀들에게 화를 내 본 적이 없다. 하지만 이 년 전만 해도 그가 천하에서 가장 무서운 사람이었음을, 그녀들은 주인으로부터 들어 알고 있다.

그의 일행이 나루터에 모습을 드러낸다.

하루 중 가장 볕이 따뜻한 미시(오후 두 시 전후).

방방은 옆에서 양산을 받쳐 들고 빙빙은 뒤에서 바퀴 의자를 민다. 호위들은 나루터 입구에 세워진 정자 위에서 머문다. 호위들은 주위의 눈길을 끄는 것을 바라지 않는다. 하지만 그와 두 미녀만으로도 사람들의 호기심을 불러일으키기에 충분하다.

작년 여름부터 나루터에 둥지를 튼 점쟁이가 그를 알아보고 말한다.

"윤의선생輪椅先生께서 또 나오셨군."

점을 보던 외지인이 묻는다.

"윤의선생이 누군데요?"

"저 바퀴 의자에 탄 분이 바로 윤의선생이라네."

점쟁이와 엇비슷한 시기에 나루터 식구가 된 호금을 켜는 악공이 몇 마디 거든다.

"날씨 좋은 날이면 저렇게 미녀들을 거느리고 산책을 나와서

해 질 녘까지 호수를 멍하니 바라보다 돌아가곤 한다오.”

빙빙과 방방의 아리따운 얼굴을 훔쳐보던 외지인이 부럽다는 듯 말한다.

“허, 팔자 좋은 노인인가 봅니다.”

활기와 무관해진 지 이 년이나 되는 불구자는 이제 누가 봐도 노인이다. 위험한 지혜로 반짝이던 눈은 텅 빈 구멍 같고, 치명적인 계략을 설파하던 목소리는 들을 길이 없다. 애한은 주름으로 쌓이고, 후회는 검버섯으로 피어난다. 그는 알고 있다. 살아야 하는 이유를 알기 전까지는, 아니면 죽어야 하는 이유를 찾기 전까지는 하루하루 이렇게 덧없이 늙어 갈 것임을.

그런 그의 앞에, 오늘, 한 소년이 나타났다.

<hr />

혈판관血判官 여동중余東重은 눈을 가늘게 접었다. 운暈 선생 앞으로 누군가 다가가는 것을 보았기 때문이다.

“일이 생겼다. 준비해라.”

정자의 세 귀퉁이에서 주위를 살피던 수하들에게 지시를 내리면서도 여동중의 시선은 운 선생에게 다가가는 사람에게서 떨어지지 않았다.

정자에서 운 선생이 있는 곳까지의 거리는 제법 되었지만, 남황맹의 비밀 정보 조직인 암군暗軍의 간부답게 여동중의 안력은 무척이나 좋은 편이었다. 덕분에 그 사람이 아직 어린 소년이라는 점과 무공을 익힌 흔적이 전혀 보이지 않는다는 점, 그리고 봇짐에서 꺼내어 운 선생의 발치에 펼쳐 놓은 물건이 가로

세로로 줄 그어진 커다란 천이라는 점을 순차적으로 알아볼 수 있었다.

'바둑판?'

운 선생은 바둑을 무척이나 좋아하는, 혹은 좋아했던 사람 같았다. 운 선생에 대해 알고 있는 거의 유일한 인물이라고 할 수 있는 암군의 군주軍主가 운 선생이 기거하는 장원 곳곳에 바둑 용구들을 마련해 두도록 지시한 것만 봐도 짐작할 수 있었다. 실제로 여동중은 흑돌과 백돌 들이 어우러진 바둑판을 내려다보며 깊은 생각에 잠긴 운 선생의 모습을 여러 번 목격한 바 있었다. 그런 운 선생 앞에 다짜고짜 바둑판을 펼쳐 놓은 소년은, 그러므로 운 선생의 과거에 대해 알고 있는 것이 분명했다. 운 선생을 안다는 것. 그것은 매우 중요한 문제였다.

　ー운 선생을 알아보는 자가 있다면 반드시 죽여야 하오.

이는 여동중을 이곳으로 파견하며 암군의 군주가 내린 몇 가지 지시 사항들 중 가장 우선적인 것이었다. 아무리 나이 어린 소년이라도 그 대상에서 예외일 수는 없었다. 그래서 여동중은 작게 혀를 찼다.

'어린 피를 보게 생겼군.'

비록 흑도인으로 살아오는 동안 적지 않은 살인을 저지른 바 있는 여동중이지만 아직 여물지 않은 목숨을 빼앗는 일은 그리 내키지 않았다. 그러나 군주는 그의 직속상관이었고, 그에게는 군주의 지시를 따라야 할 의무가 있었다. 다만 그 의무를 언제 어떤 방식으로 행하느냐에 대한 판단은 전적으로 실무자의 몫이기에, 그는 잠시 망설일 수밖에 없었다.

그러는 사이, 소년은 운 선생 앞에서 바둑을 두기 시작했다. 대국對局이라고 할 수는 없었다. 운 선생과 바둑을 두는 것이 아니라 소년 혼자서 두고 있었으니까. 진지한 표정과 방정한 몸가짐으로 미루어 정신은 온전히 박힌 녀석 같은데, 바퀴 의자에 앉은 불구 노인을 앞두고서 난데없는 독기獨棋라니 대체 무엇을 하자는 건지 그 의도를 짐작하기 힘들었다. 그리고 바로 앞에서 그 모습을 지켜보는 운 선생은…….

'음?'

어느 순간 운 선생이 움직였다. 두 손으로 바퀴 의자의 팔걸이를 쥐더니 몸을 들어 올린 것이다. 그러더니 바닥으로 내려와 소년의 앞으로 기어간다. 소년이 뭔가를 내밀고—바둑돌이 담긴 주머니 같다— 그것을 받아 든 운 선생이 그 안에서 백돌을 꺼내어 천 바둑판 위에 놓는다. 독기가 이제는 본격적인 대국으로 바뀐 셈이었다.

'이상한 일이군.'

여동중이 기억하기로, 운 선생이 산책 중에 바퀴 의자에서 스스로 내려오려고 한 적은 한 번도 없었다. 암군 야화단夜花團 소속의 두 미녀가 미는 바퀴 의자에 언제나 석상처럼 앉아 있기만 했다. 그러므로 운 선생의 저 행동은 하나의 사실을 말해 주었다. 운 선생은 저 소년에게 '반응'한 것이다.

더 지체해서는 안 된다는 판단이 들었다. 여동중은 수하들에게 지시를 내렸다.

"저 녀석을 데려오너라."

사람의 이목이 많은 장소에서 소년을 죽이는 것은 영리하지 못한 일이었다. 그랬다가는 이곳에 일 년 반 넘도록 운 선생을 숨겨 온 군주의 뜻을 거스르게 된다. 그래서 여동중은 저 소년을 자신의 거처이자 근무지인 장원으로 끌고 가서 죽일 작정이었다. 물론 죽이기 전에 운 선생과 어떤 관계인지 신문할 필요도 있을 테고.

"알겠습니다!"

상관의 지시를 받은 수하들이 정자를 내려갔다. 여동중은 움직이지 않았다. 사안을 가벼이 여긴 것은 아니지만 자신이 직접 나서야 할 필요까지는 느끼지 않았다. 그의 수하들은 무능하지 않았다. 맹의 주력이라고 할 수 있는 일천지살―千地煞에서 골라 온 자들이라 무공을 익히지 않은 소년 하나 붙잡아 오는 것은 일도 아닐 터였다.

정작 일이라 할 만한 것은 엉뚱한 방향에서 불거졌다.

"잘 만났다, 이 염병할 새끼들아!"

<hr>

처음에는 소년을 알아보지 못한다. 기억력이 떨어져서일지도 모른다. 과거를 떠올리지 않으려 애쓴 지 이 년이나 되니까.

하지만 소년이 천 바둑판을 바퀴 의자 앞 땅바닥에 펼쳐 놓고, 범상치 않아 보이는 흑백의 바둑돌을 한 알 한 알 올림으로써 어떤 기보를 지어 나가자, 비로소 기억이 난다. 그 아이다. 신무전 군사의, 이복 아우의 바둑 제자.

그는 비틀린 운명으로 말미암아 두 번의 패륜을 저질렀다. 그중 첫 번째 패륜을 저지른 날 밤에 저 소년을 보았다. 영특하다는 느낌은 받지 못했다. 하지만 우직하다는 느낌은 충분히 받았다. 비유하자면 진귀한 옥이 아니라 커다란 대리석. 반짝이지는 않지만 무엇으로도 조각할 수 있는 후덕한 질료. 지금도 그렇다. 그사이 무슨 고초를 겪었는지 살갗은 결결이 트고 안색은 꺼칠하니 초췌하지만, 당시 받았던 우직한 느낌은 여전히 품고 있다.

똑. 똑. 똑. 똑…….

소년은 묵묵히, 그리고 쉬지 않고 기보를 지어 나간다. 열아홉 번째 수, 스무 번째 수, 스물한 번째, 스물두 번째……. 시선은 오직 천 바둑판에만 고정되어 있다. 그 또한 천 바둑판을 본다. 기보를 본다. 그는 저 기보를 안다. 기억한다. 아니, 새겨져 있다. 과거를 방기한 채 뿌리 뽑힌 물풀이 되어 헛된 세월의 강물 위를 덧없이 부유하는 동안에도 저 기보만은 잊지 않았다. 잊을 수 없었다. 장원 곳곳에 마련된 바둑 용구들을 통해 저 기보를 직접 놓아 본 적도 여러 번이었다.

똑. 똑. 똑. 똑…….

소년은 계속 기보를 지어 나간다. 여든여덟 번째 수, 여든아홉 번째 수, 아흔 번째 수, 아흔한 번째……. 그리고…….

딱.

바로 그 수다. 아흔한 번째 흑의 수에 대해 호응한 것도 불응한 것도 아닌, 일견 어정쩡한 것 같기도 한, 아흔두 번째 백의 수. 형경의 극치. 이복 아우의 이마에 맺혀 있던 구슬 같은 땀방울. 달아오른 귓가에 울려 퍼지던 자신의 맥박 소리.

그다음 수는?

소년이 흑돌을 잡는다.

그는 침을 삼킨다.

소년이 흑돌을 들어 올린다.

그는 눈을 깜박인다.

딱.

아흔세 번째로 놓인 흑의 수.

그러나 그날 밤 반상에 실제로 놓였던 수는 저 수가 아니었다. 그날 밤 백을 쥔 이복 아우를 상대로 흑을 쥔 그는 저 수보다 훨씬 과격하고 훨씬 흉험한 수를 두었다. 무리라는 것을 알면서도 이복 아우가 구축한 형경의 완강한 성벽을 억지로 무너뜨림으로써 국면을 아수라장으로 몰고 갔다. 이른바 패착. 그날 밤의 무참한 패배는 바로 그 수로부터 시작되었다고도 할 수 있다.

그러므로 지금 소년이 놓은 아흔세 번째 수는 현실에서는 나온 적이 없는, 오직 그의 머릿속에서만 존재하는 수다. 그 바둑을 수없이 복기하는 과정에서 그가 숙고하고 궁구하여 찾아낸 수. 형경을 무너뜨리지 않되 선착의 효—호선바둑에서 흑이 먼저 둠으로써 얻는 이익—를 유지해 나갈 수 있는 평명平明한 수. 찾아온 기회를 한 번 더 의심해 봄으로써 상대의 유인에 넘어가지 않고 국면을 장기전으로 이끌어 갈 수 있는 인내의 수. 그 수를 소년이 실제 반상에서 구현해 낸 것이다.

심장이 뛴다.

심장이 뛴다.

심장이 뛴다.

살아 있다는 이 생생한 자각!

소년이 고개를 들어 그를 본다. 두 사람의 시선이 마주친다. 분노, 증오, 나아가 살의 비슷한 것마저 떠올랐다 모두 사라진 뒤, 이제는 고통 어린 갈망만이 남겨진 소년의 눈이 그에게 묻는다.

—자, 어떻게 하시겠습니까?

그는 바퀴 의자의 팔걸이를 쥔다. 두 팔에 힘을 주어 몸을 들어 올린다. 바퀴 의자가 좌우로 출렁거린다. 빙빙과 방방이 놀란다. 하지만 그는 개의치 않는다.

바퀴 의자에서 스스로를 던지듯이 아래로 내려온 그는 나무 토막처럼 뻣뻣한 다리를 질질 끌며 땅바닥을 기어가 천 바둑판 앞에 앉는다. 소년이 주머니 하나를 그에게 내민다. 백돌이 든 주머니다. 그는 주머니를 받는다.

딱.

그가 아흔네 번째 수를 놓는다. 그날 밤 그가 방금 소년이 구현한 아흔세 번째 수를 두었다면, 이복 아우가 다시 한 번 고심하여 찾아냈을 백의 수.

이복 아우의 수읽기가 손에 잡힐 듯 그려진다. 이복 아우의 영혼이 그에게로 옮아 온 것 같다. 아니, 이복 아우와 다시 마주 앉은 기분마저 든다. 하지만 그날 밤처럼 죽음으로 향하는 대국, 패륜으로 추락하는 대국이 아니다. 삶으로 향하는, 인륜을 회복하는 대국이다. 가슴이 울린다.

얼마나 바랐던가.

얼마나 바랐던가.

얼마나 바랐던가…….

딱.

소년이 흑돌로써 응수한다. 아흔다섯 번째 수다. 형경은 무너뜨리지 않되 선착의 효는 계속 유지해 나가고 있다. 저 수와 앞선 아흔세 번째 수만으로도 소년이 이 기보에 쏟은 열정과 노력을 알 수 있다. 그 우직한 기재棋才를 가늠할 수 있다.

놀랍다. 대견하다. 그리고 궁금하다.

소년과 만들어 가는 이 기보가 과연 어디까지 이어질까?

사건의 발단은, 여동중의 지시를 이행하기 위해 운 선생이 있는 곳으로 빠르게 나아가던 지살들의 앞길을 어떤 젊은 놈 하나가 떡하니 가로막고 나선 데서 시작되었다. 이 일대에서는 한 번도 본 적 없는 그놈은 여자나 등쳐먹고 살 것 같은 곱살한 생김새와 어울리지 않는 육두문자를 쏟아 내며 지살들을 한바탕 성토—어젯밤 도박장에서 사기를 쳤다는데, 말도 안 되는 소리였다. 여동중을 포함한 호위들은 어젯밤 장원을 잠시도 떠난 적이 없었으니까—하더니, 어이없어하는 지살들이 뭐라고 대꾸하기도 전에 뒤쪽에 모여 있는 동패들을 돌아보며 기세 좋게 외친 것이었다.

　"작살내 버려!"

　그러고는 곧바로 난투에 돌입. 밝은 대낮에, 그것도 중인환시리에, 시정잡배들과의 개싸움이 벌어지게 되었다.

　곱살한 젊은 놈과 그놈이 끌고 온 놈들은 그야말로 잡배라는 말에 딱 어울리는 부류였다. 무고한 양민들의 고혈을 자양 삼아 살아가는 거머리 같은 인생들. 무기라고 들고 있는 것도 부지깽이며 도리깨 같은 생활 용구들 일색이라서 사람을 죽여 본 적이나 있는지도 의심스러웠다. 그런 놈들로 인해 사단이 일어났으니, 직접 겪고 있는 지살들도 그렇겠거니와 멀리서 바라보는 여동중이 느끼는 황당함이란 말로 표현하기 힘들 정도였다.

　'사람을 잘못 보아 일어난 일일까?'

　말보다 주먹이 앞서는 저런 부류에겐 오해로 인한 소동이 그림자처럼 붙어 다니니 말이다.

　하지만 여동중은 그 가설을 곧바로 접었다.

저것이 정말로 오해로 인한 소동이었다면 첫 번째 충돌 때, 그러니까 기세 좋게 달려 나온 덩치 큰 털북숭이 남자가 지살들 중 한 명의 발길질에 명치를 정통으로 얻어맞고 뒤로 날아갔을 때, 알아서 꼬리를 말았어야 했다. 한 번의 날렵하고 절도 있는 각법을 펼침으로써 이쪽은 너희가 말한 사기도박과는 무관한 강호의 인물들임을 입증했으니까. 그런데 상황은 그렇게 돌아가지 않았다. 상대가 안 된다는 것이 너무나 빤한데도, 놈들은 꼬리를 말려고 하지 않았다.

"붙잡아! 아무 데나 붙잡고 늘어지란 말이야!"

곱살한 젊은 놈의 악에 받친 독려와 그것을 수행하기 위해 세 지살들에게 온몸을 던져 가는 잡배들의 저돌적인 행동은 이 일이 단순히 오해에서 비롯된 우발적인 사건이 아님을 분명히 보여 주고 있었다. 우발적이 아니면 의도적이란 건데, 그 의도가 대체 무엇일까?

'혹시……?'

여동중의 눈길이 다시 운 선생 쪽을 향했다.

바닥에 내려온 운 선생과 마주 앉아, 이제는 독기가 아닌 대국을 하고 있는 소년!

잡배들이 소동을 일으킨 의도가 만일 저 소년을 돕기 위해서라면?

이것은 결코 지나친 비약이 아니었다. 어떤 사건—아무리 드문 사건이라도—은 우연히 일어날 수 있지만, 또 다른 사건이 그 사건과 맞물려 일어난다면 그 우연성은 반드시 의심해 볼 필요가 있는 것이다.

잡배들의 수는 제법 많았다. 얼핏 보기에도 스무 명 가까이 되는 것 같았다. 그러나 중과부적이란 말이 통하는 것은 중衆과과棄를 구성하는 개개인의 능력이 큰 차이 없는 경우였고, 저런 잡배들이 아무리 많아 봤자, 그리고 아무리 저돌적으로 달려들어 봤자 전문적이고 혹독한 훈련을 거친 지살 하나를 어쩌기는 힘들다. 하물며 지살은 셋, 그것도 고르고 고른 정예였다. 아무 데나 붙잡고 늘어짐으로써 행동을 봉쇄하겠다는 뒷골목식의 허접한 전술이 통할 리 없는 것이다.

아니나 다를까, 지살들이 본격적으로 손을 쓰기 시작하자 전세는 급격히 기울어졌다.

빡! 뿌득!

"아구구구!"

뼈 부러지는 소리와 그것에 수반되는 비명이 꼬리를 물고 일어났다. 소란이 불가피하다는 점을 인식한 듯 지살들은 더 이상 주위의 이목에 신경 쓰지 않고 지닌바 무공을 가차 없이 펼쳐냈다. 그러면서도 병기 사용만큼은 자제하고 있다는 것은 칭찬해 줄 만했다. 소란이 불가피해진 점은 어쩔 수 없지만, 상대도 안 되는 잡배들을 죽여 가면서까지 소란의 규모를 키울 필요는 없기 때문이었다.

때리고 차고…….

쓰러지고 날아가고…….

셋뿐인 과 쪽에서 다섯 배가 넘는 중을 모조리 때려눕히는 데는 그리 오랜 시간이 필요하지 않을 것 같았다. 정자 난간에 앉아 그 광경을 지켜보던 여동중은 잠시 긴장했던 마음을 느슨하게 풀며 생각했다.

'신문할 거리가 많아지겠군.'

다른 잡배들은 몰라도 처음에 나선 젊은 놈만큼은 소년과 함께 장원으로 끌고 가겠노라 결심을 굳히면서.

바로 그때, 지살 하나가 픽 쓰러졌다.

　그는 고개를 든다. 주위가 소란스럽다. 욕설과 고함. 근처에서 싸움이라도 벌어진 모양이다.
　하지만 소년은 천 바둑판 위로 숙인 고개를 움직이지 않는다. 다만 책상다리를 한 허벅지에 올려놓은 두 주먹의 엄지손가락들을 빠르게, 마치 거문고 줄이라도 퉁기듯 움찔거릴 뿐이다. 수읽기는 머릿속으로 하는 것이지만 몸이 반응하는 경우도 있다. 지금 소년의 손동작이 바로 그런 것이다. 소년은 완전한 몰입 상태에 들어가 있다. 등 뒤에서 벼락이 떨어져도 지금 저 귀에는 들리지 않을 것이다. 좋은 집중력이다.
　집중력이라면 그도 소년에 뒤지지 않는다. 그럼에도 그가 외부의 상황에 신경을 돌릴 수 있는 것은, 그의 기력이 소년의 것보다 월등히 높기 때문이다. 두 점을 접어줘도 너끈한 실력 차. 세 점이면 어찌어찌 승부가 될 듯하다. 물론 소년의 나이를 감안하면 그것만으로도 놀라운 일임에 분명하다. 함부로 폄하당할 기력이 아닌 것이다. 어쨌거나, 그에게는 여유가 있다.
　소년의 손이 돌 주머니 안으로 들어간다.
　딱.
　음?
　소년의 이번 착수를 본 그는 자세를 고쳐 앉는다. 묘한 수다. 단단한 껍데기 안에 사나운 모색을 감추고 있다. 그는 눈썹을 모으며 팔짱을 낀다. 아무래도 잘못 생각한 모양이다. 저런 수를 찾아내다니, 두 점이어도 승부가 될지 모른다.

딱.

그가 응수하자 기다렸다는 듯 소년이 착수한다.

딱. 딱. 딱. 딱.

반면이 급박해진다. 형경이 무너져 간다. 형경이란 종국까지 지속될 수 없는 한시적 균형이다. 언젠가는 무너질 수밖에 없고, 그 시점까지 얼마나 자신에게 유리하도록 국면을 이끌어 왔는지가 이후의 승부를 결정한다. 지금 소년은 스스로 형경을 무너뜨리고 있다. 이제까지 취해 온 이득이면, 비록 소년의 기력을 시험하기 위해 그가 양보해 준 얼마 안 되는 이득일지라도, 충분히 승산이 있다고 믿는 모양이다. 과연 그럴까?

백삼십 수를 넘어가며 완전히 무너진 형경은 필연적인 난전으로 이어진다. 소년의 수가 몹시 사납다. 방패를 내려놓은 흑돌들이 이제는 비수를 겨누어 백진을 노려본다. 하지만 사방의 돌들이 얽히며 각각의 반응들로써 전 판에 영향을 끼치는 난전은 그의 영역이요, 장기다. 이제껏 왕도王道로써 국면에 맞춰 왔다면, 이제부터는 패도覇道로써 국면을 장악해 갈 것이다. 비록 지금은 자신감을 내보이고 있지만, 소년은 결국 그의 패도 앞에 무너져 내릴 것이고, 좌절로부터 무엇인가를 배우게 될 것이다.

누군가를 가르칠 수 있다는 것.

그래서 그는 즐겁다.

⌒⌒⌒

처음에는 발을 헛디뎌 미끄러졌다고 생각했다.

그게 아니라면 양 떼 속에 뛰어든 세 마리 늑대처럼 잡배들 사이를 맹렬하게 누비던 지살들 중 하나가 왜 갑자기 쓰러진단 말인가!

설령 혼전 중에 잠시 주의력을 잃어 놈들 중 하나가 휘두른 무기 같지 않은 무기에 얻어맞았다 치더라도, 그 한 방에 지살이 맥없이 고꾸라진다는 건 있을 수 없는 일이었다. 만일 현실이 그러했다면, 일천지살의 수령이자 대교두이기도 한 적면마도赤面魔刀 순우격淳于格은 수치심을 참지 못하고 맹주 앞에서 혀를 깨물지도 모른다.

그러므로 저 지살은 금세 일어설 것이고, 민망함을 감추기 위해서라도 더욱 용맹스럽게 잡배들을 때려눕힐 것이다. 그 통에 한두 놈쯤 죽어 나갈지도 모르고.

'일이 너무 커지면 곤란한데…… 음?'

하지만 또 하나의 지살이 앞선 지살과 마찬가지로 잘린 수숫대처럼 맥없이 넘어가는 광경을 목격했을 때, 여동중은 자신의 판단에 심각한 오류가 있었음을 인정하지 않을 수 없게 되었다. 실수나 우연으로는 결코 설명할 수 없는 어떤 일이 지금 저곳에서 벌어지고 있는 것이다.

'이러고 있을 때가 아니다!'

여동중은 걸터앉아 있던 정자 난간에서 벌떡 일어섰다. 그런 다음, 난간을 훌쩍 뛰어넘어 난투가 벌어지고 있는 나루터 입구를 향해 몸을 날렸다.

혈판관 여동중은 강호사마의 쇠락 이후 흑도에서 새롭게 조명받기 시작한 십패十覇 중 한 명으로 꼽히는 고수였다. 판단이 빠르고 냉정 침착한 데다 책임감 또한 두터워, 무인을 그리 중히 쓰지 않는 암군의 군주도 그에 대해서만큼은 몸소 나서서 영입을 추진했을 만큼 높이 평가하고 있었다. 이번 임무만 무사히 마치면 그는 암군의 세 단주 중 수석단주의 자리를 차지하게 될 것이고, 이는 맹 내 서열 십오 위 안에 들게 됨을 의미했다. 겨우 십오 위라고 여길 일이 아니었다. 남서 지역을 넘어 이제는 강남 전역에서 욱일승천하는 기세로 세력을 넓혀 나가는 남황맹의 입지를 감안한다면 말이다.

한데 그 임무가 지금 위협받고 있었다. 그것도 이따위 어처구니없는 이유로 인해. 여동중으로서는 절대로 받아들일 수 없는 일이었다.

이십 장에 가까운 거리가 잠깐 사이에 사라졌다. 그 짧은 시간 동안 여동중의 시선은 아직까지 유일하게 남아 있는 세 번째 지살의 동정에 고정되어 있었다.

그 지살은 동료들에게 벌어진 갑작스러운 변고에 무척 당황한 것 같았다. 그럼에도 사방을 경계하는 한편 잡배들에게 가급적 둘러싸이지 않는 위치로 몸을 물리는 것을 보면, 일천지살 개개인의 훈련도가 얼마나 충실한지를 짐작할 수 있었다.

하나 변고는 그 지살에게도 어김없이 찾아들었다.

여동중은 똑똑히 보았다.

여남은 명쯤 남은 잡배들 중 하나가 잡배라면 절대로 보여 줄 수 없는 간결하면서도 쾌속한 움직임으로 지살의 배후로 접근하더니, 뭔가 심상치 않은 낌새를 알아차린 지살이 상체를 돌리려는 순간 경추가 시작되는 뒷골 부위에다 까맣고 뾰족한 꼬챙이를 박아 넣고 사라지는 광경을.

'고수다!'

아니, 그 말만으로는 부족했다. 고수를 넘어서는 절대 강자라는 뜻이 아니다. 방금 시간과 공간의 비좁은 틈새를 비집고 느닷없이 나타났다 느닷없이 사라져 버린 그자에게는 보편적으로 고수라 불리는 무인들에게서 찾아볼 수 없는 무엇인가가, 안개처럼 모호하면서도 치명적으로 위험한 무엇인가가 깃들어 있는 것 같았다. 그러므로……

'조심해야 해.'

이 생각을 마지막으로 여동중은 전장에 뛰어들었다.

파파파!

손 속을 자제할 상황이 아니라고 판단했기 때문에 여동중은 애병인 호혈필呼血筆을 이미 뽑아 들고 있었고, 부드러운 붓털 대신 거무튀튀한 강사를 매단 그 철필은 이름 그대로 발출과 동시에 인간의 피를 불러냈다. 하지만 호혈필에 묻힐 가치도 없는 피. 그의 이동 경로에서 어물거리던 운 나쁜 잡배들의 몸에서 뿜어 나온 하찮은 피에 지나지 않았다.

"크아악!"

"어헉!"

뿌려지는 핏물 속에서 처절한 비명들이 난분분하게 울려 퍼졌다. 뚜렷하고 요란한 죽음의 증거들이 여동중이 지나간 동선 위로 발자국처럼 뒤따르고 있었다. 그것들은 아무 기척 없이, 마치 어둠에 삼켜지듯 스러져 버린 세 지살의 경우와 달리 주위에서 싸움을 지켜보던 구경꾼들로부터 커다란 반향을 불러일으켰다.

"살인이다!"

"사람이 죽었다!"

소란이 삽시간에 몇 배로 커졌다. 여동중의 입장에서는 결코 바라지 않았던 일이 벌어진 것이다. 그러나 여동중은 그 문제에 대해 더 이상 신경 쓰지 않았다. 세 번째 지살의 죽음을 목격한 순간, 그는 소란을 최소화해야 한다는 생각을 머릿속에서 지워 버렸다. 지금 중요한 문제는 지살들을 죽이고 어디론가 숨어 버린 흉수를 찾는 것. 그의 맹금 같은 시선이 남아 있는 잡배들의 얼굴 위를 빠르게 훑고 지나갔다.

'어디냐? 누구냐?'

그때 하나의 얼굴이 여동중의 시선에 잡혔다. 곱살하게 생긴 젊은 놈. 어처구니없이 시작되어 더욱 어처구니없이 전개되어 가는 이 황당한 사건의 문을 처음 연 자이기도 했다. 흉수는 아니지만, 그래도 흉수에 대해 약간이라도 아는 자가 있다면 바로 저놈이 아닐까?

곱살한 놈은 갑자기 싸움판에 뛰어든 여동중에 의해 동료들이 피를 쏟으며 죽어 나가자 당황한 듯, 그리고 겁에 질린 듯 핼쑥해진 얼굴로 뒷걸음질을 치고 있었다. 그놈 하나만 그러는 것이 아니었다. 제 다리로 움직일 수 있는 모든 잡배들이 그러고 있었으니까.

한데 엉켜서 난투를 벌이던 인간들이 서로 간의 간격을 벌리자 감춰져 있던 것들이 그 빈자리에 드러났다. 석류 속처럼 붉은 혈흔을 목 부위에 붙인 채 죽어 널브러진 세 지살들. 그들에 의해 뼈가 부러지거나 머리가 깨져 쓰러졌던 잡배들은 바닥을 기어서라도 여동중으로부터 멀어지기 위해 애를 쓰고 있었다.

그 모든 광경을 주마간산으로 훑어보며, 여동중은 곱살한 놈을 향해 바람처럼 쇄도해 갔다.

빡!

"어으으……."

앞길에서 거치적거리던 어떤 잡배의 머리통이 호혈필의 붓대에 맞아 수박처럼 터져 나갔다. 허연 뇌수 몇 방울이 얼굴에 튀었지만 여동중의 발길에는 거침이 없었다.

그 광경에 눈이 뒤집혔나 보다. 곱살한 놈이 표정을 굳히고 뒷걸음질을 멈추더니 허리춤에서 뭔가를 꺼내 드는 것이 보였다. 날의 길이가 한 뼘쯤 되는 비수였다.

"염병! 뒈졋!"

비수를 앞세운 곱살한 놈이 여동중을 향해 달려 나왔다. 감히 올려다볼 수도 없는 강호의 절정 고수를 상대로 저럴 수 있다니, 뒷골목 잡배치고는 강단이 대단한 놈이라는 생각이 들었다. 하지만 그 생각이 호의로 이어지기에는 지금 여동중의 심기가 너무 불편했다.

쳉!

호혈필이 휘둘러진 순간 비수는 맥없이 날아가 버렸다. 찢어진 손아귀를 움켜쥐고 뒤로 물러나는 곱살한 놈을 여동중은 그냥 놔두지 않았다. 죽이는 것은 곤란하지만 죽고 싶을 만큼 고통을 주는 것은 별문제 없으리라. 호혈필이 일직선으로 뻗어 나갔다.

푹.

호혈필의 강사 촉이 곱살한 놈의 오른쪽 견정肩井에 박혔다. 나중에 젓가락질이나 제대로 할 수 있을지 염려되는 엄중한 일격이지만, 놈이 염려해야 할 것은 나중에 있을 일이 아니었다.

"끄으으……."

곱살한 놈이 이를 악물며 비명을 삼켰다. 여둥중은 놈의 어깨에 호혈필을 깊숙이 박은 채로 물었다.

"그자는 어디 있느냐?"

곱살한 놈은 대답하지 않았다. 그 대신 핏발 선 눈으로 여동중을 노려보고, 악문 이빨 사이로 거친 숨을 몰아쉬면서, 왼손을 들어 호혈필의 붓대를 잡으려고 했다.

'독종이로다.'

사나운 개를 굴복시키는 방법은 오직 하나였다. 여동중의 눈빛이 차가워졌다.

"끄아악!"

여동중이 호혈필을 쥔 오른손을 우악스럽게 비틀자 곱살한 놈은 더 이상 참지 못하고 비명을 터뜨렸다. 그 비명이 잦아들기를 기다려 여동중이 물었다.

"그자는 어디 있느냐?"

곱살한 놈이 부들부들 떨리는 입술로 반문했다.

"그, 그자……라니? 누, 누, 누구…… 말이냐?"

"그자! 내 수하들을 죽인 자!"

"여, 염병…… 누가 누굴 주, 죽였다고…… 끄아악!"

여동중은 다시 한 번 호혈필을 비틀면서 곱살한 놈의 눈을 똑바로 들여다보았다. 오직 고통만이 점철된 그 눈에 뭔가를 감추고 있는 기미는 보이지 않았다. 이놈은 그 일에 대해 아는 것이 정말로 없다는 감이 왔다. 어쩌면, 너무나도 하수라서, 난투 중에 지살들이 암습을 당한 사실마저 알아차리지 못했을 수도 있다. 그냥 저희들이 우연히 이뤄 낸 쾌거라고 여기고 있을지도 모른다. 그렇다면 흉수와 잡배들이 한 패가 아니란 말인가?

그때 목덜미로 오스스 소름이 돋았다.

만일 여동중의 실전 경험이 십패라는 반열에 걸맞을 만큼 풍부하지 못했다면, 그는 고개를 돌려 자신을 소름 돋게 만든 근원을 눈으로 확인하려 했을 것이고, 그랬다면 세 지살과 같은 운명을 맞게 되었을 것이다.

여동중은 그렇게 하지 않았다. 그 대신 왼손을 뻗어 곱살한 놈의 멱살을 틀어쥔 뒤, 그 몸뚱이를 축 삼아 반 바퀴 회전함으로써 소름의 근원과 자신의 목숨 사이에 살아 있는 방패 하나가 막아서게끔 만들었다.

"끄어-!"

그 바람에 졸지에 돌려 세워진 곱살한 놈이 어깨의 상처로부터 치민 고통을 이기지 못하고 입을 딱 벌렸다.

누런 이빨과 검붉은 구강.

그것에서 왼쪽으로 반 뼘쯤 옆의 공간, 그러니까 곱살한 놈의 오른쪽 귓불 바로 밑에서 새까만 첨단 하나가 튀어 나왔다. 세 번째 지살의 뒷골을 꿰뚫던 그 까맣고 뾰족한 꼬챙이였다.

파앗!

꼬챙이는 가공할 와류渦流를 동반하고 있었다. 직접 접촉하지도 않았건만 곱살한 놈의 귓불이 팥알 같은 붉은 점들로 짓이겨져 날아가는 것이 그 증거였다. 하지만 혈판관 여동중도 철중쟁쟁의 강자. 눈으로는 그 사실을 확인하면서도 몸으로는 상황에 가장 적절한 대응을 펼치고 있다는 것만으로도 그의 발달된 실전 감각을 짐작할 수 있었다.

왼발 발바닥을 들어 곱살한 놈의 아랫배를 힘껏 밀침으로써 꼬챙이의 무시무시한 진격으로부터 스스로를 보호한 여동중은, 얼음판 위를 미끄러지듯 후방으로 쭉 밀려나던 몸을 바로 세우는 즉시 전방을 노려보았다.

'누구냐?'

돌려세워진 자리에 못 박힌 채 벌린 입을 다물지도 못하고 있는 곱살한 놈 앞으로 한 남자가 모습을 드러내고 있었다.

"달아나시오."

"어어……."

"어서."

놀라 대답도 제대로 못 하는 곱살한 놈에게 낮지만 단호하게 다시 말하는 남자.

바로 그 흉수다!

호리호리하지만 약해 보이지는 않는 몸, 손목에는 검은 투수, 발목에는 검은 각반, 오른손에 쥐인 새까만 꼬챙이, 왼손 중지에는 붉은 보석이 박힌 반지…….

치렁한 앞머리에 가려 얼굴은 잘 보이지 않았다. 아니, 곱살한 놈을 재촉하기 위해 고개를 젖히며 팔을 내젓는 바람에 얼굴이 살짝 드러났다. 젊다. 잘생겼다. 젊고 잘생긴 그 얼굴은 여동중을 향해 다시 돌려진 순간 얼음처럼 차갑게 가라앉아 있었다. 이런 상황에서도?

다음 순간, 흉수가 여동중을 향해 몸을 날렸다. 예비 동작으로는 쉽게 감지할 수 없는 간결하면서도 쾌속한 운신법이었다. 여동중은 피하지 않고 흉수를 향해 마주 몸을 던졌다.

호혈필이 뻗어 나갔다.

꼬챙이가 뻗어 나왔다.

촤촤촤촤창!

비슷한 길이와 비슷한 모양을 가진 두 병기가 순식간에 다섯 번이 부딪쳤다가 떨어져 나갔다. 비슷하게 빠른 눈. 비슷하게 빠른 손. 그러나 공력은 여동중 쪽이 약간 위였다. 여동중은 오른손을 통해 전달되어 오는 반탄력의 세기를 통해 그 사실을 알아차릴 수 있었다.

챙! 채챙! 까강!

그를 증명하듯 흉수는 병기끼리 부딪치는 매 순간마다 조금씩 물러서고 있었다. 엄밀히 말하면 자신보다 높은 여동중의 내공에 의해 밀려나고 있는 것이다.

'이길 수 있다!'

여동중은 그 기세를 살려 더욱 맹렬하게 흉수를 추급해 들어 갔다. 단전으로부터 솟구친 공력이 그의 전신을 후끈하게 달구고 있었다. 혈판관의 성명절기인 찬혈십팔장撰血十八章이 바야흐로 불꽃을 뿜어내고 있었다. 피를 불러내는 호혈필! 하지만 이번에는 하찮은 피가 아니었다.

팍! 짜자작!

호혈필의 강철 축에 어린 기세는 날카롭기 그지없었다. 흉수가 입고 있는 의복 여기저기가 쩍쩍 갈라지고, 그 사이로 붉은 혈흔이 비쳐 나오기 시작했다. 간헐적으로 내뻗어 오는 반격은 여전히 위협적이지만 여동중의 엄밀한 방어에 막혀 별 효과를 보지는 못했다. 그러니 결국 할 수 있는 일이라고는 지금처럼 꼬챙이로 자신의 요혈을 보호하며 뒤로 물러나는 것뿐.

땀에 젖은 치렁한 앞머리가 이마에 달라붙고, 여동중은 그 사이로 드러난 흉수의 눈동자가 좌우로 빠르게 움직이는 것을 발견했다.

'다시 숨으려고?'

여동중은 흉수의 속내를 짐작할 수 있었다. 정면 대결로는 상대하기 어려우니 아까 지살들을 죽일 때처럼, 또 그에게 첫 번째 공격을 가할 때처럼, 사람들 속으로 숨어들었다가 암습을 가할 작정인 것이다. 물론 어림없는 수작, 여동중은 흉수가 바라는 대로 해 줄 의향이 추호도 없었다.

"하앗!"

내공이 실린 기합과 함께, 여동중은 찬혈십팔장 중 휘몰아치는 기세가 가장 탕탕한 권토중래捲土重來의 수법을 펼쳤다.

후아악!

습기를 충분히 머금은 호숫가 땅바닥에서 작은 소용돌이가 연속적으로 일어나며 자욱한 흙먼지가 피어올랐다.

여동중의 공세는 계속 이어졌다. 그는 권토중래의 뒤를 이은 미생지신尾生之信의 우직한 수법으로써 흉수의 퇴로를 한 방향으로 몰아 나갔다.

사람들이 없는 방향. 시퍼런 호수 물만 기다리는 방향.

바로 계선장 쪽이었다.

이 노자산 나루터는 홍택호를 둘러싼 이백여 개의 나루터들 중에서 규모가 제법 큰 편에 속했고, 그래서 나무 지주들 위에 널빤지를 촘촘히 깔아 만든 계선장의 길이는 이십 장 가까이나 되었다. 그 계선장 위로 흉수와 여동중이 올라섰다.

그 바람에 날벼락을 맞은 것은 계선장 위에 있던 사람들이었다. 사공들이며 인부들, 배를 기다리거나 배에서 막 내린 선객들은 자신들을 향해 점차 다가오는 두 사람으로부터 달아나기 위해 주위를 두리번거렸지만 호수 위에 일자로 놓인 계선장에서 적당한 피신처란 게 있을 리 만무했다.

"어이쿠!"

운 좋은 자들은 정박해 있는 배 위로 내려설 수 있었지만 그렇지 못한 자들은 초겨울 호수 물이 얼마나 차가운지를 몸소 겪을 수밖에 없었다. 하나 생사의 간극 위에서 오직 상대의 목숨을 끊는 데만 집중한 두 사람이 그들의 곤란을 돌아봐 줄 리 없었다.

첨벙거리는 물소리가 연달아 울리고…….

"어푸어푸!"

비명 소리가 뒤따르는 가운데…….

"사, 사람 살려!"

병기까리 부딪치는 날카로운 쇳소리는 끊이지 않고 이어지고 있었다.

챙! 채챙! 창!

호혈필로 어지러이 때려 내며 흉수에게 다가가는 여동중!

꼬챙이로 가까스로 막아 내며 여동중으로부터 물러나는 흉수!

병기끼리 부딪칠 때마다 승패의 명암은 점점 더 뚜렷해졌다. 흉수의 공격은 예리한 맛을 잃어 갔고, 특유의 간결한 몸놀림 또한 눈에 띄게 둔해졌다. 여동중은 이 계선장이 끝나기 전에 흉수에게 치명적인 일격을 사할 수 있으리라 믿어 의심치 않았다. 그리고 이러한 확신은 다섯 합이 채 지나기 전에 현실이 되었다.

푹.

호혈필의 강사 촉이 흉수의 왼팔 상박에 깊숙이 틀어박혔다. 여동중이 뭇 난적들을 물리치는 데 혁혁한 공헌을 한 낭중지추囊中之錐의 절초는 이번에도 주인을 배신하지 않았다. 근육이 뚫리고 뼈가 부러지는 느낌이 호혈필을 쥔 손가락과 손바닥을 통해 생생히 전달되어 왔다. 그런데도 흉수는 이빨을 으드득 갈아 붙였을 뿐, 한 토막의 신음조차 내뱉지 않았다. 아직 끝나지 않았다는 양, 아래로 축 늘어져 있던 꼬챙이가 여동중을 향해 독 오른 뱀처럼 솟구쳐 올랐다.

여동중은 당황하지 않고 흉수의 왼팔에 꽂힌 호혈필을 뽑아 횡으로 휘둘렀다.

깡!

꼬챙이가 흉수의 손아귀를 벗어나 호수 물에 떨어졌다.

팔 하나를 못 쓰게 만들었다. 병기도 날려 버렸다. 흉수의 목숨은 이제 여동중의 수중에 들어온 것이나 다름없었고, 여동중은 선택의 기로에 섰다. 죽여 없애든지, 아니면 사로잡아 정체를 밝혀내든지.

하지만 이런 자에게서 뭔가를 알아낸다는 것이 과연 가능할까?

앞서 곱살한 놈도 제법 독종이라고 할 수 있었지만, 이자는 차원이 다르리라는 생각이 들었다. 어떤 고통도 이자의 입을 열게 할 수는 없을 것 같았다. 그렇다면…….

'죽인다!'

망설임은 짧았다. 여동중은 홍수에게 최후의 일격을 가하기 위해 호혈필을 겨드랑이 아래로 끌어당겼다. 하지만 그 짧은 망설임이 승패는 물론이거니와 생사마저도 바꿔 놓을 수 있다는 사실을 그는 미처 알지 못했다.

홍수가 육탄으로 달려들었다.

여동중과 홍수 사이의 거리는 여덟 자가 채 되지 않았고, 홍수가 달려든 방향은 하필이면—아니, 의도적이겠지만— 여동중의 우반신 쪽이었다. 호혈필을 찔러 낼 거리가 순식간에 사라진 것이다.

"엇?"

여동중은 속수무책으로 홍수와 한 덩어리로 얽힐 수밖에 없었고, 그 직후 비스듬히 밀려나던 두 발 중 하나가 허방을 딛고 꺼지는 것을 느꼈다.

추락.

여동중의 시야 속에서 파란 하늘과 파란 호수 물이 빙글 위치를 바꾸었다.

첨벙!

이번에는 호수가 시끄럽다. 장대 같은 물기둥이 퍽퍽 솟구쳐 오르고, 수면이 무쇠 솥 안에 끓어오르는 죽처럼 부글거리기도 한다.

소년의 자세는 여일하다. 오직 양손의 엄지손가락만을 빠르게 까닥거릴 따름이다. 그 전에 울린 병장기 부딪치는 소리도, 구경꾼들 틈에서 분분히 터져 나온 고함 소리도 못 들은 것이 분명하다. 그러므로 소년에게 있어서 이 자리는 완전히 독립된 대국장이다. 무엇도 끼어들지 못하는, 그와 소년과 바둑만이 존재하는 공간.

소년이 다시 흑돌을 착수한다.

딱.

백칠십여 수에 달하는 긴 수순이 놓인 뒤지만 반상은 아직 정리되지 않았다. 쉽사리 정리시켜 주지 않으려는 그의 의도가 작용했기 때문이다. 이복 아우가 설파하고 반상에서 몸소 보여 준 부쟁선의 묘리는 형경이 깨진 순간 수명이 다했다. 그다음은 처절한 쟁선의 전장. 쉴 새 없이 타진하고 도발하고 몰아붙이는 백돌의 공세 앞에 흑돌이 기존에 획득한 이로움은 자취를 찾기 힘들다. 이상한 일은 아니다. 기력의 고하를 감안하면 당연한 결과다.

그가 착수한다.

딱.

뒤이어 소년이 착수한다.

똑.

그가 착수한다.

딱.

소년이 다시 착수한다.

똑.

하지만 돌을 놓는 손길에 힘이 담겨 있지 않다. 한 치 앞을 내다볼 수 없는 어지러운 국세 위에서 망연히 길을 잃은 탓이리라. 그는 주저하지 않고 소년을 몰아붙인다.

딱. 똑. 딱. 똑.

몇 수가 그렇게 지나간다. 그가 흩뿌려 놓은 백돌들이 보이지 않는 기세를 덩굴처럼 뻗어 하나가 된다. 반면에 검은 전사들은 그러지 못하다. 그들이 흘리는 들리지 않는 신음 소리가 반상에 구슬프게 울려 퍼지는 듯하다.

똑.

소년이 흑돌 하나를 올려놓는다. 고단한 검은 전사들에게 힘을 주기에는 턱없이 부족한 수. 때가 되었다. 그는 돌 주머니에서 백돌 한 개를 꺼내어 어린 적수의 명줄에 똑바로 겨눈다.

딱.

반상에 마지막으로 놓인 백돌을 한참 동안 바라보던 소년의 고개가 바닥을 향해 푹 떨어진다.

패국 선언.

소년의 뒤통수를 잠시 내려다보던 그가 말한다.

"인심이 순하면 왕도로써 다스린다. 인심이 박하면 패도로써 다스린다. 그것이 군주의 도리다."

이제껏 두 미녀와 네 호위를 제외한 그 누구에게도 말을 한 적이 없는 그다. 게다가 그 말이란 것도 먹고 입고 싸고 잠드는 일상생활과 밀접한 것들뿐이어서, 말 이상의 견해를 드러낸 적은 한 번도 없다고 할 수 있을 것이다. 그러니 그의 뒷전에서 하릴

없이 시립해 있다가 그가 소년에게 육성으로 내린 첫 번째 가르침을 들은 빙빙과 방방이 얼마나 놀랐을지 능히 짐작할 만하다.

하지만 그는 가르침을 멈추지 않는다.

"바둑에 있어서 부쟁선의 묘리와 쟁선의 묘리는 결국 대국에서 승리하기 위한 두 가지 방편에 불과하다. 전자에 치우치면 견고하나 우둔해지기 쉽고, 후자에 치우치면 강성하나 과격해지기 쉽다. 네 스승은 두 가지를 두루 갖추었기 때문에 한 가지를 지향해도 허점을 드러내지 않을 수 있었지만, 두 가지 중 한 가지도 제대로 갖추지 못한 너로서는 감히 그 경지를 넘볼 수 없다. 그러나……."

그는 말을 멈춘다.

소년이 고개를 든다. 좋은 얼굴, 배움에 목마른 눈이다. 후덕한 질료. 이복 아우가 이 아이의 어디에 매료되었는지 알 것 같다.

그는 소년의 얼굴을 바라보며 생각한다. 이 아이, 내가 살아 있어야 할 이유가 될 수 있을까? 아까의 두근거림이 떠오른다. 이복 아우가 된 듯한 기분이, 이복 아우와 마주 앉아 대국하는 듯한 기분이 되살아난다.

그래…….

그는 마침내 결심한다. 지난 이 년간 보내온 미생미사未生未死, 불생불사不生不死의 삶에 종지부를 찍는 결심이다. 오늘 이후의 삶, 자신의 손으로 저지른 끔찍한 죄악을 매 순간마다 곱씹어야만 하는 그 삶은 몹시도 고통스러우리라. 그러나 결심을 한 이상, 그가 짊어져야 할 짐이다.

그가 소년에게 말한다.

"너는 가르칠 가치가 있다."

소년의 눈동자가 떨린다. 그 속에서 교차하는 기쁨과 슬픔을 그는 읽을 수 있다. 가치를 인정받은 기쁨. 그러나 그 대상이 사부를 죽인 자이기에 슬픔.

그는 숙연해진다. 패륜으로 점철된 지난 삶이 다시 한 번 후회된다. 하지만 운명이란 그런 것. 과거는 되돌릴 수 없다.

소년에게 약한 모습을 들키고 싶지는 않다. 그래서 그는 고개를 돌린다. 그의 등 뒤, 흑백이 분명한 두 쌍의 눈동자가 그의 시선을 기다리고 있다. 아름다운 눈동자다. 그러나 사납다.

그가 빙빙과 방방에게 말한다.

"할 일이 생겼다."

두 살 연상이라서 방방에게 언니라 불리는 빙빙이 말한다.

"무슨 일인지는 몰라도 저희들이 해 드리겠습니다."

그는 고개를 젓는다.

"너희들은 할 수 없는 일이다."

"하오시면……?"

"아쉽지만 이제 너희들과는 헤어져야겠다."

빙빙의 눈초리가 올라선다. 그 앞에선 감히 보이지 못하던 노기다.

"저희 주인님께서는 선생님께서 그러시는 것을 허락하지 않으실 겁니다."

그가 담담히 반박한다.

"나는 누구의 허락을 필요로 하는 사람이 아니다."

이번에는 방방이 말한다.

"선생님께서 계속 고집을 부리시면 저희들로서는 어쩔 수 없이 무례를 범할 수밖에 없습니다."

그는 작게 한숨을 쉰다. 돌이켜 보면, 비록 명령에 따른 행동이었다고는 해도 짧지 않은 세월 동안 빙빙과 방방은 그를 위해 헌신했다. 일상의 모든 일에 시중을 들어 준 것은 물론이거니와 운신이 불편한 불구자의 대소변마저 얼굴 한번 찡그리지 않고 받아 주기까지 했다.

"너희들에겐 미안하다."

빙빙과 방방이 눈짓을 교환하더니 품에서 비수를 꺼낸다.

그는 그녀들이 평범한 시녀가 아니라는 사실을 안다. 가장 가까운 거리에서 그를 감시해 온 간수가 어찌 평범한 시녀겠는 가. 규중의 노리개처럼 보이는 앙증맞은 비수라도 그녀들의 손에 들린 이상 그의 목숨을 끊기에는 부족함이 없을 것이다.

"저희는 선생님을 보내 드릴 수 없습니다!"

매서운 외침과 함께 빙빙과 방방이 그의 좌우로 벌려 선다. 두 자루 비수가 그를 겨눈다.

그의 눈빛이 어두워진다.

그는 입수와 거의 동시에 혈법육장 중 제사 장인 순법을 발휘하여 철필을 쓰는 남자로부터 떨어져 나왔다. 남자는 고수였다. 정면 승부로는 당해 낼 수 없는 고수. 그가 저격 대상으로 삼은 표적들 중에는 고수라 불릴 만한 자들도 몇몇 포함되어 있었지만 저 정도 수준까지는 아니었다.

쿠우우– 쿠우우–.

남자로부터 일어난 강맹한 와류가 새하얀 포말을 일으키며 사방으로 퍼져 나갔다. 남자는 철필을 수중 공부에 특화된 병기처럼 사용하고 있었다. 수공에 완전한 문외한은 아니라는 뜻이었다. 그러나 그 방면에 있어서 그는 이미 천하제일이었다. 물이라는 부드럽고 묵직한 장막을 헤치고 온 남자의 공격은 화법和法과 순법으로 물과 하나가 된 그에게는 별다른 위협이 되지 못했다. 다만 문제라면 왼팔 상박에 뚫린 구멍을 비롯해 전신 이곳저곳에 새겨진 상처들로부터 흘러나오는 피의 양이 제법 많다는 점인데, 그로 인해 그의 진정한 장기라고 할 수 있는 수중 장기전을 펼치는 데는 상당한 제약이 따를 수밖에 없었다.

남자로부터 적당한 거리를 벌린 그는 다시 한 번 순법의 묘용을 발휘해 남자의 발밑으로 유영해 들어갔다. 그러면서 스스로 뒷목과 왼쪽 어깨 사이의 견정혈肩井穴을 봉하여 출혈이 가장 심한 왼팔을 지혈했다.

아무리 밝은 대낮이라도 물속에서의 시야는 협소할 수밖에 없었다. 거기에 더해, 당황한 나머지 마구 일으켜 놓은 포말로 인해 남자의 시야는 더욱 제한적일 터였다. 하지만 그는 남자의 움직임 하나하나를 뚜렷하게 감지하고 있었다. 혈법육장의 제삼 장인 웅법은 시시각각 피부로 감지되는 물의 흐름을 시각화하여 그의 뇌리에 구체적으로 전달해 주고 있었다.

남자가 거칠기만 하던 움직임을 멈추고 수면을 향해 올라가기 시작했다. 호흡에 곤란을 느낀 것이다. 그는 남자를 따라 수면 쪽으로 올라갔다. 그런 다음, 남자의 머리가 막 수면 위로 올라간 순간을 기다려 남자의 발목을 붙잡아 아래로 힘껏 끌어내렸다. 공기를 갈망하며 크게 벌어졌던 남자의 입으로 물이 들어차는 소리가 들려왔다.

이 대목에서 남자가 대단한 고수라는 점이 다시 한 번 입증되었다. 물 밖으로 머리를 가까스로 내민 순간 누군가에게 붙들려 다시 물속으로 끌려들어 간다면 놀라고 당황하여 제대로 된 대응을 못 하는 게 일반적인데, 남자는 달랐다.

쿠루루룽─.

철필로부터 일어난 거센 와류가 그의 정수리를 향해 수직으로 떨어져 내렸다. 남자의 발목을 끌어 내린 것과 동시에 그 반동을 이용해 재빨리 피하지 않았다면 상당한 충격을 받았을 것이 분명했다.

자신의 의지와는 무관하게 수면으로부터 두 길이나 아래로 끌려 내려간 남자가 양팔을 휘저으며 몸을 회전시켰다. 물속에서 주변을 살필 때는 고개만 돌리는 것보다 저처럼 몸 전체를 돌리는 것이 훨씬 효과적이라는 사실을 그는 잘 알고 있었다. 고개만 돌려 살피다 보면 방향감각을 잃기 쉽다. 반면에 몸 전체를 돌리면 시선이 향하는 방향을 기준으로 전후좌우가 언제나 고정되는 것이다.

그러나 물은 그의 권역. 하물며 이 부근에는 몸을 숨길 만한 공간이 의외로 많았다. 두 줄로 박혀 있는 계선장의 기둥들과 그것에 묶여 있는 크고 작은 선박들의 그림자가 바로 그런 공간이 되어 주고 있었다. 남자의 몸은 그 자리에서 계속 맴돌고 있지만 그를 발견하기란 쉽지 않을 터였다.

그는 화법과 순법을 극성으로 전개해 스스로를 주변에 감춘 다음 은폐물에서 다른 은폐물로, 그림자에서 다른 그림자로 기척 없이 이동해 갔다.

이것은 숨바꼭질이었다.

'그날 이후 언제나 이겨 온 숨바꼭질이지.'

사부의 목소리가 들리는 듯했다.

─풍영아, 숨바꼭질을 할까?

사부가 지어 준 그의 이름은 엽풍영葉風影이었다.

잎사귀를 스치고 가는 바람의 그림자.

하지만 이름에 담긴 뜻을 알지 못한 어린 시절에도 그는 그 이름을 좋아했다. 그 이름에는 어딘지 낭만적인 울림이 깃들어 있었고, 자유로운 향기가 묻어 나오는 듯했다.

─찾았다. 이번에는 제법 오래 숨었구나. 그래도 다음에는 더 오래 숨을 수 있어야 한다.

철들기 전부터, 아니 걸음마를 떼기 전부터 사부와 함께해 온 숨바꼭질이 사실은 살인을 위한 방편이었음을 안 것은 열두 살 때였다. 숨바꼭질을 잘하는 기술로만 알고 있던 혈법육장에 술래를 죽이는 법, 즉 제오 장인 살법殺法이 포함되어 있음을 사부로부터 들었을 때, 그는 처음으로 살인이라는 행위에 대해 생각해 보게 되었다. 하지만 당시의 그는 윤리관과 가치관이 형성되기 전이었고, 그래서 살인은 숨바꼭질의 다른 이름에 지나지 않는다는 정도로밖에는 여기지 못했다.

사부는 가끔씩 집을 떠나곤 했다. 짧게는 보름, 길게는 서너 달이나 걸리는 원행의 목적은 그가 아닌 다른 사람과 숨바꼭질을 하기 위해서라고 했다.

사부가 집을 비운 동안 그는 숨바꼭질을 할 수 없었다. 집에는 그 말고도 노복 하나와 찬모 하나가 살고 있었지만, 그들은 숨바꼭질을 하기에 너무 늙었던 것이다. 그는 별수 없이 사부로부터 배운 혈법육장을 복습하며 시간을 보냈고, 사부가 어서 돌아와 다른 사람이 아닌 자신과 숨바꼭질을 해 주기를 바랐다.

원행에서 돌아온 사부에게 그는 언제나 같은 질문을 했다.

─그 사람과 숨바꼭질은 어땠어요?

사부의 대답 또한 언제나 같았다.

—술래는 날 찾지 못했지.

세월이 흘렀다. 나이를 먹을수록 그의 혈법육장은 더욱 숙달되었다. 그는 점점 더 잘 숨게 되었고, 사부는 그를 찾아내는 데 점점 더 오랜 시간을 필요로 하게 되었다. 그러는 동안 어린 아이는 청년이 되었고, 중년은 노인이 되었다.

그러던 어느 날, 그는 원행에서 돌아온 사부가 다리를 절고 있는 것을 보았다. 사부의 얼굴에는 피로한 기색이 가득했다. 예전에는 단 한 번도 보여 주지 않은 모습이었다.

그가 물었다.

—그 사람과 숨바꼭질은 어땠나요?

사부가 힘없는 목소리로 대답했다.

—이번에는 잘 숨지 못했단다. 나는 술래에게 들키고 말았어.

사부는 많이 아팠다. 그는 의원을 불렀다. 의원은 사부의 다리가 정상으로 돌아올 가망이 없다고 말했다.

얼마 후 사부가 그를 불렀다.

—숨바꼭질을 하자.

그는 이미 청년기에 접어든 나이였다. 어린 시절처럼 사부와 하는 숨바꼭질에 설렐 리 없었다. 그런데 이번 숨바꼭질은 달랐다. 병색이 완연한 사부의 눈은 다른 때와 달리 엄숙했고 진지했다.

—이번이 우리 둘이서 하는 마지막 숨바꼭질이다. 너는 지금부터 열두 시진 동안 숨어야 한다. 만일 열두 시진 전에 들킨다면…… 나는 너를 죽일 것이다.

사부의 엄숙하고 진지한 눈을 바라보다가 불현듯 깨달았다. 사부는 진심이었다. 이것은 놀이가 아닌 시험이었고, 그 시험에는 그의 목숨이 걸려 있었다.

숨바꼭질이 시작되었다. 그는 숨었다. 지금까지 배운 인忍, 화和, 응應, 순順, 주走의 모든 기술을 동원해 스스로를 감추려 노력했다.

동쪽 산과 서쪽 내, 남쪽 시장과 북쪽 벌판, 성안 가축우리와 성 밖 두엄 더미⋯⋯.

그는 열두 시진 동안 끊임없이 위치를 바꾸어 가면서 숨고, 숨고, 숨었다. 그러나 가장 유능한 술래로부터 완전히 숨는다는 게 가능할 것 같지는 않았다. 이제껏 해 온 모든 숨바꼭질에서 그 술래는 언제나 그를 찾아냈었다. 놀이의 끝은 그래도 즐거웠지만, 이 시험의 끝도 그럴 리는 없을 터였다.

약정한 열두 시진의 끝을 일각쯤 앞두었을 때, 그는 마지막 은신처로 택한 웅덩이 안에 웅크리고 있었다. 얼마 전 관도를 넓히며 베어 낸 버드나무들이 물풀들과 난마처럼 엉켜 있는 그곳은 생가지와 썩은 풀이 풍기는 시큼하고 축축한 부취로 가득했다.

그는 무서웠다. 이 냄새⋯⋯.

그는 무서웠다. 내 냄새⋯⋯.

그는 무서웠다. 공포의 냄새⋯⋯.

웅덩이로 다가오는 발소리가 들렸다. 사부의 발소리였다. 그는 심장이 오그라드는 공포 속에서 생각했다. 술래가 나를 찾기—죽이기— 전에 내가 먼저 술래를 찾아야—죽여야— 해. 놀이는 비로소 살인이 되었다.

버드나무의 줄기 쪽에 붙어 있던 단단한 가지가 소리 없이 꺾여 그의 손에 쥐였다. 사부의 분혈자가 물풀들을 뚫고 그의 공간 속으로 들어온 순간 그는 웅크렸던 몸을 솟구쳐 웅덩이 밖으로 뛰쳐나갔다. 그러고는 사부의 안쪽으로 파고들어 가슴을 들이받아 넘어뜨린 뒤, 그 목에 나뭇가지를 겨누었다.

사부가 말했다.

―마침내 술래를 이겼구나. 앞으로는 네가 나를 대신해 다른 사람과 숨바꼭질을 해도 되겠다.

얼마 후 그는 사부를 대신해 다른 사람과 숨바꼭질을 하기 위해 원행에 나섰다. 사부로부터 물려받은 이름으로 행한 첫 번째 단독 자객행이었고, 그는 이미 뛰어난 자객이었으며, 그래서 그 자객행을 완수했다. 하지만 분혈자에 찔려 죽어 가는 표정으로부터 그날 밤 그 웅덩이에서 맡았던 부취와 똑같은 냄새를 맡았을 때, 그는 표적의 공포와 공명하는 자신의 공포에 대해 지독한 혐오를 느낄 수밖에 없었다.

생득적인 저주로까지 받아들인 그 심리적 후각으로부터 벗어나기 위해 얼마나 애를 썼던가…….

'하지만 이제는 그 냄새가 나지 않는다.'

왜인지는 정확히 모른다. 과홍견이라는 이름을 가진 소년을 만나고, 지켜보고, 도와주는 과정에서 그 냄새가 점점 희석되더니 어느 순간부터는 아예 맡을 수 없게 된 것이다.

과홍견의 무엇이 그를 변화시켰을까?

남관다루의 아름다운 여총관은 말했다. 신뢰는 받는 것이 아니라 베푸는 것이라고.

그렇다면 과홍견의 일을 통해 신뢰를 배우게 된 것이 지금 그의 내부에서 일어난 변화를 촉발시켰단 말인가?

이런 생각들이 오가는 가운데 남자와의 숨바꼭질은 막바지로 접어들어 있었다. 그의 왼팔은 다시 피를 흘리고 있었다. 전신의 근육을 과도하게 경직시킨 탓에 봉해 둔 혈도가 풀린 모양이었다. 하지만 그 반대급부는 결코 작지 않았다.

뚝.

애혈 엽풍영은 오른팔과 왼 다리를 이용해 혈판관 여동중의 목뼈를 부러뜨리는 데 성공했다.

빙빙은 이제 아름답지 않다. 관자놀이 부근에 박힌 세 대의 대나무 조각이 그 아름다움을 망쳐 놓았다.

방방은 아직까지는 아름답지만 곧 언니의 경우를 따라갈 것이다. 철판을 덧댄 호금에 맞아 얼굴이 짓뭉개지기 직전이니까.

그는 그것을 보고 싶지 않다.

"그만."

악공이 휘두르던 호금을 방방의 머리 바로 앞에서 멈춘다. 괘사가 적힌 산가지를 던져 빙빙을 죽인 초로의 점쟁이가 달려와 그녀의 마혈을 제압한다. 점쟁이와 단짝을 이루던 젊은 악공이 그녀의 손에서 비수를 빼앗는다.

그는 점쟁이에게 말한다.

"서삼鼠三, 나를 앉혀 주게."

점쟁이, 서삼이 그를 안아 올려 바퀴 의자에 앉힌다.

그가 방방에게 말한다.

"나는 본래 냉정한 사람이다. 내가 너를 살려 둔 것은 네가 가여워서가 아니라 네 주인에게 전할 말이 있기 때문이다."

방방은 공포보다는 경악으로 인해 넋을 잃은 것처럼 보인다. 그럴 만도 하다. 이 나루터로 산책을 나올 때마다 보았던 점쟁이와 악공에게 이런 면모가 숨어 있으리라고는 한 번도 생각해 보지 못했을 테니까.

물론 그는 다르다. 아무리 모양이 바뀌었어도 자신의 수족, 손과 발을 알아보지 못하는 사람은 없을 테니까.

그가 말을 잇는다.

"네 주인에게 전해라. 내가 숨기로 마음먹은 이상 천하의 누구도 나를 찾을 수 없으니 헛된 수고로 시간을 낭비하지 말고 맹의 일에나 전념하라고."

그제야 정신을 수습한 듯 방방이 떨리는 목소리로 말한다.

"이, 이대로 돌아가면 주인님께서는 소녀를 살려 두지 않으실 겁니다."

그는 고개를 작게 젓는다.

"과거 네 주인의 동료였던 자들이 나타났다고 말하면 그 또한 너를 탓하지는 않을 것이다."

"주인님의…… 동료라고요?"

악공으로 변장한 서팔鼠八은 유학자처럼 진중한 서삼과 달리 천성이 쾌활하고 경박하다. 그래서인지 참지 못하고 한마디 끼어든다.

"그때는 모두 쥐들이었지요."

그는 서팔을 돌아본다. 예전 같으면 눈살을 찌푸렸겠지만 지금은 아니다. 그는 담담히 웃으며 말한다.

"그러고 보니 나는 쥐의 왕[鼠君]이었구나."

쥐의 왕은 쥐들이 그동안 보여 준 깊고 꾸준한 충성에 어느 정도 감동하고 있다.

이제 그의 시선은 소년을 향한다. 과거 이복 아우의 제자였던, 그리고 앞으로는 그의 제자가 될 그 소년은 눈앞에서 일어난 살인에 돌처럼 얼어붙어 있다. 의지는 굳세지만 마음결은 여린 것 같다. 기예를 펼침에 있어서 저런 점이 장점으로 작용할 것 같지는 않다. 그렇다면 고쳐 줘야겠지.

그가 소년에게 말한다.

"판을 치워라."

"예?"

멍한 얼굴로 반문하는 소년에게 그가 조금 차가운 목소리로 다시 말한다.

"판을 치워라."

소년이 퍼뜩 정신을 다잡고 그의 지시에 따른다. 바닥에 놓인 천 바둑판과 바둑돌이 든 주머니들이 부들부들 떨리는 그 손길에 의해 거둬진다.

그는 다시 서삼과 서팔을 돌아본다.

"이 아이를 가르칠 장소가 필요하다."

서삼과 서팔이 서로를 돌아본다. 잠시 후 서삼이 조심스럽게 묻는다.

"다른 지시는 없으십니까?"

서삼의 속마음이 들여다보인다. 소년을 가르치는 것과는 별개로 쥐들을 지휘하여 무엇을 할 것이냐를 묻고 있는 것이다. 그는 잠시 생각하다가 고개를 젓는다.

"지금으로서는 그 일밖에 생각나지 않는구나."

그러나 그 일이 전부는 아닐 것이다. 한 가지 이유를 찾은 사람은 오래지 않아 또 다른 이유도 찾아낼 것이므로.

서삼도 그렇게 생각한 모양이다.

"지난 이 년 동안 형제들과 힘을 합쳐 마련해 둔 장소가 있습니다. 그리로 모시겠습니다."

그는 고개를 끄덕인다.

두 마리 쥐의 호위를 받은 그와 소년이 죽은 미녀와 산 미녀를 남겨 두고 자리를 막 떠나려 할 때…….

호수로부터 어떤 청년 하나가 걸어 나온다. 검은 투수, 검은 각반, 흠뻑 젖어 해초처럼 갈래진 머리카락 사이로 얼핏 보이는 얼굴이 무척 영준하다.

왼팔을 축 늘어뜨린 그 청년은 그가 있는 방향으로는 시선 한 번 돌리지 않은 채 나루터 출구를 향해 걸음을 옮겨 놓는다. 피곤함이 가득한, 하지만 누구도 막지 못할 것 같은 걸음이다.

철벅. 철벅.

그의 시선이 청년의 왼팔에 머문다. 어깨 바로 밑에서 흘러나온 핏물이 힘없이 펼쳐진 왼손에서 잠시 머물다가 바닥으로 뚝뚝 떨어지고 있다. 피에 물든 왼손 중지에는 피보다 더욱 붉은 무엇인가가 작게 뭉쳐져 있다. 혈병血餅 같기도 하고, 반지 같기도 하다.

"아!"

갑자기 소년이 작은 탄성을 토한다. 앞으로 달려 나가려는 듯 어깨를 움찔거리기도 한다.

"아는 사람이냐?"

소년이 그를 돌아본다. 대답은 없지만 눈동자가 흔들리고 있다. 아는 사람임이 분명한데 왜 알은체를 안 하는 것일까? 잠시 궁금해하던 그는 의문을 접는다. 비록 사제 관계를 맺게 되었지만 그와 소년은 근본부터 다를 수밖에 없다. 청년과 소년의 관계가 어떠하든 그에게는 중요한 문제가 아니다.

청년이 나루터를 벗어난다. 노자산의 산그늘 아래로 멀어진다.

소년은 햇볕 아래 서서 그런 청년의 뒷모습을 바라본다.

협행보다는 괴행으로 더욱 큰 유명세를 얻은 비연여협이 그 녀석과 다시 만나게 된 것은 오직 질투심 덕분이었다고 해야 할까?

━━◅◆▻━━

다시 겨울이 찾아왔다.

오이라트의 대군을 물리친 지도 어느덧 네 해. 전란의 상흔을 거의 씻어 낸 북경성은 요즘 두 가지 일로 인해 무척이나 어수선했다. 그중 하나는 현 황제가 남궁南宮에 유폐되어 있는 전 황제의 아들을 폐위시키면서까지 황태자 자리에 억지로 앉혀 놓은 여섯 살배기 아이가 요절한 일이니, 꼬맹이라면 질색인 소소로서는 문젯거리라고 할 수도 없었다. 하지만 다른 하나는 제법 문젯거리가 되었다. 솔직히 말하라면, 그 얘기를 들은 뒤부터는 화딱지가 나서 술맛도 제대로 못 느낄 정도였다.

남방의 천하제일 호남과 북방의 천하제일 미녀 사이의 연담緣談이라니! 이 비연여협을 놔두고 어떻게 천하제일 미녀를 논할 수 있단 말인가!

하지만 그게 현실이었다. 사람들은, 강호인이든 일반 백성이든 가리지 않고, 천하제일 미녀를 논함에 있어 누구 한 사람도 비연여협 소소를 돌아봐 주지 않았다. 정말로 그런지 확인하기 위해 신무전의 삼사형을 찾아가 물어보았다.

"사형은 천하제일 미녀가 누구라고 생각해요?"

삼사형은 소문난 애처가답게 부근에 지란 언니가 없다는 것을 확인한 뒤에야 대답했다.

"누구긴 누구야, 북경에 있는 상후商后 채 소저지. 그런데 그건 왜 물어보는…… 아얏!"

삼사형의 정강이에 분노의 일 퇴를 날리고 돌아선 소소는, 그래서 그길로 북경까지 득달같이 올라온 것이다. 천하제일 미녀로 소문 짜한 남관다루의 여주인이 정말로 소문만큼이나 대단한 미녀인지 자신의 눈으로 직접 확인하기 위해.

'아니기만 해 봐, 내가 확 그냥!'

남관다루는 입추의 여지가 없다는 말이 딱 들어맞을 만큼 만원을 이루고 있었다. 손님들이 날마다 이렇게 들끓는다면 빈 수레처럼 요란하기만 한 유협질 따위 당장 때려치우고 북경에다 찻집이나 차려 볼까 하는 생각마저 들 정도였다. 물론 날마다 이렇지는 않을 터였다. 다루를 꽉 채운 손님들 중 찻잔보다 술잔이 훨씬 더 어울리는 우악스러운 면상의 소유자가 심심찮게 눈에 띈다는 점이 그 증거였다.

다루 안은 사람들로 미어터질 뿐만 아니라 정상적인 대화가 불가능할 정도로 시끄러웠다. 그 바람에 남방의 호남이 북방의 미녀에게 청혼을 하는 역사적인 현장이 될 이 층으로 올라가기 위해 소소는 있는 대로 목청을 높여야 했다.

"야! 계단 막고 선 놈들 몽땅 내려와!"

다루 안이 순간적으로 조용해졌다. 계단 층층마다 올라서 있던 사람들이 일제히 아래를 돌아보았다. 소소는 눈에 힘을 주고 그들을 죽 훑어보며 말했다.

"뭘 봐, 이 새끼들아. 얼른 내려오지 않고."

계단 꽁무니에 선 놈이 입술을 불량스럽게 비죽거렸다.

"얼굴은 예쁘장한 년이 주둥이가 왜 저 모양이지?"

바로 위단에 선 놈이 맞장구를 쳤다.

"그러게. 아주 개차반일세그려."

개는 똥개고 차반은 음식이다. 그러므로 개차반이란 똥개가 먹는 음식, 즉 똥이란 뜻이다. 비연여협으로 육 년간 주유강호하는 동안 주둥이는 물론이거니와 성질까지 개차반이 된 소소가 자신에게 날아든 야유를 어찌 참아 넘기겠는가.

'울고 싶은 사람 뺨 때린다더니, 오냐, 너희들 잘 걸렸다.'

잠시 후 열댓 명의 장정들을 다루 일 층 마룻바닥에 널브러뜨린 소소는 활짝 열린 계단을 통해 의기양양하게 이 층으로 올라갔다.

'호, 이것 봐라?'

오늘 남관다루에서는 높이가 곧 계급인 모양이었다. 일 층과 계단을 채우고 있던 북경의 고만고만한 하류들과는 달리 이 층을 차지하고 있는 인사들은 한 지역에서 방귀깨나 뀌는 자들임을 한눈에 알아볼 수 있었다. 물론 천하에 비연여협이 그런다고 야코죽을쏘냐. 소소는 턱을 꼿꼿이 세우고 이 층 안으로 걸음을 옮겼다.

'여기다!'

소소의 발길이 멈춘 곳은 볕 좋은 창가에 놓인 한 탁자 앞이었다. 그 탁자에는 본래 네 사람이 앉을 수 있는데 지금은 두 사람만이 앉아 있었던 것이다. 게다가 하나같이 스무 살 이전의 젊은이들로 보여서 꼬맹이만큼이나 늙은이도 불편해하는 그녀로서는 마음에 딱 맞는 자리라고 할 수 있었다.

"어이, 동생들, 이 누나랑 합석 좀 하자."

허락도 기다리지 않고 빈자리에 엉덩이를 털썩 내려놓은 소소가 두 청년 중 더 멀쑥해 보이는 옆자리 백의 청년의 어깨에 한 손을 척 얹으며 말했다.

"안녕, 난 비연여협이라고 해. 내 이름은 물론 들어 봤겠지? 아아, 만나서 영광이란 소리는 생략해도 돼. 됐어, 됐어. 늘 듣는 소리라서 지겹다니까."

백의 청년이 허리를 비틀어 소소의 손길로부터 벗어나며 말했다.

"죄, 죄송합니다, 소저. 소생이 과문한 탓에 비연여협의 고명을 지금 처음 듣게 되는군요."

요즘에는 드물지만 몇 년 전만 해도 흔했던 반응이라 소소는 크게 개의치 않았다.

"뭐, 과문이 부끄러운 일이긴 하지만 죄라고 할 순 없겠지. 그럼 넌 어때? 너도 과문해서 이 누나 이름 처음 들어 보니?"

소소는 맞은편에 앉은 청년에게 화살을 돌렸다. 얼굴이 심하게 얽었지만 눈빛이 무척 맑아 옆자리 백의 청년보다 오히려 한두 살 연하인 것 같았다. 음, 그러면 아직 소년인가?

곰보 소년은 자리에서 일어나서 소소를 향해 포권을 올린 다음—예의 바른 자식 같으니라고— 대답했다.

"여기 계신 박인용朴仁鎔 형님께서는 화산에서 내려오신 지 얼마 되지 않아 비연여협 소 소저의 고명을 들어 보실 기회가 없었던 모양입니다. 제가 대신 사과드리지요."

소소는 백의 청년을 돌아보며 눈을 크게 떴다.

"너 화산 문하였어? 근데 이름이 박인용이라고? 세상에 박씨도 있었나?"

오지랖이 꽤나 넓은지 대답은 곰보 소년 쪽에서 들려왔다.

"박 형님의 선조는 해동 출신이십니다. 해동에서는 흔한 성이라고 알고 있습니다."

"오, 해동. 고려지와 고려인삼의 나라. 참 좋은 곳이지. 가 보지는 못했지만. 반가워."

마치 큰누나라도 되는 것처럼 백의 청년, 박인용의 등을 탁탁 두드려 주던 소소는 그의 등에 걸린 검이 중원의 것들과는 모양새가 무척 다르다는 점을 발견했다.

'이게 말로만 듣던 해동검인가?'

호기심이 일었지만 박인용이라는 청년에게 궁금한 점은 검의 모양새 따위가 아니었다.

"화산파는 요즘 어때? 고검 대협이 개파대회開派大會, 아, 새로 시작하는 건 아니니까 중파대회重派大會라고 해야 하나? 어쨌거나 화산파의 부흥을 알릴 행사를 준비하고 계신다던데, 어떻게, 잘돼 가고 있어?"

박인용은 늠름한 생김새와 달리 숫기가 별로 없는 것 같았다. 소소의 손길을 피해 주춤주춤 엉덩이를 물리면서 곰보 소년에게 도와 달라는 듯한 눈길을 보내는 것을 보면 짐작할 수 있었다. 이런 재미없는 자식을 봤나.

곰보 소년이 또다시 나섰다.

"삼 년 전 무당파와의 천일지약에서 천외일매를 뛰어넘는 무매無梅와 암향暗香의 경지를 드러냄으로써 천하제일검으로 공인받으신 고검 대협이 아니십니까. 게다가 백도의 제 문파와 무양문 간에 쌓였던 원한도 소림과 남패의 해원불사解冤佛事 이후 부쩍 옅어진 만큼, 이제 화산파가 다시 현판을 올리는 데 불만을 품는 백도인들은 그리 많지 않으리라고 생각합니다."

소소도 다 아는 얘기였다. 하지만 다 아는 얘기라도 저렇게 깔끔하게 정리해 주니 훨씬 더 명료해지는 기분이었다. 소소는 그제야 예의 바르고 오지랖이 넓으며 식견 또한 높은 곰보 소년에게 호기심을 느꼈다.

"너 말 참 잘한다. 근데 누구니?"

곰보 소년이 빙긋 웃었다.

"저는 모르셔도 제 사형은 과거에 한 번 만나 보신 적이 있을 겁니다."

"네 사형?"

"개방의 장제자이신 황우 사형 말입니다."

"아하!"

어떤 종류의 사람은 단 한 번 만나도 죽을 때까지 잊기 힘들었다. 소 닮은 박식한 거지, 우두만박개 황우가 바로 그런 종류의 사람이었다. 대사형이 배신자 호랑이를 때려죽이고 전을 되찾은 그날, 소소는 지금은 이미 해체된 중앙회 인사들과 함께 전을 찾아온 황우를 만났다. 사귀기에는 너무 못생겨서 말은 한마디도 섞지 않았지만.

그런데 그 쇠귀신의 사제라고?

"그럼 천하제일장 우 방주의 아들이자 순풍이 모용 노야의 제자가 바로 너냐?"

소소의 질문에 곰보 소년이 다시 한 번 빙긋 웃었다.

"우대만이라고 합니다. 제 친구들은 저를 소마자少痲子(어린 곰보)라고 부르죠. 아, 그리고 박 형님은 고검 대협의 제자이십니다. 화산대회 때 정식으로 배사지례를 가지실 거라고 합니다."

'뭐야, 이 자식들. 배경이 왜 이렇게 빵빵해?'

배경이라면 남에게 꿀린다고 생각해 본 적이 없는 소소였다. 그도 그럴 것이, 신무대종의 손녀이자 상속자 그리고 현 신무전주의 막내 사제—정식으로는 사질이지만—가 바로 그녀였으니까. 하지만 천하제일검의 제자와 천하제일장의 아들이라니, 우연히 합석한 두 젊은이들의 배경이 이토록 엄청나다는 데 대해 그녀는 놀라움을 금할 수 없었다.

그때 다루 건물 밖으로부터 박수 소리에 실린 환호성이 들려왔다.

"너 나랑 좀 바꿔 앉자."

엉덩이로 박인용을 깔아뭉개듯이 하며 자리를 바꿔 앉은 소소는 창문을 열고 아래를 내려다보았다. 남관다루로 이어지는 대로를 따라 한 무리의 사람들이 다가오고 있었다. 그 무리의 맨 앞에는 그녀보다 대여섯 살쯤 많아 보이는 청년 하나가 붉은 깃발을 높이 들고 걸어오고 있었다. 붉은 깃발에 금물로 쓰인 네 글자가 차가운 겨울바람을 맞아 세차게 몸을 비틀고 있었다.

'득과청연得菓請緣?'

소소가 깃발에 적힌 네 글자를 입속으로 되뇌는데, 곰보 소년 우대만의 말소리가 들려왔다.

"과일을 얻었으니 혼인을 청한다……. 조화수 고월이 전설의 주안과朱顏菓를 구했다는 소문이 사실인가 보군요."

"주안과?"

소소가 우대만을 돌아보았다.

"그런 게 정말 있단 말이야?"

우대만은 애매한 미소를 지었다.

"제가 그걸 어찌 알겠습니까. 다만 주안과라면 미모를 소중히 여기는 여자들에게는 가장 좋은 청혼 선물이 되지 않을까 하는 생각은 드는군요."

"그게 뭔 개소리야? 세상 여자들이 다 이 집 주인처럼 골 빈 년인 줄 아는 거야?"

이 직설적인 발언에 작지 않은 충격을 받은 듯 우대만의 얼굴이 핼쑥해졌다.

"어어, 그게……."

"왜? 할 말 있어?"

"상후 채 소저가 천하제일 미녀의 칭호를 얻은 데는 외모뿐 아니라 현명함 또한 큰 몫을 차지했다고 들었습니다."

채윤이 천하제일 미녀라는 소리를 또다시 다른 남자—아직 어린 소년이라도—의 입을 통해 듣게 된 소소는 심기가 몹시 불편해졌다.

"흥!"

세찬 콧방귀로 불편한 심기를 드러낸 소소는 다시 창 너머로 시선을 돌렸다. 우대만과 몇 마디 잡담을 나누는 사이 득과청연의 붉은 깃발을 든 청년, 조화일맥의 전승자이자 후랑오준 중 일인인 조화수 고월은 남관다루의 출입문 바로 앞까지 다가와 있었다.

들고 온 깃발을 남관다루의 출입문 앞 땅바닥에 깊숙이 꽂아 넣은 고월이 자신의 뒤를 따라온 군중을 향해 두루 포권을 올리더니 목소리를 높여 말했다.

"감사! 감사! 소생을 격려해 주신 여러분께 다시 한 번 감사드리오! 이 고월, 비록 여러모로 부족한 필부에 지나지 않지만 오늘은 반드시 채 소저의 사랑을 얻어 내어 여러분의 성원에 보답토록 하겠소!"

미녀의 사랑을 갈구하는 강호 기남의 호기로운 선언은 지켜보는 모든 사람들의 갈채를 불러왔다.

"좋구나, 좋아!"

"힘내시오, 고 대협!"

단 한 사람, 고월을 딱히 마음에 들어 하지도 않으면서 기묘한 질투심에 사로잡혀 버린 소소만 제외하면 말이다.

"지랄하고들 자빠졌네. 확 차여 버렸으면 좋겠…… 음?"

소소는 투덜거리다 말고 눈을 깜빡였다. 남관다루를 둘러싼 군중 틈에서 어떤 얼굴 하나를 발견했기 때문이다.

흑갈색 유건을 쓰고 등에는 작은 나무 서궤를 짊어진, 화산파의 박인용과 엇비슷한 나이로 보이는 청년.

청년은 요란한 구혼자를 응원하기 위해 모여든 사람들과는 달라 보였다. 표정이 차분하고, 주위의 환호에 동참하지 않으며, 몸가짐 또한 무척이나 단정했다. 군중 틈에 서서 고월이 가로막은 남관다루의 출입문을 잠시 동안 바라보던 청년이 어느 순간 고개를 들어 소소가 얼굴을 내밀고 있는 이 층의 창문을 올려다보았다.

청년과 소소의 눈길이 마주쳤다.

소소는 마른침을 꿀꺽 삼켰다.

하지만 청년은 이내 소소로부터 눈길을 돌렸다. 그런 다음 몸을 돌리더니 사람들을 헤치고 대로 저편으로 멀어져 갔다.

소소는 고월과 채윤의 연담을 구경하기 위해 북경에 왔다. 아니, 채윤의 미모가 궁금해서 왔다고 하는 쪽이 더 정확할 것이다. 채윤은 아직 모습을 보이고 있지 않았다. 우대만의 말대로 그 미명에 현명함이 큰 몫을 차지했다면, 이처럼 요란스러운 공개 구혼에는 응하지 않을 공산이 컸다. 그러면 어떻게 될까? 질투심과 호기심, 그것들에 수반되는 속물적인 설렘과 짜릿함.

그러나 그 청년을 본 순간 그런 모든 일들이 지극히 하찮은 것으로 바뀌어 버렸다. 소소는 자리에서 벌떡 일어섰다.

"엇?"

"소 소저, 어딜 가십니까?"

박인용과 우대만의 경호성을 뒤로한 채, 소소는 열린 창문을 통해 다루 밖으로 뛰어내렸다. 기겁을 하는 사람들 사이로 날렵하게 착지한 그녀는 그 무엇도 신경 쓰지 않은 채 청년이 사라진 방향으로 급히 걸음을 옮겼다.

　청년은 걸어갈 뿐이었다.
　소소는 뒤따를 뿐이었다.
　두 사람 사이의 거리는 열 걸음 정도. 그 거리는 좀처럼 좁아지거나 벌어지지 않았다. 마치 두 사람 사이에 가로놓인 지난 세월처럼.
　청년의 걸음이 멈춘 곳은 어떤 커다란 장원의 정문 앞이었다. 청년을 따라 걸음을 멈춘 소소는 정문의 푸른 기와지붕 아래 걸린 현판을 바라보았다.
　고운기숙孤雲棋宿.
　들어 본 적이 있는 곳이었다. 과거 신무전에서 살던 시절 그녀에게 학문을 가르쳐 주던 삼절三絶 사부는 바둑을 아주 잘 두었고, 그래서 애늙은이 같은 꼬맹이 하나를 바둑 제자로 들였다. 당시 공부하기를 죽는 것만큼이나 싫어했던 그녀는 삼절 사부의 거처인 삼절각에서 벌을 받기 일쑤였고, 덕분에 그들 사제가 나누는 대화를 본의 아니게 엿들을 때가 많았다. 그럴 때마다 단골처럼 언급되던 바둑계 인사가 북경의 노국수老國手 고운선생이었는데, 고운기숙은 바로 그 고운선생이 제자들을 키우기 위해 세운 학숙이라고 했다.
　청년이 고운기숙의 문을 두드렸다.
　탕. 탕. 탕.
　잠시 후 쪽문이 열리고 이십 대 초반으로 보이는 남자가 길쭉한 얼굴을 내밀었다.

"어떤 일로 고운기숙을 찾아오셨습니까?"

청년이 대답했다.

"기예를 입증받기 위해 왔습니다."

"기예?"

남자가 팔짱을 끼며 청년을 위아래로 훑어보았다. 말상 얼굴에 드러난 같잖아 죽겠다는 식의 표정이 어찌나 못돼 보이는지, 소소는 하마터면 앞으로 달려 나가 남자의 면상을 걷어차 줄 뻔했다.

남자가 거만한 목소리로 청년에게 물었다.

"본 기숙에서 기예를 입증받기 위해서는 소정의 대국료를 바치거나 태사부께서 인정하시는 명가의 소개장이 필요하오. 보아하니 대국료를 바칠 수 있을 것 같지는 않고, 귀하는 어떤 분의 소개장을 가져오셨소?"

청년은 고개를 저었다.

"소개장은 없습니다."

"뭐? 소개장도 없이 왔다고?"

남자의 눈빛에 담겼던 경멸감이 목소리에서마저도 그대로 묻어 나왔지만, 청년은 담담하기만 했다.

"고운선생께 전해 주십시오. 과씨와 운씨의 기예를 이은 자가 뵙기를 청한다고. 그러면 선생께서는 반드시 소생을 만나 주실 겁니다."

반신반의한 표정의 남자가 안으로 들어가고 약간의 시간이 흐른 후, 정문이 활짝 열리더니 머리카락과 수염이 학의 깃털처럼 새하얀 선풍도골의 노인 하나가 나이가 제각각인 남자 십여 명을 이끌고 모습을 드러냈다. 소소는 노인의 얼굴에 어린 홍조를 볼 수 있었다. 지금 몹시 격동한 상태임을 알 수 있었다.

노인이 흥분한 목소리로 청년에게 물었다.

"자네에게 과씨와 운씨의 기예가 이어졌다는 말이 사실인가?"

청년은 겸손하지만 비굴하지 않게 대답했다.

"그렇습니다."

노인이 탄성을 터뜨렸다.

"이런 복이 있나! 살아생전에 과 선생과 운 선생, 양대 종사의 기예를 다시 보게 될 줄은 정말 몰랐네. 지금 당장 나와 내 제자들 앞에서 그것들을 보여 줄 수 있겠는가?"

청년이 고개를 끄덕였다.

"바로 그 일을 위해 찾아온 것입니다."

노인이 팔을 내밀어 청년의 어깨를 감싸 안았다.

"촌각이 아까우니 어서 들어가세."

노인의 환대를 받으며 고운기숙의 정문 안으로 들어가기 직전, 청년은 걸음을 멈추고 뒤를 돌아보았다.

청년과 소소의 눈이 다시 한 번 마주쳤다.

청년이 소소를 향해 미소를 지었다.

바람처럼 엷은, 그러나 수천수만 가지 언어가 함축된 미소였다.

삶이란, 그리고 관계란 그렇게 헤어지고 또 이렇게 만나는 것일까?

소소의 눈에 맑은 물기가 차올랐다.

第二餘 매화는 이미 졌건만
향기는 온 산에 가득하다

(1)

누군가의 말소리가 물에 젖은 듯 먹먹하게 들려왔다.

"조금 늦으셨습니다. 한 달만 일찍 오셨어도 서악西嶽의 저 유명한 천리매향千里梅香과 더불어 고검 대협이 개최한 화산대성연華山大盛宴까지 구경하실 수 있었을 것을요."

노인은 눈을 깜빡거렸다.

세상과 비세상의 경계 위에서 실처럼, 혹은 연기처럼 올올이 풀려 있던 인식이 세상 쪽으로 기울더니 탁자 앞에 다가와 있는 인물의 형상이 혼몽한 시야 속으로 천천히 맺혔다.

머리에는 금장도관金裝道冠을 쓰고 몸에는 음양도포陰陽道袍를 입은 오십 전후의 도사. 아니, 혈색이 좋고 살집이 푸짐한 덕에 젊어 보이는 것 같으니, 실제 나이는 겉보기보다 다섯 살쯤 더 들었을지도 모른다. 혈색이 나쁘고 목내이처럼 마른 탓에 겉보기가 실제 나이보다 다섯 살쯤 더 들어 보이는 노인과는 정반대로.

"상제의 가호가 고단한 여행자에게 깃들기를……."

도사는 왼손에 든 황금색 불진을 가슴 앞에서 가볍게 흔들며 노인을 향해 축원의 기도문을 읊었다. 통통한 손목에 느슨히 감긴, 팔찌 같기도 하고 염주 같기도 한 장신구가 짤랑거리며 올리는 가운데 도사의 소개가 이어졌다.

"잘 오셨습니다. 빈도는 이 서악묘의 관주를 맡고 있는 운부雲浮라고 합니다."

고래로 황제들이 하늘에 제사를 올리는 오악묘五嶽廟는 사당인 동시에 도관이기도 하다. 서악묘는 오악묘의 다섯 사당 중 한 곳이었고, 덕분에 도가에서 차지하는 위치 또한 남다르다고 할 수 있었다. 그런 서악묘의 관주라면 꽤나 지체 높은 신분일 텐데도 노인은 자리에서 일어서려 하지 않았다. 등받이 높은 의자에 그대로 앉은 채 운부 진인을 올려다보는 노인의 눈동자는 김 서린 광물처럼 탁하기만 했다.

"관주님의 후의에 감사드립니다."

아무 말도, 아무 행동도 보이지 않는 노인을 대신해 운부 진인에게 답례한 사람은 노인이 앉은 의자 뒤에 시립해 있던 수행원이었다.

먼지 한 점 없는 은백색 장포와 검은 광택이 흐르는 가죽신 차림. 목이 곧고 허리가 꼿꼿하여 청장년의 젊은이를 연상케 하지만, 비취 동곳으로 단정히 틀어 묶은 새하얀 머리카락과 엄정한 얼굴 곳곳에 새겨진 자잘한 주름들은 그 수행원의 나이 또한 만만치 않음을 보여 주고 있었다.

운부 진인의 눈길이 수행원과 노인의 얼굴을 재빠르게 오갔다. 그 눈길에 담긴 의혹의 기미를 알아차린 듯 수행원이 은근한 목소리로 덧붙였다.

"연로하신 몸으로 오랜 여정에 시달리시다 보니 피로가 쌓이셨나 봅니다. 부디 해량해 주시기 바랍니다."

노인을 다시 한 번 바라본 운부 진인이 발그레한 볼에 작은 우물 두 개를 만들며 고개를 끄덕였다.

"하기야 복주는 남동쪽 끝이요, 서악은 서북쪽 끝이니, 원기 방장한 청년이라도 여독이 쌓이지 않고는 못 배기겠지요."

서악묘 입구에서 내민 배첩에 적은 대로 노인은 대륙의 남동쪽 끝자락에 위치한 복주에서 왔다. 그리고 복주에서 서악까지 오는 행로는 나라를 대각선으로 가로질러야 하는 만큼 결코 쉬운 것이 아니었다. 하지만 노인이 서악묘의 관주에게 답례하지 않는 것은 피로 때문이 아니었다. 노인은 한 갑자 이상을 자존자대하게 살아온 사람, 황제와 마찬가지로 태어날 때부터 지존으로 점지된 천생의 귀체였다. 그런 노인이기에, 배첩과 함께 시줏돈 명목으로 건넨 금원보 다섯 덩이에 옥황상제라도 왕림한 양 허둥지둥 달려 나온 속물과는 말을 섞고 싶은 마음이 없었던 것이다.

다행히 노인의 수행원은 다방면으로 유능한 인물이었다. 노인이 입을 뻥긋하지 않아도 웬만한 일들은 알아서 처리할 만큼.

"노야께서는 서악묘의 웅장함을 오래전부터 흠모해 오셨지요. 이번 기회에 며칠 묵어가실 기회를 얻으신다면 무척 기뻐하실 겁니다. 바라건대, 허락해 주실 수 있으신지요?"

수행원의 말에 운부 진인이 과장되게 손을 내둘렀다.

"원, 별말씀을! 원로에 지친 여행자가 유숙을 청하면 마땅히 환영하여 맞이하는 것이 주인 된 도리거늘 어찌 은혜라 하시는

지요. 마침 이 만수각萬壽閣 삼 층에는 그런 여행자를 위한 빈실이 마련되어 있습니다. 도동을 시켜 그리로 안내해 드리도록 하겠습니다."

예상했던 반응이었다. 엄청난 시줏돈도 그렇거니와 노인의 범상치 않은 행차에 대해서는 이미 지객도사로부터 들은 바가 있을 터. 은퇴한 고관이 아니면 남부의 거상쯤으로 여길 것이 당연했으니, 며칠 묵어간다는 말에 안색을 찌푸릴 리 없었다.

"잘됐군."

노인은 그제야 입을 열었다. 하지만 운부 진인이 아니라 수행원을 향해서였다.

"몸을 좀 씻고 싶구먼."

수행원이 들었느냐는 듯한 눈길로 운부 진인을 바라보았다. 굳이 자신을 외면하려는 노인의 행태에 심기가 상한 듯 잠시 눈매를 굳혔던 운부 진인이 금세 표정을 고치며 고개를 끄덕였다.

"물론 욕실도 딸려 있습니다. 지객도사더러 목욕물을 준비토록 일러두지요."

그 표정이며 말투가 어찌나 극진한지, 말만 하면 여자라도 들여보내 줄 태세였다.

하지만 지금의 노인에게는 여자가 필요치 않았다. 사실 지금의 노인은 자신이 무엇을 필요로 하는지 정확히 알지 못했다. 과거에는 세속적인 욕망에 누구보다 충실했건만.

노인이 수행원에게 말했다.

"나는 먼저 올라가겠네. '그'의 근황에 대해 보다 자세히 알고 싶으니, 자네는 관주와 이야기를 더 나누도록 하게."

그러고는 의자에서 일어서는 노인을 향해 수행원이 깍듯이 허리를 숙였다.

"분부대로 따르겠습니다."

서악묘는 한나라 무제 때 치수를 담당하는 천신인 이랑진군
二郎真君과 그 여동생인 삼성모三聖母를 기리기 위해 세워졌다.
노인이 운부 진인을 만나 잠자리를 제공받은 만수각은 그 서악
묘 안에서도 가장 크고 화려하게 지어진 삼 층 건물이었다.

운부 진인의 남색용 도구가 아닐까 의심될 만큼 해사한 얼굴
과 야리야리한 몸집을 가진 도동을 따라 만수각 삼 층의 빈실로
들어선 노인은 복주에 있는 자신의 침소보다 오히려 호화로운
실내의 풍경에 눈살을 찌푸렸다. 특히 황칠을 두껍게 입힌 데다
선홍색 휘장마저 드리운 거대한 침대는 호화로움이 지나쳐 천
박한 느낌까지 줄 정도였다.

문가에 선 도동이 자랑스러워하는 기색을 감추지 않고 말
했다.

"어떻습니까, 굉장하지 않습니까? 황제 폐하께서도 머무신
적이 있는 방이랍니다."

노인은 아무 말 없이 도동의 발치에 은엽 한 장을 던졌다. 도
동이 꼬리라도 흔들 것 같은 얼굴로 은엽을 냉큼 줍더니 허리가
부러져라 깊숙이 접어 보이고는 빈실을 나갔다.

도동이 나가고 약간의 시간이 흐른 뒤, 실내를 둘러보던 노
인이 허공 어딘가를 향해 말했다.

"혼자 있고 싶구나. 자네들도 물러가 쉬게나."

대답도 없고 기척도 없지만, 노인은 보이지 않는 공간에 몸
을 감춘 채 자신을 지켜보고 있던 네 명의 비밀 호위가 빈실에
서 빠져나갔음을 알 수 있었다.

그리고 난 뒤에도 한참 동안 그 자리에 우두커니 서 있던 노

인은, 이윽고 실내 한쪽에 세워져 있는 경대鏡臺를 향해 걸어 갔다. 가장자리를 따라 마노와 산호가 장식된 그 입식 경대에는 중원에서는 좀처럼 찾아보기 힘든 서역의 유리 거울이 걸려 있었다. 비단길의 출발점인 서안西安과 가까운 곳이라서 그런지 노인은 이 지방에 온 뒤부터 서역의 기이하고 진귀한 문물들을 드물지 않게 접할 수 있었다.

노인이 경대 앞에 몸을 세웠다.

유리 거울에 비친 얼굴은 늙고 초라했다. 새벽녘 화로 속의 재처럼 기분 나쁜 빛깔로 세어 버린 머리카락과 수염, 골골이 파인 주름과 군데군데 피어난 검버섯, 죄인처럼 구부정한 목과 여간해서는 세워지지 않는 두 어깨는 부정할 수 없는 노화의 증표였다. 모든 것이 노인에게는 지독히도 낯설기만 했다.

그 낯설음이 또다시 분노를 불러일으켰다.

모든 생명에게 있어서 노화는 숙명이었고, 필연이었다. 그러나 노인은 자신이 몇 년 사이 겪은 급속한 노화의 이면에 다른 요인이, 자연적이 아닌 인위적인 요인이 개입되었음을 짐작하고 있었다. 일찍이 어떤 이도 도달한 바 없는 초극超極의 광명십법은 그 경지에 오른 인간 자체를 발화하는 태양처럼 만들어 주었다. 하지만 그런 광명십법마저 내부로부터 암암리에 갉아먹음으로써 불로의 활력을 자랑하던 그를 평범한 노인처럼 전락시켜 버린 인위적인 요인이란 대체 무엇이었을까?

─천첩은 아무것도 모르나이다! 믿어 주시옵소서!

남황맹주가 보낸 고양이를 닮은 미녀는 노인을 향해 그렇게 울부짖었다.

그녀의 절절한 항변은 진실한 것처럼 들렸다. 하지만 그녀에
대한 신문을 주재한 대장로의 의견은 달랐다.

　－이 계집이 교주님께 올리던 차를 칠낭선생 천용에게 주어
면밀히 조사토록 했습니다. 기존의 약리에 부합되지 않는 요소
들이 몇 가지 발견되어 정확한 성분을 파악하는 데는 실패했지
만, 복수複數의 임상 실험을 통해 오십 세를 넘긴 무인에게는 산
공독散功毒과 유사한 효과를 발휘한다는 점만큼은 분명히 확인
할 수 있었다는 보고가 올라왔습니다. 게다가 금단증상을 유발
할 수 있는 성분도 발견되었는데, 무엇에도 쉽게 싫증을 내시던
교주님께서 유독 그 차만큼은 질리지 않고 장복하셨던 까닭도
바로 그것에 있지 않나 생각합니다.

　칠낭선생 천용은 호교십군 중에서도 독술에 특화된 육군의
군장답게 음험하고 기궤한 구석이 많은 인물이었다. 그가 행
했다는 복수의 임상 실험이란 복건 일대에 거주하는 다수의 강
호 인사에게 노인이 마시던 차를 비밀리에 복용시키도록 공작
하고 그에 대한 임상적 추이를 관찰한 것이었으니, 기간만 해도
반년, 투입된 인원 또한 일백 명이 넘는 대규모 작업이었던 것
이다. 그런 만큼 천용의 보고는 신빙성을 갖추었다고 봐도 좋
았다. 하기야 대장로가 얼마나 치밀한 위인인데 믿는 구석도 없
이 교주의 애첩을 신문하겠다고 나섰겠는가.
　남황맹주가 보낸 미녀, 묘아는 대장로의 신문—고문이라고
하는 편이 정확할 것이다—을 받다가 끝내 숨을 거두었다.
　노인은 신문장에 마련된 높은 의자에 앉아 만신창이로 변한
애첩이 고통스럽게 죽어 가는 광경을 눈썹 한 번 찡그리지 않고

지켜보았다. 다만, 차에 숨겨진 수작에 대해서는 그녀가 정말로 아무것도 모른다고 믿었다.

묘아는 가까이 두고 지내기에 여러모로 괜찮은 여자였고, 어느 시점부터인가는 노인을 진심으로 대하는 느낌마저 받을 수 있었다. 그럼에도 노인은 그녀의 죽음을 막으려 하지 않았다. 간교한 여자에게 속았다는 수치심과 무고한 여자를 죽였다는 자책감 중 어느 쪽을 짊어지겠느냐고 묻는다면, 노인은 추호도 망설이지 않고 후자를 택할 것이다. 자책감은 세월이 지나면 희석되지만, 그래서 견딜 수 있지만, 수치심은 세월이 흘러도 더욱 뚜렷해지기만 하여 홀로 남겨진 어느 시간엔가 상념의 귀퉁이를 비집고 나와 어금니를 시큰하게 만드는 것이다. 노인은 너무나도 자존자대한 사람이기에 그것을 도저히 견딜 수 없었다.

어쨌거나, 이제 노인은 자신의 젊음을 시나브로 파괴한 인위적인 요인이 무엇인지를 알게 되었다.

"겨우 차란 말이지."

코끼리를 쓰러트리는 것은 그 콧속으로 들어간 작은 생쥐라고 했던가. 노인의 메마른 입술 위로 쓰디쓴 웃음이 맺혔다.

묘아의 시신을 뒤로하고 신문장을 나서면서, 노인은 코끼리의 콧속에 생쥐를 집어넣은 남황맹의 발칙한 어린놈에게 어떤 대가를 치르게 해 줘야 할지를 궁리하고 있었다.

그런 노인에게 감히 딴죽을 걸고 나선 사람은, 전설에 나오는 요괴처럼 늙어도 늙어도 좀체 죽어 주려 하지 않는 대장로였다.

─이런 말씀을 드리게 되어 송구합니다만, 지금 병력을 일으켜 남황맹을 징계하는 데에는 천시天時와 지리地理와 인화人和가

모두 불리합니다.

이어서 꺼내 놓은 말인즉…….

천시의 불리란 제국과 어렵사리 맺은 화친이 아직 안정적이지 못하다는 뜻이다. 전란을 치른 지 얼마 되지 않는 조정의 입장에서는 강호가 소란스러워지는 것을 결코 바라지 않을 것이다. 이런 시기에 강남 강호에서 대란이 벌어진다면, 비각과 같은 강호 감찰 기구가 다시 만들어지는 일이 벌어질지도 모른다. 환복천자의 죽음 이후 쥐 죽은 듯 웅크리고 있던 동창이 최근 들어 외부 활동을 재개했다는 소식에 대해서는 일전에 보고 올리지 않았느냐. 참으로 때가 좋지 않다…….

지리의 불리는 남황맹의 터전이 광동, 광서, 운남을 아우르는 대륙의 남서부란 점에서 기인한다. 연전에 아기씨 일로 파견한 삼로군에 가장 큰 피해를 본 곳이 바로 그 지역 아닌가. 때문에 그 지역 강호인들에게는 본 교의 출정이 당시 악몽의 재판으로 비칠 우려가 있다. 남황맹은 그런 심리에 더욱 부채질을 가해 본 교를 공공의 적으로 부각시킬 것이고, 이를 통해 자신들의 세를 불려 나갈 것이다…….

인화의 불리에 대해 말하자면 이 늙은이도 가슴이 아프다. 일군장이 교를 떠나 화산으로 들어가고 칠군장 또한 해적들을 이끌고 바다로 돌아간 지 여러 해가 지났건만 호교십군은 여전히 재정비되지 않았다. 일군장 자리는 비워 둘 수 없다는 판단에 어찌어찌 마경도인을 그 자리에 앉혔지만, 그 친구도 이제는 기력이 쇠해 어떻게든 은퇴할 핑계만 찾는 눈치다. 십군지수十軍之首로 일찍부터 점찍어 놓았던 좌응은 여전히 점잔만 빼며 사양하고 있다. 게다가 교주님의 건강도, 흠, 흠…….

말은 장황했지만 결국 요점은 마지막에 언급한 인화였다. 대장로는 노인의 위세가, 그리고 교단의 위세가 예전 같지 않음을 지적하고 싶었던 것이다.

맞다.

노인은 늙었고, 호교십군은 가장 날카로운 이빨을 잃었으며, 교도들을 한 몸처럼 단결하게 만들어 주었던 박해받는 순교자로서의 절박한 공감대 또한 조정과 화해하는 과정에서 눈에 띄게 희박해졌다. 그러므로 대장로의 말은 객관적으로 옳은 분석이요, 견해라고 할 터였다.

하지만 정말로 그럴까?

노인의 속마음은 대장로의 분석에는 동의해도 그에 따른 견해에는 동의하지 않았다. 한창 시절의 기억에 취한 나머지 현실의 초라함을 억지로 부정하려는 늙은이 특유의 아집 때문만은 아니었다. 노인에게는 대장로가 알지 못하는, 아니, 천하의 그 누구도 알지 못하는 감춰진 패가 있었다. 그것은 가히 '역천逆天'이라고 해도 좋을 만한 패였다.

노인은 알고 있었다. 노인이 그 패를 동원하는 순간, 대장로가 장광설로 언급한 천시와 지리와 인화의 모든 불리함은 아무런 의미도 갖지 못하게 되리라는 사실을. 천하는 다시 한 번 노인을 경외할 것이고, 노인의 발아래에서 숨죽이게 되리라는 사실을. 그리고 가장 중요한 점은, 노인은 더 이상 노인이 아니게 되리라는 사실을!

하지만, 하지만 말이다…….

노인은 유리 거울 속 늙고 초라한 인물을 바라본다.

유리 거울 속 늙고 초라한 인물이 노인을 바라본다.

그들이 서로에게 다시 한 번 질문한다.

"과연 그래도 되는 걸까?"

지금껏 해답을 찾지 못한 질문이었다.

그래서 화산에 온 것이다.

노인은 잊지 않았다. 그날, 후아주 향기 그윽하던 무위관에서의 술자리를.

그 자리에서 청천벽력 같은 이별을 통보받은 노인은 처음에는 부정했고, 다음에는 분노했고, 종래에는 애통해했다. 하지만 무엇으로도 그를 붙잡을 수는 없었다. 그는 삼나무 같은 인물이었다. 다른 나무의 그늘 아래 오래 머물기에는 우듬지가 너무 높았다.

–나중에…… 놀러 가도 되지?

살붙이와 생이별이라도 하듯 눈물을 그렁거리는 노인에게 질투심이 날 만큼 멋진 웃음을 지어 보이던 그.

그라면 이 질문에 해답을 줄 수 있을지도 모른다. 아니, 반드시 그래야 한다고 노인은 간절히 바랐다. 만일 그로부터도 해답을 얻지 못한다면, 그렇게 된다면 노인은 아마도…….

유리 거울에 비친 노인의 눈동자 속으로 암흑이 떠오른다.

운명을 거스름으로써 잉태된 절대적인 마魔.

그러나 그것이 세상에 머문 시간은 그리 길지 않았다.

어느 순간, 흠칫 몸을 떨며 경대 앞에서 물러선 노인은 길게 한숨을 쉬었다.

"후우."

그가 보고 싶었다.

그날 그 술자리 이후 그를 그리워한 적은 많았지만, 지금처럼 그가 보고 싶은 적은 없었다.

(2)

취잇! 취이잇!

금검장金劍莊 후예의 검법은 훌륭했다.

잘 발달된 상체에 비해 다소 짧은 다리의 길이가 영활한 보법을 펼치는 데 지장을 주지 않을까 걱정했는데, 이를 극복하기 위한 방편으로 검법 자체를 중후하게 변형함으로써 하체의 움직임에 큰 영향을 받지 않도록 만들었다.

신체적인 단점을 극복하자 장점이 비로소 부각되었다. 긴 팔과 튼튼한 허리를 바탕으로 펼치는 금검십이식金劍十二式은 이십여 년 전 견식한 바 있는 금검장 전대 장주의 것보다 오히려 위력적으로 보였다.

'아니, 이제부터는 금검십삼식이라고 해야겠지.'

방금 연무장 위에서 발현된 투박하지만 강맹한 검초를 목격한 제갈휘는 그것을 펼쳐 낸 금검장의 후예, 스스로를 중산검객重山劍客 희일광希一曠이라고 소개한 작달막한 젊은이에게 마음속으로 박수를 보냈다. 부친으로부터 물려받은 유장한 검법과 맥을 함께하면서도 젊은이다운 패기가 가득 담긴 그 검초가 희일광이 고련 끝에 창안해 낸 열세 번째 식임을 알아차린 것이다. 약관을 갓 넘긴 나이로 가전의 검법을 훌륭히 계승했을 뿐 아니라 새로운 검초를 추가함으로써 한층 발전시킨 공로는 칭찬받을 가치가 충분히 있었다.

"희 형의 이번 검초는 정말이지 놀랍구려. 검과 검이 얽힌 상태에서 그 검초로 공격받았다면 나로서는 속절없이 수세에 몰리고 말았을 거요."

"하하! 드러내는 재주랍시고 하나같이 원숭이 발짓처럼 조잡한 것들뿐이라 부끄러울 따름이건만, 어찌 겸양 섞인 몇 마디로 내 얼굴을 더욱 화끈거리게 만드시오. 나는 박 형에게 이 금검쇄암金劍碎巖을 격파할 수단이 이미 준비되어 있음을 아오. 어떻소, 내 말이 맞지 않소?"

"언감생심 격파까지는 아니더라도, 전답박빙轉踏薄氷의 보법을 통해 검초의 첫 번째 예봉으로부터 벗어난 즉시 본 파의 이십사수二十四手 매화검법 중 매화토염梅花吐艶을 펼치면 어찌어찌 평수를 이룰 수 있지는 않을까 생각하오."

서안의 벽돌 장인에게 주문 제작한 강화 벽돌들이 촘촘히 깔린 연무장 위에서는 지금 두 명의 청년 검객이 삼 장의 거리를 두고 마주한 채 각자의 검법을 번갈아 펼쳐 보이고 있었다. 청운의 꿈을 안고 강호에 나와 유수한 검파들을 돌아다니며 스스로의 재주를 입증해 보이려는 젊은 수행자를 상대로 화산파의 대표로서 화산검법을 선보이고 있는 백의 청년은 무양문을 나온 제갈휘가 첫 번째 제자로 거둔 박인용이었다.

박인용은 희일광에게 한 말을 곧바로 실행에 옮겼다. 마치 허공에 던져진 고양이가 그러하듯 연무장 위를 가볍게 구름으로써 일 장가량을 물러난 그는 공처럼 말았던 몸을 폭발적으로 솟구치며 전방을 향해 매화토염의 검초를 펼쳐 냈다.

파파파파파ー.

박인용이 뿌려 낸 해동검의 검봉에서 다섯 송이의 검화가 피어오르는 광경을 지켜본 제갈휘는 자신도 모르게 빙긋이 미소를 지었다.

'오매검五梅劍……. 요즘 들어 부쩍 고민이 많아진 것 같더니

만 그사이 한 단계 더 성장했군.'

제갈휘가 박인용을 처음 만난 것은 칠 년 전이었다.

당시 모종의 사건을 조사하기 위해 장성 인근의 곡리穀里라는 소도시를 방문한 제갈휘는 무양문과 우호 관계를 맺고 있던 보운장의 장주 왕고의 소개로 동화장東和莊이라는 상가商家에서 얼마 동안 머물게 되었는데, 그 상가의 후원에서 해동검을 들고 땀을 뻘뻘 흘리며 수련하는 소년을 보게 된 것이 그들 사제 간 인연의 시작이었다.

─저는 이다음에 꼭 고검 대협 같은 검객이 될 거예요!

부친으로부터 고검을 소개받고는 좋아서 어쩔 줄 몰라 하며 그렇게 소리쳤던 소년은, 이제 고검의 장제자가 되어 다음 대 화산파를 이끌어 갈 중추적인 인물로 무럭무럭 성장하고 있었다. 맹자가 말한 세 가지 즐거움[三樂] 중 하나가 천하의 영재를 얻어 가르치는 것이라고 했는데, 하루가 다르게 훌륭한 검객으로서의 면모를 갖춰 나가는 박인용을 바라보는 제갈휘의 심정이 바로 그러하다고 할 터였다.

박인용이 검초를 마치고 원래의 자리에 몸을 세우자, 진지한 표정으로 이를 지켜보던 희일광이 자세를 낮추더니 다시 한 번 금검쇄암의 검초를 펼쳤다. 마치 스스로 점검이라도 하듯 처음 펼칠 때보다 훨씬 느린 속도로 투로를 이어 나가던 희일광이 어느 순간 검을 멈추고 미간을 찌푸렸다.

"여긴가?"

제갈휘로 말하자면 검에 관한 한 천하제일을 공인받은 대검객. 덕분에 희일광이 혼잣말처럼 중얼거린 저 짧은 질문의 뜻을 어렵지 않게 알아차릴 수 있었다. 희일광의 금검쇄암과 박인용의 매화토염이 실전에서 맞붙는다고 가정할 때, 아직 완전히 여물지 않은 금검쇄암은 바로 저 시점에서 매화토염의 경묘함 앞에 허점을 내보이게 되는 것이다. 이제껏 진력을 감추고 있던 박인용이 굳이 오매검의 경지를 드러내면서까지 검초를 펼친 까닭은, 상대로 하여금 투로가 봉쇄된 금검쇄암을 대신할 다른 반격 수단을 떠올리지 못하도록 만들기 위함이었다. 예의 바른 해동인답게, 그래서 강호인들로부터 매군자梅君子라는 별호를 얻은 박인용답게, 가장 점잖은 방식으로 내 검법이 당신의 검법보다 위라는 점을 주장한 것이다.

박인용의 예의는 통한 것 같았다.

"음."

검을 뻗어 낸 상태로 석상처럼 굳어 있던 희일광이 짧은 신음과 함께 자세를 풀었다. 그런 다음 검봉이 바닥으로 향하도록 검을 모아 쥐고는 박인용을 향해 포권을 올렸다.

"고맙소. 박 형의 가르침 덕분에 내 검법의 약점을 깨우치게 되었소. 부족함을 인정하고 이쯤에서 물러나리다."

박인용 역시 해동검을 역수逆手로 모아 쥐고는 상대를 향해 답례했다.

"희 형이나 나나 검로의 기나긴 길에 이제 막 올라선 몸 아니겠소. 날마다 새로워지는 것이 우리일진대 지금 선 자리에서 누가 한 걸음 앞서 있는가는 별문제가 되지 않는다고 생각하오."

"이런, 이런……."

희일광이 굵은 목을 삐딱하게 기울이더니 히죽 웃으며 말을 이었다.

"박 형은 다 좋은데 언행이 너무 고리타분한 것 같소. 박 형에게 붙은 매군자라는 별호에는 그런 점에 대한 풍자도 어느 정도 섞여 있다고 보는데, 박 형의 생각은 어떻소?"

박인용도 웃었다.

"하하! 지금 나더러 애늙은이라는 점을 스스로 인정하라는 거요?"

농담 섞인 몇 마디를 주거니 받거니 하던 두 청년 검객이 수중의 검을 등에 멘 검집에 갈무리하고는 제갈휘가 앉아 있는 관람석 쪽으로 나란히 걸어왔다.

제갈휘는 옆자리를 돌아보았다.

'이제 깨워야겠군.'

지금 관람석에는 강호의 문파로서 다시 문호를 연 화산파의 주요 인사 두 명이 자리하고 있었다. 성별로는 여자와 남자로, 연령으로는 어린아이와 초로인으로 극명하게 구별되는 그들은 화산파의 장문인과 장로였다. 그중 남자이자 초로인이자 장로인 제갈휘는, 옆자리에서 자그마한 어깨에 털 담요를 두른 채 꾸벅꾸벅 졸고 있던 여자이자 어린아이이자 장문인인 주연심朱緣尋의 어깨를 가볍게 흔들었다.

주연심은 몇 번의 잠투정을 한 뒤에야 눈을 떴다.

제갈휘는 자신을 향해 깜빡거리는 열두 살 소녀의 눈에서 졸음기가 사라지기를 잠시 기다려 주었다가 다정한 목소리로 말을 걸었다.

"그만 일어나렴. 인사를 받아야지."

본래 한 문파의 장로가 그 문파의 장문인에게 이런 식으로 하대를 하는 것은 원칙과 상례에 크게 어긋나는 일이었다. 하지만……

"흐응, 비무가 벌써 끝난 거예요, 제갈 백부?"

화산파를 재건하기 위해 백방으로 수소문하여 찾은 사부 주동민의 일점혈육은 일곱 살 먹은 여자아이였고, 그 여자아이에게는 존대를 하면서도 엄숙하게 다그치는 장로보다 하대를 하더라도 따뜻하게 보듬어 주는 백부가 더욱 절실했기에 제갈휘는 어쩔 수 없이 원칙과 상례를 파할 수밖에 없었던 것이다.

"벌써라는 말은 잘못된 것 같구나. 네가 졸기 시작한 것은 제법 오래되었으니까. 대체 밤에는 무슨 짓을 하느라고 초저녁만 되면 병든 병아리처럼 맥을 못 추는 거냐?"

제갈휘는 담요 자락으로 주연심의 입가에 묻은 침 자국을 닦아 주며 혀를 찼다. 까끌까끌한 털이 얼굴에 닿는 게 싫었는지 주연심이 몸을 뒤로 빼며 볼멘소리를 했다.

"제갈 백부께서 내주시는 숙제가 너무 많으니까 이러는 거잖아요. 세 가지 보법을 삼백 번씩 밟다 보면 어느새 날이 훤해진다니까요."

제갈휘는 짐짓 엄한 표정을 지어 보였다.

"내가 네 나이 때는 다섯 가지 보법을 오백 번씩 밟았다. 그러고도 낮에는 죽을힘을 다해 검법을 수련해야 했지. 잠깐이라도 졸았다가는 네 할아버지로부터 불호령이 떨어졌고. 어찌나 무서운 어른이었는지, 원……."

주연심이 고개를 주억거렸다.

"아빠도 술에 안 취해 있을 때는 그 얘기를 자주 하셨어요. 할아버지께서는 아주 무서운 분이셨는데, 아빠가 혼날 일이 생기면 제갈 백부께서 언제나 감싸 주셨다고요."

말 뒤에 아이답지 않은 서글픈 미소를 짓는 주연심을 보며 제갈휘는 마음 한구석이 먹먹해지는 것을 느꼈다.

주연심의 아버지이자 제갈휘에게는 사제가 되는 주백상은 제갈휘가 무양문을 떠날 무렵에 죽었다고 했다. 어릴 적부터 정종의 내공을 익힌 무인이 삼십도 안 된 나이에 죽었으니 요절했다고 표현할 수도 있을 것이다.

건실하던 주백상이 그토록 급속하게 주정뱅이로 전락하고 끝내는 목숨마저 잃은 까닭에 대해, 제갈휘는 어렴풋이나마 짐작할 수 있었다. 강호인들이 '곡리혈사穀里血事'라고 부르는 그 사건이 벌어진 날, 주백상은 눈앞에서 부친이 자결하는 광경을 지켜보아야 했고, 친형처럼 따르던 대사형의 몸에 자신의 검을 박아 넣어야 했다. 대쪽처럼 강직한 부친 주동민과 달리 천성적으로 유약한 주백상으로서는 도저히 견디기 힘든 충격이었을 테고, 그 충격이 주백상을 죽음에 이르도록 만들었을 터였다.

"그래서 전 제갈 백부가 좋아요. 예전에는 아빠를 감싸 주셨고, 지금은 저를 감싸 주시잖아요."

주연심이 제갈휘를 올려다보며 말했다. 제갈휘는 마음에 자욱하게 차오르는 회한을 애써 떨어내고는 주연심의 어깨에 덮여 있던 털 담요를 벗겨 냈다.

"하지만 네가 더 이상 담요에 감싸여 있는 꼴은 봐주지 못하겠구나. 너는 이미 저 친구들을 너무 오래 기다리게 했거든."

"아차."

주연심이 급히 자리에서 일어서자 관람석 아래에서 기다리고 있던 희일광이 예를 올렸다.

"장문인의 은덕에 힘입어 화산의 높은 검학을 견식할 수 있었습니다. 사전에 통지도 없이 불쑥 찾아온 무뢰한에게 은덕을 베풀어 주신 점, 다시 한 번 감사드립니다."

옆에 서 있던 박인용 역시 예를 올린 뒤 나이 어린 장문인에게 청했다.

"나이가 비슷해선지 희 형과는 통하는 부분이 많을 것 같습니다. 장문인께서 허락해 주신다면, 오늘 하루 희 형을 벗 삼아 조촐한 술자리를 가져 볼까 합니다."

주연심은 제법 어른스럽게 고개를 끄덕인 뒤 두 청년 검객에게 각각 말했다.

"금검장은 내 선조부 대부터 본 파의 좋은 친구였지요. 근래 들어 뛰어난 후인이 나와 쇠락한 가문을 중흥시키고 있다는 소식을 듣고 무척 기뻤답니다. 원하신다면 며칠이고 묵어가세요. 박 사형께서는 희 소협을 접대함에 있어서 소홀함이 없도록 각별히 신경 쓰도록 하세요."

주연심을 따라 자리에서 일어서긴 했지만 제갈휘는 전면에 나서지 않았다. 그는 화산파의 장로였고, 장로가 문파의 일에 지나치게 간섭하는 것은 후진들의 성장에 결코 도움이 되지 않는다고 믿어 왔다.

하지만 천하제일검은 단지 무위하게 있는 것만으로도 존재감을 드러내는 법.

다시 한 번 포권을 올림으로써 화산파 장문인의 후의에 감사를 표한 희일광이 참으로 오래 기다렸다는 듯이 열망으로 달뜬 눈길을 제갈휘에게 돌렸다.

"바라옵건대, 고검 대협께서 잠시라도 자리를 함께해 주신다면 말학후진에게는 무한한 영광일 것입니다."

박인용 또한 거들고 나섰다.

"사부님, 그렇게 하시지요."

좋은 청년들과 자리를 함께하는 것을 싫어하는 연장자는 드물 것이다. 그들로부터 뿜어 나오는 싱싱한 활력을 통해 젊은 날의 호기를 잠시라도 맛볼 수 있을 테니 말이다. 그러나 제갈휘는 그 기회를 포기할 수밖에 없었다.

"희 소협에게는 미안한 일이지만 오늘은 선약이 있네."

제갈휘를 향한 박인용의 눈이 조금 커졌다.

"선약이라고요?"

박인용은 사부를 받듦에 있어 누구보다 지극한 제자였다. 사부의 일상에 관한 한 세세한 부분까지도 꼼꼼히 챙기기 위해 애쓰는 그로서는 자신도 알지 못하는 선약이 잡혀 있다는 말에 의아함을 느낀 모양이었다.

제갈휘는 제자를 향해 말했다.

"이 사부를 만나기 위해 아주 멀리서 오신 분이 있다. 달이 떠오를 즈음 수신애守身崖에서 만나기로 했으니 곧바로 출발해야 늦지 않을 것 같구나."

"그런 손님이라면 본 파 안으로 모셔서 연석을 베푸시는 것이 옳지 않겠습니까?"

제갈휘는 고개를 저었다.

"그분께서 원치 않으실 것이다. 나 또한 이목이 많은 자리에서 그분과 재회하는 것을 원치 않고."

박인용이 잠시 생각하다가 말했다.

"그래도 만남의 자리에는 술과 음식이 있어야 할 텐데……
지금이라도 제자가 준비토록 하겠습니다."

제갈휘는 다시 한 번 고개를 저었다.

"수신애에 가면 이미 준비되어 있을 것이다."

"예? 대체 누가……?"

"너는 이 자리에 한 분의 모습이 보이지 않는다는 것을 모르겠느냐?"

관람석에는 제갈휘와 주연심이 있고, 그 뒤쪽에는 지난 몇 년간 제갈휘가 받아들인 화산파 일대제자 이십여 명이 시립해 있었다. 그들의 면면을 일일이 둘러보던 박인용이 "아!" 하고 탄성을 내더니 말했다.

"하면 얼마 전에 본 파로 돌아오신 우 장로님께서 술과 음식을 준비하셨다는 말씀입니까?"

"그렇다."

제갈휘가 대답하자 박인용의 얼굴에 참괴한 빛이 떠올랐다.

"우 장로님께서는 본 파에서 가장 배분이 높은 존장이신데 어찌 그런 수고스러운 일을……. 아랫사람 된 몸으로 송구할 따름입니다."

"그렇게 생각할 필요 없다. 너는 모르겠지만 우 장로님께서는 웬만한 숙수보다 나은 요리 솜씨를 지니셨다. 특히 우육탕을 끓이시는 솜씨는 아주 일품이지. 멀리서 오신 그 손님께서는 여러 해 전에 우 장로님의 우육탕을 드실 기회를 놓치셨단다. 그래서 이번 기회에 맛보여 드리는 게 어떻겠느냐고 부탁을 드렸더니 흔쾌히 허락해 주시더구나."

제갈휘는 입맛을 한 번 다신 뒤 덧붙였다.

"달빛 아래에서 후아주와 우육탕이면…… 나름 괜찮은 궁합 아니겠느냐?"

(3)

참으로 운치 있는 밤이었다.

천리매향이라 하여 지난달 연화봉蓮花峰 일대를 몽환적인 백광으로 물들이던 매화는 모두 저물었지만 뒤이어 망울을 터뜨린 갖가지 봄꽃들이 명산 전체를 다채로운 빛깔로 뒤덮어 놓앞다. 저녁 어스름마저 스러진 밤하늘은 담묵에 쪽물을 푼 듯한 흑청색이요, 하늘과 산자락이 맞닿은 자리로 만월을 이틀 앞둔 상현달이 두둥실 떠오르니 어디까지가 월색이고 어디까지가 춘색인지 구별하기 힘든 그윽한 선경이 펼쳐진 것이다.

그런 연화봉에서도 절경으로 손꼽히는 명소가 바로 수신애였다. 봉우리 정상 바로 아래 위치한 그 화강암 단애의 가장자리에는 지금 이 순간 허리가 구부정한 중늙은이가 하나가 새하얀 암벽을 달려 올라온 상쾌한 밤바람을 온몸으로 맞으며 서 있었다.

머리에는 하얀 두건, 일신에는 수수한 갈포 적삼, 뒷짐을 진 오른손에는 긴 자루가 달린 쇠 국자를 쥐었다. 뱀눈을 가진 데다 양 볼따구니가 움푹 꺼진 탓에 원래는 무척 독살스러워 보일 인상이지만, 발아래 펼쳐진 연화봉의 밤 풍광을 굽어보는 눈빛만큼은 어린 양의 목털처럼 부드럽기만 했다.

"공기 좋고 경치 좋고 달빛도 좋다. 도도를 버리고 피안에 서니 만물이 새롭다[天好地好月光好 折刀立岸萬物新]."

어느 순간 중늙은이의 입에서 시구 같은 한마디가 흘러나왔다. 하지만 온화함을 넘어 세상사에 달관한 선승 같은 분위기마저 풍기는 이 중늙은이의 지난 삶이 얼마나 파란만장했는지를 정확히 아는 이는 무척이나 드물 것이다.

젊은 시절, 나날이 쇠락해 가는 사문을 버리고 뛰쳐나와 흑도에 투신했다. 명문의 검 대신 사파의 칼로써 강호 도상을 승냥이처럼 배회하며 살인과 방화, 약탈과 폭행의 악행을 마다치 않았다. 비각이라는 집단에 발탁되어 남모르는 어둠 속에서 세상을 혼란스럽게 만드는 데 일익을 담당했다. 비각이 무너진 뒤에는 희대의 대마두를 오 년간 쫓아다니며 밥 짓고 빨래하고 잠자리를 마련하는 등 온갖 잡일을 도맡아 했다……. 그리고 이제는 공적으로는 천하제일검이요, 사적으로는 큰사질이 되는 이의 관용과 자비에 기대어 사문으로 복귀, 강호의 풍진과 혈향을 모두 떨어내고 절간 뒤뜰에 서 있는 돌부처처럼 은일하고 안온한 여생을 보내고 있다.

실로 파란만장한 삶을 걸어온 자. 강호에서는 귀문도라는 흉명으로 불리던 우낙이 바로 그 사람이었다.

현재 우낙의 신분은 화산파의 장로였다. 그것도 보통 장로가 아니라…….

"대장로님, 탕에서 탄내가 나는 것 같아요."

등 뒤에서 울린 목소리에 우낙은 단애 아래 주었던 시선을 거두고 천천히 몸을 돌렸다.

사실 수신애는 연화봉의 북서쪽 절벽 중 유달리 가파른 일부 지형에 붙은 이름이고, 안쪽으로는 평지와 다름없는 완만한 경사면이 넓게 형성되어 있었다. 그 경사면 중 키 작은 소나무들이 우거진 곳에는 작은 화덕 하나가 설치되어 있었고, 그 위에서는 뚜껑이 열린 무쇠 솥 하나가 허연 김을 무럭무럭 피워 올리고 있었다.

방금 탄내 운운하는 말은 화덕 앞에 서 있는 청의 청년에게서 나온 것이었다. 덩치가 크고 살집이 좋은 그 청년은 무쇠 솥에서 피어오르는 김에 들이밀고 있던 고개를 빼내고는 우낙을 향해 말을 이었다.

"불기가 너무 세서 바닥이 눌어붙는 것 같은데 아궁이에서 장작을 조금 빼내는 게 어떨까요?"

"쯧쯧, 바닥이 약간 눌어붙었을 때가 탕의 참맛을 살릴 때란 걸 아직 모르는 게로구나."

우낙이 낮게 혀를 차며 화덕 앞으로 다가가자 청년이 급히 자리를 비켜 주며 거듭 질문을 던져 왔다.

"탕의 참맛이라고요? 지금도 끝내주게 맛있는데 여기서 더 맛있어질 수 있다는 말씀이십니까?"

우낙은 부글부글 끓어오르는 솥 안을 들여다보았다. 청년의 말대로 탄내가 조금씩 올라오고 있었다.

"화력을 높여라."

"예? 장작을 빼는 게 아니라요?"

"어서."

"아, 알겠습니다!"

우낙이 오늘밤 수신애 위에 연회석을 마련하는 데 부리기 위해 데려온 그 청년에게는 특이하게도 세 개의 이름이 있었다. 하나는 빈농인 부친에게 물려받아 화산파에 들어오기 전까지 불리던 손소심孫小心, 그 이름이 검객으로서는 너무 유약하다 하여 화산파 제자로 입문하는 날 입문식을 주재한 무매원주無梅院主로부터 하사받은 손철심孫鐵心, 그리고 검객으로서의 자질 대신 숙수로서의 자질을 훨씬 더 인정받아 주방 일을 하게 된 뒤로 불을 다루는 재주가 남다르다 하여 주방 아낙들로부터 듣게 된 손화심孫火心이 그것들이었다.

원체 둥글둥글한 성격인지라 어느 이름으로 불려도 싫은 기색을 하지 않는 청년이지만 그래도 천부의 자질을 인정받음으로써 얻은 손화심이란 이름으로 불리는 것을 가장 좋아하는 눈치였고, 그래서 청년을 아끼는 우낙도 그렇게 불러 오던 터였다.

손화심이 아궁이 속에다 긴 죽관을 들이밀고 세차게 입바람을 불자 뱀의 혓소리 같은 소리와 함께 샛노란 불꽃이 무쇠 솥의 가장자리로 넘실거리며 올라왔다.

"화심아, 이제부터 내가 하는 것을 잘 봐 두거라."

배움에 목마른 손화심을 옆에 세워 두고서, 우낙은 과거 호랑이 같은 대마두를 시중드는 과정에서 터득한 몇 가지 요리 기술 중에서 약간 눌어붙은 솥바닥을 국자로 빠르게 긁음으로써 탕국에 불 맛을 배어들게 만드는 이른바 '번부저가화미翻釜底加火味'의 기술을 발휘하기 시작했다.

드르륵. 드르륵.

탕국 깊숙이 국자를 찔러 넣고 율동적으로 두드려 대던 우낙이 어느 순간 눈을 빛내며 소리쳤다.

"자, 지금이다!"

우낙은 무섭게 끓어오르는 우육탕 위에 독한 고량주를 한 잔 뿌린 다음 무쇠 솥의 손잡이를 수건으로 말아 잡고 앞뒤로 재빨리 기울였다.

취이익!

파도의 물머리처럼 공중에서 뒤집어지는 건더기와 국물에서 불꽃이 확 일어나며 매캐하면서도 고소한 불의 향기가 아궁이 주위로 폭죽처럼 번져 나갔다. 그러면서도 무쇠 솥 바깥으로는 한 덩이의 건더기 한 방울의 국물도 튀어 나가는 법이 없으니, 보는 이로 하여금 절로 박수를 치게 만드는 주사계廚師界의 극품 절기라 아니할 수 없었다.

그래서인지 박수 소리가 들려왔다.

짝. 짝. 짝.

우낙이 보여 준 차원 높은 요리 기술에 넋을 놓아 버린 손화심이 보낸 박수는 물론 아니었다. 우낙은 무쇠 솥의 손잡이를 놓고 고개를 돌려 박수 소리의 주인을 찾았다. 십삼야十三夜의 달빛이 폭포처럼 쏟아지는 수신애 위는 횃불을 여러 개 밝혀 놓은 것만큼이나 환했고, 덕분에 그는 수신애의 초입에 나타난 두 사람을 어렵지 않게 발견할 수 있었다.

　두 사람 모두 노인인데, 앞에 선 사람은 금실로 깃을 두른 검은 장포를 입었고 뒤에 선 사람은 은백색 장포를 입었다. 나이도 검은 장포 쪽이 더 많아 보였고, 서 있는 태도로 보아 신분 또한 검은 장포 쪽이 더 높아 보였다. 우낙에게 박수를 보낸 사람은 바로 그 노인인 듯했다.

　"정말 탐나는 재주로군. 제갈 아우에게 부탁해 복건으로 데려가고 싶을 만큼 말일세."

　검은 장포의 노인이 가슴 앞에 들어 올린 두 손을 내리며 말했다. 그 노인에게서는 타고난 존귀함이 날숨처럼 자연스럽게 흘러나오고 있었다. 초면인 우낙에게 하대를 하는 것이 오히려 자연스럽게 여겨질 정도였다.

　"여기서 더 눌면 안 되니 이제는 장작을 절반쯤 빼내거라."

　우낙은 손화심에게 낮게 지시를 내린 다음 검은 장포의 노인을 향해 똑바로 돌아섰다.

　"무양문의 문주님이십니까?"

　검은 장포의 노인이 허허롭게 웃으며 대답했다.

　"맞아, 내가 서문숭일세."

　우낙은 떨리는 마음을 애써 진정시키며 검은 장포의 노인, 서문숭을 향해 자신이 취할 수 있는 한 가장 정중한 자세로 포권을 올렸다.

　"화산파의 장로 우낙이 문주님께 인사 올립니다."

　서문숭이 눈썹을 쫑긋거렸다.

　"숙수가 아니라 장로라고?"

　이 반문을 들은 손화심이 감히 안색을 굳히며 끼어든 것을 보면, 하룻강아지 범 무서운 줄 모른다는 말이 맞는 모양이었다.

"우리 대장로님께서는 요리에 조예가 깊으실 뿐이지 숙수는 아니십니다!"

우낙의 걱정과는 달리 서문숭은 새까만 하룻강아지의 참견에도 별로 불쾌해하는 기색을 드러내지 않았다.

"허, 그것도 대장로라……. 하면 제갈 아우와는 어떤 관계가 되는가?"

우낙은 노한 눈길을 한번 보냄으로써 손화심의 입을 틀어막은 뒤 서문숭의 질문에 공손히 답했다.

"과분하게도 무매원주로부터는 사숙 소리를 듣고 있는 몸입니다."

"무매원주? 화산에서는 그 친구를 그렇게 부르는 모양이지?"

"그렇습니다."

그때, 이제껏 한마디도 하지 않고 서문숭의 뒷전에 공손히 시립해 있던 은백색 장포의 노인이 우낙을 향해 포권을 해 보이며 말했다.

"이제 보니 귀문도 우낙, 우 형이셨구려."

우낙이 흠칫 놀라며 은백색 장포의 노인을 바라보았다.

"저를 어떻게 알아보셨는지……?"

은백색 장포의 노인이 관리처럼 엄숙한 얼굴에 미소를 지으며 대답했다.

"존장들의 자취를 찾기 힘든 화산파에서 대장로를 하신다기에 대체 누굴까 의아해했는데, 고검의 사숙이란 말씀에서 넌지 알게 되었소이다. 반갑소. 나는 연문건이라고 하오."

"아!"

연문건이라면 우낙도 들어 본 적이 있는 이름이었다. 백련교의 호법 중 한 사람으로서, 여러 해 전 제남의 신무전에서 열린 어떤 잔치에 축하 사절로 방문하여 무양문에 적대감을 드러내는 일단의 백도인들을 한 번의 신공으로써 침묵시켰다고 알려진 남방의 강자가 바로 연문건이었던 것이다.

예전과는 여러모로 달라진 우낙이지만, 비록 육체적으로는 쇠잔했어도 정신적으로는 더욱 완숙해졌지만, 이때만큼은 어깨가 절로 오그라드는 기분을 느낄 수밖에 없었다. 무양문주이자 백련교주인 서문숭은 말할 것도 없거니와, 수행원으로 따라온 연문건 하나만 해도 그로서는 언감생심 안면 트기를 바라기 힘들 만큼 비중 있는 인물이었기 때문이다.

'내가 상대할 만한 인물들이 아니구나.'

우낙으로 말하자면 자신의 주제를 누구보다 잘 아는 사람이었다. 그것을 가장 먼저 가르쳐 준 사람은 악연도 이런 악연이 있을까 싶을 정도로 고비마다 나타나 그에게 낭패감과 굴욕감을 안겨 준 이 대 혈랑곡주 석대원이었고, 그것을 죽는 날까지 잊지 않도록 뼛속 깊이 새겨 준 사람은 지난 오 년간 그를 종복으로 부리며 온갖 잡일을 하게끔 만든 거경 제초온이었다.

"무매원주는 금방 당도할 겁니다. 저쪽에 자리를 마련해 두었으니 잠시 앉아 기다리고 계십시오. 저와 이 아이는 이만 내려가 보도록 하겠습니다."

말을 마친 우낙이 손화심을 끌고 자리를 피하려는데, 서문숭이 손을 들어 그의 발길을 붙들었다.

"기왕 만난 김에 몇 가지 물어보고 싶은 게 있네."

두말하면 잔소리지만, 서문숭은 이 세상에 몇 안 되는 절세적인 인물이었다.

'그런 인물이 나 같은 졸자에게 물어볼 게 뭐가 있지?'

우낙은 이렇게 생각하며 몸을 돌렸다.

"하문하십시오."

"자네가 몇 년간 거경과 함께 다녔다는 얘기를 들었네만……."

우낙에 대해서가 아니라 거경에 대해서라면 서문숭 정도 되는 인물이 궁금해하는 것도 이해가 되었다. 졸자란 말은 우낙 본인에게만 해당될 뿐, 거경에게는 해당되지 않았던 것이다.

"그렇습니다. 지난해 초까지 오 년간 주인으로 모셨지요."

우낙이 대답하자 서문숭이 고개를 어깨 위로 살짝 꺾으며 물었다.

"한데 그 주인은 어디다 팽개치고 자네 혼자 이 화산으로 돌아와서 장로 노릇을 하고 있는 건가? 거경이 강호에서 종적을 감췄다는 얘기를 몇 달 전엔가 들었는데, 혹시 그의 신상에 무슨 일이라도 생긴 건가?"

우낙은, 우선 한숨부터 내쉰 다음, 서문숭의 질문에 하나하나 대답해 나갔다.

"팽개침을 당한 쪽은 그분이 아니라 접니다. 당신은 폐관 수련에 들어갈 테니 저는 제 갈 길을 가라고 하시더군요. 그곳이 어디냐 하면, 소림사가 그리 멀지 않은 숭산 경내였습니다. 그게 지금으로부터 일 년 전이었으니 그 뒤로 그분의 모습을 강호에서 볼 수 없는 것도 당연한 일이겠지요."

존귀한 인물을 앞두고 무례하게 한숨부터 내쉰 까닭은, 당시 느꼈던 슬픔이 되살아나서였다.

상냥함이라든가 자상함과는 거리가 먼 제초온이지만 도산검림 살벌한 강호에서 그보다 좋은 바람막이는 찾기 힘들었다. 그래서 우낙은 제초온을 보필함에 있어 충심을 다했고, 그들이 좋은 주종 간이라고 철석처럼 믿어 왔었다. 그러니 숭산 깊은 곳의 이름 모를 계곡에서 천혜의 풍동風洞인가 뭔가를 발견했다며 이제 그만 주종의 연을 끊겠다는 제초온의 선언 앞에 우낙이 하늘이 무너지는 듯한 충격을 받은 것은 당연한 일이라고 할 수 있었다.

—제발 늙은 종을 버리지 말아 주십시오! 주인님께서 수련하시는 동안 이 산중에 함께 머물며 모든 수발을 다 들어 드릴 터이니 떠나라는 말씀만은 거둬 주십시오!

그러나 제초온, 그 거대한 주인은 빙산처럼 냉정하기만 했다. 그는 코웃음을 치더니 이렇게 말했다.

—곤륜산에서 현유 말코가 그랬지. 때로는 몰입이 벽을 깨트리는 쇠망치 역할을 해 줄 수 있다고. 나는 오직 투지 한 가지에만 몰입하여 벽을 깨트려 볼 작정이다. 그러려면 반드시 필요한 요소가 광기고, 일단 광기에 사로잡힌 다음에는 누구도 알아보지 못할 공산이 크다. 주위에서 얼쩡거리다가 내 칼에 걸려 두 쪽이 나 버린 너를 그날 하루 요깃거리로 삼을지도 모른다이 말이다. 그렇게 되고 싶나, 오줌싸개?

뜻밖에도 미식가인 제초온 덕분에 요리하는 기쁨을 알게 된 것은 사실이지만, 그 제초온을 위해 요리 재료가 되는 것은 전혀 다른 문제가 아닐 수 없었다. 그래서 우낙은 눈물을 머금고 제초온의 곁을 떠날 수밖에 없었고, 일 년 가까운 시간 동안 버림받은 개처럼 세상 이곳저곳을 전전하다가, 옛 사문이 중건되었다는 소문을 우연찮게 얻어듣게 되었다. 곤륜산에서 조우했던 큰사질의 말이 떠오른 것은 그때였다.

―나중에 한번 화산으로 놀러 오십시오. 후아주 한잔 대접하
겠습니다.

그래도 돌아갈 자리가 한 군데는 남아 있다는 사실이 얼마나
큰 위안이 되었던지!

그러고 보면 우낙의 전 생애를 통틀어 가장 큰 은인은 잠시
후 이 자리에 올 큰사질인 셈이었다.

'내가 전생에 무슨 공덕을 쌓아 그처럼 과분한 사람을 사질로
두게 되었는지…….'

엷은 실소로 잠시의 상념을 접은 우낙이 서문숭을 향해 담담
히 덧붙였다.

"벽을 깬다는 게 무슨 소린지는 모르겠습니다만, 언젠가는
폐관을 마치고 강호에 나오실 겁니다. 그때가 되면 그분 소식을
다시 들으실 수 있겠지요."

서문숭이 고개를 끄덕이며 중얼거렸다.

"벽……. 그렇군. 거경도 그 단계까지 이르러 있었던 거였어."

그 목소리가 기이할 만큼 어둡고 무겁게 들려, 우낙은 조심
스레 눈길을 들어 서문숭의 얼굴을 살펴보았다. 환한 달빛 아래
뚜렷한 음영을 만들어 내는 보이는 주름살이며 검버섯 들이 새
삼스레 눈에 들어왔다. 천하를 한 갑자 가까이 떨쳐 울렸던 이
절세적인 인물이 이토록 초라한 노인이었나 싶은 생각이 들
었다.

화산파가 낳은 또 다른 절세적인 인물, 고검 제갈휘가 수신
애에 오른 것은 그 무렵이었다.

물이 적당히 빠진 청의 무복 차림에 한 자루 장검을 등에 엇
질러 멘 제갈휘는 평소처럼 고고해 보였다. 다만 평소와 다른

점이 있다면 두 가지인데, 하나는 아래로 즐겁게 휘어진 눈초리에 맺혀 있는 반가움이요, 다른 하나는 왼쪽 겨드랑이에 끼고 있는 어른 머리통만 한 술 단지였다.

우낙은 부드러운 눈매로 그 술 단지를 바라보며 생각했다.

'가장 좋은 후아주를 구해 달라고 부탁하더니만, 이 자리를 위해서였군.'

조양봉朝陽峰 아래 사는 인색한 약초상으로부터 저 술 단지를 구입하기 위해 비각에서 퇴직금 조로 챙겨 나온 보도를 팔아야 했지만, 우낙은 조금도 아까워하지 않았다. 큰사질을 대하는 그의 심정은 저 옛날 굶주린 진문공晉文公을 위해 제 살을 잘라 고깃국을 끓여 낸 개자추介子推의 충심과 진배없었던 것이다.

제갈휘를 다시 대한 서문숭의 반응은, 서문숭이란 이름에 어떤 무게가 실려 있는지 모르지 않는 우낙으로서는 깜짝 놀랄 수밖에 없는 것이었다.

"자네…… 이제야 만나는군, 이제야."

물기 어린 목소리로 이렇게 말하며 제갈휘에게 주춤주춤 다가간 서문숭이 두 팔을 벌려 제갈휘의 몸을 꽉 끌어안았다. 흡사 죽었다고 알려진 피붙이와 재회하는 듯 절절한 광경이 아닐 수 없었다.

괜스레 민망해진 우낙은 황급히 고개를 돌렸고, 그러다가 자신처럼 두 사람이 상봉하는 장면을 외면하고 있는 연문건과 눈길이 마주치게 되었다.

연문건이 눈짓으로 말했다. 우리는 이제 자리를 비켜 주자고. 우낙은 고개를 끄덕였다.

여기 절세적인 두 인물이 다시 만났다!

그 만남의 자리에서, 다른 모든 것들은 가치를 잃을 수밖에 없었던 것이다.

우낙은 자리를 뜨겠다는 한마디 말도 고하지 못한 채, 어리둥절해하는 손화심의 손목을 잡아끌며 수신애를 내려갔다.

대장로가 오후 내내 공들여 마련해 준 연석은 소박하지만 정취 있었다.

뒤로는 키 작은 소나무들이 병풍처럼 둘러서서 봄밤의 소슬함을 막아 주었고, 앞으로는 연화봉 아래의 야경이 밤바다처럼 망망하게 펼쳐졌다. 식탁은 수신애 초입에 첩첩이 쌓인 화강암 편석들 중 적당한 것을 가져다 놓았고, 의자는 지난겨울 말라 죽은 졸참나무를 잘라 다듬어 놓았다.

깨진 바위면 어떻고 죽은 등걸이면 어떠랴. 바위에 새하얀 마포를 덮고 등걸에 폭신한 방석을 까니, 그 어떤 장인이 만든 명품 가구라도 이보다 정겹지는 못할 터였다. 적어도 제갈휘의 생각은 그랬다.

서문숭도 그렇게 생각하는 모양이었다.

"자네, 내 환갑잔치를 기억하는가?"

돌 탁자 저편에서 들려온 서문숭의 말에 제갈휘는 고개를 작게 끄덕였다.

"기억합니다. 무척 성대한 잔치였지요."

"그래, 성대했지. 다른 사람도 아닌 이 서문숭의 환갑잔치였으니까. 그때 나는 산해진미가 끝도 없이 차려진 잔칫상을 앞에 두고서 마노와 자수정으로 장식된 화려한 의자에 앉아 황금으로 만든 잔에다 술을 마셨지. 어디 그뿐인가. 상아 젓가락에 은 그릇, 곁에서 시중을 드는 시녀들은 하나같이 미인인 데다 그 수만 해도 열 명이 훨씬 넘었다네."

서문숭은 잠시 말을 멈추고 자신의 앞자리를 내려다보았다.

깨끗하지만 투박한 사기 술잔, 도드라진 마디가 잡히는 대나무 젓가락, 나뭇결이 그대로 보이는 나무 접시 위에는 몇 가지 산나물들…….

고개를 든 서문숭이 하던 말을 마무리 지었다.

"하지만 그때 누렸던 사치가 이것들보다 좋다고는 결코 말하지 못하겠구먼. 환대해 줘서 고마우이."

제갈휘는 빙긋 웃었다.

"고마워하시긴 이릅니다. 아직 술과 안주를 맛보지 못하셨으니까요."

지금 수신애 위에는 제갈휘와 서문숭, 두 사람만이 남아 있었다. 도법보다 훨씬 나은 요리 실력을 가진 화산파의 대장로는 이름이 여럿인 조수 청년을 데리고 봉우리를 내려간 뒤였고, 복건에서부터 서문숭을 배행해 온 수행원들은 수신애 암벽 바로 밑에서 대기하는 중이었다.

주위에 아무도 없으니 음식을 나르고 술을 따르는 일은 부득불 제갈휘의 몫이 되었다. 하지만 옛 주군이자 친형제처럼 마음을 나누었던 서문숭을 위해 수고하는 것은 제갈휘의 입장에서 결코 번거로운 일이 될 수 없었다.

제갈휘가 화덕으로 가서 우육탕 두 그릇을 퍼 가지고 돌아오자 서문숭이 짐짓 두렵다는 듯 어깨를 목 쪽으로 모으며 말했다.

"천하제일검에게 음식 나르는 일을 시키다니, 천하의 검객들이 알면 무슨 욕을 할지 감도 잡히지 않는군."

제갈휘는 탕국 그릇들을 돌 탁자에 내려놓으며 픽 웃었다.

"세간에 떠도는 헛된 말일 뿐입니다. 천하제일검이 제게 올 명호가 아니라는 것은 문주께서도 아시지 않습니까."

이 말에 서문숭의 입가에 어려 있던 미소가 지워졌다. 서문숭이 무겁게 중얼거렸다.

"그래, 누가 천하제일검인지는 나도 알고 있지."

그리고 제갈휘는 서문숭이 말하는 사람이 누구인지 알고 있었다. 그는 육 년 전 곤륜산 무망애 위에 울려 퍼지던 어떤 불행한 청년의 통곡 같은 고백을 똑똑히 기억하고 있었다.

─괴물은 소멸되었소. 오늘 이후 혈랑곡주가 세상에 나오는 일은 두 번 다시 없을 것이오.

제갈휘가 말했다.

"천하제일을 이루기 위해 그런 삶을 살아야 한다면, 저는 사양하고 싶습니다."

서문숭은 제갈휘의 말이 끝난 뒤로도 한참을 망연한 표정으로 앉아 있다가 어느 순간 작게 진저리를 치고는 화제를 돌렸다.

"이런! 화산파 대장로가 애써 끓인 탕국이 식으면 곤란하지. 자, 어서 드세나."

서문숭의 의중을 알아차린 제갈휘는 말없이 젓가락을 들었다.

"허! 이거 정말 기가 막히는군. 어떻게 하면 이런 맛을 낼 수 있는 거지?"

그릇을 들어 우육탕 국물을 마신 서문숭이 눈썹을 치올리며 호들갑을 떨었다. 제갈휘는 자신의 그릇에 담긴 우육탕의 고기 건더기를 한 점 먹어 보고는, 서문숭의 호들갑이 단지 분위기를 바꾸기 위함만이 아니라는 것을 알게 되었다. 대장로가 끓인 우육탕은 최고라는 찬사가 부족할 정도로 훌륭했다. 고기는 야들야들하면서도 육즙이 가득했고, 국물은 담백한 가운데에도 식욕을 자극하는 불 맛이 은은하게 배어들어 있었다. 대장로의 우육탕 솜씨가 웬만한 숙수보다 낫다는 점은 이미 육 년 전에 확인한 바지만, 그래도 이 정도까지 발전할 줄은 몰랐다.

제갈휘가 말했다.

"그날 밤 사숙이 끓인 원소탕을 맛보기 위해 어떤 이는 문파의 체면과 자신의 재주를, 어떤 이는 수십 관의 황금을, 어떤 이는 왕부의 권세를 내세웠지만, 실제로 원소탕을 맛볼 수 있었던 사람은 열 명 안팎에 불과했지요. 그때 그 탕국을 먹으면서 문주님 생각을 했습니다. 누구보다 앞서 이 탕국을 드셔야 할 분이 아쉽게도 기회를 놓치시는구나, 하고요. 해서 이번 기회에 꼭 맛보여 드리고 싶었습니다."

서문숭이 국물이 뚝뚝 흐르는 큼직한 고깃점을 입안 한가득 욱여넣고 우물거리면서 말했다.

"사람들은 잘 몰라. 개방 방주만큼이나 먹는 걸 밝히는 사람이 바로 나라는 걸 말일세. 역시 자네가 내 지음知音이로세."

제갈휘는 어깨를 으쓱거렸다.

"사숙께서 억울해하시겠습니다. 요리는 당신이 했는데 칭찬은 제가 듣고 앉았으니 말입니다."

"키우는 개가 재주를 부리는데 주인을 칭찬하지 않으면 누구를 칭찬할까."

실로 서문숭답다는 생각이 들었다. 소탈하고, 오만하고, 언행에 거침이 없고…….

하지만 육 년 만에 다시 본 서문숭에게는 서문숭을 서문숭답게 해 주는 가장 중요한 요소 하나가 결여되어 있다는 사실을 제갈휘는 처음 만난 순간부터 파악하고 있었다. 나이를 초월하는 젊음을 가능케 해 주던 무한한 활력이 지금의 서문숭에게선 찾아볼 수 없었던 것이다.

제갈휘는 서문숭의 왼쪽 볼따구니에 핀 검버섯으로 자꾸만 향하려는 눈길을 애써 다른 곳으로 돌리며, 돌 탁자에 올려 둔 술 단지 쪽으로 손을 뻗었다.

"안주가 이토록 훌륭한데 술이 빠지면 섭섭하겠지요."

서문숭이 반색을 하며 자신의 술잔을 들어 내밀었다.

"아무렴, 아무렴. 자, 어서 한 잔 따라 보게."

"안주보다야 못하겠지만 그래도 나쁘지는 않을 겁니다."

제갈휘는 후아주가 든 술 단지를 기울였다.

고롱. 고롱. 고롱.

고막을 간질이는 귀여운 소리가 울리며 서문숭이 내민 나무 술잔의 가장자리로 자황색 액체가 찰랑찰랑 차올랐다.

"자네도 한 잔 받아야지."

건네받은 술 단지로 제갈휘의 술잔에 후아주를 채워 준 서문숭이 자신의 술잔을 높이 들어 올리며 말했다.

"지난 육 년간 이 늙은이의 가장 큰 소원은 자네를 다시 만나는 것이었네. 오늘 그 소원이 이루어졌으니 어찌 축하하지 않을 수 있겠는가."

그런 다음 술잔을 단숨에 비우니, 제갈휘로서는 마음 한구석이 먹먹해질 수밖에 없었다.

제갈휘는 그 먹먹함을 소중히 담아 첫 잔을 비웠다.

"좋군."

빈 잔을 탁 소리 나게 돌 탁자에 내려놓은 서문숭이 첫 잔을 마신 소감을 짤막하게 평했다. 제갈휘는 빙긋 웃었다.

"입에 맞으시다니 다행입니다."

"빈말이 아닐세. 그날 마신 후아주보다 훨씬 독한데도 훨씬 맛있거든. 하기야 타지에서 얼렁뚱땅 빚어낸 가짜가 본향의 진짜를 당할 수는 없겠지."

옳은 얘기라는 생각이 들었다.

제갈휘에게서 두 번째 잔을 받은 서문숭이 제갈휘의 잔을 채워 주며 물었다.

"자네 사숙에게서 들었네. 이곳에서는 무매원주라고 불린다면서?"

제갈휘는 조금 쑥스러워하며 대답했다.

"제가 머무는 집 이름을 그렇게 지었습니다. 치기랄까, 그런 게 아직 남아 있는 모양입니다."

"좋은 이름이구먼, 뭘 그러는가. 그나저나 왜 장문인이 되지 않았는가? 자네 정도 되는 인물이 장문인 자리에 앉아 중심을 잡아 주면 사문을 일으켜 세우기에 훨씬 수월했을 텐데."

제갈휘는 침묵했다. 서문숭이 그의 눈치를 살피며 물었다.

"내가 곤란한 얘기를 꺼낸 건가?"

곤란한 얘기는 아니었다. 하지만 되새기고 싶지 않은 얘기이기는 했다. 제갈휘는 길게 한숨을 쉰 뒤 입을 열었다.

"사부님께서는 배덕한 제자를 두신 죄로 오랜 세월 고통을 당하시다가 돌아가셨습니다."

서문숭의 표정이 무거워졌다.

"그리고 그분의 독자 또한 사형인 저로 인해 죽은 것이나 마찬가지지요."

제갈휘는 사부 주동민과 사제 주백상의 죽음에 가장 큰 원인을 제공한 장본인이 바로 자신이라고 여기고 있었다. 그것은 어떤 성공으로도 지워 낼 수 없는, 그리고 어떤 위로로도 치유될 수 없는, 그가 평생을 짊어지고 가야 할 업보였다.

"전대 장문인을 죽게 만든 것으로도 모자라 그 후대까지 끊어 놓은 죄인이 사문을 다시 일으킨답시고 장문인 자리부터 냉큼 차지한다면, 그날부로 화산파에는 배덕자의 소굴이라는 오명이 꼬리표처럼 따라다니게 될 겁니다. 저는 그렇게 되는 것을 바라지 않습니다."

제갈휘가 장문인의 자리에 오르지 않은 이유는 그뿐만이 아니었다.

"칠 년 전 곡리에서, 또 육 년 전 장강에서 제 검 아래 목숨을 잃거나 수모를 당한 백도인들의 수가 한둘이 아니라는 걸 아실 겁니다. 살아남은 자라면 그 본인이, 죽은 자라면 그 유족과 친구 들이 백도인으로서 활동하는 한, 저에 대한 백도의 증오심과 적개심은 청산되지 않겠지요. 그러니 이후로도 제 앞길은 결코 평탄하지 않을 겁니다."

제갈휘는 당당한 장부였고, 그에게는 그러한 증오심과 적개심을 정면으로 마주하여 감당해 낼 용의가 얼마든지 있었다. 그 모든 것들을 자신이 뿌린 씨앗으로 여기고 남은 생에 걸쳐 하나하나 거두어들일 작정인 것이다. 하지만 증오심과 적개심의 살촉들이 겨누어진 위험천만한 과녁 위에 자신이 아닌 다른 무고한 표적을, 특히 사문인 화산파를 내걸고 싶은 생각은 추호도 없었다.

제갈휘가 장문인 자리에 오르지 않은 진정한 이유는 자신이 뿌린 강호의 은원으로부터 화산파를 보호하기 위함이었던 것이다.

묵묵히 듣기만 하던 서문숭이 그제야 비로소 입을 열었다.

"그래서 어린 계집아이를 장문인 자리에 앉힌 거였군."

이 시각에도 화산파 내 숙소의 연무장에서 세 가지 보법을 삼백 번씩 밟느라고 구슬땀을 흘리고 있을 주연심을 떠올린 제갈휘는 자신도 모르게 흐뭇한 미소를 지었다.

"일곱 살 적부터 시작해서 오 년간 돌봐 왔지요. 자질은 괜찮은 편인데 근성이 부족해서 걱정입니다."

"일곱 살부터 오 년이면 지금은 열두 살이 됐겠군. 장가도 못가 본 자네가 졸지에 손녀를 키우는 할아버지가 된 셈인가?"

주연심은 제갈휘를 백부라고 부른다. 하지만 두 사이의 나이 차이를 감안한다면 할아버지와 손녀의 관계라고 봐도 좋았고, 주연심을 대하는 제갈휘의 마음이 사실 그렇기도 했다.

"무척 서툰 할아버지겠지요."

제갈휘는 대수롭지 않은 마음으로 서문숭의 말을 받아 주었다. 하지만 서문숭의 입가에 쓸쓸한 미소가 번지는 것을 본 뒤 아차 하는 심정이 되었다.

서문숭이 말했다.

"아무리 서툴러도 나보다는 좋은 할아버지겠지."

술자리 위로 우울한 기운이 내려앉았다. 그 기운의 무게를 양어깨로 생생히 느끼면서, 제갈휘가 조심스럽게 물었다.

"관아의 소식은 없습니까?"

한층 더 쓸쓸해진 서문숭의 미소가 대답을 대신하고 있었다. 제갈휘는 작게 혀를 찼다.

'대체 어디로 숨었기에…….'

곤륜산을 내려온 석대원이 무양문에 들러 삼생도에 유폐되어 있던 관아를 데려갔다는 사실은 알고 있었다. 강호에는 전혀 알려지지 않은 그 비사를 제갈휘에게 전해 준 사람은 사 년 전 옛 상관을 찾아 화산을 방문한 일군의 부군장—얼마 전 삼군의 군장에 올랐다는 얘기를 들었다— 종리관음이었다.

  ─믿기 힘든 얘기지만, 호계사자는 물론이거니와 교주님까지 그를 막으려 했다고 합니다. 그런데도…….

  서문숭이라는 불세출의 강자가 누군가에게 꺾였다는 소식을 듣고도 전혀 놀라지 않은 것은 그 누군가가 다름 아닌 석대원이기 때문이었다. 제아무리 불세출의 강자라도 인간의 범주를 벗어날 수는 없었다. 반면에 육 년 전 곤륜산 무망애 위에서 제갈휘가 직접 확인한 석대원은 인간의 범주를 벗어난 전혀 다른 차원의 존재였던 것이다.

  각설하고, 서문숭은 백련교의 교주였다. 그리고 백련교도는 대륙 구석구석에 퍼져 있었다. 본의와는 무관하게 손녀를 석대원에게 내줄 수밖에 없었던 서문숭이 종적을 감춘 손녀의 소식을 알기 위해 어떤 노력을 들이고 어떤 조치를 취했는지는 굳이 묻지 않아도 알 수 있는 일이었다. 그런데 한두 해도 아니고 무려 육 년씩이나 감감무소식이라니…….

  "재미없는 얘기는 그만하세."

  서문숭이 술잔을 내밀었다. 제갈휘도 술잔을 내밀었다.

  두 번째 잔에 담긴 후아주가 사라졌다.

  술이 사라진 잔에 다른 술이 채워지듯, 과거가 사라진 기억 위로 다른 과거가 채워진다.

  빈 잔을 돌 탁자에 내려놓은 서문숭은 고개를 들어 제갈휘의 머리 위 먼 곳을 올려다보았다.

서문숭의 시선을 좇아 고개를 돌린 제갈휘는 맞은편 조양봉 위로 솟아 있는 십삼야의 상현달을 보게 되었다. 완전히 차오르지 못하고 왼편 가장자리가 조금 이지러져 있는 그 달은 무척이나 처연해 보였다. 삼십 년 전 오늘, 울분과 절망에 사로잡힌 한 청년의 눈에 비친 달처럼.

이심전심이었을까. 서문숭이 달을 올려다보며 물었다.

"오늘이 며칠이지?"

제갈휘가 대답했다.

"삼월 십삼일입니다."

"삼월 십삼일……."

그 날짜를 작게 뇌까린 서문숭이 시선을 여전히 달에 둔 채 다시 물었다.

"내가 왜 약속 날짜를 오늘로 잡았는지, 자네는 물론 알고 있으리라고 믿네."

물론 안다. 어찌 모를 수 있을까?

"세월 참 빠르군. 백도의 피 끓는 젊은 검객이 구원舊怨을 청산하겠다며 무양문의 문턱을 단신으로 넘어선 지도 어느덧 삼십 년이 되었으니 말일세."

제갈휘의 입술 위로 해묵은 자조가 떠올랐다.

"하늘 높은 줄 모르던 천둥벌거숭이였지요."

"천둥벌거숭이?"

서문숭이 달에 주었던 시선을 제갈휘에게로 끌어 내렸다. 제갈휘는 지난 육 년 사이 믿을 수 없을 만큼 늙어 버린 그 얼굴 위에 떠오른 짓궂은 미소를 발견할 수 있었다.

"이 서문숭의 등짝에 칼자국을 두 개씩이나 새겨 놓은 그 청년 검객을 두고서 하는 말이라면, 천둥벌거숭이가 절대 아니었다고 말해 주고 싶네. 이 서문숭은 천둥벌거숭이가 휘두른 검에 몸뚱이를 내줄 만큼 약했던 적이 단 한 번도 없었거든."

제갈휘는 다시 한 번 자조했다.

"문주님께서 처음부터 전력으로 상대해 오셨다면 제 검은 그전에 부러졌을 거라는 점, 이번이 대체 몇 번째 드리는 말씀인지 모르겠군요."

서문숭은 구부정히 접었던 등을 펴 올리며 크게 웃었다.

"하하하! 고약하다고 투덜거려 봤자 소용없을 걸세. 자네는 앞으로도 계속 그 얘기를 하게 될 테니까. 어떤 얘기는 들어도 들어도 재미있단 말이지."

서문숭은 웃지만 제갈휘는 웃을 수 없었다. 애써 외면하려 했던 검버섯이 아프도록 망막을 파고들고 있었다. 더 이상은 견디기 힘들었다.

이번에는 서문숭이 먼저 제갈휘의 빈 잔을 채워 주었다. 세 번째 잔이었다.

그런 다음 술 단지를 건네 오는 서문숭에게, 제갈휘가 마침내 물었다.

"어쩌다 이렇게 늙으셨습니까?"

<hr/>

"어쩌다 이렇게 늙으셨습니까?"

제갈휘로부터 그 질문이 들려왔을 때, 서문숭은 장난을 치다 깨트린 꽃병을 부모에게 들킨 소년처럼 심장이 오그라드는 기분을 느꼈다. 그는 웃음을 거두고 제갈휘의 눈을 바라보았다.

열 살 가까운 연하, 망년의 정을 나눈 그 둘도 없는 지기의 눈에는 안타까움과 슬픔이 빈소의 향연처럼 감돌고 있었다.

'나를, 이 서문숭을 동정하는 건가.'

예상하지 않은 것은 아니었다. 하지만 누군가로부터 동정을, 그것도 진심 어린 동정을 받는 기분은 생소할 뿐 아니라 불쾌하기까지 했다. 지존이란 동정의 주체여야지 대상이 되어서는 안 되기 때문이다.

서문숭은 제갈휘를 향해 내밀었던 술 단지를 돌 탁자에 내려 놓으며 음울하게 중얼거렸다.

"어쩌다 이렇게 늙었느냐고?"

의식의 저편으로 밀어 두었던 상처가 피를 흘리는 가운데, 서문숭은 다시 노인이 되었다. 노인의 멍에들이, 자괴와 회한과 집착이 어깨를 짓눌러 오고, 혈관 속을 흐르는 핏물의 고단한 탄식이 귓가에 맴도는 듯했다.

"자네에게 들려줄 얘기가 있네……."

서문숭은 돌 탁자 맞은편에 앉아 미동도 않는 제갈휘를 상대로 이야기를 시작했다.

육 년 전 춘절 선물로 남황맹주가 보낸 음험한 차와, 그 차를 마신 뒤 자신에게서 일어난 변화에 대한 그 이야기는 그리 길지 않았다. 그 이야기를 모두 마쳤을 때, 제갈휘가 퍼 온 두 그릇의 우육탕에서는 여전히 온기가 감돌고 있었다.

그사이 묵묵히 듣기만 하던 제갈휘가 어휘를 고르듯 신중한 표정으로 입을 열었다.

"독문의 비방 중에는 일반인에게는 별다른 영향을 끼치지 않지만 내공을 수련한 무인에게는 작지 않은 타격을 입히는 것이 있다고 들었습니다. 하지만 나이를 이겨 낼 만큼 고강한 무인만을 공격하여 그에게서 젊음의 활력을 빼앗아 가는 독이란 대체……."

서문숭은 고개를 천천히 끄덕였다.

"믿기지 않나 보군. 하기야 그렇겠지. 천용의 보고를 듣기 전까지는 나도 그랬으니까."

제갈휘가 잠시 서문숭의 얼굴을 바라보다가 물었다.

"그래서 남황맹을 응징하실 작정입니까?"

서문숭의 입술이 심술궂게 비틀렸다.

"어째 말리고 싶어 죽겠다는 얼굴을 하고 있군."

제갈휘는 대답하지 않음으로써 서문숭의 말이 맞음을 시인했다.

"남황맹을 응징해서는 안 되는 이유를 자네에게서까지 듣고 싶은 마음은 없네. 천시가 어떻고 지리가 어떻고 인화가 어떻고 등등, 대장로에게서 귓구멍에 딱지가 앉을 만큼 들었으니까."

서문숭은 새끼손가락으로 귓구멍을 후빈 뒤 심드렁한 목소리로 말을 이었다.

"사실 남황맹의 발칙한 어린놈을 응징하느냐 마느냐는 그리 중요한 문제가 아니야. 대장로가 아무리 말린다 한들, 천시와 지리와 인화가 어떻든 간에, 내가 마음만 먹으면 놈이 몇 년간 죽어라고 쌓아 올린 모든 기업들을 개미집 밟아 뭉개듯 없애 버리는 것은 일도 아닐 테니까. 조정의 눈치를 봐야 한다고? 후후, 자네도 생각해 보라고. 이 제국 전체를 적대해 오는 과정에서 더욱 단단히 뿌리를 내린 게 바로 우리 백련교 아닌가. 요즘처럼 살살거리는 낯으로 대하는 쪽이 오히려 불편할 수도 있어. 무엇보다도 나는, 이 서문숭은 조정을 눈곱만치도 두려워하지 않는다네. 어디 두려워하지 않다 뿐인가? 음……."

이 얘기까지도 해야 하나? 순간적으로 주저하던 서문숭은 이

내 마음을 먹었다. 대장로에게 못 할 얘기는 있어도 제갈휘에게 못 할 얘기는 없었다.

"지난겨울에 코흘리개 황태자가 죽은 일은 알고 있겠지?"

뜬금없는 질문이었지만 제갈휘는 이상해하는 기색 없이 고개를 끄덕여 주었다.

"그렇습니다."

"그 일로 인해 황위 계승 문제를 놓고 현황파現皇派와 구황파舊皇派 사이에 권력투쟁이 본격화되었다네. 사람들은 이렇게 말할 걸세. 외침을 극복하고 간만에 안정을 되찾은 조정이 황태자의 죽음으로 인해 다시 흔들리게 되었으니, 불운도 그런 불운이 없을 거라고. 하지만 과연 그게 단지 운 탓일까? 가령, 죽은 코흘리개의 침소에 출입하는 환관들 가운데 명존의 신실한 종이 끼어 있었던 탓은 아니고? 아, 아, 내 얘기 아직 안 끝났으니 조금 더 들으라고."

표정을 굳히며 뭐라 말하려는 제갈휘를 조용히 만든 서문숭이 이야기를 계속해 나갔다.

"남황맹이 이미 대륙 남서쪽의 맹주 자리에 올랐으니 놈들을 치는 게 지리상 이롭지 못하다는 소리도 한마디로 개소리지. 뱀을 잡으려면 대가리를 단숨에 눌러 버려야 하네. 대가리가 크면 클수록 누르기가 쉽지. 본 문에 불만을 품고 있는 남서쪽 조무래기들에게 본보기를 보여 주는 데 남황맹을 거꾸러뜨리는 것보다 효과 좋은 한 방이 있을까? 그게 내 방식이기도 하고 말일세. 그리고 호교십군이 약해졌다고 하는데, 음, 사실 약해지긴 약해졌지. 무엇보다 자네가 떠났으니 말일세. 하지만 좌웅 정도면 자네가 해 주었던 역할을 충분히 대신할 수 있다고 보네. 솔직히 자네도 인정해야 하는 게, 자네는 꽤나 부담스러운 수하였

거든. 곁에 두고 친구로 삼기에는 자네만큼 좋은 사람이 없지만, 명령 하나 내리는 데도 눈치를 보지 않을 수 없으니 부리는 입장에서 어떻게 좋은 수하라고 하겠는가. 그러니 자네가 없어져 주는 쪽이 호교십군을 움직이는 데는 더 낫다고 할 수 있겠지. 게다가 인재가 넘쳐나기로 말하자면 천하에 본 문만 한 데가 또 어디 있겠나. 종리관음, 봉장평, 마척, 마석산…… 음, 마석산, 그 물건은 인재 목록에서 빼기로 하지. 어쨌거나 그처럼 탄탄한 중견들이 포진한 데다 소귀전少鬼箭 같은 신진들이 뒤를 받쳐 주고 있으니, 일단 호교십군이 움직이기만 하면 예전보다 떨어진다는 소리는 나오지 않으리라고 믿네.”

서문숭은 과묵한 사람은 아니지만 떠버리도 아니었다. 이렇게 긴 얘기를 늘어놓은 게 언제인지 기억도 나지 않았다. 그럼에도 그렇게 한 것은, 듣는 상대가 오랜 세월 마음을 나누었던 제갈휘라서가 아니라, 자신에게 닥쳐올 진실의 순간을 조금이라도 미루고 싶기 때문이었다.

제갈휘도 그 점을 어느 정도 눈치챈 것일까?

“그래서 문주께서는 어떻게 하실 겁니까?”

매정하게도 제갈휘는 서문숭이 늘어놓은 장황한 이야기의 이면에 숨겨진 본질을 정확하게 찌르고 있었다.

서문숭이 이미 밝혔듯이 남황맹을 응징하느냐 마느냐는 서문숭에게 있어서 중요한 문제가 아니었다. 병부의 호랑이가 이끄는 조정과의 관계도 아니었고, 남서쪽 강호인들의 동향도 아니었으며, 새롭게 변모된 호교십군의 강약도 아니었다.

서문숭에게 있어서 가장 중요한 문제는 서문숭 ‘본인’이었다.

더 이상 진실의 순간을 미룰 수 없음을 깨달은 서문숭은 한숨을 내쉬었다.

"어째서 이렇게 늙었느냐고 물었지?"

서문숭은 제갈휘의 대답을 기다리지 않고 말을 이었다.

"맞아, 나는 폭삭 늙어 버렸어. 자네뿐만 아니라 누구의 눈에도 그렇게 보이겠지. 하지만 눈에 보이는 현상만이 전부는 아니라네. 천하의 서문숭이 고작 차 때문에 늙은이가 되었다는 것, 그게 눈에 보이는 현상이라면, 눈에 보이지 않는 다른 것도 얼마든지 있을 수 있다는 얘기지."

제갈휘의 눈썹이 살짝 일그러졌다.

"눈에 보이지 않는 것이라고요?"

눈에 보이지 않는 것, 그래서 남들은 알 수 없는 것, 그러나 본인만은 똑똑히 느끼고 행할 수 있는 것, 서문숭은 그것에 대해 이야기할 때가 왔음을 알았다.

"자네가 떠난 이듬해 봄에 꼬마가 찾아왔네. 삼생도에 있는 관아를 데려가겠다고 하더군. 물론 얼마든지 데려가라고 했지. 꼬마하고의 관계가 계속 이어질 수만 있다면 나라도 치마 단장을 하고서 시집가고 싶은 심정이었으니까. 그런데 그냥 데려가는 게 아니었어. 꼬마가 당당하게 요구하더군. 관아에 대한 할아버지로서의 권리를 포기하라고. 화가 났지. 그래서 싸웠어. 그리고……."

그 대목에서 말을 멈춘 서문숭은 후아주가 담긴 나무 술잔의 가장자리를 손가락으로 몇 번 문지르다가 짐짓 대수롭지 않다는 듯 덧붙였다.

"……깨졌지."

제갈휘가 조금 주저하다가 위로하듯이 말했다.

"문주님이 약하신 탓이 아닙니다."

서문숭은 손을 내저었다.

"알아, 알아. 꼬마가 어떤 괴물로 바뀌었는지는. 인간이 아니더군. 맞아, 정말로 인간이 아니었어. 무애의 경지를 넘어선 뒤에는 인간 중에서 무적일 거라고 자부했는데, 뭐, 상대가 인간이 아니니 깨져도 별수 없는 일이겠지."

제갈휘가 뭐라 말하려다가 입을 다물었다.

서문숭이 말을 이었다.

"한데 그렇게 깨지고 나니 문득 궁금해지더라고. 대체 꼬마는 무슨 방법을 썼기에 그처럼 인간의 범주를 벗어날 정도로 강해졌을까. 그 방법을 알 수만 있다면 나도 꼭 그렇게 되고 싶었네. 자네도 알지? 내가 그 방면으로는 욕심이 좀 많다는 것을."

제갈휘의 표정이 어두워졌다.

"앞서도 말씀드리지 않았습니까. 천하제일이 되기 위해서 석아우와 같은 삶을 살아야 한다면 저는 사양하고 싶다고 말입니다."

서문숭은 눈을 가늘게 접으며 고개를 가로저었다.

"아니, 그건 삶의 문제만이 아니라네."

"예?"

"세상에 기구한 삶을 산 사람은 많고 많다네. 그러므로 꼬마의 삶이 그중에서 가장 기구하다고 말하지는 못할 걸세. 기구한 삶은 그 삶을 살아가는 사람에게 커다란 고통을 안겨 주지만, 그 고통을 비인간적인 강함으로 바꾸기 위해서는 특별한 방법이 수반되어야 하겠지. 꼬마는 그 방법을 알고 있었네. 그리고……."

마침내 진실의 순간이 닥쳤다.

서문숭은 제갈휘의 두 눈을 똑바로 바라보며 천천히 말했다.

"……나도 그 방법을 알아내고야 말았지."

그 방법의 정확한 이름은 알지 못한다.

혈랑곡주가 아닌 천선자로부터 석대원에게 전해진 것이니 천선기라고 짐작할 뿐.

천선기의 신비로운 공능을 처음 접한 것은 지금으로부터 까마득한 젊은 날이었다.

낙일평에서 백도의 제 문파들을 봉문시킨 뒤 복건으로 돌아와 신무전과의 건곤일척 승부를 준비하던 서문숭 앞에 허름한 도포를 걸친 후리후리한 노도사 한 사람이 나타났다. 스스로를 천선자라고 소개한 그 노도사가 기존의 무학 이론들과는 궤를 달리하는 신이한 능력으로써 호교십군의 군장들을 무력화시키는 광경을 목격했을 때, 서문숭은 정체되어 있는 자신의 경지를 뚫어 낼 수 있는 호말 같은 암시를 발견하게 되었다. 그것이 바로 천선기. 서문숭이라는 천부의 무골 앞에 평생을 바쳐 궁구할 숙제가 던져진 것이다.

천선기를 두 번째로 접한 것은, 죽었다고 알려진 제갈휘와 함께 무양문에 들어온 석대원과 친선 비무를 나누었던 칠 년 전의 어느 겨울날이었다. 당시 완숙해져 있던 무애의 경지도 따지고 보면 천선기라는 숙제에 매달리는 과정에서 얻어 낸 하나의 열매에 지나지 않는다는 점을, 서문숭은 그날 석대원과의 비무를 통해 확인할 수 있었다.

석대원이 무양문에 머무는 동안 수시로 가졌던 무위관에서의 비무는 서문숭으로 하여금 천선기의 공능을 반복적으로 확인하고 서 있는 자리에서 한 걸음씩 더 나아가게 만들어 주는 값진 기회가 되어 주었다. 막연하기만 하던 지난날과는 달랐다. 서문숭은 마른 논이 빗물을 빨아들이듯 석대원으로부터 흘러나오는 천선기를 자신의 것으로 만들어 나갔고, 그 결과 사십 년 가까운 세월 동안 머물렀던 무애의 경지를 마침내 넘어서서 스스로 '초월의 도법'이라고 명명한 신세계에 접어들 수 있었다.

당시 느낀 성취감을 어떻게 표현할 수 있을까?

됐다! 마침내 무학의 끝을 정복했다!

……하지만 그게 아니었다.

자족하고 양양해진 서문숭 앞에 이제는 비인간적인 존재가 되어 버린 석대원이 다시 등장했을 때, 서문숭은 자신이 밟은 봉우리가 무학이라는 거대한 산의 진정한 정상이 아님을 깨닫게 되었다.

스으으-.

전륜계의 새하얀 돌계단 위에서, 세상을 지배하는 모든 법칙을 무시하듯 보이지 않는 공간 속으로 연기처럼 스며드는 수척한 거인을 바라보며, 서문숭은 생각했다.

어? 초월의 도법의 요체도 바로 저것인데?

다음 순간 서문숭은 꿈에서조차 단 한 번도 생각해 보지 못한 완벽하고도 처참한 패배를 맛보아야만 했다.

-아아, 이거야말로 끔찍하군.

그러나 당시 서문숭을 사로잡은 것은 열패감이 아니라 경이감이었다. 무력감이 아니라 희열감이었다.

정상이라 믿었던 봉우리에 막 올라섰는데 눈앞에 더 높은 봉우리가 나타났다. 다른 사람들이라면 몰라도 삶 자체가 강함을 향한 도전과 투쟁으로 점철된 서문숭에게는 결코 실망하거나 낙담할 일이 아니었다. 비인간적인 존재가 된 석대원은 천선기의 아득한 길 어딘가에 감춰져 있던 새로운 이정표를 서문숭에게 제시해 준 셈이었다. 이정표를 보았다는 것은 나아갈 방향이 생겼다는 뜻이고, 이에 서문숭은 오히려 기뻐할 수 있었다.

그날 이후 서문숭은 다시 한 번 스스로를 채찍질했고, 그의 천선기는 더욱 깊어지게 되었다.

이제 와서 하는 생각이지만, 천선자와는 다른 방향으로, 그리고 석대원과도 다른 방향으로 천선기를 발전시켜 나가던 서문숭의 앞길에 노화라는 불의의 걸림돌이 돌출되지 않았다면 과연 어떻게 되었을까?

"남황맹의 어린놈이 보낸 차가 나를 이런 늙은이로 만들어 놓은 것은 사실이라네. 평생을 고련한 광명심법으로도 하루하루 육신을 갉아먹어 들어가는 이 지긋지긋한 노화를 막을 수는 없었지. 하지만 천선기는 달랐어. 늙은이가 늙은이로 돌아가는 것이 순천順天이라면, 천선기는 나로 하여금 그것을 거부할 수 있는 힘, 역천逆天마저 가능케 해 주었네."

제갈휘는 아무 말도 하지 않았다. 다만 술잔을 가볍게 감싸 쥐고 있는 서문숭의 두 손을 납빛처럼 무겁게 변한 눈으로 내려다볼 뿐이었다.

서문숭도 자신의 손을 내려다보았다.

끈.

검은 광채를 작은 후광처럼 두른 가느다란 끈들이 서문숭의 손등 위로 스멀스멀 피어오른다.

그에 따라 주름과 검버섯으로 뒤덮인 손등이 조금씩 변하고 있다. 탄력 없이 벌어진 모공이 줄어들고, 주름진 살갗이 팽팽해지고, 반점 같은 검버섯이 흐릿해지고, 가느다란 솜털이 빠진 자리로 굵고 억센 털이 돋아난다.

끈.

그 끈들 하나하나는 천선기의 구현이었다.

천선자와는 다른 방향으로, 그리고 석대원과도 다른 방향으로 깊어진 서문숭의 천선기…… 노화라는 불의의 걸림돌을 넘어서기 위해 부득불 역천의 길로 나아가 버린 절대적인 마가…… 바야흐로 주인의 의지에 공명하여 세상 밖으로 나오고 있었다.

후아아아!

서문숭은 지옥의 구멍에서 피어오른 듯한 뜨겁고 탁한 숨을 길게 내쉬었다.

누군가가 뒷골에 대고 풀무질을 하고 있는 듯한 기분이었다. 괴이한 열기가 신체 내부를 소용돌이처럼 휘돌고, 살갗에 오톨도톨 소름이 돋으며 온몸의 털이 올올히 곤두서고 있었다. 뒤룩거리는 안구가 눈까풀 안쪽 여린 살을 긁는 느낌이 손에 잡힐 듯 생생하게 느껴지고 있었다. 인지 가능한 근육만이 아니라 그러지 못한 근육까지도 능히 통제할 수 있을 듯한 극한의 활력이, 선도에서 말하는 반로환동返老換童의 경지와는 근본적으로 다른 영생을 향한 사악한 축복이, 노화의 두꺼운 장막을 거침없이 걷어 내며 서문숭에게로 달려오고 있었다.

젊음이다!

추레한 늙음으로부터 벗어나고자 하는 것은 모든 생명체의 공통적인 본성일진대, 되돌아 달려오는 저 젊음을 두 팔 벌려 반기는 나를 누가 감히 손가락질할 수 있으랴!

제갈휘는 조금 전 물었다.

─문주께서는 어떻게 하실 겁니까?

서문숭은 바로 그 질문의 해답을 얻기 위해 제갈휘를 만나러 온 것이다.

서문숭의 두 눈이 검게 물든다.

달빛이 검게 물들고…….

화산이 검게 물들고…….

세상이 검게 물든다.

넘실거리는 검은 마기 속에서, 잃어버린 권좌를 되찾은 제왕처럼 웃으며, 서문숭이 물었다.

"제갈휘, 나는 어떻게 해야 하는가?"

수신애 정상 바로 밑, 두 개의 길쭉한 입석이 기대듯 맞물리며 이루어진 천연적인 바위 지붕 아래에 편히 앉아 서문숭과 제갈휘의 연회가 끝나기를 기다리던 연문건은 어느 순간 주위가 어둑해진 것을 느꼈다.

처음에는 달이 구름 뒤로 숨은 줄 알았다. 하지만 야공을 올려다본 연문건은 곧바로 자신이 잘못 생각했음을 알아차렸다. 야공에는 구름 한 점 없었다. 그럼에도 달이 제빛을 잃어 가고 있었다. 그는 갑자기 깔린 이 어둠이 현실 세계의 명암과는 무관한 현상임을 깨닫게 되었다.

그 직후 추위가 찾아들었다.

이 또한 현실 세계의 한서와는 무관한, 마치 쇠붙이끼리 긁히는 소음을 들었을 때 어금니가 시큰해지고 몸서리가 쳐지는 것과도 비슷한 추상적인 감각이어서, 연문건은 자신의 신체에 무슨 문제라도 생긴 것은 아닌지 의심해야 했다.

하지만 이상한 점을 느낀 것은 연문건 혼자만이 아니었다.

"조심하십시오."

짤막한 한마디와 함께 연문건의 주위로 네 개의 회색 그림자가 후드득 떨어져 내렸다. 연문건은 일신에 수의처럼 칙칙한 빛깔의 장포를 걸친 그들 네 남자가 백련교주 서문숭을 암중에서 호위하는 네 마리의 반인반귀, 사망량이라는 사실을 알고 있었다. 동신東神, 서귀西鬼, 남혼南魂, 북백北魄으로 구성된 사망량은 첫째 동신을 제외하고 모두 벙어리였다. 그러므로 연문건에게 경고한 자는 당연히 동신일 수밖에 없었다.

동신이 서문숭을 제외한 누군가에게 먼저 입을 여는 일은 극히 드물거니와 그 얼굴 또한 평소 때의 무표정이 아니라 무척이나 경직되어 있었다. 사태의 위중함을 알아차린 연문건은 자리에서 재빨리 일어서며 동신에게 물었다.

"무엇을 조심하라는 건가?"

동신은 대답 대신 왼손을 들어 올렸다. 포대처럼 푸한 소맷자락 밖으로 삐져나온 거무튀튀한 손가락이 가리킨 것은 연문건이 앉아 있던 자리에서 그리 멀리 떨어지지 않은 곳에 피어 있던 이름 모를 산꽃 한 송이였다. 동신의 손가락을 좇아 산꽃으로 시선을 돌린 연문건은 자신도 모르게 무거운 신음을 흘리고 말았다.

"음!"

다섯 장의 보라색 꽃잎과 그 가운데로 수줍게 고개를 내민 연분홍색 꽃술을 가진 그 산꽃은 빠른 속도로 죽어 가고 있었다. 아니, 안력을 돋워 다시 살펴보니 죽어 간다고 단정할 수 있는 상황도 아니었다. 품고 있던 생기를 모종의 사악한 힘에 의해 박탈당한 그것은 산 채로 굳어 가고 있었기 때문이었다.

연문건으로 말하자면 관과 강호를 두루 거치며 풍부한 학식과 경륜을 쌓은 인물. 그러나 이런 종류의 괴사에 대해서는 경험한 바도, 들어 본 바도 없었다.

　'어떻게 이런 일이 벌어질 수 있는 거지?'

　만일 꽃에도 마음이란 게 있다면, 죽지도 못하고 살지도 못한 상태로 바뀌어 가는 저 산꽃의 심정이 어떠하리라는 것을 연문건은 능히 짐작할 수 있었다. 산꽃을 마치 박제라도 하듯 '경화硬化'시키고 있는 그 힘은 지금 이 순간 그의 육신으로도 소리 없이, 하지만 맹렬하게 침습해 오고 있었던 것이다. 생명을 약탈당하는 기분은 산 채로 피를 빨리는 기분과 그리 다르지 않았다.

　더 이상 생각할 겨를이 없었다. 연문건은 광명심법 상의 등심수신결燈心修身訣을 운용하여 자신을 보호했다. 그를 둘러싼 사망량이 그물처럼 촘촘한 기운을 엮어 내며 두 발을 움직여 척사斥邪의 방위를 밟는 것과 거의 같은 순간이었다.

　그 광경을 본 연문건은 눈썹을 찌푸렸다.

　'천왕호법天王護法의 진을 펼쳐야 할 정도란 말인가?'

　백련교는 불교와 맥을 같이한다. 불교의 사천왕이 그러하듯 백련교의 사천왕에게도 교법을 수호하는 임무가 주어진다. 오직 수호 한 가지만을 위해 살아가는 저들 사망량에게 있어서 교법이란 바로 교주였다. 하지만 이 자리에는 교주님이 안 계신데?

　내부에서 타오르기 시작한 광명의 불꽃 위로 사망량의 천왕호법의 진이 만들어 낸 보이지 않는 보호막이 드리우는 것을 느끼며, 연문건은 동신에게 힐문했다.

　"왜 교주님께 가지 않고 내게로 온 건가?"

　동신은 전방을 향한 고개를 돌리지도 않은 채 대답했다.

"지금 교주님께서는 저희들의 보호를 필요로 하지 않으실 겁니다."

"그걸 어떻게 아는가?"

"이 현상을 만드신 분이 바로 교주님이시기 때문입니다."

"교주님이라고?"

연문건은 깜짝 놀랐다. 그 바람에 등심수신결의 불꽃이 크게 흔들렸고, 맹수처럼 주위를 맴돌며 허점만을 엿보던 사악한 힘에 의해 얼마간 타격을 입고 말았다.

"윽!"

전신의 살갗을 따라 좁쌀 같은 소름들이 오소소 돋아 올랐다. 허파가 짜부라지고 배 속이 뒤집어지는 기분에 연문건은 가슴을 부여잡으며 몸을 움츠렸다.

동신이 동료들을 향해 급히 외쳤다.

"기름을 부어 불꽃을 키운다[充油殖炎]! 합!"

동신의 구령에 맞춰 사망량은 네 쌍의 손을 각각의 가슴 앞으로 모아 성화聖火의 수결을 맺음으로써 천왕호법의 진세를 더욱 견고히 만들었다. 사방에서 문풍지가 떨리는 듯한 소리가 웅, 울리더니, 연문건은 살갗을 오그라들게 하고 장기를 옥죄어 대던 사악한 힘이 몸 밖으로 조금씩 밀려나는 것을 느꼈다.

"방심하시면 안 됩니다."

동신이 경고했다. 적잖은 심력과 공력을 쏟고 있는 듯 그 목소리가 힘겹게 들렸다.

연문건은 잠깐 사이에 수십 리를 달린 것처럼 가빠진 호흡을 애써 가다듬으며 동신에게 물었다.

"교주님이 분명한가?"

"다른 사람들은 몰라도 저희들은 똑똑히 느낄 수 있습니다."

연문건은 고개를 작게 끄덕였다. 수십 년간 가장 가까운 거리에서 서문숭을 호위해 온 사망량이 아니던가. 그들이 이토록 확신을 갖고 말한다면 사실인 것이 분명했다.

　'대체 저 위에서 무슨 일이 벌어지기에……?'

　연문건은 위를 올려다보았다. 아까까지만 해도 선계의 절경 같던 수신애의 화강암 절벽이 어둠 아닌 어둠, 추위 아닌 추위에 완전히 장악된 지금은 지옥의 칼산처럼 위험해 보이기만 했다. 당장이라도 달려 올라가 교주의 안위를 확인하고 싶었지만, 그가 할 수 있는 일이라고는 이곳에서 작은 불꽃을 피워 스스로를 지키는 것이 전부였다.

　"그렇다면 우리는 무엇을 해야 하는가?"

　탄식처럼 흘러나온 연문건의 질문에 동신이 수신애 위를 슬쩍 올려다보고는 무겁게 대답했다.

　"믿어야겠지요."

　누구를 믿어야 하는지는 굳이 물을 필요도 없었다.

　천하의 그 누구도 안중에 두지 않을 만큼 광오한 서문숭으로부터 아우 소리를 듣는 유일무이한 인물! 명존의 종복으로만 이루어진 무양문에서 교도가 아닌 몸으로도 이십여 년간 일군장의 자리를 지켜 온 인물! 그 인물이 아니면 지금 이 상황에서 누구를 믿을 수 있겠는가!

　연문건은 그 인물의 명호를 입속으로 작게 뇌까렸다.

　"고검 제갈휘……."

　제갈휘는 눈도 깜빡이지 않고 전방을 바라보았다.

서문숭은 두 손으로 술잔을 가볍게 감싸 쥔 채 돌 탁자 맞은 편에 앉아 있었다. 그 술잔 안에는 따라 놓기만 하고 아직 마시지는 않은 후아주가 담겨 있었다.

대장로의 도움으로 제갈휘가 마련한 소박하고 정겨운 술자리의 모든 정경은 '마'가 모습을 드러내기 이전과 같았다. 달라진 점이 있다면 딱 하나, 서문숭이 노인에서 청년으로 바뀌었다는 점이었다. 새까만 윤기가 흐르는 머리카락, 부드러우면서도 팽팽한 피부, 흑요석처럼 빛나는 눈빛, 처졌던 어깨는 산악처럼 굳건하게 일어섰고, 구부정하던 등허리는 대나무처럼 꼿꼿하게 세워졌다.

'생소하군.'

제갈휘가 기억하는 서문숭의 가장 젊은 모습은 삼십 대 중반의 장년인이었다. 그보다 열 살 가까이 젊은 청년으로 되돌아갔으니 생소해 보이는 것도 당연했다. 괴이한 기분이 들었고, 무엇보다 아주 위험하다는 기분이 단순한 기분의 차원을 넘어 생생한 실체를 가지고 닥쳐왔다.

마가 세상에 작용하는 방식은 단순했다. 덮고, 장악하고, 박탈한다. 평야를 삼키는 홍수의 방식이 그러할 것이고, 숲을 사르는 산불의 방식 또한 그러할 것이다.

마는 그런 방식으로 수신애 위의 모든 생명체들을 자신의 강대한 권세 안으로 가두어 나갔다. 주위에 병풍처럼 둘러선 키 작은 소나무들과 완만한 경사면을 따라 융단처럼 깔려 있던 풀들이 소리 없는 울음을 흘리며 엄동설한 속에서도 지켜 오던 푸른 생기를 잃어 가고 있었다.

마는 무한한 위장을 가진 포식자처럼 탐욕스러웠다. 제갈휘도 그것이 표적으로 삼은 대상에서 예외일 수는 없었다. 아니,

그것이 표적으로 삼은 진짜 대상은 바로 제갈휘일지도 몰랐다. 제갈휘는 육체적인 경로와 정신적인 경로를 망라하며 자신을 핍박해 오는 사악한 힘을 느낄 수 있었다.

'정말 지독하군.'

제갈휘는 곤륜산 무망애 위에서 석대원으로부터 들었던 혈마귀와 태고의 망령들에 대해서 생각했다. 혼돈으로부터 채 분화되지 않은 생물과 무생물의 간극에서 잉태된 그 사악함의 정화들은 이후 자신들이 선택한 숙주의 몸속에서 다양한 방식으로 존재를 이어 오다가 어느 순간 숙주의 영혼을 집어삼키고 세상 밖으로 모습을 드러낸다고 했다. 지금 서문숭을 통해 발현된 마 또한 그것들과 유사한 면이 있는 것 같았다. 다만 차이점이 있다면, 아득한 과거부터 존재해 온 것이 아니라 서문숭에 의해 이 시대에 창조된 미증유未曾有한 것이라는 점이리라.

혼돈의 무질서를 대신할 만한 인간이 존재한다는 게 과연 가능한 일일까?

그런데 존재했던 것이다. 젊어지고 강해지려는 생명체 본연의 욕망을 천선기라는 불가사의한 능력을 통해 강제로 전화시켜 역천의 마를 잉태한 서문숭이 바로 그 인간이었다.

삼십 년이라는 긴 세월에 걸쳐 서문숭과 지음의 교분을 나눠온 제갈휘였지만, 다시 한 번 구름 같은 경외감이 일어나는 것은 어쩔 수 없었다.

그러나 제갈휘는 자신이 해야 할 일을 잊지 않았다.

서문숭은 그에게 물었다.

ー제갈휘, 나는 어떻게 해야 하는가?

서문숭의 질문은 제갈휘를 덮으려 하고, 장악하려 하고, 박탈하려 하는 사악한 힘의 형태로써 지금도 진행 중이었다.

그 힘에 먹히지 않는 것은, 최소한 지금 이 단계에서는 그리 어렵지 않았다. 무양문을 떠난 뒤 천외에 핀 한 송이 매화마저 지워 버리는 데 성공한 제갈휘는 이미 자신만의 우주를 만들어 냈고, 그 우주는 어떠한 위기 상황에서도 금강석처럼 깨지지 않는 견고함을 유지할 수 있었다. 그리고 서문숭의 마가 공격적인 것은 사실이지만, 서문숭 본인마저 그러한 것은 아니었다. 서문숭이 바라는 것은 제갈휘로부터 대답을 얻는 것이지 제갈휘를 해치려는 것이 아니기 때문이었다.

그러므로 제갈휘에게는 서문숭의 질문에 어떤 식으로든 대답할 의무가 있었다. 작게는 언제나 서문숭의 의중을 존중해 온 의동생으로서, 크게는 본격적으로 세상에 나오려는 강대한 마에 위협당하는 인류의 일원으로서, 그는 대답을 회피할 생각이 없었다.

점점 더 강성해지는 사악한 힘에 둘러싸인 채, 제갈휘는 호흡을 길고 가늘게 가져갔다. 그런 다음 들숨과 날숨 사이에 피어난 고요하고 심현한 우주 위에서 천천히 검을 뽑았다. 숨죽여 있던 모든 생명들이 그의 발검에 공명하기 시작했다. 그의 분신과도 같은 정념검은 여전히 등 뒤에 꽂혀 있건만, 검객의 올바른 마음[正念]은 밝고 따뜻하고 생명의 기운으로 가득 찬 검기를 봉홧불처럼 피워 올리며 온 산 구석구석까지 뻗어 나갔다.

서문숭이 세상에 꺼내 놓은 마는 마치 천적이 없는 생물처럼 '절대적絶對的'인 것처럼 보였다. 그러나 제갈휘가 그의 우주 안에서 올바른 마음을 베틀 삼아 자아낸 검기는 서문숭의 마에 부여되었던 절대성을 허물어뜨리기에 부족함이 없었다.

이것이 제갈휘의 대답, 검객의 대답이었다.

어둠이 스러지고 삿됨이 힘을 잃는다.

매화는 이미 졌건만 향기는 온 산에 가득하다…….

무매암향無梅暗香.

그것은 조화였다.

그것은 순리였다.

역천을 무릅쓰면서까지 본연의 욕망을 실현하고자 하는 서문숭의 질문에 대해 제갈휘가 내놓은 대답은 조화와 순리로써 이루어진 생명의 완전함이었다.

서문숭은 듣는다.

수천수만 개의 꽃봉오리들이 일제히 움트며 울리는 희망에 찬 소리를.

서문숭은 맡는다.

어둡고 차가운 장막을 밀어내며 연화봉을 휘감고 올라오는 그윽한 향기를.

그리고 서문숭은 느낀다.

천지에 가득 찬 생명의 환희를.

서문숭의 눈에 눈물이 맺혔다. 자신의 추악한 질문에 대한 제갈휘의 대답이 너무도 아름다웠기 때문이다.

'그래, 더 이상 가면 안 되겠지.'

서문숭은 눈을 지그시 감았다. 눈가에 맺혔던 눈물이 굴러떨어지는 그의 뺨 위에서 젊음과 활력이, 욕망과 집착이 안개처럼 흩어지고 있었다. 하지만 그는 아쉬워하지 말자고 자신을 다독였다. 그러면서 자신의 곁에 이토록 훌륭한 조언자가 있음을 감사히 여겼다.

만일 제갈휘로부터 대답을 얻지 못했다면 서문숭은 스스로 잉태한 마에게 모든 것을 넘겨주었을지도 모른다. 그럼으로써 얻을 수 있는 대가는 진실로 유혹적인 것이었으니까. 하지만 제갈휘의 대답이 그를 깨우쳐 주었다. 그와 하나가 되어 그의 모든 것을 차지한 마에 의해 파괴당할 생명들 하나하나에 얼마나 소중한 가치가 담겨 있는지를.

하늘로부터 받은 생명을 오롯이 향유하고 다시 하늘로 돌려주는 것은 조화와 순리였다. 남을 죽이는 것은 인간의 법도에 어긋나는 일이지만, 남의 생명을 탐하는 것은 하늘의 법도에 어긋나는 일이었다. 그러므로 역천은 피해야 하는 것, 결코 넘어서는 안 되는 금단의 경계였다.

결국 서문숭은 제갈휘가 무매암향으로써 보여 준 조화와 순리를 따르기로 했다. 하늘의 법도를 거스르는 대신, 그 법도 아래 스스로를 포함시키기로 마음먹은 것이다.

그것은 위대한 회심回心이었다.

달빛이 제색을 찾고…….

화산이 제색을 찾고…….

세상이 제색을 찾는다.

바로 그때, 서문숭의 머릿속에서 누군가 속삭였다.

─이기고 싶었잖아.

음?

─그날, 그 계단 위에서 말이야.

서문숭은 감았던 눈을 살며시 떴다. 그러고는 소스라치게 놀랐다.

주위의 경물이 어느새 바뀌어 있었다.

목화솜처럼 새하얀 꽃들에 뒤덮인 전륜계의 돌계단.

그 위에 마신처럼 서서 서문숭을 바라보고 있는 수척한 거인.

꿀처럼 다디단 목소리가 서문숭을 거듭 유혹했다.

─지금이라면 저자를 이길 수 있어. 나를 받아들이기만 하면 돼. 알겠어? 나를 받아들이기만 하면 된다고.

서문숭은 주저할 수밖에 없었다. 이미 마음먹은 뒤건만, 이미 회심한 뒤건만, 저 유혹은 너무나도 강렬했다. 진심으로 이기고 싶었다. 단 한 번만이라도!

목소리가 다시 속삭였다.

─시간이 없어. 싸움이 벌써 시작됐거든.

그렇다. 싸움은 이미 시작되었다.

수척한 거인이 공간 속으로 스며든다. 서문숭은 어느 틈엔가 뽑아 들고 있던 방원도를 그자가 스며든 공간의 결을 향해 찔러 넣는다. 하지만 돌아온 것은 쇳물을 휘젓는 듯한 묵직함뿐. 눈에 보이지는 않지만 그자가 다가오는 것이 느껴진다. 두렵다. 무력하다. 이대로라면 패배는 불 보듯 뻔하다…….

……그런데 이것은 기시감에 의한 환각일까, 아니면 실제로 벌어지고 있는 생시일까?

수척한 거인에 맞서 싸우는 서문숭은 서문숭이 아닌 동시에 서문숭이었다. 감각과 인지가 물가에 쌓인 물풀의 사체들처럼 중첩되며 서문숭의 판단력을 어지럽히는 가운데, 유혹의 목소리는 끊임없이 들려오고 있었다.

─또 지고 싶어?

아랫배로부터 무시무시한 충격이 전해져 온다. 서문숭은 새

우처럼 허리를 접는다.

−이런, 또 지고 있잖아.

이번에는 얼굴이다. 서문숭은 코와 입으로 분수처럼 핏물을 뿜는다.

−거부하지 마.

하지만 엉망진창이 되어 피를 흘리면서도 서문숭은 고개를 젓는다. 그런 서문숭을 바라보는 서문숭도 고개를 저었다.

싫어.

−나를 받아들여.

싫어.

−늙은 개처럼 비참하게 죽고 싶어? 정말로?

수척한 거인이 서문숭을 때린다.

수척한 거인이 서문숭을 쓰러트린다.

수척한 거인이 서문숭을 짓밟는다.

수척한 거인이 서문숭을⋯⋯.

수척한 거인이⋯⋯.

⋯⋯.

서문숭이 외쳤다.

"나는 서문숭이다!"

모든 것이 무너진다. 새하얀 빛의 파편들로 바뀌는 시야 속으로 마의 단말마가 메아리친다.

−안 돼애애애애애⋯⋯.

달빛이 쏟아지는 수신애 위.

고개를 약간 숙인 채 앉아 있던 서문숭은 천천히 눈을 깜빡거렸다. 술잔을 감싼 손이, 주름과 검버섯에 뒤덮인 노인의 앙상한 손이 그의 눈길을 기다리고 있었다.

"이기셨군요."

돌 탁자 맞은편에서 들려온 말에 서문숭은 고개를 부스스 들었다. 제갈휘가 따뜻한 눈길로 그를 바라보고 있었다.

서문숭은 잠시 생각하다가 어깨를 으쓱거렸다.

"그래, 이겼지."

현실의 잣대로는 도저히 가늠할 수 없는 미지의 시간과 공간 속에서 서문숭은 수척한 거인과 고투했고, 마와 고투했고, 자신과 고투했고, 끝내는 승리했다. 그 승리는 그가 일생에 걸쳐 쌓아 올린 모든 승리들을 합한 것보다 가치 있었다. 그는 육 년 전 석대원에게 당한 패배의 상처가 어느새 씻은 듯이 아물었다는 사실을 깨달았다.

제갈휘가 술잔을 들어 올렸다.

"진정한 승리자가 되신 형님께 이 아우가 축하의 잔을 올리고 싶습니다."

서문숭은 자신의 술잔을 내려다보았다. 나무를 깎아 만든 그 술잔은 오늘 이후 그가 견뎌야 할 남은 삶만큼이나 초라해 보였다. 하지만 그는 기꺼이 그 술잔을 들어 올렸다.

"기분이 좋아, 아주."

소중한 인연이 깃든 십삼야의 달빛 아래에서, 노인과 검객은 서로를 향해 웃었다.

《여쟁선》 상권 終